本书受到中国博士后基金第52批面上资助（2012M520199），也是国家社科基金"美国当代戏剧艺术哲学研究"（11CB087）的阶段性成果。

她们的舞台
——当代美国妇女剧作家研究

张生珍 ◎ 著

Dream of Their Own—A Study of Contemporary American Women Playwrights

中国社会科学出版社

图书在版编目(CIP)数据

她们的舞台：当代美国妇女剧作家研究／张生珍著.—北京：
中国社会科学出版社，2014.10
ISBN 978-7-5161-5280-5

Ⅰ.①她… Ⅱ.①张… Ⅲ.①女性-剧作家-作家评论-美国-现代 Ⅳ.①I712.073

中国版本图书馆CIP数据核字(2014)第291840号

出版人	赵剑英
责任编辑	任 明
特约编辑	乔继堂
责任校对	张依婧
责任印制	何 艳

出　版	中国社会科学出版社
社　址	北京鼓楼西大街甲158号（邮编100720）
网　址	http：//www.csspw.cn
	中文域名：中国社科网　010-64070619
发行部	010-84083685
门市部	010-84029450
经　销	新华书店及其他书店

印刷装订	北京市兴怀印刷厂
版　次	2014年10月第1版
印　次	2014年10月第1次印刷
开　本	710×1000 1/16
印　张	15.5
插　页	2
字　数	245千字
定　价	48.00元

凡购买中国社会科学出版社图书，如有质量问题请与本社联系调换
电话：010-64009791
版权所有　侵权必究

序　言

《她们的舞台：当代美国妇女剧作家研究》即将面世，嘱我作序，作为作者的博士后合作导师，我很乐意。

该著是作者用3年多的时间写作而成，倾注了大量的心血和努力。在北外做博士后期间，作者既要完成工作单位的教学任务，同时也要完成在站期间的科研任务，经常奔波于山东和北京之间。所幸期间作者受惠于国家留学基金委的项目资助，出国一年，潜心写作，得以顺利完成书稿。

在中国学界，对于美国戏剧的研究已形成一定规模，也受到相应的重视，但是对于美国妇女剧作家的研究还比较有限，研究成果也主要集中于莉莲·海尔曼、玛莎·诺曼等剧作家，对于当代美国妇女剧作家的系统研究更为少见，由此可见，美国妇女剧作家对美国文学史的贡献还没有得到充分的挖掘。

作者以当代美国妇女剧作家为研究对象，认为社会动荡和经济起落对美国戏剧文学的发展产生了重要影响。社会思潮的流变促成文学的繁荣，而文学作品中刻画的现实又促使人们对社会文化思潮进行再认识和重新认识。不同时期、不同族裔背景下妇女剧作家的艺术创作既具有惊人的一致性，也形成了明显的差异。作者从地域意识、种族意识、政治意识等诸多角度探讨妇女剧作家的艺术创作以及她们对文学史的贡献，并对她们的创作主题和风格进行了细致的分析。当代美国妇女剧作家的严肃思想和艺术魅力是对美国文学乃至世界文学的重要贡献。

我认为这种研究是有意义的，其成果将推进我国学界对于美国妇女戏剧家的研究。尽管书中有些文字还需要打磨，但是我有理由相信作者会继续潜心钻研，刻苦努力，产出丰硕成果。我祝愿她在学术的道路上走得更宽更远。

是为序。

金　莉
2014年12月于北外

目　　录

绪论　美国妇女戏剧概观 …………………………………… (1)
第一章　表现地域意识 ………………………………………… (13)
　　第一节　独具特色的南方地域意识 …………………………… (17)
　　第二节　塑造个性鲜明的南方妇女 …………………………… (27)
　　第三节　打上南方烙印的荒诞性风格 ………………………… (32)
第二章　反映族裔意识 ………………………………………… (49)
　　第一节　展现黑人种族问题和历史问题 ……………………… (57)
　　第二节　犹太裔身份的探索 …………………………………… (89)
　　第三节　华裔身份的追问 ……………………………………… (93)
第三章　剧作家的政治意识 …………………………………… (109)
　　第一节　表现妇女运动的影响 ………………………………… (110)
　　第二节　母女关系和妇女关系 ………………………………… (132)
　　第三节　关注性别身份问题 …………………………………… (159)
第四章　超越现实主义的艺术风格 …………………………… (174)
　　第一节　承继现实主义传统 …………………………………… (175)
　　第二节　黑人女性主义美学 …………………………………… (178)
　　第三节　多种艺术形式的创新 ………………………………… (194)
结论 ……………………………………………………………… (201)
附录 ……………………………………………………………… (202)
参考文献 ………………………………………………………… (234)
后记 ……………………………………………………………… (244)

绪 论

美国妇女戏剧概观

妇女戏剧的创作最早开始于古希腊公元前6世纪前后的女诗人萨福（Sappho）的创作，萨福被认为是迄今为止第一位从事戏剧创作的妇女作家。尽管萨福的诗歌创作不是严格意义上的戏剧作品，但是萨福创作目的是为公众演出服务，有些作品以合唱团的形式为妇女观众演出。萨福是最早为人们所熟悉的妇女作家之一，其作品和生活经历为后世学者、妇女演员和妇女剧作家所引证和借鉴。古希腊经典戏剧之后，直到中世纪，戏剧创作才得以发展。这一时期的创作主要是行会市民和教会创作的作品，如神秘剧和有历史记载的道德剧等。但是妇女作家在中世纪的历史文献记载中几乎踪迹全无，直到10世纪妇女才以人物形象的身份得到再现。这一时期重要的妇女剧作家是生活并工作于德国萨克森州（Saxony）的本笃会修道院院长罗斯维萨（Hrosvitha）。其剧本主要关注基督教历史和道德，有些作品再现了女修徒的生活。因此，我们从当代视角来看女修道院院长的写作就是妇女把其他妇女写入文学史的实践。罗斯维萨的创作动机或许不是为了演出，但是其戏剧结构和人物塑造与后来的道德剧（morality plays）不谋而合。

自此之后妇女戏剧又进入完全的沉默时期，直到17世纪，艾芙·诺本（Aphra Behn）在舞台上展示了自己的作品，此后英国妇女剧作家才开始崭露头角。再后来，英国妇女戏剧出现空白期，只有男性剧作家以及非英国妇女作家的作品在舞台上演出。18—19世纪早期，妇女戏剧基本处在被淹没的状态。直到19世纪情况才有所改观。在英美等国家，妇女剧作家以剧场作为表达其政治思想和艺术风格的舞台。由于前辈妇女们所开展的妇女解放运动的影响，妇女剧作家的创作也体现出鲜明的时代风格。这一时期的创作被称为第一波妇女戏剧运动。这一时期的美国妇女剧作家譬如雷切尔·克罗瑟斯（Rachel Crothers）、苏珊·格拉斯佩尔（Susan

Glaspell）和索菲亚·特雷得维尔（Sophie Treadwell）等已经进入经典剧作家行列。

美国妇女戏剧的发展与美国社会的发展紧密地联系在一起。美国女权主义运动正式开始于1848年的塞尼卡妇女权利大会（Seneca Falls Women's Rights Convention）①。伴随着女权主义运动的发展，美国妇女戏剧文学也得到了发展。随着对妇女戏剧文学的研究，18—19世纪的妇女剧作家逐渐被发现，关注的焦点是检视戏剧文学作品中的妇女形象。在19世纪90年代至20世纪20年代，美国社会、经济和政府等各个层面都在发生变化和改革，妇女在各个领域逐渐发挥着重要作用。自然这一历史时期也促使美国职业妇女剧作家的产生，这一时期的妇女剧作家对后世作家产生了积极的引领作用。妇女剧作家的集体经历展示了19世纪末和20世纪初的戏剧艺术实践和她们在男性占主导地位的社会中所取得的成就以及她们对美国社会的贡献。

在19世纪末妇女开始戏剧艺术实践，并参与世界变革。这得力于第一波妇女运动的影响。妇女作家，最为知名的包括雷切尔·克罗瑟斯（Rachel Crothers）等都旨在取得商业演出的成功。许多妇女作家在为小剧场运动的蓬勃发展而写作。爱丽丝·哥斯腾伯格（Alice Gerstenberg）和苏珊·格拉斯佩尔（Susan Glaspell）等的创作探索了妇女的个人生活和心灵创伤。在1910年至1940年间，黑人妇女剧作家创作了关于非裔美国人生活的剧本，并在社区剧场、教堂以及其他黑人聚集地演出。

20世纪20年代妇女剧作家在商业演出领域获取了更大的成功。百老汇的商业主流戏剧创作和演出影响了包括梅·韦斯特（Mae West）、索菲亚·特雷得维尔（Sophie Treadwell）、佐伊·艾金斯（Zoe Akins）、佐

---

① 纽约塞尼卡福尔斯女权大会是美国历史上第一届女性权利大会。该次会议在废奴运动的积极参加者、被后人称为"女权运动之母"的莫特（Lucretia Coffin Mott）、斯坦顿（Elizabeth Cady Standon）和安东尼（Susan B. Anthony）的组织下于1848年7月19日在纽约州塞尼卡·福尔斯村的韦斯利安卫理公会教堂召开。会议发表了由斯坦顿起草的《陈情宣言》（又译作《苦情宣言》）（Declaration of Sentiments），这是美国妇女运动的第一个纲领性文件。它仿照《独立宣言》的形式，宣称"男女生而平等，人类的历史是男性对女性不断伤害和僭越的历史，其直接目的是建立男人对女人的直接专政"。宣言列举了女性不平等的证据，另外还提出了女权运动的几个目标，如妇女和男人平等的受教育权，妇女能进入男人所在的公共领域，妇女的选举权等。历史学家认为该次大会的召开标志着美国女权运动的正式开始。

纳·盖尔（Zona Gale）等在内的妇女剧作家。佐纳·盖尔于1921年成为首位获得普利策奖的妇女剧作家。

　　这一时期的杰出代表剧作家苏珊·格拉斯佩尔不仅经历了欧洲现代主义兴起的时期，也经历了现代主义在美国的发展时期。她的传记成为时代的缩影，再现了个人生活和事业追求之间的紧张关系。此时的美国超越了维多利亚时期对妇女角色和身份的限定。妇女拒绝意识形态的划分，并由此导致了家庭、社会和政治领域的变革。对妇女问题的关注构成了格拉斯佩尔剧本的核心内容，其剧本也体现了妇女对美国社会和经济上的不平等地位的反抗。格拉斯佩尔支持女权运动，强调妇女的经济独立和保持差异的重要性。作品描写了妇女渴望挣脱男性中心的桎梏并逃离金钱主导的价值观念，以及她们对男性的依赖和自我怀疑等。

　　格拉斯佩尔的另一主要贡献是普林温斯顿剧团（Provincetown Players）①的成立，这一重要的组织能发展下去主要依赖格拉斯佩尔的努力。毫无疑问格拉斯佩尔比同时代的许多人付出得更多。格拉斯佩尔远非是戏剧史上的脚注。她创作的部分剧本跻身美国文学史最富有原创性的作品行列。其作品《艾莉森的房子》（Alison's House）获得普利策奖，这是对她戏剧创作的肯定，也是对她富有创造力和不平凡人生的认可。

　　20世纪30年代后的美国剧坛继承了开始于19世纪60年代的欧洲现代主义创作。现代主义在19世纪90年代，尤其是一战后对美国产生了深远的影响。一战后的国际形势对美国社会各个方面都产生了重要影响，尤其以经济萧条的影响最为严重。19世纪后半期兴起的现代主义使得美国剧作家远离浪漫主义戏剧、感伤主义戏剧和情节剧，开始创作以易卜生、契诃夫、萧伯纳等为传统的严肃戏剧。美国的严肃戏剧创作源于尤金·奥

---

　　① 普林温斯顿剧团（Provincetown Players）始建于1915年，位于美国马萨诸塞州科德角的普林斯顿，在美国妇女剧作家苏珊·格拉斯佩尔与奥尼尔、库克共同努力下创建而成。他们鼓励新兴和实验性的戏剧创作。1916年，普林温斯顿剧团上演的第一部作品——尤金·奥尼尔的《东航加的夫》。1916年，该剧团迁移到了纽约的格林威治村，在那里剧团又先后上映了尤金·奥尼尔、埃德娜·文森特·默蕾（Edna St. Vincent Millay）、威廉·卡洛斯·威廉斯（William Carlos Williams）、埃德蒙德·威尔逊（Edmund Wilson）和几十个其他剧作家的作品。虽然由于1929年美国股市崩盘，普林温斯顿剧团也不幸解散，然而普林温斯顿剧场从1929年至今一直在间歇性地上演戏剧作品。

尼尔。奥尼尔的艺术成就激励着美国剧作家以现实主义手法创作严肃主题的作品。

20世纪30年代的许多剧作反映了个人和社会对经济大萧条的抗争，而随着欧洲法西斯主义和纳粹分子日渐嚣张，人们与日俱增地关注战争阴云。因此这一时期的剧作出现逃避主义倾向。这一时期的剧作在关注经济大萧条的同时也让公众面对困惑。自20世纪30年代起现实主义创作进入了繁荣时期。30年代戏剧文学的发展与世界经济和政治形势密切相关。30年代的戏剧文学更多地刻画他人而不是个人欲望。这一时期的戏剧再现了变动中的世界，因为剧作家饱含感情地演绎了当时的美国社会和美国文化。

出身富裕家庭的剧作家克莱尔·布斯·卢斯（Clare Booth Luce）成为这一时期妇女运动的领军人物。来自共和党的卢斯先成为大使，后来又变成了影视人物。卢斯的智慧和敏锐的表达在其个人访谈和剧作中都得到充分体现。卢斯最知名的作品是《妇女》（The Women, 1936）。该剧讲述了30年代发生在纽约上州关于通奸的故事。卢斯探讨了金钱、美甲师、按摩师、妇女时装设计师、里诺的离婚案以及妇女之间的争斗等，旨在批判美国社会中的某些问题，讽刺了美国的富人阶层。该剧对妇女真实情况的刻画为女权运动作出了重要贡献。卢斯敢于在艺术风格和剧本主题方面进行尝试，但是她30年代的作品却被人们误解和忽视。30年代以后，卢斯转向政治领域。

另一位重要作家佐伊·艾金斯也取得了令人瞩目的成就。艾金斯的作品《希腊人有话语权》（The Greeks Had a Word For It, 1929）得到了观众的广泛认可。艾金斯1935年以其将伊迪丝·华顿（Edith Wharton）的作品《老处女》（The Old Maid）改编而成的同名剧本获得当年的普利策奖。艾金斯以其智慧在纽约和好莱坞获得了极大的成功。她塑造的人物在舞台和银屏上获得新生。她的成功反映了人们渴望逃离艰辛生活的强烈愿望。人们渴望躲到剧作家浓墨重彩的情节剧之中，而不是去面对残酷的社会现实。其笔下人物经历的苦难比大萧条背景下人们的实际经历更令人震惊。艾金斯代表了30年代有抱负、坚定而自信的新女性形象。

这一时期最有影响力的作家丽莲·海尔曼的戏剧文学创作就是对这一历史时期社会现实和文化思潮的再现。其作品是对30年代以后美国社会现实的认识和创造性再现。海尔曼作品所包含的深重的历史感和使命感，其对后世妇女作家的引领作用、对妇女戏剧文学的贡献早已成为学界研究的重要内容。

美国戏剧从40年代开始有了新起色。美国剧坛出现的新事件就是尤金·奥尼尔的复出。美国国内外发生的重大事件促使人们逐渐寻求认可，并进行批判性的回顾和反思。20世纪50年代是美国社会急剧变化的时期。与此同时，美国梦在人们的心目中日益萎缩、变味。这个时期的美国戏剧完全由百老汇垄断。

美国经济的萧条时期、第二次世界大战，以及与共产主义运动的冷战等社会变革导致20世纪妇女创作女权主义作品的社会土壤逐渐消逝。戏剧创作的活力也渐趋微弱。妇女的声音在逐渐减弱。但是此后，妇女再次让世界听见她们的声音。美国戏剧在艺术、社会和政治等领域的影响之下，形成自己独特的风格，其中妇女剧作家的贡献功不可没。美国剧作家从欧洲作家身上吸取创作形式和内容。创作新颖、轻视商业利益的作家迅速地响应并支持和帮助其他作家。此时的领军人物有梅根·特里（Megan Terry）、艾德里安娜·肯尼迪（Adrienne Kennedy）和玛丽亚·艾琳·福尼斯（Maria Irene Fornes）等。到20世纪60年代，剧场和妇女创作都面临着重大变革。

60年代在美国是个政治大动荡的时期。民权运动、反对政府介入越南战争的斗争、黑人争取平等权利、反对种族和性别歧视的斗争等迫使作家要面对严峻的社会现实，从多角度看问题。随着实验性戏剧的盛行，这一时期新形式迭出。60年代的文化和政治行为成为美国文化的重要组成部分，在很大程度上政治冲突成为常态。

20世纪美国早期妇女剧作家如佐纳·盖尔（Zona Gale）、雷切尔·克罗瑟斯（Rachel Crothers）、苏珊·格莱斯佩尔、佐伊·艾金斯、露露·沃尔默（Lulu Vollmer）、爱德娜·福伯（Edna Ferber）、莉莲·海尔曼（Lillian Hellman）、卡森·麦卡勒斯（Carson McCullers）和洛兰·汉丝贝丽（Lorraine Hansberry）在她们的年代对美国戏剧作出了极大的贡献，但是直到60—70年代的女权运动以后她们的贡献才得以展现在美国戏剧舞台上。

60年代以来妇女剧作家的创作呈现出多元化趋势，剧作表演风格各异，并且在艺术和政治方面具有较宽阔的视阈，这也正是黑人女性主义戏剧的主要特征。她们对主流文化范式的批评、影响和改变，以及她们的艺术实践都对美国戏剧文学作出了重要贡献。妇女剧作家艾丽斯·奇尔德雷斯（Alice Childress）、洛兰·汉丝贝丽和艾德里安娜·肯尼迪（Adrienne Kennedy）的作品运用丰富的表现形式来进行艺术创作。奇尔德雷斯运用现实主义手法来表现非裔妇女意识，而肯尼迪用超现实主义和表现主义来进行艺术表现。评论家把肯尼迪和欧洲荒诞派作家联系起来，因为肯尼迪的剧本充满象征和重复性的语言等特征。肯尼迪借用历史人物形象并以此来营造剧本梦幻般的效果。60年代之后那些处在社会边缘、被剥夺了权利、被社会抛弃和遗忘的人群开始向社会中心移动。汉丝贝丽的《阳光下的一粒葡萄干》（1959）不仅获得了纽约剧评奖，也是一段时间内上演率最高的黑人作家的作品，其主要演员也由黑人承担。该剧的成功标志着美国戏剧史崭新的一页。

这一历史时期产生重要影响的剧作家梅根·特里（Megan Terry）于1983年被授予戏剧家协会年度奖，作为"对她这位有良知而又引起争议作家的作品和她对戏剧做出的多种永恒意义的贡献的认可"[①]。始终关注妇女问题的特里是美国女权主义戏剧运动的领衔人物。她对女权主义戏剧的阐释思路非常宽阔，认为任何能给妇女信心，展示妇女自我并有助于分析出是正面还是反面形象的作品都是有益的。特里坚持不懈地通过戏剧创作探讨妇女面临的种种问题，抨击性别歧视，肯定女性的力量，坚定她们的信心，影响和哺育了不少美国女剧作家。

特里1964年写成的剧本《温室》（Hothouse）用现实主义手法探讨妇女问题。剧作以1955年西雅图附近的一个渔村为背景，生动地展示了妇女生活的世界。剧中主要人物都是女性，揭示了一个美国家庭三代女性在一个小房子里走过的人生历程。剧本流露出剧作家对不幸妇女人物的深切同情。《温室》依赖现实主义的细节描写和语言对话的力量，创造了一种有明显女性特色的生活氛围，即妇女生活的环境世界。剧中人物语言风格与荒诞剧的开拓者塞缪尔·贝克特戏剧作品中的语言风格有些相似，动作性强，即只有通过表演才能让观众理解语言的潜在含义，靠语言的力量推动人物与人物之间关系的变化，借以推动剧情的发展。

[①] Kolin, Philip C., *American Drama Since 1945*, New York: Greenwood Press, 1989, p.448.

开放剧院①倡导即兴演出，根据这种即兴演出的理论，人物、性别、年龄、阶级等都不是固定不变的，视剧情需要进行瞬间转换，这种模式给演员提供了一个能够充分发挥自己艺术才能的舞台。梅根·特里是在运用角色转换手段来"建构"自己的戏剧。富有开拓精神的特里大胆地进行戏剧试验，经常运用"转换"技巧来探讨妇女的人生历程，这也形成了特里自己的特色，即开创了"转换剧"的先河。

作为在舞台讲述故事的可选技巧，"转换剧"与传统的戏剧模式不同，"转换剧"不是以剧情发展作为心理与现实的固定表现模式，而是以意象为主导，表现即兴的现实世界，可以把三维人物形象转换成为抽象的器官意象，譬如成为机器或者不为人所知的生灵的一部分。人物形象甚至会变成历史性的人物或动物意象。人们意识的不断转换，目的在于揭示人们在特定历史时刻所不得不面对的人类生命经历的多元性和复杂性。

特里女权戏剧批评的首部重要作品《让母亲镇定下来》（*Calm Down Mother*）体现了开放剧院早期特里和约瑟夫·蔡金（Joseph Chaikin）采用的即席手法。转换戏剧不仅更加睿智地抽象了在心理分析层面人格或身份的碎片化，而且有助于人们表现自己所期待的身份角色。《让母亲镇定下来》中刻画的各式各样的人物就是这一技巧的浓缩。

《让母亲镇定下来》于1965年由开放剧院上演。它被赞誉为"第一部真正的美国女权主义剧作"。该著旨在写母女关系问题。剧作家让演员在不同的场景中扮演不同的角色，即演员不停地从一个角色转换成另一个角色，其目的是表明剧中人物不是"玩物"，而是一种"活思想"的体现，让观众看到演员的体形、声音和角色不断发生着的变化，并感知人物内心的复杂性。特里的另一典型的女权主义剧作《来来去去》（*Comings and Goings*，1966）由两位妇女演员（也可用两个男演员）来扮演，以此来探讨性别角色的重要性及两性关系问题。剧作家在此剧中不是肯定或否

---

① 开放剧院，在外外百老汇戏剧中，开放剧院起着十分重要的作用。这个剧院成立于1963年，它最初由17个演员和4个剧作家组成。开放剧院的成员有演员、舞蹈设计师、画家和剧作家。他们从音乐、电影、雕塑等其他艺术中借用表现手法，并公然向文学提出挑战，强调将重点从戏剧文学转向舞台表演。在创作实践中，开放剧院成功地运用了转换（transformation）的表演手法。开放剧院强调声音和动作，然后在此基础上慢慢成形，创造出有力的意象。戏剧不单要通过语言，而且更要通过人的形体动作和声音来表达思想。形象大于语言，剧场性大于文学性，这是他们所追求的目标。

定当代社会中的社会角色和性别角色,而是通过角色转换来解释现代人之间思想感情难以沟通的现状。

特里不仅重视戏剧技巧的创新,而且重视戏剧创作的思想内容。特里在关注妇女问题的同时,也关注其他社会问题,譬如政治、战争等方面的问题。《越南岩》(*Viet Rock: A Folk War Movie*)是她的一部力作。该剧于1966年5月25日在纽约市拉妈妈咖啡馆[①]由开放剧院剧团首演。这是第一部关于越南战争的戏,也是第一部摇滚乐音乐剧。剧本的主题十分明确,即抗议和揶揄美国政府介入越南战争的不人道和愚蠢行为,抨击了战争和某些人对战争持有的错误的价值观念,严正地指出了战争给普通人带来的只有苦难和无意义的死亡。剧作家娴熟地运用了即兴演出和角色自由转换技巧以及电影手法等,成功地塑造了战争抗议者群体形象。

特里对评论界称她为"女权主义剧作家"颇有不满情绪,争辩道:"我不想被看作只为妇女写作,我是为全人类写作!我感到对过去、现在和将来都负有责任。"[②] 特里的戏剧创作涉及的社会面相当广,但重点还是放在了对女性问题的关注上。《让母亲镇定下来》、《温室》和《来来去去》等是她早期女权主义戏剧创作的一个高峰。《狱中的姑娘:一部关于女子监狱生活的文献音乐幻想曲》(*Babes in the Bighouse: A Documentary Musical Fantasy About Life inside a Woman's Prison*, 1979)是她最为成功的剧作之一。梅根·特里坚持不懈地通过戏剧创作探讨女性受到不公正对待

---

① 拉妈妈咖啡馆,20世纪60年代后,美国纽约原与百老汇商业戏剧相对抗的外百老汇戏剧也渐趋商业化,演出费用不断上涨,于是一些新剧作家便另辟蹊径,在格林威治村的咖啡馆、酒吧、顶楼、地下室或教堂以更低的成本演出各种更为新颖的实验剧,由此产生了外外百老汇运动。这项运动的主要创始人之一是爱伦·斯图尔特。她是一位黑人妇女,原是服装设计师,1962年同剧作家保罗·福斯特合作,在曼哈顿东区第九街租了一处地下室,内设25个座位,上演新剧作家的戏剧。次年,她在第二大道开设了一家拉妈妈咖啡馆,内设74个座位,1965年上演的莫瑞·希斯格尔《打字员》和1966年上演的L. 威尔逊《爱尔德里奇的白霜》获得公众的好评。1966年,剧作家汤姆·奥霍根率领拉妈妈咖啡馆演员赴欧洲轮回演出,取得很大的成功,被誉为"新美国戏剧",并由此而获得国际声誉。斯图尔特在这期间发现和培养了一大批新剧作家,1970年,拉妈妈咖啡馆改名为拉妈妈实验戏剧俱乐部,移至东区第四街一座新整修的大楼,内设两座剧场,由此成为一个世界性组织。美国《绅士》杂志把爱伦·斯图尔特列为世界最重要的百名妇女之一,她也被称为"外外百老汇之母"。爱伦·斯图尔特的实验戏剧俱乐部至今仍是美国一些希望在创作、导表演、舞美设计方面试行创新的戏剧艺术家向往的圣地。

② Betsko, K. and Koeing, R., *Interviews with Contempoary Women Playwrights*, New York: BeechTree, 1987, p. 488.

的问题。特里是勇于开拓、风格多样的剧作家,她创作的戏剧多从妇女角度来探讨严肃的社会问题。特里是美国女权主义戏剧的代表人物,也是当今美国戏剧史上占有重要地位的剧作家,其作品体现出的政治意识比较晦涩,也体现出一种虔诚的精神气质。

到 70 年代,受到第二波女权主义运动的影响,妇女剧作家著述颇丰,创作主题新颖而富有震撼力。妇女运动促使她们从女性群体中寻求力量和支持,也促使妇女去发现全新的自我和艺术创作源泉。在 70 年代,经历长期的沉默和隔离后,走到一起的妇女作家发掘自我意识,并彰显政治意识。这一切成就了妇女剧作家的艺术创作。妇女作家讲述自己的故事,并且也拥有自己的舞台和观众。到 20 世纪 80 年代,有些妇女剧作家开始为成立于 20 年之前的非营利职业剧团写作。有些妇女作家甚至进入由男性主导的商业创作领域。

从 70 年代中期开始,美国的社会动荡有所缓和,作家开始冷静下来,以更务实的心态看待世界、思考问题,即开始重视现实主义手法,写严肃主题。在现实主义戏剧创作中,"回头写实"成了一种新趋势。这一时期妇女戏剧的发展与女权主义运动密不可分。女权主义运动的宗旨之一就是妇女之间形成集体性的互助关系。妇女需要彼此扶持,共同培育自信,努力在社会中找准自己的位置。由美国全国妇女组织引领的开始于 20 世纪 70 年代、持续到 80 年代的女权运动为争取平等权利修正案的通过所做的努力,激发了妇女作家探索女性身体的自主权以及性别不平等问题。而女性摆脱了对对立面的依赖之后向内在的转化,即对身份的寻找。妇女剧作家对妇女问题的关注更加强烈。她们的创作以妇女为主体,探讨妇女所遭遇的性别压迫和歧视,诉说身份危机和身份认同的寻找。妇女剧作家的创作集中反映了妇女所共同面临的问题。不仅如此,妇女剧作家探讨了妇女戏剧如何和妇女运动结合在一起,以及妇女戏剧如何划定自己的版图并寻求新的表现方式。妇女剧作家和同时代的其他剧作家一样具有共同的愤怒感,但是她们用不同的方式来表达自己的感情。

受到女权主义运动的鼓舞,并且参与到该运动之中的非裔美国剧作家恩托扎克·香格(Ntozake Shange)的剧本《彩虹艳尽半边天》(*For Colored Girls Who Have Considered Suicide/ When the Rainbow Is Enuf*)再现和反思了 60 年代的民权运动。贝思·亨利的《芳心之罪》(*Crimes of the Heart*, 1977)、玛莎·诺曼的《晚安,母亲》(*'Night Mother*, 1983)、蒂

娜·豪（Tina Howe）的《绘画教会》（*Painting Churches*，1983）和温迪·温瑟斯坦（Wendy Wasserstein）的《海地编年史》（*The Heidi Chronicles*，1988）以及《罗森斯维格姐妹》（*The Sisters Rosensweig*，1992）等都是这一时期的典型代表作品。"在这些妇女作家的笔下，无论是妇女叙述的故事、塑造的背景、使用的栩栩如生的语言等都体现了妇女中心的世界。她们的剧本赞美女性的主体性地位而不被看作客体；妇女能够主宰自己的命运。许多剧本中妇女的自我探索经常以家庭生活为背景，她们寻找自我形象，重塑并再现她们的本质身份，表达她们的身体和自我欲求。"[1]

20世纪70—80年代的另一重要现象是妇女戏剧团体和妇女实验剧院的产生和发展。这些妇女戏剧团体和妇女实验剧院通过戏剧宣传提高妇女自我解放的意识，并通过剧院表达她们对生活的认识以及她们的希望、情感和梦想。她们用戏剧的形式把深埋在心中的东西展现在观众面前，也通过戏剧来认识自我，确立自己的价值。她们把妇女作为生活的中心，力图用新的手法和形式创造妇女自己的文化，并号召妇女把自己看作社会的中心。女权主义运动为妇女剧作家提供了舞台，促进了妇女剧作家的创作，同时也反作用于女权运动的发展。妇女剧作家把时代、社会、文化精神等通过作品展示在观众面前。

女性主义戏剧团体的产生促进了女性主义戏剧的迅速发展。这些由女性写作或关于女性的女性主义戏剧展现了妇女的身份危机以及她们应对困境并解决问题的方式。女性主义戏剧的发展促使女权主义者认为戏剧为她们描述自己的情况提供了有力的帮助；反过来，这又进一步推动了女性主义戏剧的发展。"20世纪所有的文化思潮和社会运动中女性主义与时俱进，一方面广纳博采、批判性地吸纳所有同女性不平等地位与非正义待遇斗争的理论思想，不断地总结女性主义运动的实践经验，另一方面又因其对既成的文化和社会制度的广泛质疑、挑战和修正，从而在社会的各个层面产生了持久而深刻的影响。女性主义戏剧理论作为女性主义的重要组成部分和西方戏剧理论流派之一，虽然历史较短，但在戏剧理论和实践上发挥的重要作用和产生的广泛影响已为世人所瞩目和认可。始于20世纪70年代初西方妇女运动和实验戏剧的女性主义戏剧理论是对戏剧文本和演出

---

[1] Mattew Roudane，*Amercian Drama Since 1960：A Critical History*，New York：Twayne Publishers，1996，p.113.

进行批评的理论实践。"① 女性主义戏剧广采博纳，并益发呈现出多元性和含糊性的特点。20世纪70年代中期至80年代初，女性主义戏剧研究除继续考察检讨西方戏剧史上的经典之作以及这些剧作之中的妇女角色等问题外，女性主义戏剧批评的重心焦点转向了妇女剧作家。

进入20世纪90年代以来，妇女剧作家的艺术创作越发成熟，并且呈现多元化趋向。妇女剧作家既探讨性别问题的界定、性别和权力的关系、妇女平等、妇女用语和妇女经验，赋予妇女作家在父权社会和性别社会中的权力，对男性剧本中刻画扭曲的妇女形象进行反击和纠正，同时又致力于用现实主义和独具特色的实验性创作手法对当代社会问题进行刻画和再现。

可以看到当代美国妇女戏剧总的趋势是向传统靠拢。剧作家更加贴近现实，注重表现人与当今社会的关系，关注诸如人类在发达社会的地位、种族关系、性别对抗等现实社会所面临的问题。当代美国妇女作家既写表现强烈女性意识的作品，也写具有重大社会与现实意义的作品，她们多从妇女立场出发，将视角投向婚姻、家庭、爱情和母女关系等方面。妇女作家多采用现实主义手法，但也进行多层面的艺术创新。

当代美国妇女剧作家掌握和顺应戏剧所固有的传统程式，以期获得接受和认可。她们有意识地以女性视角观察社会，关注女性生活和家庭关系，剧中的主要人物也多为女性。妇女剧作家的创作逐渐从边缘走向中心，发出自己的声音。尽管评论家科恩认为就作品的"深度和广度"而言，"妇女剧作家都不及同时代的戴维·雷勃（David Rabe）、山姆·谢泼德（Sam Shepard）、戴维·马梅特（David Mamet）等男性作家"②，然而当代妇女剧作家积极探索和拓宽自己的艺术道路，呈向上发展的趋势。

值得一提的是美国妇女剧作家在不同时期的作品中塑造了不同类型的人物，她们各有独特的艺术风采。作为美国历史最悠久、影响力最大的奖项普利策奖，自1917年设奖至今，获奖的妇女剧作家数量稀少。在某种意义上，获奖妇女剧作家和她们的作品代表着妇女戏剧文学的主要成就。20世纪最终以普利策奖的第一个"首次"画上了句点——妇女作家连续

---

① 周宁：《西方戏剧理论史》（下），厦门大学出版社2008年版，第1275页。
② Ruby Cohn, *New American Dramatists*, 1960—1990, London: the MacMillan Press Ltd., 1991, p.58.

两年摘得"普利策戏剧奖"的桂冠：先是1998年保拉·沃格尔（Paula Vogel）凭借《我如何学会驾车》（*How I Learned to Drive*, 1998）获奖，接着1999年玛格丽特·埃德森（Margaret Edson）又凭其《风趣》（*Wit*, 1999）赢得这一奖项。两位剧作家都运用幽默的手法把原本十分恼人的主题变得令人乐于接受，甚至颇具娱乐性。沃格尔的剧作主要以恋童癖为主题；而埃德森的作品则描绘了被卵巢癌击败的女人的故事。21世纪之初的杰出妇女作家苏珊·洛瑞·帕克斯（Susan-Lori Parks）以《胜利者/失败者》（*Topdog/Underdog*, 2002）获得普利策奖。当代妇女剧作家的创作已经被认可并逐渐进入经典的行列。

　　本书拟以20世纪30年代以来由妇女剧作家创作的重要作品为研究对象。20世纪30年代社会动荡和经济起落对美国戏剧文学的发展产生了重要影响。社会思潮的流变促成文学的繁荣。而文学作品中刻画的现实又促使人们对社会文化思潮进行重新认识。不同时代、不同族裔背景下妇女剧作家的艺术创作既具有惊人的一致性，也形成了明显的差异。本书从文化、历史、美学及意识形态等诸多角度探讨妇女剧作家的艺术创作以及她们对文学史的贡献。

　　本书力图体现出美国当代妇女戏剧家的代表性和多样性。不同历史时期、不同种族、性取向有差异的妇女剧作家的艺术创作既是社会发展和历史变迁的产物，也是对社会历史语境的再现。她们创作的经久魅力和严肃思想是对美国文学乃至世界文学的重要贡献。

　　尽管国内对单个美国妇女剧作家的研究有一定的成果，但是对妇女剧作家群进行系统研究的成果还比较缺乏，美国妇女剧作家对文学史的贡献还没有得到充分的挖掘。本书旨在对美国妇女戏剧文学进行较深入的解读和评价，并发掘她们对美国文学和世界文学的贡献。

第一章

表现地域意识

地域意识是美国南方妇女剧作家的重要创作思想。她们的创作承继了南方文学传统,受到南方文艺复兴的影响。

南方文艺复兴不仅是西方现代主义文学的重要组成部分,而且在一定程度上可以说是它的缩影。现代主义文学是传统与变革相冲突的结果,是传统社会和传统观念在资本主义工商文明的冲击下崩溃瓦解这一历史时期的产物。现代主义作家大都对传统生活方式的毁灭和传统价值观念的沦丧感到痛心疾首。可以说没有强烈的传统意识,就没有传统价值体系的解体所造成的强烈的失落感,也就没有文学中的现代主义。正是由于他们的传统意识,他们看到传统问题并且认识到传统观念作为一种垂死与僵化的体系,无法同现代工商文明相对抗,也无法作为人们在现代社会中赖以生活的精神和道德支柱,所以才感到那样强烈的失落和绝望。现代主义作家的作品中表现出文学史上前所未有的阴郁和绝望。但在艺术的创新方面,他们却表现了极大的勇气和反传统的强烈倾向。为了准确描绘他们眼中那破碎而荒诞的世界和表现生活在这样世界中的人们的异化感,他们在文学形式和写作艺术上孜孜不倦地进行探索和试验,创新出许多前所未有的表现手法和技巧,取得了不朽的成就。同欧美的现代主义作家一样,南方文艺复兴时期的作家是在本质上的保守主义者和文学艺术上卓有成效的探索者。

南方文艺复兴的产生不是一个偶然的现象,它有着广阔的历史背景和深刻的社会根源,更有文学发展上的直接因素。它受到外部强大的影响,更有蓬勃的内在活力。南方文艺复兴产生于美国南方经历深刻变革的时代,是现代化同传统社会相撞击、现代主义文学运动同美国南方文学传统相结合的产物。它不仅是现代主义文学的重要组成部分,也体现了西方现代主义文学产生和发展的历史。

美国南方妇女剧作家具有独特的视角和艺术特征，创作具有地域痕迹的创作主题。"南方"或者说"南方性"内化成为她们艺术创作的一部分，她们自觉或不自觉地把自己对南方的感知融入自己的主题创作或者审美选择之中。南方作家卡森·麦卡勒斯（Carson McCullers，1917— ）的作品《婚礼的成员》（The Member of the Wedding）经改编后在舞台上演出并大获成功。该剧是对南方同性恋恐惧以及性别规范的再现。该剧表明作者对自己少女时期性别身份、性问题以及南方酷儿身份所造成的歧义性的抗争和反思，是对规约性别身份的南方社会的批判。

南方妇女剧作家逐渐摆脱他人身份，进入美国戏剧主流。当代南方妇女剧作家超越地方剧院，走向更为广阔的舞台。她们的剧作带有南方色彩，极具南方风土人情特色，书写南方社会和文化传统，塑造南方主题。她们在艺术手法上也进行全面创新。她们对性别身份问题尤为关注。地方剧院的繁荣和多元化发展也带动了南方妇女剧作家的发展和创作。

美国南方妇女剧作家倡导以批判的眼光看待历史，强调特殊的地理位置和历史对人物行为观念的影响。南方妇女剧作家的作品既表现了南方文明的衰落，又表现了旧文明的抗争。大多数南方作家似乎对故土有着深厚的感情，无论身在何处，南方是永远写不完的话题。本章拟探讨两位独具特色的南方妇女剧作家。

美国南方著名的妇女剧作家海尔曼于1905年6月20日出生在南方路易斯安那州新奥尔良市一个犹太家庭，后来举家迁居纽约市。她从1923年起就读于纽约大学，后来又进入哥伦比亚大学，但没有等到大学毕业就参加了工作，曾做《先驱论坛》周刊的评论员等工作。海尔曼在1925年与后来成为剧作家的阿瑟·考伯（ArthurKober，1900—1974）结婚，1932年离婚，后来一直没有再婚，故人们习惯上称她为海尔曼小姐。海尔曼和进步作家达希尔·哈默特（Dashiell Hammett，1900—1961）有长达30多年的亲密交情，受其思想影响较大。海尔曼思想进步，同情苏联的社会主义事业，曾于1937年去莫斯科参加那里的戏剧节活动，接着又去了西班牙，亲眼见证了西班牙内战，回国后公开发表声明支持反法西斯侵略的正义事业。第二次世界大战期间，她积极参加了反法西斯侵略的正义斗争。1944年，她应苏联政府的邀请，再次踏上访苏的危险旅程，穿越西伯利亚，到达了莫斯科，并不顾自身安全亲临苏德前线。40年代末，海尔曼又积极为世界和平事业奔波，曾参加并参与组织世界文化科学和平会议。

50 年代初，海尔曼是美国轰动一时的知名人物，因为她从事进步事业，反对以麦卡锡为代表的反动势力迫害进步人士。作为一位卓越的社会活动家，海尔曼为和平正义事业奋斗了一生。

与美国 20 世纪 30 年代的作家一样，海尔曼在 30 年代的作品中，探讨了大萧条以及由此所导致的后果，这一历史背景也促进了海尔曼政治意识的觉醒。海尔曼对美国社会的分析从本质上讲是马克思主义的，因为海尔曼的作品以物质和经济状况为基础来阐释社会关系，强调环境的决定性因素和阶级矛盾，同时寄希望于对立的阶级冲突中诞生出社会主义的新人类。海尔曼的剧本表明政治艺术既是时代的产物，也是一种创新力量。这一创新力量可以促使人们对戏剧题材有更加开阔的理解，也可以加强人们对海尔曼作为女权主义先驱者的共识。

随着妇女运动逐渐成为社会关注的主要焦点之一，海尔曼成为 30 年代最优秀的妇女剧作家。但是海尔曼拒绝被归类为女权主义作家或者是南方剧作家。海尔曼关注妇女权利与经济地位的关系，认为妇女问题的根源在于能否在经济上取得独立。剧本《孩童时光》（The Children's Hour, 1934）中的卡伦（Karen）和玛莎（Martha）依靠自己的努力获得了经济上的独立和社会地位。《小狐狸》（The Little Foxes, 1939）中的芮金娜（Regina）因经济上不独立，只能依靠男人而生存，而二十几岁的卡伦和玛莎拥有教学和管理技能，因此在学校事业方面蒸蒸日上。

海尔曼是具有反抗精神和社会批判锋芒的剧作家，是美国剧坛具有影响力的人物，是 20 世纪著名的现实主义剧作家之一，同时又是一位非常有影响力的社会活动家。海尔曼在美国戏剧界占有一席之地，这不仅是因为她的剧作多次在好莱坞上演并获得很多著名作家的好评，而且还因为她在 20 世纪 30 年代美国戏剧创作领域男性占绝对主导地位的时期破茧而出，确立了自己在戏剧界的声誉，并为后继者铺平了道路。她以妇女作家的独特视角来披露南方社会妇女的生存状况，并试图阐述自己对新女性的命运和前途的设想。海尔曼的生活经历使她同时具有南方的感伤和北方对于这种感伤的批评的双重意识，这对她后来的文学创作产生了深远的影响。

作为具有影响力的作家，海尔曼在美国妇女戏剧史上的地位尤为重要。海尔曼现实主义的创作风格、强烈的政治意识和社会意识，独特的南方情结都对同期和后继作家产生了重要影响。海尔曼的戏剧创作生涯从

30年代中期开始,其创作对美国现实主义戏剧的发展作出了贡献。她曾两次荣获纽约戏剧评论家协会奖(1941,1960),还获得了布兰迪斯大学艺术奖(1960)、美国文学艺术院金质奖章(1964)和保罗·罗伯逊奖等。海尔曼一贯极为重视作品的思想内容,她一开始就以易卜生为榜样,作品重点写社会问题,揭露社会中的丑恶现象,后曾对马克思主义思想感兴趣,通过解剖家庭揭开资本主义社会中存在的"毒瘤";晚年的戏剧创作风格有向契诃夫靠拢的趋势。

深受南方文化浸润的女剧作家贝思·亨利出生于密西西比的杰克逊城。亨利于1974年从南卫理公会大学(Southern Methodist University)获得艺术学硕士学位(B. F. A.),1975年和1976年在伊利诺伊大学从事研究工作。在南卫理公会大学演出专业求学期间,亨利阅读了大量经典作家的作品,包括契诃夫(Anton Chekhov)、贝克特(Samuel Beckett)、萧伯纳(G. B. Shaw)和莎士比亚等,这些作家对其之后的创作产生了重要影响。亨利的戏剧创作既有怪诞的悲剧也有悲哀的喜剧。其大多数剧本深刻地刻画了美国南方。剧作家使用幽默的语气、精练的对白以及哥特式的弦外之音来再现人们离奇的反常行为等。亨利的人物塑造呈现出高度的复杂性。

亨利的早期剧本主要刻画了密西西比和路易斯安那地区发生的故事。而其晚期作品《不可能的婚姻》(*Impossible Marriage*, 1999)故事发生在佐治亚的海边,讲述了南部熟悉的主题故事,探讨了紧密的家庭关系、人际关系的崩溃和解体、人在逆境中体现出的倔强意志,以及人与土地、生存与土地的关系等。亨利以美国南方为背景的剧本《芳心之罪》(*Crimes of the Heart*, 1979)获得普利策奖。该剧是亨利的成名作和处女作,获得包括普利策奖在内的纽约戏剧评论家协会奖、乔治·奥本海默戏剧创作奖、格根海姆奖和托尼奖提名多项大奖。亨利其他知名作品包括《我忧郁吗》(*Am I Blue*)、《为杰米·福斯特守灵》(*The Wake of Jamey Foster*)、《爆竹皇后》(*The Miss Firecracker Contest*)、《社交舞会》(*The Debutante Ball*)、《幸运点》(*The Lucky Spot*)、《富裕》(*Abundance*)、《签名》(*Signature*)、《控制狂》(*Control Freaks*)、《饮酒狂欢》(*Revelers*)和《L剧》(*L-Play*)。这些作品都与美国南方结下了不解之缘。

亨利的创作已经得到了广泛的认可。成长于密西西比的亨利对南方文化中怪诞性的迷恋,使她被认定为带有女权主义意识形态的南方哥特式传统作家。亨利的剧本不仅关注地域问题和社会问题，而且超越了对地域的关注，主题逐渐多元化。剧作家刻画了存在主义的绝望情绪，也就是弗洛伊德所称的现代神经症。亨利塑造的人物可以用弗洛伊德的理论来解读，那就是刻画因文化禁忌而造成患神经机能症的个体。亨利剧本富有幽默气息的荒诞性特征以及对现代社会女性主义视角的批判等加深了人们对其作为剧作家和后现代派思想家的深刻理解。

第一节　独具特色的南方地域意识

1. 地域意识

海尔曼的剧本考察了美国南方社会现实和家庭生活，记录了美国南方社会对妇女和男性的不同评价和期待。美国南方是《小狐狸》（*The Little Foxes*, 1939）和《丛林深处》（*Another Part of the Forest*, 1946）创作的历史背景，剧作家指出南方社会和经济现状决定着剧中主要人物的行为和命运。《秋园》（*The Autumn Garden*, 1951）的背景设在海湾（The Gulf Coast），这一背景对剧情发展起到了重要作用。《阁楼的玩具》（*Toys in the Attic*, 1960）以新奥尔良为背景，确是体现了美国南方的决定性影响。在这一系列剧本中，海尔曼逐渐地摆脱了对自己家族历史以及对南方历史事实的依赖。但是海尔曼的南方地域意识却是贯穿始终的。

海尔曼善于运用美国南方巨变的历史，创作了大量富有地方特色的剧作，富有震撼力和感染力。海尔曼在创作《小狐狸》之前，对20世纪之初南方的经济状况做过深入了解，对剥削廉价劳动力的工厂等经济状况进行过研究。《小狐狸》以美国南方小镇为背景讲述了美国内战后哈伯德家族的故事。海尔曼融合自己在南方的体验和她所阅读的关于南方的历史创作了该剧。南方地域特征以及海尔曼对南方的感情，在关于哈伯德家族的两部剧本中体现得最为明显。海尔曼的地域感以及对南方持久的情感都在剧本中体现得淋漓尽致。海尔曼熟知的关于美国南方的历史、经济和文化的文献被运用到其创作之中。海尔曼从黑人歌曲、20世纪之初的旅游书（travel books）甚至南方小说中获取创作灵感。这些资源加深了海尔曼对美国南方的刻画，海尔曼在创作中更加关注南方对国家经济起到的作用，而较少关注南方农业和南方传统起到的作用。

海尔曼努力去刻画具有历史真实性的南方，不仅体现她想要刻画真实历史的愿望，更是因为她对南方地区持久的感情。海尔曼从史料中汲取营养，同时运用现实主义手法进行戏剧艺术创作。海尔曼集南方家族的历史和国家的历史于一体，塑造了诡计多端的人物，显示了其对南方的兴趣以及她自己的南方身份。在《小狐狸》中，人物刻画和南方背景相融合，故事背景和变化中的经济发展促使人物性格发生变化。南方背景作为历史和艺术现实依据，对剧本的创作和表现起到了关键作用。

在《小狐狸》中，海尔曼关注地域变化以及美国南方从农业社会向工业社会的迅速转变。对于这个人物的刻画，不仅体现了剧作家关注南方变动中的经济现实，而且关注美国社会的急剧变迁。在这一意义上，我们可以认为海尔曼是具有政治关怀的作家。《小狐狸》深刻地表现了新兴资本主义如何逐步蚕食传统的南方农业经济，一批批狡猾精明的新贵如何通过盘剥黑人和下层白人而骤富，并把过去的贵族赶进坟墓。现在他们又伸出触角与北方工业资本联盟，把现代化生产方式引进古老传统的边远南方的种植园，牟取更大的利润。作者不仅用冷静客观的笔调勾勒出南方经济和社会结构的变化，而且对资本家的贪婪残暴、自私冷酷本性给予了愤怒的鞭挞。

《小狐狸》体现了作者对美国南部历史的再现。海尔曼揭露了人们在追逐财富的同时精神上却出现的颓废和堕落。金钱可以买到任何东西，这就意味着人们丧失了自己的文化和灵魂。《小狐狸》的故事发生在1900年，这在美国历史上是一个至关重要的转折点，此时的南方正从农业社会转向工业社会。南方种植园主和北方商人联手，权力和剥削相结合形成的美国大工业资本家共同追逐利润和巨额财富。海尔曼把哈伯德家族和狐狸意象连接在一起，认为他们破坏土地和自然，攫取了大量的资源，必须受到谴责。

《小狐狸》的背景是南方棉花种植区，因为棉花种植区见证了各种剥削和压迫。工业化时期棉花种植业移到南方。南方种植园主的巨大利润来源于对自然资源的掠夺和剥削贫困黑人、白人的劳动成果。《丛林深处》是《小狐狸》的前奏，海尔曼在该剧中对哈伯德家族的背景进行刻画和挖掘。《丛林深处》讲述了哈伯德家族年轻时的故事。该剧围绕着产业、生意和家庭权力所爆发的父子冲突和家庭矛盾，描写了哈伯德家族的发迹史，形象地再现了新兴的资产阶级无情地取代传统贵族而成为南方社会的胜利者。作者用饱蘸同情的笔调为南方文化的没落谱写了最后一曲挽歌。

该剧的历史背景是1880年,比《小狐狸》发生的时间晚20年。《丛林深处》中年轻的芮金娜、本和奥斯卡（Oscar）逐渐演变成冷血、贪婪、充满控制欲而饥饿的"狐狸"。南北战争后的经济状况和社会现实促使了南方社会的形成。经济和其他方面的衰败,在剧本开始就起到了主要作用。该剧以典型的美国南方小镇鲍登为背景。小镇的经济被美国内战瓦解,整个社区也土崩瓦解。城镇居民失去了生活的希望。具有讽刺意味的是,经济的萧条却促使马库斯·哈伯德家族在经济上获得成功。马库斯是野心勃勃、自我造就的商人,他甚至能够创作基本的乐曲,而且自学了拉丁语、法语和希腊语。马库斯因自己具有良好的修养,受过良好的教育而自豪。但是不知不觉中,他贬低了自己的身份,因为他把自己具备的知识当作自己的商品。从根本上看马库斯具有的南方价值观念,仅仅是一种虚幻的高雅。

哈伯德家族20岁的女儿芮金娜爱上了36岁的南方贵族约翰·贝格垂（John Bagtry）,但约翰渴望到巴西做一名雇佣军人,他们注定无法相守。哈伯德家族的野心家35岁的儿子本生性贪婪,完全在爱挖苦人、自我中心的父亲马库斯（Marcus）的控制之下。父亲的商店以极低的报酬雇用本和哥哥奥斯卡。马库斯挖苦儿子,对妻子拉维尼亚（Lavinia）也是如此。马库斯只对女儿芮金娜疼爱有加,但是马库斯不想让女儿出嫁,而是想让女儿留下来陪伴自己,并和他一起到欧洲旅行。

因为内战,鲍登镇贵族之间的紧张关系有增无减,并且贵族的经济境况愈加恶化。而哈伯德家族却因精明经营而财富剧增,由此招致了整个城镇居民的憎恨。马库斯具有精明算计的商业头脑,也具有野心,因为他把自己的成功建立在小镇旧贵族和种植园主衰败的基础之上。在内战之中马库斯既不与联合部队（Union）为伍,也不支持同盟军（Confederacy）,而是积极地积聚财富。冷血而精明的马库斯乘人之危获取财富,他采用的方式就是通过贩卖私盐,让弥留之际的穷苦人放弃一切换取他的盐。马库斯只关注一己之私,置27名同盟军士兵的生命于不顾。为了牟取私盐,马库斯神不知鬼不觉地把北方军队引入南方士兵的阵营。1880年也就是事情发生15年之后,马库斯仍然信守获益者的信条,保守当年的秘密。

马库斯的儿子本具有强烈的占有欲和清醒的头脑,没有任何幻想。冷酷无情的本最终战胜父亲和其他兄弟姐妹,获得了主导权。本利用了芮金娜和马库斯之间有悖伦理的感情,同时阻止奥斯卡与一名妓女结婚的计划,摧毁了芮金娜渴望逃亡到芝加哥的梦想。本想方设法寻找到父亲在内战时期的非法行为的证据,胁迫父亲把全部家族财产转移到其名下。在本年少时,父亲马库斯给予他的关爱和赞赏少之又少,因此本一直怀恨在心,但是本掩饰得很好,他很快就找到了父亲的违法行为,并利用这一事件要挟父亲。在剧本的最后一幕剧情发生逆转,本成为家族中最有权力的人。在最后一幕的阳台上,佣人给本倒咖啡,当父亲伸手拿报纸时,本拒绝父亲的行为。现在所有的特权和享受都属于本,而不是父亲了。本把钱给了伯迪,这样约翰就有钱去巴西了,他告诉奥斯卡他要和伯迪结婚,这样就可以获得贝格垂庄园的全部财产。本还要求芮金娜和富家子弟贺瑞斯·哥顿逊(Horace Giddons)结合,并且告诉芮金娜他如何想方设法扩张家族财富。剧终时拉维尼亚和卡萝莉带走了印证马库斯罪行的《圣经》,芮金娜势利地坐到了本的身边,父亲变成了孤家寡人。

《丛林深处》讲述了曾经儒雅的生活被更加实用和功利的商业社会模式所替代,社会把人们当作可以交换的商品,人们为了经济收益无所不用其极。哈伯德南方古希腊风格庄园是19世纪80年代文化和知识的殿堂,但是对艺术的执着只是薄薄的一层表面尊严,掩盖着见利忘义和道德败坏的社会风气。同时,贝格垂家族建立在奴隶制度基础之上的豪宅林内特(Lionnet)成为废墟,因为他们无法适应战后的经济形势。哈伯德家族偷越封锁线,从战争中受益。哈伯德家族的商人儿子们与三K党[①]竞争,通过欺骗和讹诈伎俩毁灭掉竞争对手,与此同时,他们设计让野心勃勃的妹妹芮金娜最终同意接受没有爱情的婚姻,这样她的家族就能获取芮金娜丈夫家族的财富。这与50年代戏剧所刻画的主题相同,爱情绝非金钱的对手。

本唯利是图的行事风格造成了哈伯德家族关系的解体,这也正是海尔曼突出强调南方社会败落的原因。剧本的最后突出强调了这一衰败是南方

---

① 三K党(Ku Klux Klan,缩写为K.K.K),是美国历史上和现在的一个奉行白人至上主义的民间组织,是美国种族主义的代表性组织。三K党是美国最悠久、最庞大的恐怖主义组织。Ku-Klux二字来源于希腊文KuKloo,意为集会。Klan是种族。因三个字头都是K,故称三K党,又称白色联盟和无形帝国。

社会的衰败，也是政治上的衰败。专横的父亲被权力欲十足的儿子篡权这一事实表明，自以为是的古老南方为自己的愚蠢付出了沉重代价，这也是历史发展的必然结果。

在剧本结尾，马库斯被子女排斥在外，因为他的子女各行其是，对老父亲置若罔闻。对别人情感的冷漠，对家庭传统的失守以及家庭的败落表明新南方社会已经抛弃了古老南方的优雅和温情脉脉。古老南方的衰败不仅仅是由于咄咄逼人的新制度，同时也是旧制度自我毁灭的结果。最终伪上流社会的马库斯被子女抛弃，被剥夺了财富、权力和幻想。

继关于哈伯德家族的剧本之后，海尔曼重新书写了南方衰败的主题。这次没有以哈伯德家族为对象，而是以一群到海湾地区度假的即将退出历史舞台的南方人为对象。《秋园》（The Autumn Garden）显而易见的南方地理背景为塑造人物的心理活动做了重要铺垫。塔克曼（Tuckerman）家族所栖居的温暖而潮湿的度假区突出了人们懒散、无所事事和衰败的精神状态。人们的心理状态与地理背景相契合。人们长期受到压抑的心理最终因外力作用而释放或爆发。剧中人们沉湎于想入非非和对过去的回忆状态之中，试图为他们过去浪费生命、浪费青春年华的行为寻找一种解脱办法，以求得心灵上的平衡和慰藉。剧中人们生活在真理、道义和责任心匮乏的世界。正像剧中人所说，"在南方没有任何一件事是由哪个人承担责任的"。剧中人也不愿意承认失败的事实。

这部契诃夫式的作品更加细致和哲理性地探讨了时间和社会的变动。故事发生在海湾的公寓，室内陈列着主人相隔23年之久的画像，居住在公寓的人们多是中年人，他们经常谈情说爱，但是他们的欲望和行动却常常不一致。剧作探讨的主题丰富，包括悔恨、空虚、倦怠、错失良机和破碎的梦想。公寓的租住者之一格里格斯将军（General Griggs）出于同情继续着与妻子无爱的婚姻。他反思自己过去的决定和优柔寡断，并审视当下面临的选择，明确地表述了自己存在主义的观点，那就是人们一系列的决定最终决定了人们会成为什么样的人，最终会形成何种品性。

《秋园》中没有事件像关于哈伯德家族的故事一样，强有力地推进剧情的发展，也没有冷血的阴谋家迫使他人改变意志，或者是面对着陈年的秘密。剧本中的人物面临的事实是自我的陈年秘密和他人的秘密。但是这一秘密揭开的过程比哈伯德剧本中的秘密温和而迟缓。促使剧中秘密揭示的人是塔克曼欧洲的侄女索菲亚（Sophie）和多年在海外漂泊刚刚回到南方的画家尼克·迪尼瑞（Nick Denery）。海尔曼选择了两位外来者（索菲亚是欧洲人，尼克多年没有回到祖籍）来揭示秘密，旨在表明日渐败落的南方社会没有能力进行自我揭示和自我反省。

索菲亚和尼克无意间的互动促使人们揭示和面对自己内心的秘密。由于塔克曼家的度假区挤满了游客，楼下的沙发就成了索菲亚睡觉之处，醉酒的尼克路过此处并在塔克曼家度过一夜，事情就发生了转机。在此事之前人们似乎都在自我隐瞒。这一事件发生之后，人们就不再有假想，而是让事实大白于天下。在某种意义上，故事背景对剧情发展起到了重要作用。人物自身的心理状态以及隐藏在事件之后的事实起到了重要作用。事实真相发布的时间和地点也与背景相关联。这一度假小镇正如封闭的社区，数个世纪没有任何变化。在这样的社区，人们的某种行为就意味着某种必然结果。正如阔太太艾里斯（Mrs. Ellis）对尼克所言：大家都知道尼克和索菲亚上床一事，在这样一个具有一百五十多年历史的小镇，甚至洗个热水澡，街坊邻居就能立马知道此事。这一事件促使大家认为即使索菲亚和尼克没有睡在一起，社区的人都认为他们行为欠妥。正是因为如此，这件事也促使人们正视此前被忽视或者掩藏的秘密。

除了小镇居民的保守和海湾气候的潮湿，《秋园》中的背景和人物并不能立刻让人联想到南方。但是剧本的确展示了海尔曼对南方地域的熟悉以及对南方地域的迷恋。在《秋园》中，人物的内心世界比地理背景更为重要，因此地域背景所起到的作用远不如前两部剧本那么重要。海尔曼借用了早期在南方封闭社区的生活经历以及在姨妈家寄居的生活经历来塑造剧中人物的内心世界。

《阁楼里的玩具》（Toys in the Attic，1960）是海尔曼创作的最后一部关于南方的剧本，故事的背景是新奥尔良。剧中人物的内心世界和人物之间的互动尤为突出。剧中的对话以及对主要人物伯尼（Berniers）家族的刻画很大程度上是以剧作家家人为蓝本的。剧本也体现出典型的南方社会的特点。剧本中人物与地域的关系十分密切。海尔曼在剧本中把1912年作为故事的背景，同时在剧中加入了个人自传性的生活经历，这也体现了海尔曼对南方地域的深厚感情。剧中老姑娘伯尼姐妹依赖自己的兄弟为生，她们也以对兄弟的爱作为精神寄托。她们打理租赁的房屋，这样她们的兄弟就可以随时回家。在她们兄弟困窘时期，她们主动把自己辛辛苦苦积蓄的钱给他。为了支持兄弟，她们宁愿放弃去欧洲旅行。她们的自我牺牲体现了南方妇女的特点,即她们愿意为别人做出牺牲,为了男人、房子甚至栀子花而放弃自己的生活。剧本借用的就是海尔曼家人珍妮·海尔曼(Jenny Hellman)和汉娜·海尔曼(Hannah Hellman)倾心照顾她们的哥哥麦克斯(Max)的经历。与关于哈伯德家族的剧本和《秋园》相比,《阁楼里的玩具》中的地域背景并没有得到凸显。剧本共同体现的特征是南方成为故事的背景,而且展示了海尔曼的地域之根。

海尔曼创作了大量以南方为背景的作品。其实南方已不再是一个单纯的地域概念,而更主要是一种形象,代表着南方的神话形象和价值观念,是无法实现的希望和失去了导向的激情的象征。海尔曼在创作中把自己的生活经历与南方文化和南方历史相结合,显示了其作为南方人对南方的独特感受和认知。地域因素无论在剧中起到核心作用还是辅助作用,对主题的刻画都起到了重要作用。也正是对这些剧本的解读,让我们看到了海尔曼独特的南方情节。

另一位南方知名剧作家亨利的南方传统影响了其早期剧作中的语言、语气和人物塑造等。这些早期剧作体现出明确的地域感。亨利喜欢南方人们以讲述故事为生活主要内容之一的传统,这也是她热爱这片土地和风土人情的原因。亨利承认她的许多故事都是建立在南方口口相传的叙事传统之上的。南方人更喜欢一家人围坐在厨房说话聊天而不是看电视。亨利对南方地理背景的特别关注和刻画,其广泛使用的方言等都体现出南方地域意识。因此,亨利以南方为背景来探讨社会问题,如父权现状、女性竞争或者是家庭束缚等,并深入探究人们的精神危机和个体异化状态等。

亨利的作品经常写南方家庭的解体,写不合时宜的人物,也写人的怪癖,甚至掺杂着恐怖色彩。她剧中人物的对话语言精确,深受"南方口语传统"影响。亨利笔下的女性体现了南方女性的特征。《芳心之罪》的姐妹们,尤其是贝布和伦尼(Lenny)两位南方女性勇敢地挣脱专横的男性枷锁,寻找生活的力量和快乐。《芳心之罪》不仅真实地展现了一个家庭中几位女性人物的状况,而且展示了密西西比州的现实状况,影射着社会现实的颓废和人类生活中的紊乱现象。

尽管亨利生活在洛杉矶,亨利的前两部剧本的背景却是密西西比小镇。《芳心之罪》发生在父亲家族的故乡哈兹勒赫斯特,而《爆竹皇后》发生在母亲家族的故里布鲁克黑文,它以密西西比州一个小镇为背景,以喜剧的手法和荒诞的笔触塑造了一系列稀奇古怪的人物。20世纪80年代的其他剧本包括她的独幕剧,故事背景要么在密西西比,要么在毗邻的路易斯安那州。两幕剧《幸运点》是以1934年的路易斯安那州一个城镇为背景的,这些地方都是亨利成长的地方。

亨利作品的批评家们并不认可亨利对南方地理背景的超越,相反,他们继续为其作品贴上南方的标签,并将之作为评价的永恒切入点。然而亨利所做的这些努力,不管是她反复地、多层面地描述对南方地域上的遗弃,还是对南方文学的模仿揶揄,包括对其中有代表性作家及不合理的性别策略的讽嘲,反而更增添了其剧本中南方地域的复杂性,体现了亨利自身的身份焦虑。其实,亨利的创作超越了南方地域的局限,探讨了深刻的历史和社会问题。美国南方具有封建贵族遗留的观念和行为,自然很容易成为自由主义者批判的对象。自由主义认为资本主义和自由主义可以构建一个比封建主义社会更加人性化的社会。即使新南方中上层白人仍然保留一定的封建贵族价值观,但是封建贵族统治已为自由主义者的精英阶层所取代。实际上中产阶级自由主义和资本主义已经于1943年取得支配地位。"贯穿《幸运点》的贵族价值观,正如美国文化的重要性一样。剧本的南方背景,在当下的制度背景之下,能够让亨利描写个体生活和社会关系,构成荒诞的对比,贵族价值观和自由主义者价值观进行交锋。"[①] 将美国南方作为其戏剧作品的背景使亨利能够揭露自由资本主义文化与其意欲取代的残酷的封建制之间的相同之处。而剧中事件的发生地南方破落的庄园府第则代表了这一转变。"仅仅一次棋牌游戏,这座府第便经易手,就如《飘》中杰拉尔德·奥哈拉(Gerald O'Hara)得到塔拉庄园一样。南方已有资本主义萌芽并形成精英管理制,封建庄园不再,它又将何去何从?它必将如塔拉庄园一样,必须适应秩序才能得以存续。"[②]

亨利早期对地域特色的探索看起来是非常复杂、矛盾重重的。而这仅仅是20世纪90年代更为复杂的探索的前兆。在20世纪90年代的亨利有意向后南方作家倾斜。后南方作家是指那些在南方的环境下长大,并在其早期作品中围绕着南方的文化展开,但是在他们看来,文化身份在他们的

---

① Julia A. Fesmire, ed., *Beth Henley: A Casebook*, New York and London: Routledge, 2002, p.69.

② Ibid., p.70.

日常生活抑或艺术表达中都不再那么重要。亨利虽没有像弗兰纳里·奥康纳（Flannery O'Connor）①那样将她对地域文学特性的理解完全表达出来，但是她后期的作品在情感的表达上与奥康纳一样的强烈。亨利似乎发现如今的南方作家与早期的南方作家一样具有局限性。但是她后期不断地通过摒弃作品中的南方背景来刻意克服这些局限性。

经过她自己的模仿尝试，亨利揭露出南方文学作品在叙事和其他艺术表现手法上都过于陈旧，缺乏创新，在戏剧中保留有性别歧视之嫌。因此亨利着重体现了她来源于南方却又超越南方的生活痕迹。尽管亨利的戏剧材料局限于南方小镇和小镇生活的不幸者，她对人类弱点的幽默但富有同情心的表达使其剧本具有了广泛的代表性和原创性，也使她成为美国剧坛最有想象力的作家之一。

2. 构建南方社会意识形态

《丛林深处》和《小狐狸》讲述了新南方（New South）的经济发展。新南方的提出起源于美国内战时期，在世纪之交繁荣起来。海尔曼敏锐地捕捉到这一历史时期，看到了时代的变迁对古老南方社会和新一代商人的影响。剧本《森林的另一面》和《小狐狸》讲述了哈伯德家族的发展变迁，他们是新南方资本家的代表。有趣的是，海尔曼把对资本主义的控诉和马克思主义理论运用到美国南方社会的描写中。体现其辩证唯物主义思想的剧本不仅刻画了上层贵族阶级和资产阶级还包括无产阶级。与大多数南方人不同，海尔曼羡慕苏联的社会制度。

海尔曼的马克思主义思想从根本上影响了她的戏剧创作。作品《未来岁月》（*Days to Come*, 1936）表现了海尔曼对无产阶级的同情，描述了工人为反对一家俄亥俄公司而罢工的历史事件。剧作家站在工会一边，就像克利福德·奥德茨（Clifford Odets）在《等待老左》（*Waiting for Lefty*, 1935）中所写的一样。海尔曼的哲学思想与马克思所说的资本家和工人阶级的冲突，或者叫阶级斗争具有一致性。

---

① 弗兰纳里·奥康纳是美国著名的短篇小说作家，主要描写20世纪四五十年代美国南方的农村生活。奥康纳对人性阴暗面的敏锐体察，惊人的对话捕捉能力，恰到好处的讽刺等是为了揭示美国南方农村生活的另一面。她写作的一个特点就是，她能使一个人的弱点变成许多人的弱点；她对人物控制的转换，使小说的结局变得不确定。奥康纳是个南方作家，她的作品具有南方哥特式风格，并十分依仗区域背景和怪诞字符。

《丛林深处》体现了海尔曼的辩证思想。剧本讲述了贵族阶级贝格垂（Bagtrys）家族和资产阶级哈伯德家族的斗争，但是决定权最终归于后者。海尔曼在戏剧结束的时候描绘了无产阶级的到来，塑造了理想的妻子拉维尼亚和她的厨师卡萝莉（Coralee），因为她们为黑人孩子开办学校，从而成为未来的先驱。

海尔曼尖锐地批判南方社会在经济上对黑人的不公平和残酷剥削，揭示了新南方的黑暗一面。本假装对穷人关心，实际上是为了激怒白人来反对黑人。跟本一样卑劣的奥斯卡本身就是贪婪之人，他甚至禁止黑人在他的领地内狩猎。不仅如此，奥斯卡还殴打他的妻子贝蒂（Birdie），这再次暴露了其残忍的本性。《丛林深处》也预测了奥斯卡将来的人格，因为奥斯卡后来加入了3K党。

战后经济的发展摧毁了贝格垂家族。海尔曼把有地无钱的贵族的耻辱表现得栩栩如生。贵族阶层以前看不起资产阶级，就像在《丛林深处》中写的一样，而现在正好相反，是资产阶级看不起贵族阶层了。本表现出彻底的轻蔑，嘲笑贝格垂家族不能适应新时代和他们丝毫不会算计的生活习惯。正是贵族阶层和资产阶级之间的不和谐破坏了贝蒂和奥斯卡的婚姻，因为奥斯卡只是为了钱而与之成婚。夫妻之间不同的价值观导致彼此没有共同语言。贝蒂抱怨丈夫不让黑人在他们的农场狩猎，因为那些农场本来就是她娘家的财产，但现在已经被婆家据为己有了。贝蒂是旧南方迷人的女性，她的乡愁那么感人，但是海尔曼不想让她的观众来同情不切实际的贵族。海尔曼笔下的贝蒂以酗酒来逃避现实和摆脱责任。

在《丛林深处》故事发生的早期，为了揭示哈伯德一家如何变成了他们在《小狐狸》中被描写的那样，海尔曼做了一些交代和描写。资本走私者马库斯通过以超高的非法价格卖盐变富，自此变成南方奸商的代表，导致镇上的人都对他们家的人敬而远之。芮金娜的孤独就是由她父亲的罪恶造成的。

为了表达自己的思想，海尔曼在描述不义之财故事时戏剧性地增加了马库斯对美国南部邦联的不忠。在最初与南部联邦分裂时，马库斯耻笑南方部队。后来马库斯为了走私盐，和联邦军队串通，并把他们带到一个邦联（Confederate）受训人员的营地，最终导致27人被残杀。这一事件之后三K党威胁马库斯，但是马库斯通过从邦联人员那里买到的虚假证明来证明他当时不在场才勉强逃过一劫。战后马库斯和他的儿子们继续他们的金融欺诈。马库斯欺骗向他借钱的黑人。他的儿子本用战时暴力牟取的钱从没落贵族手中收购土地，接着利用马库斯背叛的本事来勒索他父亲，以获得家族财产控制权，因此资本主义的阴谋瓦解了一个家庭。

海尔曼的这些战后情景的描述是有历史背景的。战争之前犹太商贩来到南方变成像马库斯一样的富有店主，后来可以在白人土地主拿到所得的棉花后，再获取黑人剩下的作物。这些商人也收取黑人土地的抵押，当他们无力偿还贷款的时候就取消抵押品赎回权。

海尔曼在她最具代表性的作品《小狐狸》中对资本主义制度提出尖锐批评。《小狐狸》所展现的戏剧魅力很大程度上归功于阶级斗争理论。海尔曼展示了新兴资本主义如何推翻贵族阶层的历史过程。以黑人厨师艾迪（Addie）为代表的工人阶级抨击哈伯德家欺骗穷苦黑人的事实。受工人阶级反抗意识影响的亚历山德拉（Alexandra）和艾迪结为同盟，决心反对资本主义。最终亚历山德拉向母亲芮金娜宣布自己不会袖手旁观任由舅舅本和其他人欺诈穷人，而且自己会斗争到底，正如舅舅本不放弃跟工人阶级的斗争一样。

古老南方不正当的交易造就了新南方富有的制造商，于是资本家的利润成倍地增长。在《小狐狸》中贺瑞斯·戈登斯（Horace Giddens）对本说他的父亲过去能够挣上千而现在他能挣数百万。剧本谴责资本家之间的串谋，因为他们为了追求极高的利润而压迫新南方的无产阶级。

无论海尔曼有关哈伯德家族的剧本，还是南方家族故事，海尔曼都是从马克思主义分析的角度来探讨社会历史演变。哈伯德家族的故事不仅包含了三代人的历史，还跨越了美国三个主要经济和历史时期：南北战争前，南方的早期资本主义时期；南北战争中，资本主义的非法成长时期；战后，资本主义不道德的繁荣时期，这一时期也被称作镀金时代或新南方。海尔曼借鉴了马克思主义的思想来构建其社会意识形态，批评社会制度和价值体系。海尔曼的思想也体现在其对战争的谴责和批判。

第二节　塑造个性鲜明的南方妇女

1. 深陷家庭牢笼的南方妇女

海尔曼的作品不仅构建了南方社会意识形态，而且塑造了众多独具特色的妇女形象。海尔曼的创作体现出浓郁的南方色彩，这不仅是因为她的大部分童年时代是在新奥尔良度过的，而且是因为她下意识地对自己在南方所遇到的紧张的家庭关系和社区关系做出的反应。虽然海尔曼的剧本刻画的是发生在南方的故事，但是海尔曼对妇女形象的刻画具有普遍的意义。海尔曼不仅肯定妇女独立的经济地位，而且认为妇女应当争取经济上的独立。

《小狐狸》塑造了三代深陷家庭牢笼的南方女性。在本剧中，海尔曼将女性生存空间的局限性归结于经济原因。没有经济能力导致女性独立身份的缺失，以至于她们的婚姻和前途都由家族中的男性掌控，成为男性成员获得利益的棋子。逃避是这部作品的一个中心主题。作品中的女性以幻想或怀旧等消极方式逃避现实，沉湎于宗教或者酒精进行自我麻痹。海尔曼对南方社会和经济变化的关注也促使其创作了芮金娜的形象。芮金娜是本剧的核心人物，也是美国戏剧史上最强悍的女性人物形象之一。她一生的梦想就是逃离家庭的桎梏和落后的南方，到芝加哥去谋求新生。她深知金钱的重要性，为击败家族中的男性，获取家族生意中的最大利益，她不惜一切代价，甚至是丈夫的性命和女儿的信任。通过回顾哈伯德家族的发迹史，海尔曼试图说明在芮金娜扭曲的金钱贪欲背后恰恰反映了女性在经济上长期不能自主的现实。剧终落幕时的芮金娜恐慌而孤独，这个看似成功的女人实际上是男权价值观的牺牲品。

由于哈伯德家族的财富是父亲传给儿子，芮金娜被迫依赖自己的狡猾和丈夫的收入为生，因此获取自己应得的财产是芮金娜最重要的目标。她渴望婚姻能给她带来财富和幸福，但是随着时间的流逝，她厌倦了丈夫，因为丈夫没有野心和能力来帮助她获取财富。剧本开始，哈伯德家族充满希望，因为从芝加哥来的马希尔先生（Mr. Marshall）同意和哈伯德家族共同开办棉花加工厂。芮金娜让女儿亚历山德拉去马里兰州把住院的丈夫请回家是为了迫使丈夫投资建厂。但是丈夫霍勒斯回来后并不愿意投资，认为投资建厂获得的利润来自剥削低收入的工人和腐败行为。本和奥斯卡运用计谋获得了霍勒斯的股份，并和马歇尔进行交易，从而把芮金娜拒之门外。当霍勒斯告知芮金娜自己的股份丢失，而且自己也不想做任何努力时，芮金娜故意刺激丈夫并导致丈夫心脏病突发，而此时的芮金娜却拒绝给丈夫服药。芮金娜眼睁睁地看着丈夫从轮椅上挣扎下来倒在地上。她的丈夫尚未来得及修改遗嘱就过世了，这样丈夫的所有财富就归芮金娜所有。此外，她通过勒索行为获得了哈伯德家族百分之七十五的财产。芮金娜不再是没有能力的女性，她知道如何做生意和获取财产，以及如何保护自己的利益。最终芮金娜获得了财富，但是并未得到幸福。因为她对丈夫霍勒斯之死难辞其咎。此外女儿也离她而去，因为女儿不愿意和母亲一起生活。

芮金娜工于心计的行为显示了20世纪之初美国南北战争之后的南方人所面临的绝望的境地。通过对小狐狸群像的刻画，海尔曼旨在探讨20世纪之交美国南方人如何对变动中的经济现实做出反应。尤其是以芮金娜为代表的人物，她们冷血而工于心计，是新南方进步主义的代言人。剧本旨在通过芮金娜对自己经济状况的反应以及对南方变动中的经济现实的反应，探讨古老南方以农业为基础的经济制度的衰败和消亡。

在海尔曼看来，新南方经济的进步对女性的生活产生了重大影响。剧作家描写了妇女想经商但是又被传统观念束缚的社会现实。芮金娜代表着许多从20世纪之初到二战之间有理想有抱负的女性，她们非常优秀，但是社会传统禁止她们成为女商人。她们只能出现在幕后，然而她们的内心非常渴望能在芝加哥或是纽约那样的大城市里过激情四射的生活。

具有反抗精神且屡屡受挫的芮金娜只能依靠自己的智慧来积累财富。作为新女性的代表芮金娜被迫违背自己的意愿来行事，为了符合南方社会的行为规范而压制自己内心的需求。芮金娜是意志坚强的女性，用她肆无忌惮的方式和傲慢的男人作斗争并取得了胜利。作为母亲的她鼓励亚历山德拉做她自己想做的事情。这位母亲欣赏自己的女儿，因为女儿宣布会跟那些压迫穷人的小狐狸们斗争到底。

剧本中的女性是南方文化的产物。剧本中的伯迪十分柔弱，芮金娜过于强势，亚历山德拉是完美女性的代表，集中了伯迪的热情和对他人的关爱，同时具有芮金娜的决心和精神。祖母拉维尼亚、母亲芮金娜和女儿亚历山德拉都渴望逃离哈伯德家族，女性渴望远离金钱赋予的权力和控制，最终都达到了自己的目的，但为此付出了沉重的代价。

2. 挑战男权的妇女

另一位重要南方作家亨利的女权主义思想源自母亲、卡森·麦卡勒斯

(Carson McCullers)①、韦尔蒂和海尔曼等的影响。亨利的女权主义观念来源于早期的生活,因为她看到才华横溢的母亲被孩子、丈夫和社会现实束缚着。剧作家书写妇女的抗争。她们寻求幸福的家庭生活、爱和心灵的归属。对妇女来说,她们最需要爱自己。她们最英勇的战争就是寻求自我认可。剧作家强调了女性自我认可和自我价值实现的重要性。

虽然亨利在采访的过程中表示过不关心政治或社会问题,但这并未影响批评家们对亨利的作品进行女权主义阐释。亨利写了关于遭受虐待的母亲以及飞扬跋扈的丈夫和祖父。然而评论家们倾向于探究父权制如何促成了家庭暴力。评论家认为父权制限定了女性的角色,即把她们看作性对象。剧作家笔下的女性刻着南部贵族文化烙印和特定的行为规范。她们用近乎自残的自杀行为应对男性的暴力行为,有时甚至是凶杀来表达自己的愤怒。剧本大量关于家庭暴力的刻画体现了妇女所遭受的折磨。亨利笔下的妇女致力于寻求自我身份。她们不受严苛的文化规约限制,竭力超越限定她们身份的父权制。女性可以通过与其他女性建立亲密联盟来挑战父权,或成为放荡不羁的女性,以挑战南方淑女文化的方式来反叛父权统治。她们通常在重要的社交活动、庆典仪式或全家团圆的日子出洋相。这些女性通过伤害自己的身体来反叛文化规范,反抗传统庆典活动,从而达到推翻南方男权社会文化传统的目的。

亨利作品中的人物通常是备受排斥、精神崩溃,并且没有安全感的人,或者是身体残疾的乐观派,他们经常因无法实现梦想而受到困扰。亨利剧中的人物往往遭受各种精神压力,这使许多人为了获得他人对自己的关注而产生暴力倾向、以自我为中心或者言行轻浮。她们寻求灵魂的信仰,但却只能得到暂时的快乐。

《幸运点》对所有妇女人物的刻画明显是批判本质主义的性别观。本质主义性别观以自由主义家庭观为基础,认为家庭成员都有各自的家庭区域或公共领地。从基本层面上看,这部戏剧利用作品中妇女角色的姓名,

---

① 卡森·麦卡勒斯,20世纪美国最重要的作家之一,是著名的南方小说家也是剧作家。著有《心是孤独的猎手》、《婚礼的成员》、《黄金眼睛的映像》、《没有指针的钟》等小说作品。她的小说所描绘的世界里充满了暴力、变态和不公正,到处是痛苦和悲伤。她常用"畸人"来象征社会的畸形,用表现主义手法来描写人物的抑郁心情,用凄凉的背景来衬托人物的精神世界。这一切无不跟她的不幸遭遇有密切联系。其作品《心是孤独的猎手》在美国"现代文库"所评出的"20世纪百佳英文小说"中列第17位。

用男女互换视角（gender-bending）的手法展开。然而更重要的是亨利批判了认为妇女生来只为居家和养儿育女的本质主义妇女观。苏·杰克（Sue Jack）的名字和人格也能体现亨利对桎梏女性的社会的批判。正如她的人格和经历一样，苏的名字既有女性特征，又有男性特征。亨利的戏剧摒弃了自由主义性别观及其理想化的家庭观，将爱看作家庭关系甚至整个社会关系的基石。该剧以另一种家庭模式结尾，体现出关爱的力量以及爱在人们实现梦想的过程中所起的作用。

虽然许多批评家们认为亨利的戏剧作品重新建构了妇女人物形象无法摆脱的封建家长制。但笔者认为《幸运点》是一部超越性别、关于父权压迫的作品，剧作家并未使其作品中的妇女人物得以解脱。亨利的剧作将其主人公在现代西方文化中如何被塑造的方式戏剧性地表现出来，并进一步指出要想使个体的生活发生实质性的变化，必须变革整个西方的文化理念和行为方式。

亨利探讨了南方家庭和社会问题，描绘了个体在具有压迫性，通常是分裂的、没有凝聚力的家庭或社区为获得认同而抗争的故事。当女人们，偶尔也有男人对束缚和压迫他们的传统提出挑战时，气氛便变得紧张起来。但所有这些剧作都有一个类似的结局，即在故事的结局通常是与他人的友谊给人们一丝希望。亨利早期作品的永恒主题是受南方男权主义社会传统观念压制的女性想方设法逃离或推翻它。

《芳心之罪》中的三个女人受父权制度的压迫。男人告诉她们如何做事或者不能做什么，甚至将他们的意志或社会传统强加给她们。大姐伦妮（Lenny）穷其一生照看患病的祖父。为了能在夜里更好地照顾祖父，她甚至在餐厅摆了一张小床，搬到餐厅去住。二姐梅格（Meg）逃离了密西西比，目的是逃离老祖父和这个特殊的家庭。但正如她对医生朋友道克（Doc）所说的，"有一段时间我不能再唱歌，我当时几乎要疯掉了。"[①]小妹贝布（Babe）接受了祖父的安排和命令，嫁给了有权势又富有的扎克利（Zackery），但丈夫却经常辱骂她。最终贝布企图射杀扎克利，对祖父的家长制进行了反抗。她甚至还努力说服自己和两个姐姐一起争夺母亲留下的遗产。她们的母亲因为丈夫的遗弃，在孤独与绝望中选择了自杀。

---

① Beth Henley, *Collected Plays Volume I*: 1980—1989, Hanover: Smith and Kraus Pub Inc., 2000, p.44.

她们证明了姐妹们的坚定决心和相互扶持的重要性。剧终时她们聚在伦妮制作的蛋糕旁,大笑着将它撕碎,这正象征了对传统和惯例的反抗。贝布不会入狱,梅格恢复了撩人的嗓音,伦妮也与旧爱查理(Charlie)恢复了恋情。

剧本《控制狂》(Control Freaks)中的司思特(Sister)仅有的缺点便是过于自我,言语冲动,有些追求肉体欢愉,但最终她还是得以自我解放。该剧摆脱传统南方文学作品中妇女形象的桎梏,塑造了能够主动掌控自己生活的女性形象。

有些戏剧家认为亨利和其他妇女作家一样,都没有成功地挑战传统习俗,而是承继了更加安全的现实主义男性剧作家的传统。"亨利以南方作家和读者均熟悉的方式揭示了南方的传统文化。然而,她却始终未找到关于女性在这种文化中的位置这一问题的答案。"① 亨利认为自己是女权主义者,并解释道:"女性的问题就是人类的问题……有些领域我不会涉及,是因为我对该领域不了解,但是我不认为作为女性限制了我对问题的关注。"②

第三节 打上南方烙印的荒诞性风格

1. 悲喜剧形式下的荒诞性存在

亨利剧本的荒诞性特征是其重要的艺术特点。人们对荒诞派戏剧的关注,大多仅局限于所表现的一种荒诞哲学,而不是荒诞戏剧的艺术形式本身。实际上荒诞派戏剧的哲学思想并没有比萨特(Jean-Paul Sartre)③、阿尔贝·加缪(Albert Camus)④ 的思想更为深刻或更加系统。荒诞派戏剧

---

① Julia A. Fesmire, ed., *Beth Henley: A Casebook*, New York and London: Routledge, 2002, p.41.
② Robert Berkvist, "Act I-The Pulitzer, Act II-Broadway", *The New York Times*, October 25, 1981.
③ 让·保罗·萨特是法国20世纪最重要的哲学家之一,法国无神论存在主义的主要代表人物。他也是优秀的文学家,戏剧家和社会活动家。
④ 阿尔贝·加缪(1913—1960),法国作家、哲学家,1957年获得诺贝尔文学奖。加缪是荒诞哲学及其文学的代表人物,他的代表作《局外人》与同年发表的哲学论文集《西西弗斯的神话》,曾在欧美产生巨大影响。加缪的文笔简洁、明快、朴实,他的文学作品总是同时蕴含着哲学家对人生的严肃思考和艺术家的强烈激情。其哲学和文学作品对后期的荒诞派戏剧和新小说影响很大。评论家认为加缪的作品体现了适应工业时代要求的新人道主义精神。

不过是为这种哲学思想找到了一种新的"戏剧语言",从而改变、拓展了西方戏剧的艺术传统,因此,荒诞派戏剧的意义在很大程度上应该是后现代主义戏剧艺术形式的探索,它是雅里、达达主义、超现实主义、阿尔托等现代主义戏剧的延续与发展,同时也是 20 世纪西方后现代主义戏剧探索的代表。从戏剧理论角度上看,荒诞派戏剧不仅是一个流派,它更重要的是 20 世纪西方后现代主义戏剧思潮整体发展的一个决定性阶段。荒诞派戏剧实际上并没有一个明确统一的艺术主张或组织,之所以被称为"荒诞派",不过是这些个人自发的创作不约而同地显示出某些共同的特点,而这些特点又恰恰反映了他们所处的那个时代的精神特点。因此,荒诞派戏剧的理论主张,主要应该是建立在对具体剧作家与具体剧作的解读上。

亨利剧本中采用的荒诞悲喜剧形式能深刻地揭露人们在是非颠倒的社会寻求尊严的无助,因为社会无时无刻不在吞噬着个人的幸福。亨利真真切切地探讨了人类存在的荒诞、丑恶和悲怆。剧作家说:"你如果看晚间新闻就会发现每天都会发生一些奇怪的事情;你如果特地坐下来跟人们详细谈论他们的生活或者他们家庭的生活,你总会听到一些难以置信的奇怪、恐怖和荒诞的事情。"① 亨利采用悲喜剧这一形式来理解并探索人类在荒诞、错乱的世界中如何寻求尊严的问题。此外剧作家将故事背景选定在南方,代表的不仅仅是她最熟知的环境,更是因为那儿恰恰有那些逝去灵魂的缩影,他们试图在荒诞社会中树立尊严,他们的行为滑稽却又让人悲怜。

尽管在语言、内容和结构方面有差异,但荒诞派戏剧作品的目标与亨利的作品目标一致。在荒诞派作品中,读者可以直面人类生存环境的疯狂,能够严苛绝望地看清自己的处境。亨利将我们幻想的面具扯下,迫使人们正视当代社会的错乱、恐怖和绝望。亨利提出与现世的凄苦悲凉斗争的想法是源自加缪的《西西弗斯的神话》(*The Myth of Sisyphus*),这其中的反抗精神也成为荒诞主义剧作家与现实世界的荒诞作斗争的思想武器。亨利剧中的主角一直都在这个无序的世界寻求尊严和意义,因为这个世界给当代的人们带来了太多的绝望、混乱和凄凉。

剧作家创作的大量富有广泛指涉意义的作品尤其体现荒诞剧中人们的

---

① Barbara Isenberg, "Theatre: She's Rather Do It Herself", *Los Angels Times*, July 11, 1993.

终极追求。亨利将美国南方看作内战后的战败方,然而南方的人们似乎也接受了自己的命运,甚至对此满心欢喜,因此也允许被压迫者享有自尊与自豪。亨利多次说过这是南方的一个特质:"某种意义上说,我认为南方人作为美国内战中战败的一方,仍然切盼能在失败中生存,并能在失败中保持尊严。"① 最终,南方文化中这种面对惨痛的失败而仍然保持尊严的精神给亨利提供了一种完美的方式,使其剧作的主角能在悲惨的现实中找到光明和方向。因此,剧作家似乎将南方这一地域背景看作一个人们能够生存下去的地方,并以此证明现代神经症并提出如何解决的办法。而亨利作品中的人物深深植根于其南方的传统,他们的经历超越了时间和空间的局限,具有普遍意义。在她的戏剧中,亨利以各种形式的情感上的无能为力来描述现存的疯狂错乱,比如消沉抑郁、自恋、忧虑以及人格错乱。

亨利剧本的荒诞性特征在于将现代人的神经症描绘出来。她的剧情通常都设在一些容易加深伤感的情境中,像一些节日、典礼或者其他庆祝活动。例如,《芳心之罪》中贝布射杀丈夫后,三姐妹再次相聚并安慰贝布,而心灵的创伤迫使她们再次回首那些不堪的往事。《为杰米·福斯特守灵》的故事发生在复活节的一个葬礼上。《爆竹皇后》围绕布鲁克黑文最期待的七月四日的狂欢节展开。《幸运点》和《L剧》的第一幕则是发生在平安夜。《社交舞会》的故事设置在哈蒂斯堡最重要的时刻。《饮酒狂欢》(*Revelers*)的故事发生时正值一次纪念仪式,达什·格雷(Dash Gray)与其同学再次相逢。《不可能的婚姻》发生在一场婚礼的前一天。所有这些特定的欢庆典礼、重逢欢聚都创造了一种危机,使每个个体质疑在这个荒诞的世界中生存的价值。在这些紧张的情境中,亨利作品的主人公经历的一切总在不断揭开过去的伤疤,而当他们认识到不只是他们,而是整个人类都在经历这一切时,也只能由此来获得一丝心灵上的慰藉了。精神上的危机会不可避免地导致一定程度上身体的变形,这一点从人物的表现以及人物性格浮现出来的故事能够慢慢体现出来。剧作家不仅通过危机显化当代社会的是非错乱对人们精神情感上的影响,她还通过对人生丑态的描述凸显行为畸形异常对人们身体上的影响。亨利的戏剧向我们展现了心灵和身体上丑陋病态人的生存处境。

---

① Gene A. Plunka, *The Plays of Beth Henley: A Critical Study*, Jefferson: McFarland & Company, Inc., 2005, p.39.

死亡是精神宣泄的一种方式，却只能加剧这种生存的荒诞性。亨利的主人公往往都异常孤独，她们要么面临婚姻破裂，要么处境艰难抑郁。他们亟须别人的安慰鼓励，更需要友情和爱情去抚慰伤痕累累的心灵，哪怕暂时地缓和这种神经错乱。剧中女性人物对爱情的追求以及渴望被他人认同的愿望通常以杂乱无常的行为表现出来。但是当这种暂时性的安慰和缓解都无法得到时，她们就会付诸暴力，自杀便是她们对抗这种荒诞性的必然选择了。

就像希腊君主西西弗斯（Sisyphus①），亨利作品中的人物为其尊严而与现实对抗，哪怕只能拥有片刻在这个绝望的世界与他人分享欢乐和幸福的时光。因为他们知道这是个只给人们带来辛酸痛苦的世界。亨利的主人公偶尔能够打碎这荒诞的现实，享受人生片刻的欢笑和友爱。亨利认为其作品中的主人公并不怪异，而是与我们在晚间新闻中看到的人物一样正常。剧作家对那些处在人生困境中奋力寻求慰藉和理解的人们充满了同情，而这也最终使她创作了多部悲喜剧。

亨利的悲喜剧视野秉承了契诃夫的传统。作为现代戏剧之父，也是后来荒诞主义戏剧先驱的契诃夫尤善于通过日常生活的点滴喜乐和现实世界捕捉人们生存的病态和落魄。与契诃夫一样，亨利能使我们对生活中的荒诞和疯癫捧腹大笑。因此唯有理解亨利将喜剧与世俗结合，通过契诃夫式的视角将大事化小，同时将日常生活的点滴小事放大化的手法的运用，才能有助于人们理解剧作家如何用悲喜剧的形式使人们更好地认识并缓解现代神经症。

亨利善于描写各年龄、各阶层的人物，尽管剧作家最擅长对饱受摧残人们的刻画。其剧本展示了饱受神经症摧残的中上层人物。亨利的作品偶尔会刻画悲伤苦痛与多愁善感，但就像契诃夫的戏剧一样，亨利始终走悲喜剧路线。她觉得生活就像一部荒诞讽刺的喜剧，因为人们必须在面对那些无处不在的愚蠢与疯狂时面带微笑。此外亨利借用契诃夫戏剧化的视野，提醒我们用行动来争取爱情、自尊以及尊严的努力通常都无法实现，因此人们只能笑对人生的荒诞或者屈服于神经症。另外像契诃夫的那些寻求忘却过去梦魇的人们一样，亨利的主角也不能成为健全的人物，因为他

---

① 西西弗斯是希腊神话中的一个人物。在荷马史诗，西西弗斯是人间最足智多谋又技巧的人，他是科林斯的建成者和国王。

们背后有为人所不齿的秘密。亨利塑造的人物揭示人们的秘密越多,必须正面承受的压力也就会越大,从而想移除面具也会更加困难。亨利通过揭露人性的弱点让我们了解到生活的不幸和人类的痛苦。"正如契诃夫把剧中人物描写成家庭成员一样,亨利笔下的人物讨人喜欢又引人发笑却从不被嘲弄或鄙视。亨利深深地同情那些被精神创伤所折磨的人们。亨利看到了二十世纪人类生活的荒诞性,提醒人们如何去面对忧虑和神经症。"①

《为杰米·福斯特守灵》的故事发生在密西西比州麦迪逊郡。这部作品中的主角马歇尔·福斯特(Marshael Foster)召集全家人为其不幸被牛踢中去世的丈夫杰米·福斯特守灵。事件发生在复活节,整个福斯特家族都在葬礼的前一天守候在放在马歇尔房子里的木棺旁,为亡者守灵。《为杰米·福斯特守灵》主要是关于因失落和遗弃造成的神经错乱,从而进一步追问人们在现代社会寻求尊严和全新生活的可能性。具有讽刺意味的是马歇尔只能借助与皮克斯罗思(Pixrose)和布洛克·斯莱德(Brocker Slade)两位参加守丧的非福斯特家庭成员的接触,从她的精神分裂中获得解脱。

亨利探讨了我们是否能够在这个荒诞的世界中感觉到自我价值,或者感觉到自尊,因为这个世界不停地消解人们的幸福感,导致人们神经错乱。亨利首先描绘了一个充满危机的情境,之后通过情感在死亡气息笼罩下的迸发更进一步渲染了紧张和暴力气息。舞台上的尸体不断提醒人们这种混乱状态的最终结局。当那些悼念者回想往事时,他们就会讲述过去那些事儿,如堕胎、流产、因火灾而烧死的父母和兄弟姐妹、踢人致死的奶牛、携带炸药的猪、汽车事故、被遗忘的复活节火鸡,以及马路上死亡的牲畜等等。所有这些故事都包含身体暴力,如扔复活节小兔、豆形糖果、杜松子酒瓶、蔬菜、馅儿饼甚至剪刀等;还有些比较明显的身体不适,如口腔溃疡、流鼻血、背疼、身体烧伤以及精神上的一些病症。所有这些都能从杰米中风中找到影子。而马歇尔却能在危机和嘈杂中生存下来,克服神经症,而正是在与一个陌生人相遇产生的片刻幸福中得到暂时的解脱。与因恐惧而跳舞至深夜的阿奇比(Ashbe)和约翰波尔克(John Polk)一样,马歇尔没有参加葬礼。因为马歇尔拒绝

---

① Gene A. Plunka, *The Plays of Beth Henley: A Critical Study*, Jefferson: McFarland & Company, Inc., 2005, p.192.

回到从前，而是愿意在这个荒诞的世界中享受能体现自我尊严的片刻宁静。

亨利剧作的荒诞性风格在《芳心之罪》之中得到充分的体现。"文学批评家卡伦·劳克林（Karen L. Laughlin）将《芳心之罪》看作是一部女权主义作品，认为妇女的坚定自信和团结最终使她们远离自我毁灭。约翰·格拉（Jonnie Guerra）认为这是一部反映妇女反抗男权制度而不是表现个人情感危机的女权主义作品。海琳·凯萨（Helene Keyssar）认为，作品中根深蒂固的男权主义思想使马格拉斯姐妹无法团结一致。因为她们深受男权主义思想的影响，不能打破男权主义道德规范和价值观念，这使得她们的反抗成为空谈。"[①] 然而这部作品讨论的核心并不仅仅是男权主义所造成的妇女的反抗、家庭束缚抑或妇女问题。

《芳心之罪》被认为是对人性和生命的敏锐洞察之作。剧作家精心地把美国南方哥特式风格变得柔美而富有理性。《芳心之罪》超越了对美国南方地域的刻画，探究了精神危机普遍的现代社会。荒诞性的气息弥漫了整个故事。似乎绝望的诅咒会通过马格拉思（Magrath）家族一代代地传下去。由父母带来的失落感和遗弃感如今都以"心灵犯罪"的形式传给了下一代。这种情感上的"罪恶"也导致伤痕累累的姐妹不仅伤害了自己，也伤害了其他家庭。

奇克·博伊尔（Chick Boyle）和老祖父（Old Granddaddy）的存在加剧了三姐妹的焦虑症。作为女性和男性的代表人物，他们代表着社会和文化的约束，并把此种约束和禁忌强加在三姐妹身上。三姐妹生存的绝望情绪更多的不是来自她们的性别。奇克是马格拉思姐妹的表亲，同时又是公众观念的代言人。奇克告知马格拉思姐妹在美国南方女孩应该遵循社会规约。作为公众舆论代言人的奇克只会不断地压制人们内心对幸福和快乐的渴望，并加剧人们的落寞和绝望情绪。与奇克接触最多的伦妮在剧终时用扫帚驱赶奇克。这一行为实际上不仅是对公众舆论的一种抵制，更是对妨害人类幸福的社会规约的强烈反抗。

《芳心之罪》着重探讨了精神荒原以及个体的孤独。马格拉斯姐妹试图在一个癫狂、处处充满痛苦和失望以及死亡的世界寻求生命的意义。人

---

① Gene A. Plunka, *The Plays of Beth Henley: A Critical Study*, Jefferson: McFarland & Company, Inc., 2005, p. 66.

们寻求幸福的理想被处处充满神经质的现代文明所阻滞。威廉斯·代马斯特（William Demastes）在谈到亨利作品时说："她的作品体现出法国荒诞主义和存在主义的智慧。剧作家对人生凄惨的描述不局限于演讲厅，而是体现在日常生活的点点滴滴。这也使得亨利作品中的荒诞性与人们的现实存在发生了密切的联系。而这一点其他作家鲜有探讨。"[1] 剧作家正是采用悲喜剧这一艺术形式来理解并探索人类在荒诞而错乱的世界中寻求尊严的努力。

伦妮的"心灵犯罪"体现在自我毁灭性的自责和罪行，这迫使她放弃了恋爱关系，而选择了不幸和绝望。贝布射杀无端暴打小男孩的丈夫扎克利，这是她的"心灵犯罪"。在她最为悲惨之时，贝布通过大吃大喝或者吹奏萨克斯来寻求满足。现代文明的沦丧造成人们的道德缺失，进而导致人们对现实世界的绝望以及诚惶诚恐，而这一切只能通过人与人之间的爱来缓和化解。

《爆竹皇后》不仅仅是对男权主义社会的控诉，更是对现代社会人们精神错乱的一种心理描绘。卡奈尔·司各特（Carnelle Scott）的本我受到已经内化的现代文明观念的压制。为了迎合社会的期望，卡奈尔只能牺牲自己的幸福，结果却造成她出现边缘型人格障碍（Borderline Personality Disorder）[2]，而这种边缘型人格障碍正是困扰《杰米·福斯特的觉醒》中马歇尔的病症。卡奈尔屡屡遭受遗弃和被拒绝，这种人生也使她感觉异常空虚、孤独，并造成她与他人格格不入的处境，因此卡奈尔始终想证明自身的价值。卡奈尔是典型的患边缘型人格障碍的神经病患者。她时而变为极度的理想主义者，渴望达到唯美的境界，正如姨妈罗泽尔（Aunt Ronelle）所教导她的那样，时而又缺乏自尊，并贬低自我。

《爆竹皇后》描写了当代的文化规范和文化理念如何妨碍人们追求幸福，并进一步导致人们的神经错乱。卡奈尔一心想通过赢得比赛重建其在居住社区布鲁克黑文的自我价值和认同感，结果却遭遇惨败。剧中另一女性爱琳（Elain）具有强烈的自我优越感。爱琳喜欢孤芳自赏，追求美丽，希望看到别人羡慕的眼光。同时，她又骄傲自大，是典型的精英主义的代

---

[1] Gene A. Plunka, *The Plays of Beth Henley: A Critical Study*, Jefferson: McFarland & Company, Inc., 2005, p. 68.

[2] 边缘型人格障碍是一种较严重的人格障碍，介于神经症和精神病之间的临界状态，以反复无常的心境和不稳定的行为为主要特征。

表人物。爱琳的这些特点妨碍她与别人建立关系，也不可能与他人分享幸福和欢乐，反而只会加剧其神经错乱的状态。正如亨利所塑造的其他人物一样，卡奈尔的自知之明、精神顿悟、与他人之间日渐增强的关系等的努力只是昙花一现，并不能扭转整个社会的神经错乱状态。

《爆竹皇后》是对女性选美活动的抨击，而《社交舞会》则是对美国南方初入社交界聚会的妇女地位的挑战。《社交舞会》主要围绕詹妮·特纳（Jen Dugan Parker Turner）的神经过敏症展开。她相信地位高者责任重，并无时无刻不在想着建立其南方贵族地位。当詹妮年逾五旬并经历其第二次婚姻时，她跟爱琳和梅格一样，患了典型的自恋型人格障碍症状。詹妮认为她的社会地位、身体和精神状况会通过女儿的成人礼舞会得到恢复和好转，很显然是荒谬的。詹妮的自恋症是神经质的一种形式，当然不会通过一次具有光鲜外表的社会活动而治愈。这部作品的标题反映了南方文化中的一个庆典仪式，即女子初入社交界的聚会。人们认为一些会导致自我神经错乱的私密和罪恶可以通过此种仪式被消除。

《社交舞会》包含鲜被戏剧化的舞台行为，如女性剃毛时伤到自己，对聋哑女性没有丝毫同情心等。社交舞会是一种框架策略，所有人物汇集到一起，希望重新确立她们在社会中的位置。但是舞台新秀泰迪（Teddy）最终因流产血染礼服而不能走秀。而使得泰迪怀孕的是面带伤疤的独臂而丑陋的男人。令人诧异的是泰迪解释自己行为的动机完全是出于礼貌才和陌生男人有私情，否则自己就有犯罪感。

剧中泰迪与母亲之间曾经出现短暂的缓和，这段缓和期表明在绝望弥漫的环境中可能存在片刻的真爱。泰迪懂得忍受荒诞状态的必要性，因为世界本身就是充满矛盾的。一方面现代文明对人们提出了各种要求，另一方面人们追求本我又是一个永恒不变的主题。最终在故事的结尾，当泰迪暂时战胜自我，与母亲一同疗伤时获得了些许顿悟。雷雨的到来预示着泰迪以焕然一新的精神迎来了思想蜕变。"此时的泰迪能够抚慰母亲的创伤，并减轻因相互伤害而造成的自我负罪感，意识到他们共同患有神经症。泰迪停下来闻一闻芳香的玫瑰，正如卡奈尔一样，这或许就是人们对生命、对人生唯一的期盼。"[①]

[①] Gene A. Plunka, *The Plays of Beth Henley: A Critical Study*, Jefferson: McFarland & Company, Inc., 2005, p.112.

《幸运点》和《富裕》第一次把视线转移到过去。《幸运点》发生在1934年大萧条末期。后者则跨越了25年，开始时间是19世纪60年代后期。这两部剧本时间跨度的意义反映了创作主题的演变。现代神经症萌芽于19世纪到20世纪演变的过程。

　　尽管《幸运点》结构没有沿袭契诃夫的风格，但是亨利的主题还是传承了契诃夫的主题创作，刻画了失败的情感关系和无法满足的爱恋，以此来再现人类荒诞的生存状态。幸运点舞厅老板瑞德·胡可（Reed Hooker）代表浓缩了的现代社会生存处境的疯狂和荒谬。卡西迪（Cassidy）就是一个如何把对爱与养育的需求转变成减缓当代神经症的方法的化身。卡西迪—胡可—苏·杰克三个人之间的关系体现了契诃夫关于单相思的三角恋关系，对这一复杂关系的刻画体现了现代人精神的荒芜。

　　患有反社会人格障碍症[①]的苏的基本状况就是漠视并侵犯他人的利益。最严重的行为发生在苏的婚礼上，她的行为导致其刚会走路的孩子安迪（Andy）的意外死亡，这足以说明其病患的严重性。孩子的夭折给苏造成严重的心理创伤，并再次证实了其反社会人格障碍症。苏完全无视别人的感情（她对自己儿子的行为就是典型表现），滥用药物成瘾并导致严重的后果，此外其对孩子疏于监护也给孩子带来了严重伤害。苏用谎言来骗取大家的信任，让大家认为她是清白无辜的。

　　苏的到来打破了胡可、卡西迪以及莱西（Lacey）的生活梦想。他们希望幸运点舞厅成功开张实际上是为了在这个荒谬的世界中寻找活着的尊严和意义的一种诉求。圣诞之夜，胡可那无人问津的舞池成为一种在荒谬的人类生存条件下寻求尊严的隐喻，也暗示着他们破碎的梦想和现代社会的精神荒原。该剧以可以分享的短暂的幸福为结尾，这样做只是为了给那些在荒谬的世界中寻求人类尊严的人们提供一种慰藉。

　　对亨利来说，《富裕》是一部重要的转型剧。该剧发生在怀俄明和圣路易斯。亨利将创作灵感放飞到大西部，远离了此前剧本的地理背景——

[①] 反社会人格障碍症（Antisocial Personality Disorder）亦称"悖德型"、"违纪型"、"无情型人格障碍"，属于人格障碍之一，多见于男性。反社会人格障碍症表现为情感和意志方面的障碍，但是思维和智能方面无异常，意识清晰。反社会人格障碍症的共同心理特征是：情绪的暴发性，行为的冲动性，对社会对他人冷酷、仇视、缺乏好感和同情心，缺乏责任感，缺乏羞愧悔改之心，不顾社会道德法律准则和一般公认的行为规范，经常做出反社会言行，不能从挫折与惩罚中吸取教训。

深南部。《富裕》是她唯一讲述 19 世纪故事的剧本,与其他剧本的内容有重要区别。此前剧本的主人公无不因为文化理想与本能欲望的冲突饱受焦虑与痛苦的摧残,与这些主人公不同的是《富裕》中的人物为我们揭示了起源于 19 世纪的现代神经症的发展历程。贝丝(Bess)和梅肯(Macon)带着年轻人的乐观主义理想来到西部。他们对自己将要面对的艰难生活一无所知。正如荒诞派戏剧让观众认识到人们在世界中的艰难困境,《富裕》也呈现给我们一个理想与抱负总是意外地得不到实现的荒诞世界。在这个荒诞世界里,人们缺失精神追求并制造着疯狂,这就使得人们难以维持尊严并实现自己的理想。"富兰克·里查(Frank Rich)认为此剧是一部关于在父权社会中丧失自我身份的女性寓言故事。她们不再高尚,而是更倾向于去找寻感官的享受,追求世俗的爱情、友情,渴望生儿育女。但是让贝丝和梅肯备受奴役的父权制价值观,最终摧毁了两人之间的友情。"①

表面上看,《富裕》摒弃了美国西部的浪漫神话色彩,以及对美国梦的过度渲染。与亨利的其他戏剧相似之处就是剧中人们对幸福的追求因直接影响"自我"和"超我"的文化渗透而遭到破坏。贝丝和梅肯背叛了自己的梦想,最终也毁灭了自己。不幸的是他们竟没有意识到自我扭曲的梦想将要毁灭自己的生活。在 19 世纪的美国,人们对边疆生活的文明化需求远没有现代社会那么强烈,那时对精神病理学的阐释也相当不完善。《富裕》描述了社会把文化理想强加在人们身上,让人们背叛自己的同时也放弃自己的梦想与友谊,这种荒谬的生存状况显示了 19 世纪末期的美国如何给现代神经症的发展埋下了严重隐患。《富裕》中两位拓荒者女性也因为命运多舛而使得她们变成畸形人,这一物理表征是她们扭曲梦境的最好表现。

《签名》的背景时间设定在 2052 年,一个奇怪无比而又意义非凡的时间段。剧作家富有想象力地描绘了一个充满神经病患者的社会。《签名》这部戏代表了某种特定的社会,这个社会必须为人类的苦难负责。亨利提出的问题是在这个荒谬的世界里,人们是否能找到生活的尊严和生命的意义,即自己的署名。这部戏重点围绕博斯威尔(Boswell)和麦克

---

① Gene A. Plunka, *The Plays of Beth Henley: A Critical Study*, Jefferson: McFarland & Company, Inc., 2005, p.133.

斯韦（Maxwell）两兄弟鲜明的生活对比展开。戏中的这兄弟俩因表现明显不佳，而讽刺性地被称为博兹（Boz）和马克思（Max）。麦克斯韦具有弗洛伊德所描述的本性，他为追求名人的社会地位而使得妻子蒂璞（L-Tip）离他而去，而后麦克斯韦选择了自杀。博斯威尔一心单恋着老家女孩威廉·斯密特（William Smit），但他最终没能与之建立恋爱关系，而是选择用艺术来丰富自己的精神世界。

蒂璞是对自己岌岌可危的位置缺乏精神觉悟的妇女形象。这一形象与《为杰米·福斯特守灵》里的凯蒂（Katty）以及《爆竹皇后》里的爱琳一脉相承。这些女性把被爱和受人尊崇作为她们生活和存在的唯一理由。她们把男人当作商品，这进一步贬损了她们在公众眼中的形象。《签名》这部戏揭示了弗洛伊德的观点，即现代神经疾病损害了社会的发展，甚至使人们失去了爱与工作的能力。

在亨利所有的作品中，《控制狂》最能代表弗洛伊德的观点，即与外部世界的行为规范和价值观念相比，在性爱和攻击性的内在欲望的驱动下，人难以控制的本能冲动是通过社会角色和社会习俗规则得以控制导流的。贝蒂天生的进攻性和她对性的欲望相一致，这使她一心想着满足本能需要和个人动机。司思特的经历体现了压抑的内疚感和敌对情绪如何引起精神分裂病症。司思特自小受到哥哥卡尔（Carl）的性侵和伤害，对其造成了无法估计的创伤和痛苦，并最终导致其人格分裂。在亨利戏剧作品中，像《控制狂》一剧的公开指责较为鲜见。戏剧中的主人公在荒谬的世界中努力保持着尊严，在欢笑和爱恋中享受着短暂的闲暇。以此结尾的故事暂时打破了让人们感到绝望的怪圈。剧本结束时，司思特刺死了哥哥，这仅仅是其自我拯救的第一步。如何生存下去还是未知数。

《饮酒狂欢》发生在北威斯康星州密歇根湖湖畔。戴斯·格雷（Dash Gray）剧院的学生宛若一家人重聚在维克托·劳埃德的湖畔小屋一同纪念他们的恩师戴斯。传统的纪念仪式包括才艺表演、朗诵赞美诗及啜撒逝者骨灰的环节，借此纪念格雷先生。戏剧潜意识地把重点放在表现人本身存在的不安全感和精神层面的崩溃上。这一本质是由人本身对于性欢乐的欲望与统一的文化标准和社会价值之间的冲突造成的。《饮酒狂欢》一剧使得人们脱去了幻想的面具，不再有成功的念头，迫使人们在绝望中面对现代神经症。

《L剧》（*L-Play*）每一幕的标题都是以 L 开头。3 幕共 12 场戏对以

"学习者"（Learner）和"疯子"（Lunatic）开头的八个片段作了详尽的描述。每幕的风格从现实主义到象征主义各不相同。各幕不是按照时间顺序来安排的，从史前到 20 世纪 30 年代，再到现在或者说是到亨利所说的"比你能想到的还要晚的时间"，所有这些时间都是平行的，没有先后顺序。其中九个布景就像荒诞剧中所期待的故事随时随地都有可能发生的那样，没有划定场景。然而其中三幕剧的布景还是清楚地划定了出来，那就是故事发生在具有剧作家特点的地点，即南路易斯安那、洛杉矶和伊利诺伊州的厄巴纳。尽管戏剧的结构是非线性的，但是戏剧口吻接近悲喜剧，甚至还带有荒诞剧的味道。然而剧中反复出现的现实主义的对话、有特色的背景，尤其是富有动机的人物等要素与荒诞剧没有丝毫相似之处。

按照时间顺序排在第二的是场景"孤独"（Loneliness），背景是 1930 年圣诞节前夕的路易斯安那。场景"交往"（Linked）叙述了两位相当聪明的单身专业人士坐在闷热而又破旧的洛杉矶公寓里试图与一位大度有气量的女伴交友。场景"失败者"（Loser）是个人与社会关系的缩影，讲述了个人幸福和社会规约如何造成人们生存疯狂和绝望的境遇。"求知者"（Learner）讲述了主人公学习的经历。场景"迷失"（Lost）发生在台球厅凌乱不堪的酒吧，老本（Older Ben）给他的朋友韦斯（Wes）出谋划策去勾引谢丽（Shelly）。"告别"（Leaving）场景采用了象征主义手法，这与亨利一贯采用的现实主义风格相左。《L 剧》描绘了现代社会幸福感的缺失，指出正是社交的失败导致了人们的忧虑不安。

《不可能的婚姻》主要围绕文明与原始间的矛盾展开。这部作品关注两个方面。一是自我对幸福的渴望与追求；二是以何种方式自我与超我被当代社会的行为规范与价值体系所局限。故事的背景设置在美国南部。其中心围绕潘多拉（Pandora）和爱德华·伦特（Edvard Lunt）能否打破金斯利（Kingsley）房子的诅咒或者他们能否像潘多拉的亲属肯德尔（Kandall）和弗洛勒尔（Floral）一样使他们的再婚成为不可能而展开。潘多拉把婚礼安排在国外，没有教堂，借以摆脱掉宗教束缚与世俗非议，从而在荒诞的世界赢得尊严。像爱德华一样，潘多拉最终也会明白，总有会使人们在荒诞的宇宙中找到尊严的意识觉醒时刻。

"亨利揭开了隐藏在人们面具后的幻想，迫使人们在充满恐惧和绝望的状态下面对现代焦虑症。人们不得不面对悲惨和绝望的境地……剧中主人公在被神经过敏症定义的世界寻找尊严和生存的意义，人们感受到了生存的绝望,社会的反常以及弥漫于现代人生活中的无法言明的焦虑。"①由于亨利创作了怪诞、异乎寻常的人物,她的作品经常和南部作家韦尔蒂、奥康纳和兰福德·威尔逊(Lanford Wilson)② 相提并论。

2. 人与动物的荒诞关系

亨利剧本中的荒诞描述还体现在人与动物的关系上,因为人与动物关系反射人与人之间的关系。通过细致地赋予特定人物某种动物特征,剧本强有力地塑造了人物,并阐明了人类动机的症结所在。剧本《芳心之罪》和《爆竹皇后》最能清楚地体现人类与非人类形象的结合。剧作家向观众介绍了虚拟的动物世界——狗、猫、鸡、马、青蛙、猿猴、鲸鱼、虾、蛇甚至虫子,剧作家通过这些意象捕捉和揭示了存在人类之中的奇特的两面性,并象征性地再现了人类和动物世界的现实状况,如看似友好的不道德行为、挫败的希望、痛苦中的狂欢等各种对立的情绪,令人不快地结合在一起。而且通过给剧中人物注入了笑声,剧作家试图探索人类如何面对和超越绝望。人们因为具有爱的能力而超越了世俗的困境并因此而变得高尚。

当被询问到剧本中的动物意象时,剧作家说:"直到我的好友,剧作家弗雷德里克·贝利(Frederick Bailey)指出作品中的动物意象时,我才意识到,但是我并没有考虑过动物意象的含义"。③ 被进一步追问到动物的象征意义时,剧作家堂吉诃德式地反驳道,"人类也是动物呀,我们都是哺乳动物,我们不应该继续伪装我们不是"。④ 剧作家的话简单而令人困惑,但却道出了事实真相,那就是我们和自然界中的"弟兄姐妹"是紧密相连的,尽管人类不愿承认。

《芳心之罪》的姐妹们因为妹妹贝布试图谋杀其夫、州参议员扎克里

---

① Gene A. Plunka, *The Plays of Beth Henley: A Critical Study*, Jefferson: McFarland & Company, Inc., 2005, p.37.

② 兰福德·威尔逊(Lanford Wilson, 1937—)是"外外百老汇"著名的剧作家之一。从1963年起,他创作了30多部剧本,获得了"纽约剧评界奖"、"奥比奖"和"普利策奖"。威尔逊无论在美国商业戏剧或非商业戏剧领域都享有很高的声誉。作为感情丰富的剧作家,他所创作的剧本具有鲜明的特色,并被公认为严肃的大众剧作家。

③ Betsko K. and Koenig R., "Beth Henley", *Interviews with Contemporary Women Playwrights*, New York: Beech Tree, 1987, p.216.

④ Ibid..

被捕一事而相聚。姐妹们都害怕再次面对痛苦和伤害。母亲几年前的自杀已经让她们不堪重负。她们的母亲被丈夫抛弃后上吊自杀，同时死去的还有母亲那只黄色的猫。大姐梅格有意地回避痛苦的记忆。梅格对痛苦的敏感体现在其自我保护的表面性格之下。梅格年轻时曾路过密西西比当地一家药店，看到一群跛足的孩子而没有给他们一分钱，但是却给自己买了一份双层夹心的冰激凌，这体现出她对别人的痛苦无动于衷。梅格最喜欢读的书包括《皮肤疾病》(Diseases of the Skin)，该书展示了令人作呕的图片，如耷拉下垂的眼球和日趋腐烂的鼻子等。梅格具有自伤行为且对痛苦极度迷恋，这说明梅格的脆弱性和不堪一击的现实处境。

正如其母亲和动物（猫）紧密联系在一起一样，梅格也从动物身上找到亲密感。放弃黑泽尔赫斯特的工作以后，梅格成为洛杉矶一家狗食公司的职员，为顾客提供冷藏食品。这是贴切的比喻，象征着梅格努力使自己对生活的忧虑变得不冷漠。从比喻意义上说梅格的心也被"冷藏"了，因为她拒绝面对真实感情。富有讽刺意味的是，梅格通过她的工作和动物建立了联系，并使她微妙而间接地变成动物（狗）的食品。这种关联成为一种象征着她的人性以及她和自然世界的亲密关系。最终，观众明白梅格的问题不是缺乏对别人的关爱，而是关爱太多。梅格太害怕自我毁灭和自我消失，因此她与动物世界的联系是其逃避与人类过于敏感关系的一种方式。和妹妹伦妮谈起拒绝读家书时，梅格承认疏忽但是申辩自己每时每刻都在关心并想念妹妹。梅格和动物的联系使得她与旧情人波特的关系更加紧密。在一次飓风中梅格抛弃了波特而独自逃生。多年以后，梅格透露自己因为害怕而离开波特，并非是因为不在意与波特的感情。波特的昵称"医生"暗示波特对给人和动物疗伤的兴趣。和梅格一样，波特有一颗善良慷慨的心，他让伦妮使用自己的土地，这样伦妮的马"比利仔"(Billy Boy)就可以在他的草地上成长，这也表明波特爱好饲养动物。

该剧人和动物的关系在最年轻的女人贝布身上得到明显的体现。贝布和15岁非裔男孩威利·杰伊(Willie Jay)对流浪狗的共同关爱促使了他们之间的通奸事件。威利的母亲意识到她们家没有能力饲养流浪狗，不得不告诉儿子把流浪狗放生到森林。为了帮助流浪狗，威利的母亲不得不请求贝布的帮助。贝布愉快地接受了威利母亲的请求。正如伦妮的马"比利仔"替代了伦妮与男性的关系。贝布也是如此，她渴望一种与男性的伙伴关系。姐妹的对话体现了贝布对动物的热爱。

> 贝布：我说过喜欢狗，如果他把狗带来，我会照顾狗的。我大部分时间自己一个人，因为我的议员丈夫总是在开会，扎克里迷恋市政厅。
>
> 梅格：（嗯哼）（梅格伸手拿伦妮的生日糖果盒子。在整个后续剧情中，她每块糖都咬一点。）
>
> 贝布：第二天，威利·杰伊把那条干瘦的、交叉眼的老狗带来了。我问威利狗的名字，威利说就叫狗。我觉得名字不错，就这么叫下去了。①

威利和贝布在共同理解、相互同情和爱恋的基础上建立了友谊，并且一起来照顾流浪狗。威利离开后，留下流浪狗，贝布坦白自己对"他"有感觉，这里的"他"与威利相关，但是其扩展的意义是指流浪狗。贝布说当她告诉威利他可以随时来看那条流浪狗，威利流露出快乐的表情。威利经常光顾贝布的家波特尔庄园，很自豪地夸耀流浪狗变得多么健壮。随着和贝布来往的增多，威利和感情上需要滋润的另一个生命贝布走到了一起。

贝布从威利身上得到了她不能从丈夫那里得到的感情。扎克里对妻子非常粗暴，等到扎克里发现妻子和威利、流浪狗在一起时，他就恐吓威利和流浪狗。为了维护自己的尊严，也是为了维护流浪狗的权利，贝布拿起丈夫的枪，最初想自杀，后来对着丈夫开火了。而事后，贝布并不关心丈夫的伤情，在乎的还是她心爱的流浪狗是否已经回家。

马格拉思家族的女人们对动物敬畏的原因是母亲的自杀，在这一点亨利进一步拓展了动物主题。通过把失踪的父亲和母亲十分在意的、走失的老黄猫进行类比，剧本暗示了父亲对家庭的背叛和不负责任。剧作家用细微差异的、混合的对话谈及动物，证实了父亲和猫之间的内在联系，正如彼此给对方做出了评价。亨利的动物意象告知我们人物塑造的复杂性和人与动物关系的复杂性。作者给剧本中人物的取名也是富有象征意义的，人

---

① Beth Henley, *Collected Plays Volume I*: *1980—1989*, Hanover: Smith and Kraus Pub Inc., 2000, p. 27.

物的名字都是和动物联系在一起的。动物成为人类是否具有交往能力的指示器。为了更充分地解读亨利的人物，其中的途径之一就是要研究剧作家剧本中动物比喻的使用。

亨利对人性和人类经历的把握在本质上是悲喜剧的，不仅展示了人性中可恶的和令人称赞的品性，而且再现了具有二元性的宇宙观，世界给人类带来痛苦，但也偶尔会赐予人类喜悦或恩惠。人们寻找彼此之间的亲情和依靠，渴望与家人和亲人建立密切的联系。把亨利剧本连接在一起的是其塑造的女性人物。她们在从男性之外的社会关系中寻求自我实现，在超越家庭的氛围中定义自我。

在20世纪90年代早期，亨利开始写作实验性戏剧，剧本不再以南方为主题，远离了南方哥特式风格和经典性的戏剧结构，因此她剧本的演出需要一个不同风格的舞台，而不是以商业利益为主导的百老汇或外百老汇剧院。

以亨利为代表的南方妇女作家着力探讨人们的精神危机问题，并表现南方文学独特的伤感情绪、怀旧情绪、孤独情绪和畸形怪诞心理。作为南方妇女剧作家的代表人物，亨利使用南方语言，借用南方故事，致力于现实主义作品的创作。尤为重要的是，亨利借用荒诞戏剧的手法，表现富有感染力的南方社会和南方妇女，揭示人们生活的复杂境遇，从而创作出感人至深的作品。

以亨利为代表的当代妇女剧作家致力于地方剧院，但是她们的影响已经远远超过地方地域的限制。她们的创作不仅富有地方特色，而且体现出重要的现实意义。妇女作家刻画了南方的景观、南方传统文化、怪诞的人物及南方主题等。历史地看，南方妇女作家正面临着各种有利机会，她们可以在舞台技巧和布局方面进行创新，也可以就一系列复杂的性别问题进行研究。正如地域剧院的壮大和多元化一样，南方妇女作家呈现出多元化的发展趋势。南方妇女作家拓展了创作视阈，包括大量当代戏剧主题，如色情主题、卖淫主题、家庭暴力、性骚扰问题、虐待儿童、妇女自主权问题和种族主义问题等等，不一而足。

这些南方妇女作家（有些是土生土长的，有些是因为某种原因移居到南方的）受益于南方文化的多元性和包容性，能够有机会观看自己作品上演。有些剧作家的作品不仅受到地方剧院的青睐，而且在百老汇上演。亨利的《芳心之罪》、《爆竹皇后》和诺曼的《晚安，妈妈》因为改编成电影而名噪一时，获得进一步的成功。出生于亚拉巴马楚斯维尔的南方妇女剧作家丽贝卡·吉尔曼（Rebecca Gilman）也创作了大量南方题材的剧本，刻画了南方的风土人情，反映了人与地域的关系以及地域的变化对人的影响等。吉尔曼部分地继承了南方剧作家的衣钵，尤其是其剧本《小马的田野》(*The Land of Little Horses*)。尽管剧情发生的背景并不是在美国南方，但是观众却能感受到舞台人物栩栩如生的语言，看到美国南方密切相关的故事场景，这都使得剧作呈现出南方乡土气息。此外，该剧彰显女性意识，表达了对男权的反抗。剧中描写了女性逃到牧马场释放被羁押的小型马匹的故事。这种悖逆的行为颠覆了南方淑女的身份。与其他妇女作家相似，吉尔曼在地方剧院富有创新力的环境中成长发展。由于大学和地方剧院为妇女作家的发展提供了良好的环境，她们的剧本在出版前大多经历过反复修改和润色。

　　妇女剧作家对美国妇女的深切领悟和历史性地再现使她们成为南方的代言人。此外南方作家多角度地再现了人与南方地域的关系以及人们与自然的亲密关系。因此可以说南方的独特气质和风土人情造就了南方的文学，并时刻散发着独特气息。

第二章

反映族裔意识

美国是一个移民国家，多种移民文化的融合和冲突也反映到戏剧舞台上来。美国戏剧经常从各种文明中汲取营养，这加快了它的发展。多种文化对美国戏剧的影响更重要的是来自美国国内，即直接移民到美国的各个民族文化的影响。近年来，美国少数族裔戏剧发展迅速，黑人戏剧、亚裔戏剧、印第安戏剧和西裔戏剧等特别引人注目，不仅冲破了美国戏剧孤立主义的桎梏，而且为美国戏剧增添了异彩。少数族裔剧作家的许多作品都集中在写种族歧视和种族冲突主题，写自己命运多舛的生活经历。

美国印第安人具有悠久而丰富多彩的戏剧传统，这种戏剧从各印第安部族所举行的多种多样的典仪发展而来。不幸的是，典仪戏剧这一印第安文化的重要载体在欧洲白人殖民者进入美国大陆后遭到了毁灭性的打击。只是到了20世纪40年代末50年代初，一些印第安部族才又开始举行帕瓦仪式①等典仪活动。后来，随着黑人民权运动在20世纪60—70年代的蓬勃展开，一批印第安知识分子发起了为美国印第安人争取同等权利的"红种人权力运动"②，这一运动不仅在一定程度上促进了印第安人政治与经济处境的改善，而且激发了他们对独特的印第安传统文化的关注与热

---

① 帕瓦仪式，是印第安人的歌舞盛典。关于帕瓦仪式的起源众说不一。有人说帕瓦仪式早在欧洲人进入北美之前就在印第安各平原部落存在，那时的印第安人组织大型聚会，召集各部落一起，唱歌、跳舞和举行当地的一些节庆活动，还可以借此传播各部落里勇士的英雄事迹。也有说这个仪式是欧洲人要印第安人做的公众表演。不管出处如何，现在的帕瓦仪式已经成为世界了解印第安文化的重要途径。

② 1960—1970年，美国权利运动如火如荼地开展。在这场社会运动中，许多印第安人也在观察着这场权利运动，积极将印第安人的问题融入如火如荼的社会运动大潮中，强烈要求维护土著民族的条约权利和群体权利，尤其是土著自治权，"红种人权力"运动应运而生。运动涉及美国土著社会的方方面面，触及美国政府和主流社会，成为20世纪美国印第安人历史上的重大事件之一。

爱。正是这样一种大的社会文化背景引发了20世纪70年代印第安戏剧的复兴："一些印第安人创作的、印第安主题的、主要以印第安人为观众的戏剧问世……这些戏剧准确地反映了当代印第安人的生活，鼓励印第安人界定自我身份，建立更加强烈的自尊。"①

美国印第安艺术学院（The Institute of American Indian Arts）对于促成美国当代印第安戏剧的复兴起到了极其重要的作用。带领一批印第安戏剧骨干把印第安戏剧复兴推向高潮的是年轻的印第安裔剧作家兼导演汉纳·吉奥加玛（Hanay Geiogamah）②。美国印第安剧社在美国各地和欧洲巡演反映传统和现代印第安生活为题材的剧目，逐渐成为20世纪70年代美国最有影响、最活跃的印第安职业戏剧团队，对当代印第安戏剧事业的发展做出了开创性的贡献。除此，威廉·耶洛·罗伯也是杰出的剧作家之一。罗伯对当代印第安文化生活的表现是他本人精神历程中白人和印第安两种文化冲突和交汇的真实写照，也代表着多元文化时代年轻一代印第安剧作家的创作倾向。

美国拉美裔戏剧（Latino/a Theatre）一般是指由以西班牙为母语的少数族裔及其后裔创作的戏剧作品，这些族裔包括拉丁美洲移民及其后裔，也包括美国西南部的墨西哥原住地居民及其后裔。拉美裔剧作家们交叉运用不同形式的戏剧语言和再现方式，多角度地展示拉美人的生活。不同层次的文化相互冲突、碰撞、整合，由此产生的巨大张力令拉美裔戏剧具有独特的魅力和巨大的发展空间。

拉美戏剧在为评论家和作家们区分不同剧作家及其作品，并为其定

---

① 郭继德：《当代美国戏剧发展趋势》，山东大学出版社2009年版，第203页。
② 汉纳·吉奥加玛，20世纪70年代美国印第安文艺复兴在戏剧领域内的领军人物。吉奥加玛出生于印第安基奥瓦部族，毕业于俄克拉何马大学新闻专业。早在大学读书期间，他便一边积极投身印第安激进运动，一边尝试创作反映印第安人生活的独幕剧。1972年，在以争取印第安人同等权利为宗旨的"红种人权力运动"高潮中，吉奥加玛召集起一批印第安艺术家，创建了北美第一个全部由印第安人组成的职业剧团"美国印第安剧社"（American Indian Theater Ensemble，后更名为Native American Theater Ensemble，NATE）。剧社成立后，吉奥加玛带领他的剧社成员们在纽约的"拉妈妈实验戏剧俱乐部"进行了为期九个月的训练与排演之后，他们先后在纽约、芝加哥等大中城市、在布于全美各地的印第安保留地以及欧洲的一些城市，上演了一系列以传统和现代印第安生活为题材的剧目，对当代印第安戏剧事业的发展作出了开创性的贡献。参见邹慧玲《论吉奥加玛在戏剧创作中对印第安传统文化的回归》，载《外国文学研究》2005年第1期，第72页。

性方面起着举足轻重的作用。然而，这一词语的使用也常常限制了读者对拉美戏剧作品的阅读范围，并相应地造成了对同类戏剧创作潜力的限制。虽然有很多拉美裔作家的戏剧被认为颇具拉美特色，但大多数被看作难登大雅之堂，因此极少被搬上舞台，能成为主流的更是凤毛麟角。从历史上看，大众文化往往把拉美人描绘成家里的仆人、漂亮的小姐、街头表演喷火的艺人以及具备自我牺牲精神的母亲形象。拉美裔女演员们也因此受限于这些单一角色的框架之中。许多读者常臆断地认为拉美戏剧局限于其种族问题和社会反抗。更多情况下，占主导文化的一方把拉美裔套用于他们认为看起来和说西班牙语或跟西班牙文化沾点边的任何人身上。"拉蒂娜"（Latina）和"拉蒂诺"（Latino），其实不是种族意义上的词汇，而是政治与文化的一个联合载体。"拉蒂诺"一词，从基于20世纪60年代的认同式政治中演化而来，用以指明那些不同文化群体之间的结合——主要是墨西哥裔美国人（Chicanos），波多黎各人（Puerto Ricans）及古巴人（Cubans）：他们发现彼此都有着共同的政治和文化上的关注。来自这既各异又相同的群体里的女权主义者们创造了"拉蒂娜"一词，以便把女性的政治利益与反其道而行之的标榜文化民族主义的宗法政治区分开来。并不是所有墨西哥裔美国人、波多黎各人或古巴人都把自己定位为拉美人，当然"拉美人/裔"一词也不能完全局限于这些群体。本书只用这个词指代相当具体的某些作家，他们要么就是明确表明过自己的身份是拉美裔，要么则是他们的作品最直接地影响了现代拉美戏剧运动的发展方向。

　　从20世纪80年代开始，女性主义学者就开始研究"奇卡诺"（Chicano）和"奇卡娜"（Chicana）分裂，借此突出文化创作中女性有差异和特色的地位。男性用词和女性用词的区分体现出重要的政治特征，并驱使着这种理论不断发展，自此女性不再是无形的弱势群体。当代学术研究必然积极探索性别的问题，寻求人物身份准确的、宽广的覆盖范围，这种身份表演反映在目前拉美裔戏剧文学作品中。

　　术语"奇卡诺（娜）"文学集合了美国人、墨西哥美国人、古巴美国人、波多黎各人、新波多黎各人、多米尼加人、萨尔瓦多人，还有很多其他相关人群的文化。很明显奇卡诺文学组成了一个异质群体，既有很多差异性，也有很多共同性。在美国，奇卡诺文学身份的范围反映在地区戏院的多样化和他们在提升奇卡诺戏剧、培养艺术家等方面作出了重要贡献。

在20世纪60年代奇卡诺文学的形成期,地方剧院把自己定格的状态是通过痛苦而不断地重复陈词滥调,勉强地构思文化表演来对文化问题和遭受压迫的身份做出回应。受民权运动的影响,地方剧院和民间剧院相应地诞生并促进了社会批评和文化自豪感,同时又提倡在社区构建中戏剧和剧院是完全的整体。随着文化会话的转变,以及公众和政府对艺术的支持,拉美裔剧作家们开始重新定义他们自己和作品。在20世纪末,拉美裔剧作家的写作涉足更广阔范围内的文化问题和文化关注。涉足的领域逐渐扩大,人们能够发现拉美裔剧作家们创造出戏仿作品和政治讽刺作品来反映主流文化和作家自己民族的文化。当拉美裔作品在严格的政治期望下开始拔锚起程时,很多剧作家仍然坚定不移地提升与社区构建密不可分的艺术视野。当代观众通过多重视野来评论拉美裔戏剧文学。

为拉美戏剧空间的提升作出巨大贡献的作家当属玛丽亚·伊瑞妮·福尼斯(Maria Irene Fornes),一位有20多部作品被搬上舞台的剧作家。同时代的其他拉美剧坛上的重要人物还包括:丹尼斯·查韦斯(Denise Chavez)、约瑟芬娜·洛佩兹(Josefina Lopez)、埃迪特·维拉雷亚尔(Edit Villarreal)、埃弗利纳·费尔南德斯(Evelina Fernandez)、黛安娜·萨恩斯(Diana Saenz)以及劳拉·埃斯帕萨(Laura Esparza)。所有这些剧作家都为一个完整的作品体系作出了应有贡献,这一体系主要关注文化主题和政治压迫问题,探讨妇女在旧习俗下的社会关系,挖掘父权制传统,分析家庭对妇女的禁锢以及妇女所扮演的限制了自我意识的文化角色,同时也关注建立妇女精神为主导的体制的迫切性。历史地看,拉美裔剧作家们奋力地使他们的作品超越以下因素而被普遍认可:如书写节日庆典、发展中的实验剧、二流的舞台戏剧作品,以及其他潜在的被隔离的空间,也正是由于剧作家的超越,她们取得了令人瞩目的成绩。

著名的拉美裔剧作家福尼斯于1930年5月14日出生于古巴。1945年,福尼斯在父亲去世后,和母亲、姐姐一起抵达美国。1951年成为美国公民。最初抵达美国时,为了谋生,福尼斯在工厂工作,后来开始学习英语,并成为翻译。19岁时,福尼斯开始对绘画感兴趣,正式开始学习抽象艺术。1954年,福尼斯遇到艺术家兼作家海瑞特·索莫斯(Harriet-Sohmers),迅速坠入爱河的福尼斯跟随爱人到法国生活,并学习绘画艺术。在此期间,法国版《等待老左》的演出给福尼斯带来极大震撼。于是福尼斯转向戏剧创作。福尼斯在巴黎生活了三年，后因情变于1957年回到美国从事戏剧创作。福尼斯创作了40多部剧本，并执导了绝大部分自己的剧作以及其他经典作品。福尼斯因创作了大量富有原创性的剧作，使她成为外百老汇演出最为成功，也是作品演出最为频繁的剧作家。自60年代起，福尼斯著述累累，获得了众多的荣誉和奖励。

在20世纪80年代早期，福尼斯在纽约创办了拉美戏剧作家实验室，她的目标是通过培养新一代作家来丰富美国剧院的发展、增加艺术的多样化、提升不同戏剧风格。由于那时没有可供参照的作家或文本，实验室发挥着重要作用。剧作家拥有特殊的艺术地位，不仅仅因为其拉美裔身份，更主要的是由于其突出的艺术成就。在福尼斯的职业生涯中，她关注重要时刻发生的政治事件。尽管她的作品关注身份，可她否定身份政治，避免使用像女权主义者、女同性恋者和拉美裔等术语。对她来说，身份这个先入为主的概念削弱了剧作家的发展，使他们依赖于别人的期望。实验室团结了许多拉美裔剧作家，让他们获得了自我认可，因为在加入这个工作室之前，他们既无法融入主流社会，也无法和拉美裔作家融合。

福尼斯凭借其实验性的创作手法，契诃夫式的戏剧风格，深奥的哲学内涵独树一帜。虽然福尼斯的剧作不能得到所有观众的认同，但获得了戏剧评论界的高度褒奖。福尼斯也因此先后9次获得美国百老汇戏剧"奥比奖"。其中一次为戏剧终身成就奖。此外，她还获得美国国家艺术基金杰出艺术家奖、普利策提名奖以及其他多种奖项。

自60年代初以来，福尼斯作为剧作家、导演和戏剧教育家一直活跃在美国剧坛。福尼斯一直在从事迥异于主流文化的先锋派戏剧实验。福尼斯在60年代创作的多是轻松愉快的作品。从70年代起由于福尼斯担任一个旨在推进实验戏剧发展的戏剧家组织——纽约戏剧行动协会的主席，创作的作品不多，但是却创作了其经典作品《费芙和她的朋友们》，该剧成为她最负盛名、演出次数最多的剧作。福尼斯80年代的创作作品风格大多比较灰暗，带有浓厚的政治色彩。90年代福尼斯仍然继续创作，并于2000年亲自执导自己创作的剧本《古巴来鸿》的首场演出，并获得奥比奖。福尼斯创作于80年代和90年代的作品，对人物心理发展的独特把握以及对线性叙述风格的采用，使得这一时期的创作逐渐成为经典。福尼斯采用实验性创作手法，语言使用体现出不确定性。福尼斯的作品既是元戏剧（meta-theatre）的典范，也是关于弱势群体的杰作。作为古巴裔同性恋女作家，福尼斯不仅写身份问题，也关注更加开阔的社会问题。她的作品是亨利·詹姆斯式的复杂社会关系的描摹与梦幻现实主义的结合。福尼斯认为恐惧不仅仅是一种主观境界，而是和历史相联系的。

《古巴来鸿》（*Letters from Cuba*，2000）带有浓厚的自传色彩，其基本素材就是福尼斯本人在过去几十年时间里从祖国古巴收到并珍藏的家书。该剧既弥漫着家庭的温馨，又流露出浓浓的乡愁，同时还带有明显的政治色彩。故事讲述了女主人公弗朗西斯卡（Francisca）的经历。福尼斯通过弗朗西斯卡这个角色来表达自己复杂矛盾的心情，也是对自己的情感历程和艺术人生做的简要回顾。

《古巴来鸿》是继《萨尼塔》（*Sarita*）之后，第一部直接陈述古巴裔美国妇女身份的作品。剧中人物既承受着流放者的痛苦，又渴望艺术成就。故事发生在纽约一所公寓里，三位二十多岁有抱负的艺术家共居一室。马克（Marc）和约瑟夫（Joseph）共同爱上了古巴舞蹈家——弗兰（Fran）。她收到了一系列来自古巴的哥哥路易斯（Luis）的来信（选自福尼斯哥哥的来信），这些信被诗意地从舞台顶部抛下来。《古巴来鸿》让人们联想到福尼斯第一部戏剧《鳏夫》（*The Widow*），家书传达了古巴流亡者的经历，甚至还探讨了流放主题。艺术的力量使家庭重聚。福尼斯描述了路易斯和他的儿子恩里克（Enrique）从古巴到纽约公寓的生命历程。福尼斯也因该作品获得她的第九个奥比奖。

作为一名先驱，福尼斯对美国剧坛的影响持续存在。山姆·谢泼德（Sam Shepard）、黄哲伦（David Henry Huang）、彻里·莫拉加（Cherrie Moraga）[1]、苏珊·帕克斯（Susan-Lori Parks）、保拉·沃格尔（Paula Vogel）等还有很多其他剧作家都受到福尼斯的积极影响。

受到福尼斯影响的代表作家之一就是麦格戴丽雅·克鲁兹（Migdalia Cruz）。克鲁兹几乎将所有的注意力都放在美学细节和追求艺术卓越上，这是其为戏剧发展、加强戏剧写作最有力的工具。克鲁兹走在美国戏剧的

---

[1] 彻里·莫拉加既是拉美裔剧作家、女权主义者和诗人，也是散文家。其著作探讨了有色人种妇女所面临的性别、性问题和种族关系等问题。莫拉加著作颇丰，为拉美裔戏剧文学作出重要贡献，并对后世作家产生了积极影响。

前沿，她一直在不懈地打破禁忌并大胆地探索和塑造具有拉美裔身份特征的各种形式的暴力。作为一名来自南布朗克斯的新波多黎格剧作家，自20世纪80年代中期起，克鲁兹一直在拉美裔剧作家实验室师从福尼斯。克鲁兹的作品已经被美国及海外许多著名剧院搬上舞台。她的作品题材较广，探讨的问题宽泛。克鲁兹愿意尝试不同种类的审美形式和主题内容，这得益于福尼斯五年指导后的积淀。克鲁兹受益于福尼斯，是福尼斯教会自己如何观察。克鲁兹关注那些自己熟悉的社区成员们：穷人以及生活故事大多被简单归为几种刻板模式的人们。她的系列独角戏剧本《讲述故事》(Telling Tales, 1990) 描绘了一个年轻女孩对邻居让人恐惧的治安维持做法作出的反应。

克鲁兹的黑色漫画《毛皮》(Fur, 1991) 讲述名叫斯创娜（Citrona）的多毛女孩被母亲卖给丧心病狂的宠物店老板，并被该老板囚禁在宠物店地下室的笼子里的故事。《米利亚姆的花》(Miriam's Flowers, 1988) 讲述了女孩因幼年兄弟悲惨死去而难以名状的悲痛。《洛丽塔传》(Lolita de Lares, 1995) 描绘的是波多黎各逃犯和自由斗士洛丽塔·勒布朗（Lolita Lebron）的生活。《卢斯爱我》(Lucy Loves Me, 1988) 是对灰姑娘童话的再度诠释；而《暴力事件》(El Grito del Bronx, 2002) 演绎的是大限将至的波多黎各犯人的故事。

作为对身心贫瘠妇女关注的一部分，暴力是克鲁兹作品的中心主题之一，因为身体或许是某些妇女能唯一完全控制的东西。对于有人指责她的作品人物和主题都是不可救药的黑色，克鲁兹回应说："我写的都是那些寻求灵魂自由的人，她们在寻求解除社会、经济等强加于身体上的枷锁。我笔下的人物只能看见表面的东西。因此他们每个人在解放灵魂之前必须面对肉身的真相。对我而言，没有比由黑暗走向光明更美的旅程了。"[1]

拉美裔美国人常常使用喜剧形式对抗各种各样的压迫，并经常特别关注性和性别问题。代表作家又身兼演员、剧作家和导演角色的黛安·罗德里格斯（Diane Rodriguez）和莫妮卡·帕里西欧思（Monica Palacios），后者被视为在女权主义、拉美裔戏剧以及酷儿演出（queer per-

---

[1] David Krasner, *American Drama 1945—2000: An Introduction*, Malden: Blackwell Publishing, 2006, p.381.

formance）研究方面走在前列的剧作家。她最脍炙人口的作品有《酷儿灵魂》（*Queer Soul: A Twenty-Year Retrospective*, 2002)、《吻我》（*Besame Mucho*, 2000)和《我的身体及其他部分》 (*My Body and Other Parts*, 1998)。此外在当代拉美裔身份的形成过程中，还有其他一些探索双语言、双边文化和身体问题的妇女剧作家。她们的探索为拉美裔身份的形成打下了良好的基础。

因为主流剧坛和拉美裔剧坛缺乏塑造复杂的拉美裔形象，许多失望的拉美裔女演员开始创作由女性参演、为女性而写以及书写女性生活的剧作。埃维莉娜·费尔南德斯（Evelina Fernandez）的《我要怎样知道我还活着》（*How Else Am I Supposed to Know I'm Still Alive*, 1989）讲述了两位拉美裔老人和她们忠贞的友谊，是一部里程碑式的剧作。费尔南德斯其他的作品包括《大家》（*Luminaries*）以及《痴呆》（*Dementia*)，后者因涉及艾滋病和心理健康而扣人心弦。约瑟菲娜·洛佩兹（Josefina Lopez）代表作有《来自洛杉矶妇女的忏悔》（*Confessions of Women from East L.A.*, 1996）和《真正的女人有曲线》（*Real Woman Have Curves*, 1990）。洛佩兹还是位于博伊尔高地中央的中南美洲协会（CASA0101）的创办人。博伊尔高地是洛杉矶最贫困、历史上人口最稠密的墨西哥裔美国人社区。该组织为剧本创作和电影创作课程、电影创作室和青年剧院实验室提供了独特的艺术空间。和福尼斯一样，洛佩兹为新一代奠定基础，他们将继续拓展人们对美国戏剧的想象。

丹尼斯·查维斯（Denise Chavez）出生于美国新墨西哥州西南部城市拉斯克鲁塞斯的奇卡诺家庭，先后就读于梅西亚的麦当娜高中，新墨西哥州立大学（获得了学士学位）和圣三一大学（获得了戏剧艺术硕士学位）。她是每年一度在新墨西哥州拉斯克鲁塞斯举行的边境图书节的创始人。查维斯是奇卡娜文学的主要代表作家。这些作家不仅忍受着来自白人主流社会的压迫，同时在崇尚"男子大丈夫气概"的墨西哥裔本族受到来自性别的压迫。查维斯作品中的奇卡诺精神体现为对现实的乐观肯定的态度。查维斯笔下的女主人公满怀梦想，对生活充满信心，并努力寻找人生的真谛。1986年，查维斯出版了她的第一本短篇小说集《最后的领座小姐》（*The Last of the Menu Girls*, 1986)，此后作品《知晓动物语言的女人》（*The Woman Who Knew the Language of Animals*, 1992)、《天使之脸》（*Face of an Angel*, 1994）等先后得以出版。

《讲述》（*Novenas Narratives*）记录了 20 世纪 80 年代早期拉美裔传统节日。该剧大胆地涉猎有关性与性别的话题，从而对拉美裔剧作家产生积极的启发和影响。所有这些剧作家大大地突破了人们对拉美裔戏剧的刻板看法。正是这些艺术家启迪着新的研究，并挑战当下美国戏剧舞台对拉美裔剧作的解读。

由此可知，少数族裔作家通常拥有白人主流作家缺少的族裔文化背景和文学传统，他们在创作过程中采用西方文学形式的手法，同时加进神话、传说成分，变革叙事模式，形成鲜明的特色。妇女作家和少数族裔作家异军突起，为美国文学创作开辟新的视野，改变了以往白人主流作家占据文坛主导地位的状况，促使当代美国文学多元化发展格局的形成。

第一节　展现黑人种族问题和历史问题

20 世纪 60 年代以来随着美国政治的大动荡和波澜壮阔的民权运动，美国黑人戏剧也蓬勃发展起来。此时妇女剧作家的创作呈现出多元化趋势，剧作表演风格各异，并且在艺术和政治的方面具有较宽阔的视阈，这也正是黑人女性主义戏剧的主要特征。她们对主流文化范式的批评、影响和改变以及她们的艺术实践都对美国戏剧文学作出了重要贡献。妇女剧作家艾丽斯·奇尔德雷斯（Alice Childress）、洛兰·汉丝贝丽和艾德里安娜·肯尼迪（Andrienne Kennedy）的作品带有更多表现主义色彩。奇尔德雷斯运用现实主义手法来揭示非裔妇女意识，而肯尼迪用超现实主义和表现主义来进行艺术表现。评论家把肯尼迪和欧洲荒诞派作家联系起来，因为肯尼迪的剧本充满象征和重复性的语言等特征。此外，肯尼迪借用历史人物形象并以此来营造剧本梦幻般的效果。

黑人妇女剧作家的杰出代表汉丝贝丽出生于芝加哥南部富裕家庭，其父母极其关注非裔美国政治和文化生活。富裕的家境并没有把汉丝贝丽跟穷苦黑人隔离开来，因为她在拥挤不堪的种族隔离学校读书期间熟悉穷人的生活。汉丝贝丽八岁时，父亲在离芝加哥南部黑人居住区不远的白人中产阶级居住区买了房子，但是白人不准他们家搬入，父亲不得已上告到地方法庭，但始终没有得到解决，直到 1940 年 11 月美国最高法院才否决了地方法院的决议，父亲才被允许拥有自己的财产。父亲参与的抵制种族歧视的案件扩大了他的影响力，也对汉丝贝丽后来思想的发展产生了极大影响。正是这种生活经历促使她积极参加争取民权的斗争，也为她后来的戏剧创作提供了素材。汉丝贝丽在威斯康星大学读书期间受到爱尔兰进步作家奥凯西的影响，对他作品中塑造的一些出身贫困但品格高尚的人物最感兴趣。汉丝贝丽于50年代初期迁居纽约市，逐渐涉足剧坛并为美国戏剧作出杰出贡献。

汉丝贝丽是50年代美国黑人女剧作家中的佼佼者。她是第一位作品在百老汇上演的非裔美国女剧作家。其作品《阳光下的一粒葡萄干》(*A Raisin in the Sun*, 1959) 获得纽约剧评奖 (New York Drama Critics's Circle Award)[①] 颁发的当季最佳剧本奖。汉丝贝丽也是最年轻的一位获得纽约剧评奖的黑人剧作家。汉丝贝丽认为艺术应该也必须反映社会问题，黑人艺术家必须参与到社会的智力思维活动之中。她创作的目的是通过剧本和其他艺术创作书写黑人民族的故事。

汉丝贝丽的创作天赋和她对社会问题深刻的洞察力对后世人们产生极大的影响和鼓舞。作为戏剧家，汉丝贝丽的感染力在于取材于自己了如指掌的芝加哥和格林威治村的故事背景，借以表达对人类生活复杂性的理解和感受。汉丝贝丽的剧作为人们理解当代复杂而激烈的男人和女人之间的对话关系提供了一个新视角，因为她的女性主义是建立在对人类深切的爱和同情的基础之上的。剧作家笔下的妇女不仅具有良好的教养、乐于助人，同时也富有创新性和反叛精神。她精心创作的主题使美国舞台达到了一个崭新的高度。她的艺术创作、杰出的才能以及坚定的生活态度使她成为后世铭记的最重要的黑人剧作家之一。

70年代以来黑人戏剧有了新的进展，取得了与黑人小说相媲美的突出成就。这一时期黑人戏剧的显著特征是摆脱了表现种族对抗、把黑人简单描绘成种族压迫牺牲品的传统模式，题材进一步扩大，而且思想内容比较深刻。不少作品关注黑人社区内部的各种关系，正面表现黑人的生活现实和思想感情，这与当代黑人小说有相似之处。代表作家有继承并超越传

---

① 纽约戏剧评论圈奖，是排在普利策、托尼之后的第三戏剧大奖。每年5月，由纽约市的所有报纸杂志、电视广播等传媒的戏剧评论家们评选颁发（不包括《纽约时报》），奖项有：最佳戏剧、最佳音乐剧、最佳外国戏剧、最佳新剧和特别奖等奖项。

统的黑人剧作家查尔斯·福勒（Charles Fuller）[①]和奥古斯特·威尔逊（August Wilson）。后者是80年代中期以来美国剧坛最活跃、最具影响力的黑人剧作家。威尔逊描写美国黑人经验，并力图从熟知的生活角度去探索那些对所有文化具有共性的东西。威尔逊的作品通过写黑人生活经历来探讨人生的真谛。其经典作品《莱妮大妈的黑臀舞》（*Ma Rainey's Black Bottom*，1984）以黑人歌星莱妮大妈（Ma Rainey）的真实生活经历为素材，通过描写资本家对艺术家进行残酷剥削的故事，真实地展示了黑人艺术家的苦难生活。他们想反抗但又无能为力，只有向同伴发泄自己心中的怒火和愤懑。《栅栏》（*Fences*，1983）讲述了黑人家庭成员之间的矛盾，该剧成为美国戏剧史上获奖最多的黑人剧，先后获得1987年度的普利策奖、纽约剧评界最佳戏剧奖、外评界的杰出百老汇戏剧奖、戏剧舞台奖的杰出新剧奖和托尼最佳戏剧奖等，这在美国戏剧史上是空前的。

在20世纪之初产生重要影响力的黑人妇女剧作家，逐渐成为极负盛名的作家。妇女剧作家进行创作的最重要的动机也许正是想帮助自己和其他妇女找到自己的位置。但是无数妇女剧作家的戏剧艺术创作跨越了时代，超越了对个人和种族问题的关注，反映了更加深刻的社会问题。

从20世纪50年代到70年代，黑人妇女剧作家取得了骄人的成就。奇尔德雷斯成为第一个在百老汇上映并获得奥比奖的黑人剧作家。她的戏剧《心中的烦恼》（*Trouble in Mind*，1955）主要讲述了黑人女演员抵制剧院白人至上原则的故事。在《结婚戒指》（*Wedding Band*，1966）中，奇尔德雷斯打破了在舞台上展示种族间爱情的禁忌，讲述了黑人女性和相恋十年之久的白人男友爱情消亡的悲剧故事。白人男友因受到有种族主义情绪家人的影响而被迫中断他们之间的感情。发表于1959年的《阳光下的一粒葡萄干》进入主流剧院，从而使得汉丝贝丽成为第一个剧本在百老汇上映的黑人女性剧作家，也是第一位获得戏剧评论奖（Drama Critics）的黑人作家。汉丝贝丽成为新一代黑人女性的榜样和力量。70年代

[①] 查尔斯·福勒，美国剧作家，先后就读于罗马天主教高中、维拉诺瓦大学、La Salle大学。在罗马天主教高中时查尔斯·福勒察觉到他学校的图书馆没有美国黑人作家的书籍，于是发誓要成为一名作家，从而开启了他的戏剧创作之路。他与他人共同创办了非裔美国费城艺术剧院，致力于非裔戏剧作品的创作和推广。他的作品主要关注非裔美国人在新环境之中的生活、抗争与挣扎，主要代表作有《一出大兵的戏》，因其在文学界和评论界中的重大反响而获得1982年普利策戏剧奖。

之后的新生代黑人妇女剧作家更加有勇气而大胆直白地进行创作,她们的艺术创作再现了妇女的需求和愿望。

美国当代剧作家、演员、教育家恩托扎克·香格于1948年出生于新泽西州中产阶级家庭。其父是空军外科医生,母亲是教育家和心理医疗社会工作者。在恩托扎克8岁时,举家前往种族隔离严重的圣路易斯市。她进入白人学校但是却不得不忍受种族歧视和种族压迫。香格家庭具有浓郁的艺术氛围,父母鼓励孩子们积极地接受艺术教育。恩托扎克在13岁时,回到新泽西接受中学教育。1966年她进入伯纳德学院(Bernard college),专业为美国研究。后来恩拖扎克在南加州大学洛杉矶校区获得同一专业的硕士学位。但是恩托扎克的大学生活并不尽如人意。她在大学一年级成婚,但是婚姻不久就解体。由于受到情感失败的沉重打击,恩托扎克甚至试图自杀。1971年,恩托扎克开始接受现实,并逐渐走出困境。1975年,恩托扎克移居纽约市,并创作了富有震撼力的作品《彩虹艳尽半边天》(*for colored girls who have considered suicide when the rainbow is enuf*)。香格创作的作品还包括诗歌、小说、散文和戏剧以及儿童文学等。

黑人女性主义美学重要代表作家帕克斯被公认为是非裔美国妇女剧作家的领袖人物。帕克斯是富有诗意的剧作家,其笔下的人物或被卷入历史狂潮、经济旋涡之中,或被牵涉其他不由他们控制的力量中。帕克斯的作品涉及奴隶制度、中途航道(the Middle Passage)①、非裔美国人的人性丧失、城市的贫穷、美国的种族历史和种族歧视以及不屈不挠的美国黑人等。在某种程度上,语言表达力是帕克斯作品的中心主题。帕克斯继承前辈们的创作传统。在想象力方面,帕克斯受肯尼迪的影响;在作品的抒情方面,她展示出对香格的尊重。帕克斯热爱语言,她作品中的对话体现出现代诗歌般的紧凑,同时也可以采用蹩脚的英语或仅仅语序正确的语言,从而产生强烈的感染力和震撼力。

帕克斯出生在肯塔基州的诺克斯堡。父亲唐纳德·帕克斯(Donald Parks)本是位职业军官,退休后获得博士学位,后又成为大学教授。母

---

① 中途航道(The Middle Passage)是奴隶三角贸易的舞台,从这里数百万非洲人作为大西洋奴隶贸易的一部分被运到新大陆。船队载满货物从欧洲出发前往非洲市场,这些货物用来交换买来的或绑架来的非洲人,这些非洲人被当作奴隶穿越大西洋;接着他们被卖为奴隶或用来交换原材料,原材料再被运回欧洲,从而完成整个航程。中途航道的航海过程体现出规模宏大的金融任务,这些航海通常由公司或投资者组织而非个人。

亲弗朗西丝·帕克斯（Frances Parks）是大学行政人员，擅长讲故事的特点让孩子们受益无穷。在帕克斯的青少年时期，她们家经常从一个驻军转移到另一个部队驻地。帕克斯曾就读于德国学校。1985 年，帕克斯获得曼荷莲学院（Mount Holyoke College）英语和德语的文学学士学位。在曼荷莲期间，帕克斯选修了詹姆斯·鲍德温（James Baldwin）教授的写作课，并因受到他的鼓舞而开始写作。大学毕业后，帕克斯移居纽约，开始她的戏剧生涯。帕克斯曾任教于多所大学，包括密歇根大学、纽约大学和耶鲁戏剧学院等。

黑人戏剧在很大程度上比较保守，艺术形式受到意识形态的左右，因此需要寻求适合的、实用的艺术创作形式。这一创作倾向显示了黑人戏剧一直以来的持续抗争。这一抗争高尚但有时令人悲观失望。黑人戏剧采用多种艺术形式来抗议或书写种族的感受和问题。他们采用现实主义风格来探讨仪式问题、非洲意识、种族问题以及具有普适性的问题。这一切都显示了非洲戏剧史在主题、结构和文化方面的探求。黑人戏剧逐渐由单纯地模仿白人文化进而形成了自己富有活力、表现美国特征和种族特征的文学。黑人戏剧结合了非洲民谣和黑人的现实生活，产生了极富震撼力的效果。

非裔妇女之间的共性使她们以自己的方式构建和重建历史与身份。她们将历史纳入自己的作品中，因为她们讲述的故事是被历史隐藏和埋葬的事件，也即以妇女的经历和生命为核心的黑人女权主义的历史。妇女剧作家着手再现黑人妇女问题，努力改善并重塑她们的形象。尽管在主题、形式和结构以及在女性主义的重述等问题上存在着巨大差异，但她们的创作却展示了黑人女性主义美学原则。黑人女性主义美学挑战黑人妇女特质整体性的建构，重视她们面临的多重挑战以及生存选择的问题，这些都与性别、种族和阶级等问题相互交织在一起。

本研究所讨论的黑人女性主义美学指代的不是文本的优美，而是指文本的各要素，涉及特定的历史、政治或整体哲学理念的表现（广义的解释）。文本中的结构、情节或人物都是构成审美表现的因素。这一审美的中心问题即是否从主导文化模式中进行全新的文本批评，文章结构创新，或改变刻板的人物形象塑造，塑造全新的人物形象，并探讨文本结构是否符合整体的目标要求以及艺术功能的见解问题。

1. 复杂的黑人种族问题

汉丝贝丽探究 20 世纪存在的种族和社会问题，与前辈作家杜波依斯

(William Edward Burghardt Du Bois)①一样关注肤色界线的问题。种族主义和种族压迫这一主题仍然产生着持久的影响。在对社会变革这一问题质疑和反思之后,作家关注美国黑人身份问题以及这一身份蕴含的多层面的以及同时并存的性别、阶级、种族、性取向和民族问题。由于受到奥尼尔的影响,汉丝贝丽认为所有的剧本都应该有社会性,并严肃地反映社会问题。汉丝贝丽的剧本关注历史和社会背景的刻画,认为人们内在的冲突决定他们的行为,故事总是以悲剧结局而收场。

汉丝贝丽对非洲的刻画是严肃的,同时也是自然真实的。在许多剧本中,非洲是人们引以为豪的符号,问题重重却令人充满希望和期待。另一部代表性作品《作为年轻而有智慧的黑人》(To be Young, Gifted and Black)浓墨重彩地强调了汉丝贝丽的政治观念,她认为种族主义的观念是罪恶的和落后的,因此这一偏见必须被废除。汉丝贝丽在很大程度上受惠于肖恩·奥卡西(Sean O'Casey)②,尽管在剧本《作为年轻而有智慧的黑人》中只有一个篇章来自《朱诺与孔雀》(Juno andPeacock)③,但是该剧象征着宗教的缺失和家庭之爱,探讨了卷入政治问题的残酷性、必要性以及生存的本质等问题。《作为年轻而有智慧的黑人》一剧揭示了黑人生活的多重意义,探讨了民族主义问题、奴隶制度、金融问题、家庭琐事以

---

① 威廉·爱得华·伯格哈特·杜波依斯,生于美国马萨诸塞州伯克夏县,是一位社会学家、历史学家以及民权运动领袖。他从哈佛大学取得博士学位,其后成为泛非运动的创始人。

② 肖恩·奥卡西,20世纪爱尔兰历史上最为杰出的戏剧家之一。戏剧是其一生最主要的创作和贡献。在他创作生涯的后期,奥卡西也发表了不少小说作品,其中最主要的是自传体六卷本长篇小说。奥卡西经历过贫穷困苦,怀着对人类的大爱,创作了大量的戏剧和散文诗作,讴歌自由的勃勃生机,痛斥精神的苍白赤贫。

③ 《朱诺与孔雀》主要讲述了爱尔兰内战时期穷苦工人阶级的生活境遇。故事以居住在都柏林贫民区公寓里的薄伊尔一家为中心。父亲杰克·薄伊尔曾经做过商船船员,退休后在家闲着,只喜欢在小酒馆里和朋友聊天作乐。母亲朱诺是家里唯一在工作的人。女儿玛丽在罢工,儿子约翰尼在独立战争中失去了一条胳膊。薄伊尔家一位远房亲戚去世后,名叫本特姆的律师传话过来说,他们可以获得一笔遗产。于是一家人开始赊欠购买家具,改善家庭生活,坚信那笔"莫须有"的遗产可以帮助他们支付所有这些费用。可是好景不长,热烈追求了女儿玛丽一段时间之后,律师本特姆突然杳无音信。所谓的遗产也不存在。女儿玛丽怀上了本特姆的孩子,儿子约翰尼也遭到了杀害,父亲薄伊尔只会借酒浇愁。原本就很艰辛的生活更深地沉入了深渊。在这部剧中,奥卡西在大政治背景的映衬下,将一个原本就已困难重重的家庭的破落展现在观众面前。积极投身政治运动的男性英雄人物没有出现。三个主要的男性人物也分别是酒鬼、叛徒和骗子。生活的重担就落在朱诺这样的平庸的家庭妇女身上。

及具有普遍意义的人类的梦想和希望。剧本像万花筒一样，剧情不断变换，似乎喧嚣多于秩序，但是这种喧嚣让人们感受到黑人社会的复杂性、生活的愉悦和人们的勇气。

剧本《西德尼·布鲁斯顿窗户上的符号》（*The Sign in Sidney Brustein's Window*，1964）不仅探讨了家庭关系、婚姻问题、精神问题、同性恋问题和政治问题，同时也探讨了荒诞剧、抽象派艺术、种族主义和反犹太主义（anti-Semitism）等问题。剧本的中心人物西德尼·布鲁斯顿（Sidney Brustein）纠缠于他人的忽视和应该承担的责任之间。作者深刻而细腻地刻画了主人公复杂的内心世界，展示了他为了达到自我保护的目的而对社会采取不介入态度，以及由冷漠到敢于承担责任最后失望的心理历程，但最终他尝试着重新回到社会之中。

剧中次要人物阿尔登就是黑人，他此前是共产党人，然而就像剧中其他人一样，他既受到别人的压迫，又在压迫别人。作为黑人，他深感白人的种族偏见和歧视的不合理性，但是他也同样歧视那些同性恋者，奚落并仇视他们，对他们充满恶意而丝毫没有同情心。一方面，他跟自己的好友布鲁斯顿讲述了自己父亲作为黑人受到社会所加之于他的心理创伤；另一方面，他却要把同样深的创伤加给曾经深爱的白人女人身上，无法饶恕她曾经当过妓女的事实。剧本的冲突是无法避免的，最终却获得了和解。剧作家希望剧中人物摆脱狭隘的种族意识并具有人道主义精神。

《莱斯·布兰克斯》（*Les Blancs*，1970）的故事发生在非洲。剧本主人公是白人记者查理·莫里斯和黑人知识分子蔡姆勃·麦托萨。剧情由两个既各自独立又有着某种内在联系的故事组成。剧情一方面讲述白人记者莫里斯来到某个神话般典型的非洲国家，想见一见那位以善行而闻名的德高望重的传教士尼尔逊牧师。但是他看到的却是当地殖民政府对非洲土人的压迫和残暴统治。而且他发现尼尔逊牧师的仁慈，只是一个白人牧师对那些在他看来野蛮而无知的黑人的怜悯和仁慈。他所见到的一切促使他改变自己原来的看法，意识到只有掀起一场暴力革命才能拯救这个非洲民族，尽管暴力会给无辜的白人和黑人带来灾难。剧情的另一方面，以黑人知识分子蔡姆勃·麦托萨为主线。这个黑人不同于他的同胞，他生活在伦敦，娶了白人妻子，并组建了一个美满家庭。因此，他是一个受到白人文化熏陶的黑人。此刻的他正从国外回来参加父亲的葬礼。他原打算在葬礼结束后就回伦敦，却因为受到黑人反殖民主义斗争的鼓舞而决定留下来。

剧本就是从两个不同种族、不同身份的人在非洲这块土地上的经历及其思想的转变，表现作者对非洲民族解放斗争的歌颂与支持。

汉丝贝丽在《阳光下的一粒葡萄干》采用传统的佳构剧的形式，行动、地点和时间的统一是其主要特点。剧本精心设计的第一幕是序幕，第二幕是发展，第三幕是紧凑设计的结局。所有的行动都是精心设计而又具有因果关系地关联在一起。汉丝贝丽的创作严格地按照地点的统一性来创作，即所有的剧情发展都是在杨格一家芝加哥的公寓内。时间从一天拉长到一个月（对现代戏剧家来说，这是不同寻常的），体现出时间的统一性。汉丝贝丽仍然保持着统一性来探讨杨格家族核心的情感关注，沃尔特（Walter）寻找梦想，丽娜（Lena）笃信上帝和家庭，而毕妮莎（Beneatha）则渴望新世界。在剧中汉丝贝丽用这种非常传统的形式来创新观念和主题。该剧的手法不是程式化的设计，也不是对黑人生活的浪漫化处理，而是代表着那一时期百老汇剧场的不同寻常的观念，即哈莱姆文艺复兴的观念。

《阳光下的一粒葡萄干》综合性地探讨了黑人戏剧自崛起以来所触及的各种主要问题以及解决问题的不同态度。它是一部现实主义杰作，是黑人戏剧中的一朵奇葩，是黑人戏剧发展史上的一个里程碑，是黑人戏剧的艺术和文学水平走向成熟和获得美国戏剧界认可的标志。作者通过母亲丽娜和儿子沃尔特这两个主要人物的矛盾，反映出两种完全不同的价值观。母亲代表着传统的人本主义的价值观，儿子代表着物质主义价值观。母亲丽娜强调社区和社区价值的重要性，其对儿子沃尔特投资酒品商店的反对源自基督教信念，这也是剧作家关注的问题。最终，沃尔特长大成熟，正如雨后的彩虹一样充满希望和朝气。剧本重要的比喻是厨房窗台不屈不挠地生存的植物。丽娜把这种植物比作自己的孩子，不断地给予滋养并细心照料。丽娜告诉露丝（Ruth）说这种植物有强烈的生命力，尽管这种植物常年得不到阳光之类的滋养。剧本的题目来自兰斯顿·休斯（Langston Hughes）[①]的诗《梦想破灭》（*A Dream Deferred*），该剧隐喻着沃尔特投资开酒馆的梦想破灭以后经历的巨大的失望。"一个未实现的梦想会有什么

[①] 兰斯顿·休斯在美国文坛，尤其是黑人文学方面，是一个举足轻重的人物。他写过小说、戏剧、散文、历史、传记等各种文体的作品，还把西班牙文和法文的诗歌翻译成英文，甚至编辑过其他黑人作家的文选，但他主要以诗歌著称，被誉为"黑人民族的桂冠诗人"。

结局？/它会不会干瘪枯萎，/像太阳下的一粒葡萄干？……还是它将会爆炸？"① 汉丝贝丽从休斯那里获得灵感，休斯对自己种族诗意般的认识和敏感影响了汉斯贝丽。因为他们认识到无论遭遇多少障碍，黑人创作者始终是美国社会有生气的、强有力的创作力量，他们的艺术成就必须得到彰显。

《阳光下的一粒葡萄干》是对人们精神上的力量和忍受力的考验，该剧赞美黑人家庭，并强调非洲之根的重要性，刻画黑人家庭的脆弱性，并对个体的生存以及人类梦想的本质等进行了刻画。作为一部佳构剧，该剧乍看起来是对种族宽容的诉求或者是人们如何战胜冷漠社会的寓言故事，但是单单人物之间的雄辩就体现了人类共同的希望、恐惧和梦想。汉丝贝丽明白自己的处境，那就是在种族和性别的夹缝中生存和创作。在剧作家创作之初就意识到当代社会两大对抗力量，那就是种族和性别的双重冲突和压迫。该剧同样也阐释了对人类尊严的追寻等主题。汉丝贝丽讨论了人们对敏感问题的看法以及人们如何面对种族歧视并努力去适应当下的社会生活。这部戏剧表达了汉丝贝丽对非裔美国家庭深深的感情和热爱。剧本超越了种族的界限，探索了美国家庭、黑人、白人和移民的生活困境。作品刻画了美国梦就是人们团结在一起，有经济地位，拥有自己的住所，获得尊严和尊重，而且孩子们可以得到平等的受教育的机会。

剧本题目反映了人类对尊严的追寻的主题。该剧并没有局限于探讨对种族问题的容忍或者讲述人们在冷酷无情社会中的寓言故事。该剧栩栩如生地刻画一个有代表性的家庭的梦想，杨格家庭的梦想既没有枯竭也没有爆炸，而是逐渐成真。他们在郊区的房子是他们美国梦的一部分。美国梦更重要的一部分是个体对自由的追求和对家庭自由的追求。

该剧中每个人都有梦想，他们也在努力地实现自己的梦想，不断地同周围困扰他们的环境做斗争。而且他们中大多数人的幸福或痛苦都和他们实现梦想与否有着直接的关系。作为黑人他们面临着严重的种族歧视，并进行着社会上或经济上的斗争，直到最后实现了买房子的梦想。母亲坚信家庭的重要性，努力把整个家庭团结在一起，并试图把家庭的价值教给每一个成员。儿子沃尔特被骗走保险款之后卑躬屈膝地像汤姆叔叔一样愿意

---

① 该诗如下："What happens to a dream deferred? / Does it dry up/Like a raisin in the sun? / Or fester like a sore"。

接受富人的钱并搬离白人社区。当母亲要求他要给自己的儿子做榜样时，沃尔特表现出男子汉气概，于是搬到过世的父亲拥有的房子里。

汉斯贝丽的创作颠覆了人们对黑人的认识。直到汉丝贝丽塑造的沃尔特，美国舞台才看到一个梦想家、有抱负的商人、家庭男人、受到困扰的反思者，这都是同一个人物性格的多面性。汉丝贝丽意在消除苍白的舞台模仿，代之以活生生的人物刻画。非裔妇女剧作家不仅仅揭示种族问题，在很大程度上，种族问题和历史问题是不可分割的，或者互相渗透的。

2. 创伤的历史问题

帕克斯擅长将种族问题和历史问题结合起来。其创作的第一部戏剧《第三王国鲜为人知的反复无常》(*Imperceptible Mutabilities in the Third Kingdom*, 1989) 展示了非裔美国人从现在追溯到神秘过去的历史。《最后的黑人之死》(*Death of the Last Black Man in the Whole Entire World*, 1990) 中一对具有象征意义的非裔美国夫妻吸收并接纳了历史，后又起来反抗，以期摆脱种族成见的阴影；《美国戏剧》(*The American Play*, 1991) 描述了约翰·威尔克斯·布思刺杀林肯总统的事件；《花园爱情忠贞者》(*Devotees in the Garden in Love*, 1991) 是一幕关于浪漫幻想的悲喜剧；《维纳斯》(*Venus*, 1996) 嘲讽了19世纪种族划分伪科学的荒谬性，这一现象严重地影响了一位身体畸形的非裔妇女。《成功者/失败者》(*Top Dog/ Underdog*, 2001) 讲述了名字叫林肯和布思的两个黑人兄弟终生争斗的故事；《世代相传》(*In the Blood*, 1999) 是一个杀婴的故事；《该死的A》(*Fucking A*) 写于2000年。帕克斯创作的电影剧本《六岁女孩》(*Girl Six*, 1996) 由斯巴克·李 (Spike Lee) 导演。2001年，帕克斯接受了迈克阿瑟基金会天才奖 (MacArthur Foundation Genius Award)。帕克斯对历史重塑的热情以及对舞台的强烈责任感，使其创作富有感染力和表现力。在某种意义上，她的作品对舞台创新起到了重要作用。帕克斯运用独特的艺术手法来展示非裔美国历史以及当代的非裔美国身份重建的关系。

在剧本《第三王国鲜为人知的反复无常》中，帕克斯指出白人奴隶贸易者，即"漂白骨头的人"(Bleached Bone Man) 把奴隶带到新世界 (New World)，创立的第三王国 (third kingdom) 是处在美国和非洲之间的地域。帕克斯认为"第三王国"在历史和寓言层面都具有不同寻常的意义。非裔美国人所遭遇的历史变迁给非裔美国人留下的创伤是巨大的，他们离开自己的家乡，经历了隔离、颠沛流离之苦并被弃置在"第三王国"。帕克斯旨在展示黑人被迫移民并面临着恐惧和沮丧生活的历史原因。

《第三王国鲜为人知的反复无常》共分为四部分。内在逻辑关系以"奴隶制、种族灭绝、中产阶级化（gentrification）"为主线。第一部分的"蜗牛"（Snail）考察了三位当代黑人妇女的生活，她们被白人博物学家和伪灭鼠人所窥视和控制。这些妇女的自尊被逐渐瓦解，因为她们遭受代表霸权政治的博物学家的言语攻击、她们的过去和现在都遭受侮辱和歧视。这一窥视和攻击的结果就是妇女被迫沉默。她们为了赢得殖民者的认可而牺牲自我尊严和自我身份。为了阐明双重意识和人物不确定的自我身份认知，帕克斯采用了音乐剧主题，"重复和修正"（repetition and revision）或者称作歌曲的叠句（refrain）的创作手法。这一创作手法的使用旨在表达妇女想自杀但是选择生存下去的主题。她们再现了妇女的经历，即妇女既参与也游离于主流文化。

第二部分的"第三王国"重现了非洲人因离开故土而遭遇到与祖源文化的断裂问题。帕克斯对这一区域进行地理学意义的描述，并解释了剧中人物先知者（Seers）所遭遇的困境，即他们的身份被历史和现实隔断了。帕克斯也刻画了敏锐先知者（Kin-Seer）和鲨鱼先知者（Shark-Seer）所产生的分裂感，她们远离故土、文化、家人甚至自我，这一感受以流动的船只为外在表征，用肢体语言表达出来。帕克斯塑造的人物具有多重身份，这一特征反映了她们碎片化的内心世界和分裂的人格。

第三部分的"家庭招待会"（Open House）讲述了即将死亡的曾经为奴隶的人的梦魇。剧中人回忆了臭气冲天、拥挤不堪的奴隶船，并回忆起白人费思夫人（Mrs. Faith）对奴隶残忍的拔牙行为，因为这一行为夺走了黑人的记忆、历史和自我。过去和现在的杂合意味着殖民者和被殖民者之间不可调和的关系。帕克斯的描述体现了人们的抗争。帕克斯对黑人被迫移民、精神创伤和具有破碎感的地理性描述，在第二部分和第三部分都进行了重复性描写。

剧本最后一部分"希腊人或刺蛾"（Greeks or The Slugs）继续塑造人们的精神创伤、生活在非洲和新世界之间某个地方的黑人所遭遇的破碎感。这一部分主要讲述一名黑人海军陆战队中士在海外追求名利，最终因失去腿而回家，结果发现妻子已经成为盲人，而在他外出期间妻子已经和别人生育了孩子。帕克斯强调黑人是被分裂的群体,没有人能够有完整的自我或理想的结局。剧中人们渴望获得独立,但是却被局限在充斥混乱和痛苦不堪的境地。黑人就像可怜的鼻涕虫一样在第三世界苟延残喘地活着。

帕克斯把《第三王国鲜为人知的反复无常》看作美国黑人历史的再现。戏剧脚本所使用的"重复和修正"手法已成为帕克斯戏剧艺术创作的一个重要特征。这一手法取自爵士乐和诗歌的一种形式,语言被一遍遍重复使用,但是有轻微的更新和改变。

帕克斯的创作表现出多样性和多变性,重要的主题包括持续的死亡和再生、埋葬和掘墓、受压制的历史、无法逃避的再现和不由自主的重复。帕克斯探讨了身份的不安全性,并论述了人们的悲惨境况与独裁政治、监督管理体制之间的关系。同时帕克斯也借用父辈们的历史进行文字重述,并探讨了父辈们的历史和现状,以此进行了富有价值的审美解读。

《美国戏剧》1993年首次在大众剧院(Public Theatre)演出,自此帕克斯的后期作品陆续在那里演出。故事讲述了掘墓人无名者(The Foundling Father/ The Lesser Known)的故事。作为非裔美国人,无名者认为自己与伟大人物林肯总统有相似之处。他处处模仿林肯总统,并以此成为自己的职业,在名叫历史之洞(The Great Hole of History)的娱乐场所首先发表演讲,然后假装被射杀。他背井离乡,去往西部,试图重建伟大的历史。剧情主要围绕这一事件展开。无名者离开30年后杳无音信,但是妻子露西(Lucy)和儿子布拉齐尔(Brazil)出现在人们的视野之中。为了让人们记住无名者,他们挖掘出了"历史的足迹"(Hole of History),最后却发现他们挖掘的其实是无名者的坟墓。于是无名者得以回归,并且能够在死亡之际与自己的民族之根连接在一起。

《美国戏剧》中的人物在舞台上都处在一个洞穴之中,他们在自我寻找的同时从洞穴中挖掘积年的风化物(detritus objects)。帕克斯在该剧中阐明自己的观点,那就是对历史的建构与曲解是因为历史是被记录或回忆的事件,于是剧场也就成为重建历史的舞台。帕克斯认为太多的非裔美国人没有被历史地记录下来,而是被历史遗忘和抛弃。帕克斯旨在通过文学,尤其是剧场和现实生活的关系来挖掘先辈的足迹,寻找他们的尸骨,倾听尸骨的歌声,并记录这一切。

剧本记叙了黑人的悲剧历史。人们可以用一点小钱去射杀由无名者装扮成的林肯总统来取乐。无名者象征着历史的缺失。每次被射杀，他都会戏剧性地跌倒在自己的椅子上。心满意足的顾客高呼被重复和改写的悼词，这也是帕克斯在剧中采用的主要方法之一。剧本第一部分主要描写无名者之罪，第二部分突出其儿子的生活，即布拉齐尔（Brazil）最终从洞穴中爬出的事实。布拉齐尔用尽自己的生命去寻找父亲存在的证据，但却只能找到生活的碎片。帕克斯表明美国的历史始终是排斥黑人的。布拉齐尔从洞穴中爬出，但是他想要找到的历史却是空洞的。这一事实迫使布拉齐尔想要创造并书写自己的历史，而不是重蹈覆辙，沿袭父辈之路。因为父亲一直在重演别人的历史，而且已经成为历史。"历史之洞"象征着因中途航道而造成的断裂。非洲人被迫离开家园时，他们已经进入历史的黑洞，同时被抹去的还有黑人对美国的贡献。

在《美国戏剧》中，一套制服、一顶帽子、一串珠子等道具就可以让"无名者"（The Lesser Known）感觉到自己与亚伯拉罕·林肯在意识形态和现实社会联系在一起。在《胜利者/失败者》中，林肯和布斯都相信角色的改变仅仅是脱去旧装换上新衣，正如演员化妆进行舞台表演，卸妆后回到现实生活。在这两部剧本中，衣服和化妆突出了人物身份的变动性、外在性和表面化，尤其是面对历史和记忆的关系时。林肯和布斯回忆民族历史，甚至回忆自己的过去时，演出服就体现出强大的影响力。

剧本的名字"胜利者/失败者"，本身就暗示了一种空间意义和等级制度下的社会关系，寓意着人与人之间的争夺和对权力的追求与控制。林肯是胜利者，而布斯则是失败者。名字的寓意与美国历史上的等级关系联系在一起，林肯总统在内战中大获全胜，而南方演员约翰·布斯（John Wilkes Booth）则处在社会底层。这一联系与剧中人物的命运以及性格联系在一起。

作为兄长的林肯之前擅长赌牌，因此布斯渴慕哥哥赌牌的技能，这也使得林肯在家庭中占据主导地位。标题也比喻着男子气概以及社会地位。剧中两个单词用斜线分开也表明了这两者之间的内在关系。胜利者需要失败者不断地来反复定义其主导地位。失败者需要胜利者来完成事情的逆转，那就是弱势群体最终获得了主导地位。

《胜利者/失败者》剧作中充满了暴力描写，涉及睾丸激素、粗口和性炫耀，以至于观众以为剧作家是位男性。在这部关于两位骨肉兄弟彼此争斗，讲述了其惨淡的家族史的故事中，两兄弟在一间破旧的出租屋里，像斗牛犬一样奚落和挑衅彼此,他们在三牌赌博游戏上相互争斗,并以刺杀和被刺杀(正如名字所指)的结果而结束。然而,隐含的对决似乎是两兄弟都是大男子气概神话的受害者,因而在争夺权力的可怕骗局中,他们人格分裂并变成了凶手和受害者。戏剧有意无意把世界这个舞台浓缩到一个屋子里,两兄弟为了各自的利益而发生争斗。帕克斯把叙事的焦点放在争夺权力的暴力游戏上,其剧本是当代文化和政治的寓言,而且具有希腊文化之外的典故特点。通俗文化已经被"幸存者"与"现实"所掩盖,这种现象揭示出人们在激烈的斗争中相互打斗,为了获取利益而失去人性、孤注一掷甚至到了丧心病狂的地步。

《胜利者/失败者》中两只狗脑袋的画面意象极其富有感染力。两只眼圈发红、嘴也染红的黑比特犬出现在血红色的背景之中。其中一只狗的脑袋高昂,另一只的脑袋则下垂,就如扑克牌里的杰克(Jacks)那样。这画面运用反面意象象征性地展现出时下争论极盛的"狗咬狗"现象以及骇人听闻的政治骗局。

在少年时期被父母遗弃的兄弟二人都非常聪明,但是却一直在彼此争斗。为了谋生,林肯在购物中心扮演白皮肤的亚伯拉罕·林肯,也就是扮演被顾客刺杀的角色。而布斯则偷窃从名牌服装到美食在内的一切东西。但布斯嫉妒林肯拥有的三牌赌博游戏技能(three-card monte skills),尽管林肯不再使用该技能行骗。也正是彼此之间的嫉妒和不满造成了他们的矛盾和冲突,最终导致布斯对林肯的谋杀报复。

《胜利者/失败者》深刻地刻画了黑人的命运,无论你怎么出牌,注定必输无疑。帕克斯坚称她的剧作没有隐喻,也就是没有隐含的意义。但是她剧作中人物的名字和他们兄弟的身份地位显然具有隐含意义,并由此引发了评论家对帕克斯象征手法的思索。评论家多在戏剧中把该隐(Cain)和亚伯(Abel)的故事与历史上布斯枪杀林肯事件联系在一起。实际上,把整部戏剧联系在一起的不是情节,而是暗含命运和操控的隐喻手法的运用。通过这种方式,帕克斯剧本中形式和内容的关系如同戏剧中的两兄弟一样相互抗衡。

这部戏剧是迄今为止帕克斯作品中最具现实主义的剧作。戏剧的线性结构以及时间和地点的一致性,使得这部戏剧充满了不和谐性,同时也给人们带来了疑惑。这部戏剧的隐含意义即在轻歌舞剧的娱乐外衣的掩盖下,兄弟间的对抗和殊死拼搏。也正是因为此,帕克斯的戏剧具有了颠覆时代的文化和政治特色的象征。但是"总体而言，这部戏剧的身份问题令人困惑，因为兄弟俩在很多方面看起来像同一个人的两面。戏剧舞台进而变成个体的两面性为争夺控制权的战场。在这种解释下，衣物与破碎以及带有明确记忆的外壳联系在一起，变得极具象征意义。衣服成为具有象征意义的意象，与破碎和强烈的记忆紧密联系在一起"[1]。

林肯装扮成林肯总统的形象来赚钱。在剧本早期出现的林肯与剧本结束时的林肯装扮大相径庭。剧本结束时林肯没有或者不能再卸妆，就被兄弟布斯刺死。在剧本开始，林肯对自己的身份定位非常清楚且明确。林肯指出了历史事实的不准确性，以及他装扮成林肯总统的悖论，因为对他来说，装扮只是一个赚取钱财的方式。他还嘲讽那些以枪击他来娱乐的人们对历史问题的考量。《胜利者/失败者》把林肯总统遇刺事件反复表演。林肯认真地关注到刺杀者的衣着打扮，这些刺杀者具有广泛的代表性，男女老少来到游乐中心玩射杀林肯总统的游戏，也就是参与历史的重述。剧本旨在探讨人们去刺杀装扮成林肯总统的黑人各自不同的复杂动机。

剧中兄弟二人的父亲与林肯总统之间的类比关系，表明这两者在他们成长过程中所起到的关键作用。布斯认为自己只要可以穿得上父亲的衣服，就可以成长为像父亲一样的人。因此布斯对自我身份的定位是以父亲为基础的。林肯使得父亲的身份更为复杂。林肯采用的反叛方式，既毁坏了父亲的衣物，也做出了一些大逆不道的行为。对父亲衣物自相矛盾的方式，表明林肯对自己双重身份的抗争，尤其是装扮成林肯总统的身份。剧本从父亲留下的衣物，转移到林肯总统的衣物，而人却处在缺失状态，这意味着"伟大的解放者"（The Great Emancipator）已经成为历史，他抛弃了两位兄弟甚至整个非洲民族。林肯拒绝并焚烧了父亲的衣物，但是却穿上林肯总统的衣物，扮演林肯总统的角色。

剧中女性始终没有出场，但是女性的影响和对女性的评价却对剧本起到重要作用。社会普遍认为妇女对衣服具有特殊情结，但是剧作家让林肯和布斯对衣物尤为关注，作者的目的不仅仅是挑战传统的观念，而是旨在拓展人们对现实问题的认知，那就是被物化的人们如何看待自己的身份问题。林肯把挣得的钱带回去之后，两兄弟之间扮演着夫妻角色。

---

[1] Trudier Harris & Jennifer Larson, eds., *Reading Contemporary African American Drama: Fragments of History, Fragments of Self*, New York: Peter LangPublishing, Inc., 2007, p. 200.

布斯：把钱放到我的手心，他爸！

林肯：我想先闻一下味道，他妈！

布斯：我也闻一下，他爸！

林肯：好好地闻一下纸币散发的味道。

布斯：哦上帝，我要晕倒了，他爸，快拿药来。

林肯迅速地倒了两杯威士忌。

林肯：不要晕倒了，他妈！

布斯：我快不行了，他爸！

林肯：想想我们的孩子，他妈！还有我们的农场！（*Top Dog/ Underdog*，24）

这是对传统家庭关系的戏仿，也是兄弟二人关系的体现，林肯外出挣钱养家，布斯以偷盗为能事，但大部分时间待在家中。他们的幻想让他们拒绝面对现实。事实上，他们没有农场，而是住在破败不堪的公寓。他们的表演具有颠覆性，也是戏谑性的，这让他们看清自己的现实，而且是无法逃避的现实生活，他们不是父亲和母亲，也没有为了支持家庭而辛苦劳作，而是心存竞争的兄弟，彼此争斗，最终在家庭之中，决一死战。

在赌牌游戏中林肯能够获胜，但是在现实生活中他却成为输家。种族歧视使得他贫穷而且没有任何保障。白人在经济上占据主导地位。布斯在现实生活中以暴力取胜，发现林肯和女友格蕾丝（Grace）不能按照他的意愿行事，恼羞成怒之下杀死了他们。在赌博游戏中，布斯笃信红桃（heart）能赢。布斯的这一信念表明他比较情绪化，他甚至完全拒绝理性。兄弟之间的竞争以及血淋淋的结局，与赌牌游戏连接在一起。这一游戏的传统是游戏者必须表现出言语和智慧上的优势，首先采用暴力的人会因缺乏自制力而失败。

剧中的故事叙事，是现实主义的线性结构。贯穿始终的纸牌赌博的行话突出了兄弟二人追求理想的黑人男性气质的愿望。兄弟二人同时也讲述了自己的童年故事，这是他们对理想的家庭关系和性别角色的理解，是对和谐家庭生活的向往和对家庭的诠释。林肯扮演死去的林肯总统，这也为最终他被兄弟布斯刺死埋下伏笔。该剧揭示了主流美国历史对资本主义和父权体系的叙事与具有欺骗性意象的关系。林肯扮演也突出了权力关系，即贫穷下层非裔美国人如何获得合法和非法的生活方式和谋生职业的社会问题。

在最后一幕，所有矛盾集中在一起。林肯重操旧业，继续赌牌，而且给布斯以指导。林肯决心离开现在住处，寻找自己的天地，因为他获取的钱财急剧增加。林肯要搬家一事进一步刺激了布斯，他再次面临被父母般的人物抛弃的命运。布斯劝说林肯穿上扮演的服装来照相，然后再玩赌牌游戏。第一局布斯获胜，他终于可以扮演一回霸气十足的男子汉了。但是布斯不满足。他想赌钱。林肯把新近挣得的五百美元拿出来做赌注，布斯把继承的财产，也就是母亲离家出走时—尼龙袜钱拿出来做赌注。最后一局赌牌游戏，林肯总统的扮演服装以及打上魔咒的记忆中的物品都表现出来。获胜的林肯可以取走代表家庭记忆的物品，即尼龙袜。但是装有金钱的尼龙袜从未被打开过，于是林肯准备用刀子打开。布斯为了防止林肯打开尼龙袜，说他已经把格蕾丝杀死了。林肯看到布斯精神处在混乱状态时，就试图把尼龙袜还给布斯，但是布斯命令林肯打开尼龙袜，恰在此时，布斯枪杀了林肯。此时的林肯正穿着林肯总统的衣服，这也是历史性谋杀的再现。

布斯对赌牌游戏技能的错误认识以及认为从事该职业的人很酷的感受是黑人对男性气概的一种文化认知。赌牌者擅长欺骗和表演，并旨在赚取钱财。许多作品历史性地把黑人男子刻画为骗子意象。赌牌者经常独来独往，他获取的正如资本主义体制一样的暴力，但却有人引以为豪，认为这是反独裁主义的表现。

剧中布斯在幻想时，哥哥突然闯进来，因此布斯必须重拾自己的男子汉气概。布斯看到哥哥的林肯总统扮相，十分厌恶，于是让哥哥迅速卸妆。布斯对真实哥哥的崇拜与面前扮演林肯总统哥哥的厌恶现成了强烈的反差，并导致了自己的身份危机。布斯崇拜并模仿哥哥的一言一行，却发现眼前的哥哥扮演成可怜兮兮的白人，毫无尊严可言。这对布斯的冲击实在是太大了。事实上剧本似乎不是应剧情而发展，而是那些关于命运和支配的比喻促使剧情的发展。

《最后的黑人之死》塑造的是"人物形象"，而非角色。帕克斯的戏剧从抽象、富有寓意发展为具有现实主义特色的创作。该剧抽象性概念和寓言的使用使得观众和剧中角色疏远开来。剧作的布莱希特风格成为女性主义剧院有力的组成部分，这样观众就不会把剧中人物当作真实的人物，而会认为剧中人物与某种政治因素联系在一起。这些"人物形象"有助于发挥戏剧的政治功能，探求非裔美国人的神话、历史和文化传承的问题。帕克斯戏剧中的人物反映了新大陆（New World）时期黑人主体性的再现。欧洲人的探险和殖民行为终结了新大陆时期，并改变了黑人的生活以及自我身份。非裔妇女剧作家在探讨历史和种族问题的同时，高度关注与之相连的妇女的命运。

3. 黑人妇女的悲剧命运

《阳光下的一粒葡萄干》成为黑人女性主义戏剧的巅峰，讲述了黑人女性对文化延续性以及对自我和家庭生死存亡重大问题的关涉，塑造了传统的和富有开拓精神的女性，探讨了婚姻的本质、金钱的真正意义以及关于黑人女性主义的重要问题。剧本对新女性和旧女性的刻画突出了作者的思想。汉丝贝丽给我们展示了三位强势的女士——毕妮莎、露丝和丽娜。剧中妇女的命名暗示了她们在社会中的关系。毕妮莎是明显的双关用语，暗示了她对社会传统的蔑视，露丝的名字则是对丈夫忠贞的暗示，而丽娜则是传统的代言人。通过对三位妇女不同经历的细致刻画，剧作家旨在揭示妇女社会地位的变迁。年方二十的毕妮莎是新女性的代表，她努力要成为一位医生，甚至为了完成医学训练而推迟婚姻。毕妮莎怀疑上帝和各种社会的规约习俗。她有自己独特的表达方式，喜欢弹吉他、参加演出和骑马等。但是30岁的露丝却陷入新、旧观念的冲突之中。60岁的丽娜是慈祥的祖母，她既不怀疑上帝，也不怀疑婚姻，因而为儿女们世俗的观点所困惑。不仅如此，她对生活充满感恩，因为她的家庭再也不用恐惧多年以前的鞭打或酷刑。丽娜把传统的婚姻观和母亲的身份内化为自己的内在观念，她几乎成为黑人"地球母亲"，对自己生活的土地充满感激和热爱。在整个剧本，丽娜和植物紧密地联系在一起，这是生命、生存和人类精神的象征。

丽娜的旧世界和毕妮莎的新世界间隔40多年，其间社会和政治发生了巨大的变革。旧世界妇女以家庭为生活的中心，而新世界的妇女要读大学，甚至选择医学专业，并且对自己的非洲之根充满热爱。新旧世界之间不能和谐地相处，冲突和矛盾就成了必然。剧中丽娜和毕妮莎之间时有冲突，有时甚至是非常激烈的。

丽娜生活的南方是种族主义盛行的地域，她乐意在芝加哥过简单的生活，因为在芝加哥，她和家人可以有尊严地生活。丽娜因为儿子沃尔特梦想有自己的白酒商场而忧心忡忡，因为她看到太多的南方黑人男性因忧愁沉浸在酒精之中而毁掉自己的生活。他们被白人社会视为看不见的人而备受创伤，由于种族歧视观念的影响，他们没有能力和机会获得成功，也就没有能力在经济上负担自己的女人和家庭。作为虔诚信徒的丽娜信仰喝酒（除非特殊场合）是有罪的。

该剧中杨格家族讨论如何消费一万美元保险赔付时，作为价值主导的家长丽娜为子女的成长起到催化剂的作用。她认为孩子们应该接受自己道德观中的积极原则。比如她拒绝接受"黑鬼"这个词，而且她坚持认为没有人天生就该沦为仆人，这一点在她决定从黑人公寓搬到与芝加哥白人做邻居的这一举动中就可以看出。这一举动在汉丝贝丽看来也是一场革命，正像罗莎·帕克斯（Rosa Parks）[①]一样，后者拒绝坐在公交车的后面，从而引发了蒙哥马利抵制运动（Montgomery BusBoycott）[②]。毕妮莎想通过遵从理性的人文主义精神来达到反对母亲传统基督教精神的目的，进而确认自己已长大成人。作为一个女人，她选择非传统的医生职业；作为一个黑人，她拒绝金钱至上的男友，穿着尼日利亚当地的长裙，并让自己的头发呈现自然的非洲风格。露丝在种族、性别和社会阶层上都有别于作品中其他的女性。露丝受到雇用她的中上层人士的剥削，并被经济现实所诱惑。丽娜的旧世界和毕妮莎的新世界并不总是静止不变的，因为这两个世界互相排斥和碰撞。她们之间总是有差异。她们在彼此碰撞的过程中获得了更多的力量，并体现出人性的光辉和智慧。

作者多以赞美的语气刻画了毕妮莎，尽管她比较纵容自己的行为，与母亲和兄长之间多有摩擦，毕妮莎也把颠覆性的观点带到家庭之中。毕妮

[①] 罗莎·帕克斯，美国黑人民权行动主义者，美国国会后来称她为"现代民权运动之母"。1955年12月1日在美国民权运动进行到一个关键转折点时，帕克斯在实行种族隔离政策的阿拉巴马州蒙哥马利市一辆公共汽车上拒绝为一个白人男子让座。帕克斯遭到逮捕，最终导致了一场长达一年时间的公共汽车抵制运动。1956年，美国最高法院在公共交通上禁止实行种族隔离政策。帕克斯从此被尊为美国"民权运动之母"。帕克斯也深受白人民众的热爱，因为她为黑人争取权利的运动，同时塑造了美国的社会正义与公正精神，为大部分美国人争取到了一个更好的生活环境。

[②] 蒙哥马利巴士抵制运动是美国民权运动史上的一座里程碑。开始于1955年年底，持续了一年左右的蒙哥马利巴士抵制运动展现了非裔美国人以及支持民权运动的其他美国人的反抗种族隔离与社会不平等的决心与毅力。蒙哥马利巴士抵制运动最终促使1956年美国最高法院作出裁决，裁定蒙哥马利市的公交种族隔离法违宪。

莎似乎充满智慧和魅力，但是她持有政治乐观主义。但是透过表面，我们会发现更加真实的毕妮莎，她的自我中心意识说明她对家庭的经济状况不敏感，同时也忽视了母亲和嫂子为支持她的学业所付出的一切。毕妮莎反对哥哥家庭增加新成员，因为新生儿的到来会让他们的公寓更加拥挤。这也正体现了毕妮莎矛盾和复杂的一面。

毕妮莎把她大学学到的知识和她自己的三重身份（穷人、黑人和女性）所了解的知识联系起来，代表了不可估量的力量的化身。她大胆地表达自己的宗教观念和民权思想。毕妮莎代表着白人观众的多种焦虑，她是黑人社会的进步和发展的标志。作为新兴女权主义者，她受过良好的教育，对自己的非洲祖先十分了解，对宗教的安抚功能持怀疑态度，对社会中因等级界限限制了其某些社会关系十分敏感。她看起来似乎是一个中心人物，但是对故事的整体情节而言是处在边缘化地位的。作为最令人难忘的角色之一，毕妮莎对人物性格的发展起到重要作用。

另一位妇女问题剧作家香格的剧作是对冉冉升起的黑人女性主义戏剧美学的重要贡献。她把诗歌和舞蹈、爵士乐结合起来，成为其剧本中不可分割的一部分。香格的素材几乎都来自当代城市黑人女性的生活经历，她的艺术创作旨在反映这一群体的存在，为她们发出声音。她的创作对黑人妇女戏剧诗学的建构起到至关重要的作用。香格剧本中女性的精神性特征是她们对抗压迫的最主要的工具。香格的兴趣在于把爵士乐、舞蹈和诗歌结合起来，形成一种新的形式，被称作配舞诗剧。这构成了香格艺术上的创新。

1976年9月一部举世震惊、具有里程碑意义的戏剧在百老汇开幕，那就是香格关于黑人女性的无畏之作：《彩虹艳尽半边天》。戏剧以诗歌的形式呈现。七名黑人女演员所表演的20首诗歌揭露了黑人妇女生活的残酷现实。第一首诗歌表达了黑人女性被迫沉默的愤怒和痛苦，而男人们却认为理所当然。此后的几首诗详细地描述了妇女遭遇性侵后的痛苦和屈辱，被迫生活在肮脏的贫民窟中的惨状，以及男人对孩子的暴力行为带给她们的伤害。令人恐惧的第19首诗讲述了因为妻子要弃他而去，这位丧心病狂的丈夫将自己的孩子从五楼抛下以惩罚孩子的母亲。在第20首诗"牵手"中，七位女性举行了姐妹情谊和自我实现的仪式，她们重新聚首，共同庆祝历经风雨后所得到的自我力量、个体价值以及生存的勇气。《彩虹艳尽半边天》一剧赞美女性卓越的精神性特质。单个女性人物发出声音的瞬间，就会出现女性群体的合唱。该剧确立了香格创新的、非传统的抗议戏剧的地位，挑战了男权统治，体现了女性对暴力、压迫和性别歧视的男权社会的抗议。七位在舞台上展示了自己的生活经历（通常是遭受暴力和带有创伤）的女性构成了戏剧的框架。

《彩虹艳尽半边天》详细地阐述了黑人妇女真实的形象与生存困境——她们的需求、脆弱的灵魂、她们的精神状态和苦痛。剧本浓缩了一系列社会问题：男性主宰女性命运的社会现实、妇女遭受的人身侵犯、妇女所遭受的暴力性行为、意外怀孕、流产、被引诱、单相思和遭受遗弃等问题。剧本通过充满寓意的女性人物形象来展现主题。剧作家更多地依赖动作和声音表达主题和表现人物，而不去过多地关注背景设计、服装、灯光和舞台等。剧中的每一位女性各自代表彩虹的一种颜色：赤、橙、黄、绿、青、蓝、紫。通过刻画"彩色的"女性形象，香格再现了非白人女性的生存潜力以及她们面临的社会问题。《彩虹艳尽半边天》剧中女性表演者每人都穿着不同色彩的彩虹服装，并通过用非裔方言书写的舞蹈、歌曲和诗歌来表现情绪。在剧本的结局，女性角色被赋予新的意义；这些女性角色由被动和屈从变得充满挑战性，富有反叛精神，并能重新发现自我价值。

《彩虹艳尽半边天》成为一部仪式剧，寓言妇女成长和自我实现过程中所需要经历的仪式，剧本中有些诗句成为对年轻女性的警示。香格的思路就是不同年龄的"黑人女孩"相互支持和安慰，并肩作战。女孩们儿童时代的创伤不仅是她们成年后潜在的毁灭性因素，还是她们延续生存的基础。在整个剧本中，女性的经验是黑人女性元创伤的反复烙印的表征。克里斯特尔（Crystal）没有能力成为健康正常的成年人，而是成为其儿童时代创伤的牺牲品。最终，受虐儿童的幸存者进入成人阶段的过程异常艰辛，因为她们没有能力形成一种稳定的人际关系。剧中克里斯特尔的攻击是强大的父权制度对黑人女性的压迫的反应，而博·威利（Beau Willie）的攻击性行为也是黑人女性受到压迫的反应。香格的剧本批判性别主义和种族主义，但是并不提倡为了抵制性别歧视而与男性势不两立的态度。相反，香格塑造的人物渴望黑人男性和黑人女性之间的相互理解和支持。这两个人物——博·威利和克里斯特尔除了共同承受着种族主义的压迫，还拥有共同的精神和心理创伤。

香格讲述了妇女的命运和悲剧性的经历。黑皮肤小女孩的原始创伤来自她承受着性别和种族的双重压迫。身为黑皮肤或女性并不意味着创伤，但是历史地看，美国黑人女性曾经和继续遭受着多方面的打击。黑皮肤女孩在年幼时并没有意识到她的歌声其实婉转悠扬，而正是男权社会的压迫把她青涩的声音扼杀在襁褓之中。孩提时的创伤偷走了少女时代的纯真，使黑皮肤女孩坠入了黑暗的女性时期。剧中萦绕在小女孩身旁幽怨的笑声，流露出黑人女性生活在白人社会和男权社会双重压迫之下的苦痛和无奈。

女性童年的创伤，抑制她们成长为健康的女性，但是却也为她们坚定地生存下去提供了基础。随着作品的深入，剧中人物经历各种成人仪式。这些仪式表明随着时间的推移，七位女性最终能够在心理尤其是精神上不断地成熟和完善。剧中采用的配舞诗剧手法开始于女孩子的童年时代，随着她们的性经历而发生变化，最终女性获得充足的自我认识，步入成年女性的行列。剧中的女性经验代表着黑人女性反复受到的原始创伤。很难确定这些历经黑暗历程的黑人女孩经历了何种创伤，但这种不确定性是始终存在的。创伤事件的重复通常经过记忆重现得以再现。然而，当女性经历种族主义的创伤以及身体受虐之后，她们学会了如何找到自我并坚强地生存。

香格的剧中毫不隐晦地表达了黑人的民族自豪感，尤其是黑人年轻女孩的特质，这使得剧作家的作品成为非洲儿童文学传统的一部分。这些作品旨在塑造积极的黑人文学形象。剧中的女性经历了痛苦与磨炼，最终获得了安宁。《彩虹艳尽半边天》表达了剧作家对黑人妇女命运的乐观态度，那就是黑人女性可以找到属于自己的歌唱，坚定地立足于这个世界。香格通过女性的精神旅程的仪式让女性超越痛苦和失败，而走向希望和重生。

这部剧作试图挑战传统的父权制世界观，在美国文学中找到黑人女性的位置，发出有色人种女性自己的声音，同时对白人女性主义运动提出了黑人女性的解读，是黑人女性主义意识形态、需要和期待的表达。它向世界表明黑人女性的声音在妇女运动中是完全有效的。作为一部典型的女性主义作品，香格的舞台作品含有强烈的民族意识。该剧再次突出了剧场作为社会变革的有力工具。香格的创作融合了诗歌、音乐和街头白话（street vernacular），这使得其剧本富有创造力和感染力。香格在风格与主题的独创性鼓舞和启迪了20世纪80年代以后的黑人妇女作家。

在《第七号魔咒》中，当女性通过围绕桌子跳舞这种她们自己的仪式找到集体寄托时，这种现象暗示着仪式在自我提升的过程中尤为重要。仪式暂时将她们归为受压迫的亚文化，却在戏剧的最后阶段衍生出与之相反的仪式。与《彩虹艳尽半边天》相反，《第七号魔咒》在最后并没有清晰地表现出仪式的变化。香格的思想就是人们应在自我评价和自我肯定中寻求解放而非利用外部力量来寻求创伤的愈合。

香格在《彩虹艳尽半边天》和《摇摆舞景》（*Boogie Woogie Landscapes*，1979）中采用配舞诗剧的艺术手法。在《第七号魔咒》和《照片》（*A Photograph*，1977）中也采用类似配舞诗剧的艺术手法，但在《爸爸如是说》（*Daddy Says: A Play*，1989）中，香格在处理特定文化和具体性别问题时，采用了一些不太严格的传统艺术手法。随着香格逐渐偏离严苛的配舞诗剧模式，剧作家也不再把妇女当作戏剧艺术创作的主体，而是开始涉及社会生活的各个方面，如黑人的生活、美国社会以及人类心理学领域的问题。

香格是位极具天赋的剧作家，她的女性主义措辞与其令人着迷的诗歌融合在一起，带给人们震撼的视觉享受。剧作家把音乐、舞蹈、诗歌和舞台动作相互协调，以此来表达对种族主义、性别歧视、贫困、女性的精神缺失、黑人种族、男女关系、艺术和生命力的看法。香格在社会艺术潮流的发展中起着举足轻重的作用，在这种潮流中，有色种族的女性坚定自己的存在，并且化身为勇士，表达对自我隐形身份的不满和愤怒。黑人文学关注种族和文化认同问题，同时也在促成一场性别革命。香格正在致力于该类文学的发展。香格在男性能够有效地改变女性从属地位的问题上丧失了信心，因而剧作家塑造的舞台不仅展示了黑人存在的重要意义，同时也突出了女性的重要性。

突出黑人妇女命运的剧作家帕克斯的创作旨在解构与重构非裔美国人，特别是非裔美国妇女群体的身份与历史。帕克斯的早期作品主要探索了非裔美国人与美国社会的关系，关注种族主义及其对黑人妇女和黑人男性的影响。帕克斯的创作体现出黑人女性主义美学的特征。剧本探讨的身份、历史等问题都烙上黑人女性主义美学的印记。帕克斯用解构的写作手法，为我们展示了丰富而复杂的人物形象与符号，并进一步揭示了这些人物的起源，探索了她们的悲剧问题之所在。帕克斯通过对黑人妇女的描写，阐释了黑人妇女为保留黑人文化与凝结黑人群体所起到的重要作用。《最后的黑人之死》中的黑人妇女占据重要地位，她在自己的男人因不公正的遭遇而死亡之后，仍然坚强地存活下去。但是帕克斯并未把焦点集中在黑人男性的葬礼之上。毕竟死去的不是一个普通的黑人男子，而是一个和西瓜（watermelons）相联系的黑人男子。当黑人男子与西瓜联系在一起时（正如黑人女子与炸鸡联系在一起），黑人男子就被赋予了种族社会的符号。帕克斯黑人美学思想的表述体现在黑人女子不仅关注自己的解放，更是为了整个种族的解放和独立。

黑人男子起死回生，尽管最初黑人妇女认为她的男人逃脱了，后来意识到这种不可能性。黑人男性归来是为了葬礼，因为葬礼是生命和死亡的分割线，或者在人类生命和死亡中都存在着葬礼，这与西方把生死分割成截然对立的两面的观点截然不同。男人的死亡既是生命的结束，也是重生。正是由于黑人男性被埋葬，新生命才得以拥有发展空间，这是个体的重生，而不是社会强加给他们的生存方式。死亡为新生命的发展提供了空间。对帕克斯来说，留下的是历史和人类主宰者，即黑人妇女。该剧本逼真地刻画人类的主体性和人们的声音。黑人妇女掘土埋葬自己的男人，而后又祭奠和还原男人，因为黑人男子经历了多元的历史性死亡。最终，黑人男性可以挪动自己的手，他再也不用被陈旧的历史所束缚了。

作为女性主义作品，帕克斯的剧作展示了黑人妇女被刻画为性对象和符号化"幸福女王"（welfare queen）的负面陈规印象。剧作探索了人们面临选择与妥协的冲突，分析了在种族主义社会的重压下，他们掩抹黑人印记的病态欲望的问题。帕克斯的剧本同时指出黑人女性对黑人文化的传承和发展所起到的巨大作用。

《维纳斯》与帕克斯的其他剧本一样，依赖美国文化中的意象（视觉的、象征的和语言的）创作而成。帕克斯成功地表述自己的思想。正如在现实生活中一样，巴特曼（Barrtman）不是真实的自我，而是一个意象"维纳斯"。维纳斯被看成妓女的化身，她的存在就是为了满足人们的窥视欲和肮脏的欲望。她与所有黑人妇女具有同样的命运，被当作性对象。维纳斯所谓的人尽可夫的命运就是黑人妇女命运的体现。

《维纳斯》讲述了年轻南非女性维纳斯的悲惨境遇。受到男友的蛊惑，她来到英格兰，成为一名"异国舞者"，通过炫耀她的臀部甚至生殖器来"赚大钱"。然而在她到达英格兰不久，维纳斯的"业务伙伴"把她交给贪婪的妈妈——马戏团老板（Mother-Showman）。维纳斯被锁在笼子中供买门票的人们观赏。随后，维纳斯和男爵医生（The Baron

Docteur）发生恋情，后被男爵医生所"拯救"。但是维纳斯最终被遗弃并导致死亡，这样医生就可以解剖她的尸体，从而使自己变成著名的解剖学家。

维纳斯在舞台上的作用是重申黑人妇女性权利，使得妇女对自身性行为具有了合理化的解释。维纳斯在私人和公共场合都遭遇到性剥削。剧中，正是男爵医生和其他男性使得维纳斯具有了未曾拥有过的权力和经济地位。他们异乎寻常的性异常和贪婪本性导致了维纳斯的无耻和堕落，最终她的尊严连同生命一起消亡。维纳斯和男爵医生之间虚构的爱情故事代表了强大的白人男性和弱势黑人女性之间具有历史性特征的主流性关系。在该剧中，维纳斯的行为被认定为是主动的行为，愿意为了富足的生活牺牲尊严，但是不少学者认为，维纳斯其实没有任何选择。

维纳斯是黑人妇女的象征，维纳斯体现出黑人妇女的特征，具有野性，也与自然更为贴近。维纳斯的差异被马戏团老板、男爵及其妻子高度强化。对他们每个人来说，维纳斯所代表的异乎寻常的特征具有特别的意义。马戏团老板可以用维纳斯的奇异特征来剥削她并赚大钱，这是资本主义社会的权利特征之一。男爵医生想拥有这一尤物来满足他的性幻想，而且毫无犯罪感，因为维纳斯的身体是黑色的。男爵的妻子想要模仿维纳斯吸引男人眼球的地方。她也试图占有维纳斯，模仿被殖民者的"野性"。剧中解剖师强调维纳斯生殖器官的特别之处。这表明19世纪对妇女性特征的理解是病理学的（pathological）。解剖者尤其关注妇女的生殖器官，部分是因为他们认为妇女各种疾病缠身的根源在于她们的生殖器官。其实19世纪就是以妇女的生殖器官来定义妇女特征。由于人们过于强调妇女的性特征，这一问题就变成病理性问题了。

《世代相传》和《该死的A》都关注当下以及可预测的可怕的未来中的历史暴力以及人与人之间的暴力。帕克斯的创作不仅借鉴历史事件的素材，更多地借用过去作家与剧院创新者的智慧来进行创作。讲述了暴力的历史和个体之间的暴力一样令人瞩目，这一问题在当下和可以预见的将来都将继续存在。但是，与之相连的妇女的命运是帕克斯关注的焦点。

《世代相传》讲述了没有受过教育的黑人妇女赫斯特（Hester）的悲惨命运。赫斯特与五名不同男子，育有五个子女。被男人抛弃的赫斯特被迫依靠社会救济艰难地生存着。作为社会和男权牺牲品的赫斯特对自己的命运无能为力。不仅如此，与赫斯特交往的人，无论在对话还是独白中，都对她进行了严重的侮辱和伤害。赫斯特遇到了不同的人群，初恋情人池力（Chili）和牧师 D 先生，他们分别是贾伯（Jabber）和比比（Baby）的父亲；福利女士（Welfare Lady）是联邦政府项目的化身；医生是联邦政府医疗机构的标志；艾米噶·格林格（Amiga Gringa）是位无家可归的白人朋友。尽管他们都有能力给赫斯特提供某些帮助，但是他们都拒绝赫斯特的请求。非但如此，他们都尽其所能地利用了赫斯特，屡屡利用她的肉体，然后弃之如敝屣。赫斯特受到无尽的欺凌和漠视，但不得不为了孩子的生计而奔波辛劳。最终因营养不良、贫困和社会对赫斯特的歧视和嘲弄，悲愤交加的赫斯特杀死了自己的长子贾伯。剧终时，全身沾满鲜血的赫斯特被投放到监狱之中。

在剧本叙事中，剧中个体的独白与赫斯特产生互动。尽管赫斯特地位卑微，但是剧中个体的独白揭示了他们与赫斯特较为熟知的关系。更为重要的是他们造成赫斯特无家可归、生活贫困，成为单亲母亲的特殊境遇。池力和牧师拒绝支付孩子的赡养费，而福利机构用低廉的价格雇用赫斯特为其缝制衣服，以此来剥削赫斯特。医生借给赫斯特一美元，却威胁赫斯特要给她实施绝育手术。甚至她的白人朋友艾米噶都从赫斯特那里榨取钱财。他们每个人都要为赫斯特的现状负责任，却都拒绝承担任何责任。他们的独白清楚地表明，尽管他们拒绝承认自己会和赫斯特打上关系，却在深层次上与赫斯特有某种关系。他们与赫斯特的关系远比他们所承认的要复杂得多。这些独白发人深省，展示了他们如何利用赫斯特，但是他们却从未承认自己对赫斯特悲惨境遇所应负的责任。

医生的独白最有代表性。医生在探望过赫斯特之后说她需要做绝育手术，因为她和不同的男人育有五名子女。医生暗含的意思是因为赫斯特没有采取安全的避孕措施，她的行为以及产生的后果对整个社区都带来不好的影响。因此医生把赫斯特看做动物，必须实施绝育手术。但是实际上医生占尽赫斯特的便宜，却把责任推到赫斯特的身上，认为是她勾引了自己。剧中另外 4 场独白在主题上具有一致性。福利女士要求赫斯特还有她的丈夫玩三人游戏，但却认为赫斯特身份低微，不配与他们在一起。牧师是赫斯特第五位孩子的父亲，却拒绝到赫斯特的家中与她平起平坐，并且像对待妓女一样对待赫斯特。池力是赫斯特的初恋和第一个孩子的父亲，因为在她家中看到了孩子，就拒绝向她求婚。唯一看似有点同情心的表白来自艾米噶，她也来自底层社会，但是艾米噶觉得自己与赫斯特不同，因为她是白人，人们喜欢她的孩子，她就把自己的孩子卖掉赚钱。也就是说，作为黑人的赫斯特不值钱，而且还对社会造成危害。尽管这些独白都讲述了与赫斯特的关系，赫斯特始终是沉默的，她无法讲述自己的故事，也无法为自己争论或辩解。

帕克斯旨在塑造典型的黑人贫苦多育的妇女形象。赫斯特不停地生育，却从来没有考虑如何照顾孩子。剧中代表不同社会层次冷酷的人们造成了赫斯特的悲剧。帕克斯把赫斯特对子女的爱与她生活中人们对她的残酷结合起来，发人深省，也让人们从固化的思维模式中解脱出来，甄别善恶。赫斯特不能主宰自己的身体和生育权利，因为社会限制了赫斯特的权力，拒绝赫斯特渴望拥有的身份，即合格的母亲。悲愤交加的赫斯特绝望中杀死了自己的长子，因为长子说赫斯特是臭名昭著的妓女。剧本结束时，所有人都在指责赫斯特，谴责她缺少教育，谴责她的性能力，谴责她没有丈夫，甚至谴责她的贫困。他们认为赫斯特是典型的堕落妇女，也即将面临被迫绝育。但是，赫斯特被沉默了，她失去了话语权。但是造成她悲剧命运的根本原因不在于她本人。赫斯特被殖民化了，尽管她一直在反抗。赫斯特深陷社会和宗教体系的桎梏之中，无法挣脱悲剧的命运。

与《维纳斯》一样，《世代相传》探究的黑人妇女的性问题一般被看做是反常的。帕克斯旨在揭示正是此种观点导致人们对黑人妇女的符号化，而且这种符号化也影响到当代黑人妇女的生活（以赫斯特为代表）。深处困境、靠政府救济的黑人单身母亲赫斯特没有任何话语权。没有文化，也没有工作的赫斯特地位低下。尽管她遇到的男人和女人都无耻地背叛了她，他们却都认为自己具有更高的道德水准。赫斯特遇到的男人分别代表着不同的社会组织、医疗机构、宗教机构和政治团体，他们毫无怜悯地抛弃了像赫斯特这样的妇女。赫斯特对这些机构的信任，本身就体现出这一制度的虚伪和欺骗性，这样的制度可以把部分人看做废弃物来处理。

再现妇女问题，抨击现实制度的《该死的A》一剧体现帕克斯创作的现实主义特色和线性的叙事模式。该剧展示的是政治和个体生活与性别身份如何相互强化和作用。剧中，帕克斯塑造的三位妇女颠覆了母亲和妓女的形象。剧作家旨在展示美国戏剧低估和拒绝非裔美国妇女的价值和尊严的现实。剧本把主角赫斯特（Hester）塑造成为堕胎者、母亲、情人和复仇者。另一位妇女卡纳里·玛丽（Canary Mary）既是妓女、市长的情妇，也是赫斯特的好友。第三位妇女市长夫人向政府告发并毁灭身边的人，她的特权地位只有生育儿子才能得到保障，因为生育儿子才能表明其身为市长的丈夫的男人气概。

赫斯特接受自己的标签（字母 A）和为他人堕胎的工作，目的是挣到足够的钱，把儿子从监狱中救出来，赫斯特同时也是天使般的人物，因为通过堕胎，妇女可以主宰自己的身体。更为重要的是，她可以接触到市长夫人的身体，并强制为其实施了堕胎手术。赫斯特这么做事出有因，在市长夫人还是孩子时竟然指控赫斯特的儿子犯罪，并导致了赫斯特儿子入狱。但是，赫斯特并不知道其实是赫斯特的儿子（Monster）让市长夫人受孕。赫斯特不仅仅是一位个性鲜明、敢爱敢恨的母亲，作为女性，她敢于表达自己的情感诉求，寻求情感满足和心灵伴侣。她从屠夫（Butcher）那里得到情感满足，尽管屠夫的职业看似野蛮，但其实屠夫与充斥暴力、没有人性的男人大相径庭。

剧本接近尾声时母子相认，但是由于赫斯特的儿子是在逃犯，监狱正派人追杀他，为了免受更多的折磨，儿子请求母亲结束他的生命，赫斯特用屠夫教给她的方法，让儿子毫无痛苦地死去。赫斯特看似恐怖的谋杀，却是其对儿子感情的表达。这在象征层面上说明，白人中产者的压迫导致非裔美国人无路可走，只剩下自杀一条路。因此剧本中反复出现的强暴和肢解意象，寓意着黑人在社会生活和精神生活层面所受的剥夺。赫斯特失去了儿子，也就失去了生活的主要支撑，这显示了非裔美国人因白人的压迫而产生的严重后果。

帕克斯超越历史的二元对立以及对黑人和白人的定义，对文化身份认知进行探讨。帕克斯从后现代主义视角看到了性别身份和种族身份被无情地定义和建构。尽管帕克斯剧中充满戏谑，但是其文本的事实就是剧中人物要么以死亡作为序幕，要么以死亡谢幕。帕克斯让观众看到剧中人物为了寻找自我身份而不得不面对的问题。当然，帕克斯擅长使用各种戏剧艺术技巧包括光、音乐、舞蹈设计、背景和悬疑，产生的效果就是让我们看到人物不停地内心斗争，洞察人物的性别身份和种族身份的复杂性，而不是表面上的分裂性和随意性。

70 年代后最多产也最具才华的剧作家、小说家和散文家帕尔·克里奇（Pearl Cleage）创作了关于黑人妇女命运的作品。克里奇是当代黑人妇女的典范，她的创作将艺术与社会活动相融合。克里奇创作的人物通常都是顽固的激进分子，强烈地反对性别歧视和种族歧视。事实上，克里奇更加关注性别歧视，而不是种族歧视。其创作主旨是为了赋予黑人妇女力量，远离性虐待，充实自己的生活，感染并帮助其他的女性。其作品突出黑人妇女寻找生存安全、追求有价值而富足的生活的努力。克里奇的创作虚实结合，历史事件和作者的呼吁相结合。

在其著名的三部戏剧作品——《逃亡西部》（*Flyin' West*, 1992）、《阿拉巴马天空的布鲁斯》（*Blues for an Alabama Sky*, 1995）和《边疆的波旁》（*Bourbon at the Border*, 1997）中，作者致力于书写黑人的自由，同时她以戏剧为媒介寻求摆脱政治事务，就像将她剧中人物从美国种族主义暴力中解放出来一样。这三部剧本探讨了非裔美国人所经历的种族暴力、寻求自由和历史创伤记忆等一系列的问题。剧本以不同的地理区域和历史时期为背景，分别探讨了黑人男性和黑人女性试图建构一个空间，以摆脱历史创伤记忆，寻求个人解放的问题。

《逃亡西部》以地理结构为主体框架展开，讲述了四位女性逃亡到西部的生活经历。故事开始在美国南北战争后的美国南方，结束时的地理位置是黑人聚集的堪萨斯州的尼克迪莫斯。该剧高度赞誉了勇敢的黑人妇女在内战后从美国南方长途跋涉到堪萨斯州，寻找属于自己的土地和生活。该剧的女家长莉雅（Miss Leah）因奴隶制的迫害失去了十个孩子。从痛苦中挣扎出来的莉雅带领三位妇女，组建了新的家庭，重新开始生活。在黑人城镇尼克迪莫斯获得土地后，三姐妹索菲（Sophie）、范尼（Fannie）和米妮（Minnie）以及莉雅女士能够独立和安全地生存。黑人城市也成为她们的避难所，使她们远离南部种族暴力。剧中的女性索菲、范尼和莉雅女士令人同情，她们是该剧的主角，她们也体现了剧作家的思想，展示了作者的黑人女性主义价值观。经历了蓄奴制以及此后的重建（Reconstruction）①，莉雅女士展示了自己的独立性、勇气和力量。此后，她毅然决定在堪萨斯安家生存。范尼讲述了家庭成员参与政治活动的故事。索菲拒绝

---

① 重建指美国内战（1861—1865）结束后对南部政治经济和社会生活的改造与重新建设时期的通称。以亚伯拉罕·林肯《大赦与重建宣言》和约翰逊的《重建纲领》为指导，重建的历史任务是用政治和立法手段巩固和扩大内战成果，在南部各叛乱州重新建立忠于联邦的州政权，恢复南部各州同联邦的正常关系，重建并巩固联邦的统一。

任何想要控制她的行为,保持着自己的独立性。非但如此,索菲还致力于社区活动,以确保黑人对尼克迪莫斯地区的控制。剧本突出种族主义问题,同时也探讨性别歧视的问题,因为两者总是同时存在。这一问题通常被黑人男性所忽视,但是黑人妇女却感觉到性别歧视无处不在。因为种族问题不能成为对黑人妇女施加暴力的借口。对于这些坚强的女性而言,没有什么能比自由更可贵。作者写作的目的就是要揭露、探索种族歧视与性别歧视,寻找解决问题的办法。

与《逃亡西部》不同,《阿拉巴马天空的布鲁斯》的地理背景形成新的框架并以此来表述剧本的主题。故事发生在破败不堪的哈莱姆,剧中人物的生活经历与哈莱姆的历史结合在一起。克里奇的个人见解与剧中人物相结合,批判了种族暴力的问题,探讨了生育权利的问题以及贫穷问题等。《逃亡西部》强调了二元对立的问题,西部和南部的地理空间分别代表着安全和暴力。南方代表着创伤,而西部边疆预示着现在和将来的人类自由。《阿拉巴马天空的布鲁斯》讲述了同一主题,并把地理位置分成三个维度空间,即南方、西部和异空间(foreign spaces)。剧中的爵士舞音乐(蓝调音乐体裁)[①]表述的思想就是"用欢笑来代替哭泣"。剧中爵士舞音乐的运用旨在用幽默的手段化解痛苦,爵士舞音乐的结构与剧中人物的创伤记忆形成互动。

作者塑造了复杂的人物角色,富有震撼力。在某些方面,这些后期戏剧中的妇女角色比《逃亡西部》中的妇女角色更为复杂。克里奇的目标之一就是创作有意义的、复杂的黑人女性形象。这些角色与现实世界联系在一起。这些女性勇敢地面对着各种问题,无论是吸毒问题、性暴力的后遗症问题还是挣扎在贫困线上,她们都能够对付。更为重要的是作者塑造的复杂的女性形象,颠覆了人们的印象,那就是黑人女性不是剧场和电影

[①] 爵士舞音乐(蓝调音乐体裁)(blues music)简单来说,当一首歌以 1111 - 4411 - 5411 这种所谓的 12 小节蓝调进行作曲,并以蓝调音阶或五声音阶中的音符做旋律,就可称作蓝调。当然除了 12 小节进行,还另外有 8 小节、16 小节的蓝调进行,同样,也有很多人会使用蓝调音阶外的音做代替。所谓蓝调,必须有固定的作曲模式,而且能使用的音也只限于几个音。符合这两个条件的,就可称作蓝调。蓝调(Blues)为爵士、摇滚及福音歌曲(Gospel)的老祖宗,原本只是美国早期黑奴抒发心情时所吟唱的 12 小节曲式,演唱或演奏时大量蓝调音(Blue Notes)的应用,使得音乐充满了压抑及不和谐的感觉,这种音乐听起来十分忧郁(Blue)。但就是这么一股远古气息,使得它后来在叛逆的摇滚乐中发扬光大。蓝调以歌曲直接陈述内心想法的表现方式,与当时白人社会的音乐截然不同。

中一成不变的刻板的形象，而是复杂多面的。

《边疆的波旁》讲述了人们不应该忘记也无法忘记的历史事件，即20世纪60年代的种族暴力。该剧在克里奇三部曲中具有重要的地位，该剧对地理空间和人们意识的关系进行了关联，也就是利用形式和内容的对应关系来展示主题。该剧体现了作者的三维地理空间，即过去的南方、现在的北部和未来的异国他乡，以此来凸显主题。该剧解构了那种表象的概念，那就是创伤不仅可以被忠实地叙述和传播，同时也解构了人们的期待，胜利者所展示的暴力行为，其实是创伤记忆的再现。"克里奇的三部曲穿越了地理空间和历史年代，勾勒出创伤记忆的动态图景。同时再现了人们对创伤经历的理解和领悟。剧作家创作主题日渐阴郁和沉重，这意味着人们试图逃避创伤记忆已经成为徒劳之举。作者在叙述其剧作中隐含着创伤记忆的暴力事件时，立场变得越来越疏远而冷漠。《逃亡西部》之后的剧作中，作者不再刻画坚强的边疆妇女形象、姐妹仪式、富有家庭生活气息的苹果派等意象。这一转变说明人们的创伤更加难以愈合，纵使家庭生活也无力化解人们的创伤"。①

对于克里奇来说，她无时无刻不在感受种族歧视和性别歧视，与此同时，她始终在反抗性别压迫和种族压迫。在其作品中，剧作家选取某一个特殊的历史时刻让观众来理解整个黑人种族的历史。克里奇重点关注的问题包括对妇女的暴力、家庭暴力问题，人工流产、生育权利问题，抑郁症以及受到创伤后的抑郁问题，毒瘾、抚育子女问题，以及卖淫等社会问题。剧作家在作品中书写了特殊的历史时期，包括1879年的出埃及记（Exodus）②，哈莱姆文艺复兴以及民权运动（Civil Rights Movement）③。这

---

① Trudier Harris & Jennifer Larson, eds., *Reading Contemporary African American Drama: Fragments of History, Fragments of Self*, New York: Peter Lang Publishing, Inc., 2007, p.118.

② 出埃及记的名字是从旧约希腊文译本而来，意思是"出路记"，指以色列史上最重要的事件，就是以色列人发起的寻找出路的运动，这一运动摆脱了埃及的奴役，同时压迫者受审判及被压迫者得拯救。

③ 美国民权运动指的是第二次世界大战后美国黑人反对种族隔离与歧视，争取民主权利的群众运动。它不仅改变了美国黑人的命运，赋予了他们很大程度上的平等、自由和尊严，也深刻影响了所有美国人的生活与观念。它把美国从一个容忍种族主义、歧视黑人的社会转变为一个不管肤色与种族，承认每一个公民的平等权利的社会，从而深深改变了民众的思想。不仅如此，民权运动也激发了新时期美国社会的民主和自由斗争。现代妇女运动、反战运动、新"左"派运动和其他族裔争取权利的斗争等都受到民权运动的推动和影响。

些历史时期出现在其作品中，不仅因为这一时期突出的种族问题，还因为伴之而生的妇女问题。克里奇再现重大历史时期，明确提出的妇女问题、对种族、性别以及性取向等问题的关注使克里奇成为当代美国重要的女权主义剧作家。

另一位作出突出贡献的剧作家艾丽斯·奇尔德雷斯因写作种族问题和妇女问题而知名。奇尔德雷斯是一位承前启后的剧作家，她的创作预示着香格和索尼娅·桑切斯（Sonia Sanchez）的到来。奇尔德雷斯努力把新的妇女形象带到舞台，避免因袭传统的道路，即此前把黑人妇女塑造成堕落、冷漠、刚愎自用或者是无助的形象。奇尔德雷斯拒绝使用二元对立的关系（黑/白、男性/女性、南方/北方）等，因为这种二元对立暗示着一种身份的优越性。其《结婚戒指》（*Wedding Band: A Love/Hate Story in Black and White*，1966）更加关注黑人妇女群体之中的关系以及黑人和白人妇女之间的关系，同时对不同种族通婚问题进行刻画和严峻的思考。最终故事的女主角茱莉雅（Julia）觉醒并对自己的种族产生自豪感，茱莉雅摆脱逆来顺受的处境，并声明自己的权利，那就是要走自己的路，依靠自己的努力去生活，重新回到非洲祖先们辛勤耕耘的土地上。

《荒野中的酒》（*Wine in The Wilderness*，1969）中的托米（Tommy）不经意间听到男友比尔（Bill）在煲电话粥时对其三联绘画作品中的美女恭维赞美，但是托米最初误以为比尔是在赞美自己。得知事实真相的托米最终能够自我成长并获得了自信和自立。起初托米屈服于男友的需求，努力去做一个温顺的女人，以他的意志为自己的意志。托米一直在这一价值观念的指导下行事。直到托米被比尔的阶层拒绝后，托米才开始抨击中产阶级，放弃自己屈从的态度。剧终托米成功地获得自尊和自主的生活，拒绝比尔和他的朋友们对她先入为主的评价，唾弃他们的性别歧视。但是剧作家的局限性体现在其认为女性气质和顺从是中产阶级女性的重要特征，也是女性魅力的重要组成部分。该剧中的种族问题超越了阶级和性别问题跃居为最重要的问题。尽管剧作家声明工人阶级和女权主义者团结的重要性，但是剧作家无法找到维护种族团结的办法和出路。《荒野中的酒》表明种族、性别和历史问题始终紧密地联系在一起。

第二节 犹太裔身份的探索

犹太裔剧作家成就不凡，但他们的许多作品写的是普遍意义的美国主题，人们似乎把他们的犹太背景给忘记了。20世纪30年代重要剧作家克利福·德奥德茨（CliffordOdets）经典作品《等待老左》（*Waiting for Lefty*，1935）产生了重要影响。二战后包括戏剧文学在内的犹太文学进入全面繁荣时期。可他们的不少作品还是直接或间接地写犹太人自身的问题，如"犹太性"问题等。美国喜剧作家尼尔·西蒙的力作《迷失在扬克斯》（*Lost in Yonkers*，1991）写犹太人在劫后余生的逆境里在纽约市挣扎求生的人生轨迹，作者运用喜剧的幽默，创造了悲怆的氛围，颇能触动观众的心弦，在20世纪90年代初期的美国剧坛引起不小震动。故这一部分剧作家作出的贡献不应当受到忽视。以剧作家阿瑟·米勒（Arthur Miller）为代表的一批影响极大，创作颇丰的剧作家在美国剧坛成功崛起，并最终使犹太文学成为美国文学一支独立的力量。他们之中有些作家专注于表现犹太移民在融入美国社会进程中的心路历程，有些却不一定着力表现犹太人的生活，但他们共同的文化背景已化作他们的集体无意识，犹太身份和犹太传统还是他们挥之不去的文学主题。

1. 犹太裔妇女的身份探索

一百多年来，犹太裔妇女活跃在美国剧院，担当剧作家、演员、导演和制片人的角色。这些妇女为意第绪语戏剧的发展、百老汇的丰富以及地方剧院的壮大奉献了自己的智慧、激情与梦想。犹太裔妇女剧作家在美国大舞台找到了表现自我并把戏剧艺术推向新高度的方法。她们成功地塑造了犹太妇女的舞台形象并为后继者铺平了道路。在某种意义上，犹太裔妇女剧作家培育了独特的犹太文化。她们在为后世创造丰富精神财富的同时也维护了本民族悠久的戏剧文化传统。

犹太裔妇女凭借过人的智慧和执着的追求，进入之前由男性垄断的演出领域。著名演员海伦·门肯（Helen Menken）后期转向戏剧导演并因执导作品《台口餐厅》（*Stage Door Canteen*）一跃成名。海伦·门肯曾在负责百老汇最高奖项（托尼奖）的组织——美国剧院翼（American Theater

Wing）担任主席之职。另一位重要犹太裔妇女戏剧导演是活跃在20世纪20—40年代的特里萨·赫而本（Theresa Helburn）。作为戏剧协会（Theatre Guild）主席的赫而本带领剧院同仁致力于提高百老汇的艺术水准，并在商业剧院演出方面获得成功。赫而本赢得了观众的赞誉，并为培养优秀戏剧艺术家作出重要贡献。

犹太裔妇女剧作家一直以来是美国戏剧的开拓者，她们能深刻地洞察美国社会的问题并寻求解决问题的思路。在20世纪60年代美国社会动荡时期，犹太裔妇女剧作家进行实验性创作，她们满怀激情地投入到戏剧演出和戏剧创新之中，追求艺术的极大成功。由犹太裔女演员兼导演朱迪斯·马利娜（Judith Malina）和丈夫朱利安·贝克（Julian Beck）创立的生活剧场（Living Theatre）采用反传统的艺术手法和非现实主义的表演风格进行戏剧演出，旨在模糊演员和观众之间的界限以及艺术和现实的关系等，这都是对戏剧传统的挑战和反叛。犹太裔妇女剧作家苏珊·颜可韦兹（Susan Yankowitz）1969年创作的具有里程碑意义的作品《终端》（*Terminal*）是部具有实验性特征的作品。剧作家讽喻性与暴力问题，并书写了自我情感的宣泄。

在20世纪60年代和70年代反叛精神的引领下，探索种族和文化身份的剧作家得到重视，也正是在这一背景之下，致力于研究犹太裔文化的剧院得到了长足发展。这些剧院渴望创造出包含犹太历史和犹太文化的剧作。犹太裔妇女剧作家认为美国戏剧应该致力于超越百老汇。由妇女剧作家参与建设的地方剧院为培养优秀的剧作家作出了重要贡献。地方剧院的发展是对百老汇商业化现实的反击。在过去的30多年里，地方剧院为犹太裔妇女剧作家的戏剧创作提供了有力的支持。才华横溢的美国犹太裔妇女剧作家不断夯实基础、大胆创新，推动戏剧艺术走向新的高峰。

犹太裔妇女剧作家爱得娜·费伯（Edna Ferber）以机智的舞台对话和深刻的洞察力而知名。她与乔治·考夫曼（George S. Kaufman）协作而创造出极具影响力的作品《米尼可》（*Minick*, 1924）、《皇家》（*The Royal Family*, 1927）、《八点晚餐》（*Dinner at Eight*, 1932）和《舞台之门》（*Stage Door*, 1936）等。罗斯·弗兰肯（Rose Franken）凭借《另一种语言》（*Another Language*, 1932）而大获成功。其剧作关注家庭问题、反犹太主义、同性恋恐惧症、性别歧视以及战争等。另一作家西尔维亚·里根（Sylvia Regan）因1940年创作的犹太家庭剧《辰星》（*Morningstar*）而一举成名。

犹太裔妇女作家中最负盛名的是温迪·温瑟斯坦，这将是重点探讨的内容。

2. 犹太裔妇女的自我建构

温瑟斯坦对自由人文主义的理想追求和女权主义思想与犹太族裔背景具有一定的联系。犹太教中的父权价值观念占据重要地位。剧作家不仅刻画了性别身份和犹太族裔背景的联系，而且探讨了犹太裔美国人同化的过程，并用幽默的笔触书写了犹太裔人在美国文化背景下的异乡人感受。

温瑟斯坦的力量在于她塑造人物的能力。这些人物在自嘲的同时也在质疑别人。其所有的剧本都具有离奇的情节和有趣的故事，而且其剧本的女性人物体现了强烈的女权主义色彩。在《难道不浪漫》和《罗森斯维格姐妹》中，女性人物重新评估自己的身份和具有犹太人背景的身份定位。两部作品都探讨家庭和社会结构中的犹太妇女角色。源自种族和性别的地位，她们的"他者"身份极易导致她们的异化感，她们不得不面对身份危机的问题。

具有犹太裔背景的珍妮竭力逃避摆在她面前的传统生活，努力活出精彩而不是屈从于别人的期望。珍妮的母亲希望女儿践行传统的犹太生活，那就是最好嫁给一位有六位数收入的犹太裔医生，并成为一位穿着貂皮大衣、有四轮马车为其服务的传统妻子。珍妮则完全相反，她梦想真爱并渴望一种有意义的情感关系。就像剧终时所说："在这样的一个夜晚，保持年轻，不是很浪漫吗？（*Isn't It Romantic*, 60）"这句话成为戏剧的主乐调。

珍妮富有理想主义又有几分困惑，具有自我意识又感到极度不安，尽管如此，她仍然找到内心强大的力量去对抗传统规范的约束。随着剧情的发展，她逐渐成熟起来，她发现自己和年轻犹太裔医生马蒂的关系失去意义。马蒂家把自己的姓氏美国化为斯特林（Sterling），尽管他本人一直找寻自己的犹太族裔本源。珍妮的价值观念与传统犹太价值观念相左。珍妮拒绝和犹太裔医生马蒂成婚，因为她认为彼此不合适，而且自己不愿意委曲求全，扮演传统妇女的角色。珍妮也不再惧怕强势专横的母亲："瞧，我很抱歉，事情不像你计划的那样。生活没有什么错误，只是那不是我想要的生活（*Isn't It Romantic*, 57）"。温瑟斯坦的目标是痛苦与欢笑并存、幻灭和乐观共舞，剧作家通过片断式结构，不断瓦解读者的情感卷入，拒绝提供给读者任何完全恰当地解决问题的方式。

作为一名作家，温瑟斯坦认识到犹太根源对自己产生的影响，并利用自己对犹太文明和种族气质的了解进行创作。温瑟斯坦经常提及:"我在犹太喜剧氛围中长大,我所具有的群体意识、忧郁和灵性可以追溯到我的犹太教聚会经历。"①《罗森斯维格姐妹》的背景是 1991 年 8 月末的一个历史时期,此时苏联解体,立陶宛拆除了在维尔纽斯的列宁雕像。中年犹太姐妹萨拉(Sara)、芬妮(Pfeni)和高泽思(Gorgeous)相聚一处庆祝萨拉 54 周岁生日。与她早期情节戏剧中女主人公单身状况相反,温瑟斯坦在该戏剧中想要明确中年女性拥有爱的可能。做过子宫切除手术、离过两次婚的大姐萨拉是一家中国香港银行成功的银行家,为爱情而放弃了事业。讲求实际的妹妹高泽思鼓励姐姐再入爱河。最小的妹妹芬妮,是一名记者,与一个有双性嗜好的剧院导演杰弗里(Geoffrey)约会,但是杰弗里却因为想念男人而离开了她。萨拉这一代的妇女同样经历了美国主流文化主导下艰难的转折期。尽管她们看起来很成功,姐妹们却相当孤独,充满渴望和惆怅。在戏剧末尾,姐妹们做出更为勇敢却又不失犹太传统的选择,萨拉坠入爱河但并不结婚,芬妮放弃旅行开始政治写作,高泽思不再支持她的丈夫。她们更加有力量来面对问题并获得更大的自主权。

温瑟斯坦在《罗森斯维格姐妹》中的一个重要主题就是人们寻找自我身份,无论犹太人还是非犹太人。犹太裔美国皮商梅尔夫·康德(Merv Kant)出人意料地出现在萨拉伦敦 54 岁的生日聚会上。梅尔夫的出现强烈地迫使萨拉想起曾遭自己拒绝的犹太根源。梅尔夫试着复苏萨拉的犹太性,但是萨拉对此嗤之以鼻并告诉他劝诱改宗对自己行不通。剧作家刻画的人物双性恋者杰弗里说出了剧中人物的困境:"你不知道是怎么回事,你根本不知道你是谁!(The Sisters Rosensweig, 88)"尽管三姐妹在年龄上已经成熟,但她们对自己的身份问题却没有定论。这就是剧中三位姐妹来自布鲁克林,故事发生在伦敦安妮王后大街的原因了。后来萨拉开始部分地认同缺乏身份这个事实,努力否定自己的孤独感和疏离感。与此同时,她的女儿苔思(Tess)也渴望拥有归属感。因此在出生于英国的立陶宛裔男友回立陶宛的路上,苔思努力地融入男友国家的文化,但事实证明立陶宛的阻力使她无容身之所。戏剧中苔思饱含感情地质问萨拉:"妈妈,如果我从不曾是犹太人,我也不再是美国人,不是英国人或欧洲人,

---

① C. W. E., Bigsby, *Contemporary American Playwrights*, Cambridge: Cambridge University Press, 1999, p.332.

那我是谁呢？(The Sisters Rosensweig, 106)"

《罗森斯维格姐妹》书写了关于自我发现、互相启示的历程，充满了喜悦和悲伤。作品的题目取材于契诃夫的《三姐妹》(Three Sisters)并受到了契诃夫的影响。在这两部剧本中，妇女都对爱情感到失望，她们寻求无法实现的乌托邦。戏剧冲突集中在姐妹的内在冲突而非外在冲突。温瑟斯坦把个人身份问题融合到政治问题之中，运用传统的喜剧形式以1991年作为《罗森斯维格姐妹》的结束时间，因为作者认为美国妇女需要在妇女运动的发展中找到自己的身份。

萨拉最终在和她两个姐姐重聚的时候，在即使是临时犹太身份的识别过程中，找到了情感慰藉。杰弗里因为同性恋朋友离开了芬妮，最后发现"他更喜欢男人"。作为国际记者的芬妮恢复她"流浪的犹太人"的角色，为她的新书收集语料，去往另一个充斥着矛盾的国家塔吉克斯坦(Tajikistan)。苔思的男朋友汤姆(Tom)飞回到立陶宛，重新融入他的宗族背景中。苔思和母亲仍然在伦敦，并继续质问："人们会未有归属感地一直观望下去吗？(The Sisters Rosensweig, 100)"温瑟斯坦在本剧中探讨了妇女身份、族裔身份以及女性与族裔的结合等。在剧作家作品背后，细腻而严肃的主题就是坚强的犹太裔妇女却是他者。犹太裔妇女努力去克服文化壁垒以及来自古老宗教的父权枷锁，书写了作为美国妇女所承载的普遍的历史使命。

第三节　华裔身份的追问

在华裔文学当中，戏剧算是起步较晚的文学形式。最初在美国上演的有关中国题材的戏剧主要是翻译、改编的中国传统戏曲或是由美国人按照自己的想象创作的具有异国情调的中国题材戏剧。这期间的大量戏剧作品中的中国人形象大多是扭曲的、负面的。直到20世纪50年代，情况才有所改变。在50、60年代这一时期，美国戏剧舞台上对东方主题的探索达到了巅峰，而改编自美国华裔作家黎锦扬(C. Y. Lee)同名英语小说《花鼓歌》更是获得了前所未有的成功，它也是到20世纪60年代为止百老汇舞台上唯一一部关于美国华裔的戏剧作品。虽然华裔戏剧有所发展，但直到20世纪60年代后期美国各少数民族在政治文化上的自我觉醒为止，美国戏剧中对当地中国人的塑造都表现为一种人物的归化过程。这里，"归化"一词有两层含义：一是中国人加入了美国国籍，从而成为华裔"美国人"；二是华人在精神领域里被逐渐纳入美国传统价值体系。在这一归化过程中，一些模式化的中国人形象得到了进一步的巩固。在美国人的印象中，中国传统文化是精神层面的，博大精深且具有诗意，中国人则是温顺的、女性化的，他们是"模范"的少数民族，他们已经被归化，成为白人主流文化所欣赏的一部分，而以此为题材的戏剧作品更成为文化臣服的奏鸣曲。

但华裔戏剧的发展并非是停滞不前的，随着20世纪70年代一批年轻有为的华裔剧作家的崛起，华裔戏剧的创作开始迈入转型期。有相当一批华裔剧作家一直活跃在美国华人社区的舞台上，如加州洛杉矶市的"东西剧团"、旧金山市的"亚美剧团"等，但他们创作的剧本大多未发表。除了赵健秀和黄哲伦的剧作之外，在已发表的剧作中比较重要的还有保罗·林（Paul Stephen Lim）的《出发点》（*Points of Departure*, 1977）、梅尔·吴（Merle Woo）的《平衡》（*Balancing*, 1980）、戴安娜·周（Diana W. Chou）的《一个白皮肤亚洲人》（*An Asian Man of a Different Color*, 1981）、林洪业（Darrell H. Y. Lum）的《橘子是幸运的》（*Oranges are Lucky*, 1981）和《我的家在街那头》（*My Home IS Down the Street*, 1986）、劳伦斯·叶（Laurence Yep）的《恶魔》（*Daemons*, 1986）和《中国雇工》（*Pay the Chinaman*, 1990）与林小琴的《唯一一种语言》（*The Only Language*, 1986）、《鸽子》（*Pigeons*, 1986）、《纸天使》（*Paper Angels*, 1991）和《苦甘蔗》（*Bitter Cane*, 1991）、黛博拉·罗金（Deborah Rogin）根据汤婷婷的《女勇士》和《中国佬》两部作品改编的《女勇士》（*Women Warrior*, 1994）等。

这些剧作大多采用写实的手法，或描写早期华人移民和劳工的生活和境遇，或表现华人家庭关系和处境，或反映种族、文化之间的矛盾和冲突。而在所有华裔剧作家中，以赵健秀和黄哲伦的影响最大。赵健秀（Frank Chin）的《鸡笼中国佬》（*The Chickencoop Chinaman*, 1972）是在美国剧院正式演出的第一部美国华裔剧本；第二个剧本《龙年》（*The Year of the Dragon*, 1974）也引起很大反响。黄哲伦（David Henry Hwang）是另一位获得美国主流文学界承认的华裔剧作家。他的《蝴蝶君》（*M. Butterfly*, 1988）是第一部在百老汇上演的华裔戏剧作品，并获得 1988 年托尼最佳剧作奖（Tony Award for Best Play）。此外，黄哲伦的《家庭忠诚》（*Family Devotions*）、《舞蹈和铁路》（*The Dance and the Railroad*）、《刚下船的人》（*FOB*）和《睡美人之屋》（*The House of Sleeping Beauties*）以及《航行》（*The Voyage*，1992）等在美国文学界都有较大的影响。值得一提的是赵健秀及其同仁致力于发现被美国主流文学史遗忘和历史湮没的亚裔作家和作品，主编了《哎咦！：亚裔美国作家选》（*Aiiieeee!: An Anthology of Asian-American Writers*，1974）和《大哎咦！：华裔及日裔美国文学选集》（*The Big Aiiieeee!: An Anthology of Chinese-American and Japanese-American Literature*，1991）两部具有里程碑意义的文选集，"撕破了主流社会对亚裔/华裔文学的封锁和禁锢，它的导言被誉为亚裔/华裔美国文学的独立宣言，'堪与爱默生的《美国学者》相比拟'"[①]。

　　赵健秀与他同时代的作家们都认为，在他们之前的华裔文学中，大多是模式化的叙述，或是对华人生活的扭曲，或是对华人的侮辱，那些作家的写作目的是迎合美国主流读者，使他们自己的作品能够迅速地被认同与接受。只要亚洲人能愉快地接受永远的劣等民族这一地位，并且排斥他原来的种族文化中任何可能冒犯白人社会的方面，那么他就可以被吸收进美国生活，但是他们永远不能为自己说话。他们认为对中国人的"阉割"还表现在文化中，因而华裔男子在美国文学中没有说话的权力。出于对现状的不满，这些作家意识到他们的任务就是要表达出华人的真正感情，寻找与表露出美国华人的真正属性，塑造出忠诚、热血的男子汉形象。正是由于他们那种要扭转、要颠覆、要摧毁早期华裔文学中一切陈规谬论的激进反抗，他们被誉为是美国的"愤怒青年"和"文化战士"。

　　随着几位亚裔戏剧作家作品的成功上演和美国亚裔戏剧的突出表现，在经历了长期无声、无语的生存状态之后，20 世纪 70 年代成为美国亚裔戏剧的崛起阶段。这一阶段的戏剧，多借鉴西方戏剧表现手法和演出方式，受到美国主流社会的欢迎，作为一种文学力量，华裔戏剧获得了极大的成功。美国华裔戏剧发展迅速，开始引起人们的注意，作品开始在美国的一些大剧院上演。然而，直至 70 年代末，华裔戏剧仍未出现吸引全国广泛关注的重要剧目。华裔美国戏剧家的特殊经历使他们觉得自己既不是白种人，而且永远也不可能变成纯白种人，他们是亚裔美国人，他们夹在

---

① 王守仁：《新编美国文学史》第 4 卷，上海外语教育出版社 2002 年版，第 353 页。

两种文化之间，同时又能吸取两种文化的精华。自此，美国戏剧更自觉地尝试着表达美国社会文化多重文化的特点。戏剧对于美国华裔而言，是一种与生存有密切关系的艺术形式，"改变文学，继而改变生活"是华裔戏剧的重要特点之一。华裔戏剧成为一种促进文化、政治和经济变革的策略，因此具有鲜明的现实意义。

华裔妇女作家的创作与男性作家既具有共性也具有自己的特点。华裔妇女剧作家吴淑英（Merle Woo）是20世纪70年代表现突出的作家。吴淑英1941年生于旧金山，父亲是中国人，母亲是韩裔美国人。吴淑英在旧金山的中国城长大，她的母亲是普通工人，父亲从事屠宰和人参推销工作。父亲来自中国南方，用"契约儿子（paper son）"的身份到达美国。尽管吴淑英的父母不是基督徒，但是他们把女儿送到基督徒学校读书，因为他们认为教会学校比公立学校优越。

吴淑英于1965年在旧金山州立大学获得英语专业学士学位，1969年获得英语专业硕士学位，现任教于旧金山州立大学和加州大学伯克利分校。吴淑英在读书期间成婚，后来养育了两个孩子。在旧金山州立大学读硕士学位期间，吴淑英亲眼看见了学生运动，这对她的政治思想产生了极大影响。校园运动的直接结果之一就是种族研究课程的设置以及平等机会项目的设立等，这有助于少数族裔获得就业机会。1969年，吴淑英获得硕士学位后开始在旧金山州立大学的平等机会项目中心任职。在任职期间，吴淑英把英语语言学习与种族问题和第三世界文学紧密结合起来。吴淑英非常关注同性恋问题。在20世纪70年代晚期，吴淑英成为同性恋者，此后她为了同性恋者、双性恋者以及变性人的权益而奔波抗争。

吴淑英第一次接触戏剧是在朗尼·卡内科（Lonny Kaneko）的《贵夫人病危》（*Lady Is Dying*，1979）中扮演一个角色时。后来她与朱丽爱（Nellie Wong）、基蒂·徐（Kitty Tsui）成立了一个名为"三人不缠足"（Unbound Feet Three）的表演小组，该组于1981年解散。1979年，吴淑英出版了剧本《疗养院电影》（*Home Movies*：*A Dramatic Monologue*），1980年出版了剧本《平衡》（*Balancing*）。《疗养院电影》疾呼反对性别歧视和种族歧视。戏剧用人物独白的形式，由一名老妇人口述自己年轻时的屈辱经历。故事的场景设在疗养院，一名老妇人正在观看黑白影片，影片中亚裔女孩遭受白人性骚扰的影像唤起了她年轻时遭受老板性骚扰的记忆。吴淑英的另一部戏剧《平衡》描写了母亲与十几岁的女儿彼此相爱、努力接受对方的故事,是美国华裔文学"母女关系"母题的又一表现。

吴淑英在加州大学伯克利校区的亚裔妇女和同性恋研究中心工作期间是作家和演讲者身份。作为激进而公开的同性恋者、激进妇女运动和自由社会主义学派的领袖,吴淑英批判美国媒体对亚洲妇女带有种族主义和性别主义的扭曲刻画。亚裔妇女通常被描写成端庄、隐形而臣服的"模范少数族裔"。吴淑英对伯克利学生反抗种族主义和保守政治运功的支持导致她被解聘,后来又被复职。吴淑英还创作了诗歌集《黄皮肤妇女言说》(*Yellow Woman Speaks*),诗集关注种族主义、性别主义、爱情和性问题等。2003 年,吴淑英与山田三雅(Mitsuye Yamada)、朱丽爱(Nellie Wong)创建了"三位亚裔妇女作家言说女权主义问题"组织。吴淑英出版的女权主义作品旨在表明妇女解放运动加强了亚裔妇女对自己民族文化的自豪感以及对亚裔文化的敏锐感知,而不是忘却亚裔文化。在作品中,吴淑英也书写了因母亲无法理解女权运动和自己的同性恋取向,而造成的苦闷和母女关系的疏远。吴淑英讲述了和母亲之间的冷漠关系,探讨了种族主义、性别主义、种族压迫和剥削等与自己的生活密切相关的社会问题。吴淑英的创作旨在表明亚裔妇女的经历,引导人们加强对亚裔文化的理解和关注。

欧仁妮·陈(Eugenie Chan)同样探究了自己的华裔身份。对她而言,写作是为了寻求作为第五代华人移民的复杂境遇。她是华人的后裔,但是与亚裔和拉美裔移民长期生活在一起的生活经历对其思想也产生了较大影响。她热衷于对种族问题、文化认同、人们的梦想和审美诉求等对美国进行真实的和神话般的塑造。汤婷婷的作品《女勇士》对其产生了重大影响。剧作《大兰乔》(*Rancho Grande*)讲述了华裔美国女孩成长的故事。剧中主要人物玛米(Mamie)沉湎于具有好莱坞梦想特点的土地,其家人过着牛仔般的生活。剧中的男人离家寻求自由而身着漂亮红裙子的女性持家。玛米性意识的觉醒与其发现的性规则联系在一起。她的性格与其生活的土壤格格不入。剧作家刻画了造成其孤独感的根源以及与美国文化的疏离感。对剧作家来说,写作可以讲述真实的个人经历和思想,是一种情感宣泄。作者笔下的人们远离固有的模式,从洗衣房、客厅和修铁路的生活之中解放出来。在剧本《埃米尔,中国剧》(*Emil, A Chinese Play*)中,剧作家讲述了在高度程序化社会中的母亲和女儿所遭受的压抑。作者刻画了剧中人物之间错综复杂的情感关系以及寻求自我意识和自由的愿望。剧作家始终关注阶级、宗教、性别和族裔等问题。其剧作的背景一般都在美国西部或者西南部，其用意在于揭示华裔身份建构的矛盾性和复杂性。其作品关注华裔移民、拉美裔移民和美国土著居民之间的特殊关系。

剧作《新奇》（*Novell-Aah*！，1993）审视了男性世界中两位华裔妇女的地位，尤其是在通俗文化中被男性所建构的妇女形象。两位妇女的地位就取决于她们生活中的男人。但是在剧本结局，她们彼此之间建立某种关系，她们之间的性关系使得她们不需要再徒劳地等待男人。

剧作家关注的中心问题包括家庭问题、性别问题和身份问题等。家庭问题是亚裔美国戏剧关注的重要问题之一。剧作家对多元文化中的中国性问题的认同和审视把文化身份问题复杂化，从而重新塑造了少数族裔的家庭关系。也就是说，剧作家的创作证实了"亚裔美国"身份的复杂性和心理层面的特点，使得该术语富有深意，并带有强烈的争议色彩。

知名华裔妇女剧作家林小琴 1946 年出生于旧金山移民家庭，是家中七个孩子中最小的一个。她的祖父是第一代移民，到了美国后开始经商，在旧金山唐人街上经营一家店铺。后来，祖父回到老家广东省的观堂（Kwantung）娶亲，林小琴的父亲就出生在中国。父亲长大一些后来到美国，在旧金山最早教授华人英语的学校读书。后来父亲也回到老家娶亲。与祖父不同，父亲把自己的妻子带到了美国。父亲当过厨师、工人和农民等，后来在唐人街买了一家小制衣厂，母亲做缝纫工。林小琴于 1978 年在旧金山州立大学获得戏剧艺术专业学士学位，并于 1988 年获得创作专业硕士学位。林小琴曾经担任过记者、制作评论人等，后来，她的创作领域扩展到戏剧、诗歌和音乐等方面，并在新加利福尼亚学院（New College of California）任教。林小琴出版的戏剧有《纸天使》（*Paper Angels*，1991）、《苦甘蔗》（*Bitter Cane*，1991）和《唯一的语言》（*The Only Language*，1986）等。除此之外，尚未出版的作品还有《和平鸽》（*Pigeons*，1986）、《冬之地》（*Winter Place*，1989）、《中国问题》（*La China Poblana*，1999）等。林小琴凭借《纸天使》获得了中心乡村奖，而且由于对华人社区的贡献，她荣获了由旧金山华人文化中心基金会颁发的文化贡献奖。1982 年，林小琴建立了自己的演出公司，取名"纸天使演出公司（Paper Angels Productions）"。剧作《纸天使》后来在旧金山的华人文化中心上演。林小琴的作品体现不同的创作风格，其富有传统艺术风格的剧本由不同的演出机构上演，而体现创新性和实验性的剧本都由剧作家自己的演出公司上演。代表性作品《妇女染色体》（XX）由纸天使演出公司上演，体现出该公司致力于全新理念以及寻求不同途径来表现剧场的精神。《妇女染色体》是一部混合舞台效果的戏剧，记录了众多中国女性的经历，被称作"了不起的作品"。音乐、诗歌和象征主义贯穿整个作品并融合了中西方戏剧的特点。林小琴在创作剧本的同时也写作诗歌、散文和音乐作品。林小琴是加州新大学（New College of California）人文学院负责人之一，也是该校表演系的负责人，同时兼任旧金山艺术协会董事。

1. 文化创伤与文化记忆

作为一名美国华裔作家，林小琴身上的双重文化身份和视野使她在整体上更具有强烈的文化感受力。她以考虑自身的存在状态为契机，以独特的生命体验和观察视角，关注着华裔群体在中美两种文化碰撞中的生存以及对命运和人生选择的思考。无论是戏剧创作还是写诗、做音乐、教授学生，林小琴都深深感受到这两种不同文化的冲击。

林小琴认为美国戏剧很大程度上是在仿效英国的戏剧传统，而这种传统是亚裔戏剧徘徊在边缘的因素之一。加之种族和性别的偏见，华裔女性创作和出版的机会很少。在美国大多数地方剧院里，有色人种的女性担任角色的机会并不是很多，亚裔女性要想在舞台上看到自己的作品被上演，几乎是梦想。但是林小琴通过自己的努力做到了。林小琴的成功离不开自己的努力，更是时代使然。《纸天使》的演出获得好评。这不仅是林小琴和华裔戏剧的成功，也说明包括华裔在内的亚裔美国人，在视觉艺术、文学、音乐、舞蹈和戏剧的贡献，她们的创作越来越得到美国社会的认可。

作为一个具有敏锐政治意识、充满诗性的剧作家，林小琴成功地创作出了丰富的人物形象和有感染力的作品。很显然她想通过写作来改变世界，也想通过写作进行自我恢复和自我发现。林小琴认为自己为未来的剧场写作，因为传统的美国戏剧深深地扎根于过去，但是林小琴却着眼于解决历史中未解决的问题。她的戏剧如《纸天使》、《苦甘蔗》和《妇女染色体》都探讨了过去历史的重要问题。

林小琴的《纸天使》、《苦甘蔗》引起了评论界的广泛关注，人们关注到她创作的戏剧中的悲剧元素。有评论家在研究林小琴剧作时写道："作为美国第二代华裔移民，接受的是美国的教育，内心深处却无时无刻不在接受着中国文化的熏陶。在林小琴的悲剧创作中，同时体现着中西方的悲剧创作元素，实现了中西方悲剧审美元素的合二为一。"① 正如题目《纸天使》所示，《纸天使》使故事回到了1905年的天使岛②，天使岛是华人移民心中永远的伤痛，当时中国移民在进入美国之前，先要在这里接受羁押审查。华人移民的身心都受到折磨，有些人不堪痛苦，跳海自尽；有些人被关押长达数年之久。故事讲述了四名华人男性和三名华人女性移民的经历。他们满怀追求幸福生活的梦想，不远万里来到大洋彼岸，却最终梦碎天使岛。

中国移民是第一批移民美国的亚洲人。移民潮开始于19世纪40年代，他们作为劳工加入加州淘金热（Gold Rush）的浪潮，修建铁路，或者当渔民和农民。最初美国人带着好奇心欢迎他们的到来，很快他们变成了歧视性法律和种族歧视的牺牲品。当淘金热结束，铁路也连通美国的东西海岸，中国人变成了雇主压榨白人工资和镇压罢工的砝码。白人工人中滋长反华情绪导致了歧视性立法。这些法律的颁布包括《1882年排华法案》（1882 Chinese Exclusion Act）③，不允许中国劳工进入美国，只允许商人、学生和旅游者。1906年旧金山地震对充满希望的中国移民来说是

---

① 葛文婕：《华裔女作家林小琴的戏剧〈苦甘蔗〉中的中西悲剧元素》，载《电影评介》2010年第14期，第108页。

② 天使岛，位于旧金山北面，曾经是美国重要的军事要塞。20世纪初，"天使岛"主要用来"安置"那些试图进入美国的华人。据统计，大约有17.5万名中国人曾先后被"安置"在那里。他们在岛上那几座孤零零的木屋中，等候漫长的甄别审查、检疫、严格盘问，甚至可能被遣返回国。被困的人中不乏饱读诗书的学子，他们寄情诗歌，刻壁抒怀，表达自己的心绪与无奈。天使岛移民史是美国多元文化的组成部分，这些在木屋墙壁刻下的诗作也成为研究美国移民史不可多得的素材。在华人社区的多方奔走下，《保护天使岛法案》获美国国会通过，美国政府正式把天使岛定为国家历史古迹。

③ 《1882年排华法案》是美国历史上第一个限禁外来移民的法案。1882年，美国国会受理了共和党参议员约翰·米勒（John F. Miller）提交的排华法案，经国会激烈辩论后于1882年5月6日通过了——《关于执行有关华人条约诸规定的法律》即通常所谓的1882年美国排华法案。该法案是针对大量华人因中国的内部动荡和有机会得到铁路建设工作而迁入美国西部的行为所作出的反应。1943年，由于华人在二战中的杰出表现，美国舆论对华裔的看法开始有所转变，美国国会宣布废除了《排华法案》。

个契机,因为接连而来的大地震摧毁了市政的记录,为许多中国人进入美国打开了缺口。新进入美国的这些人声称自己是美国出生的中国人的后代——由此产生了令人精疲力竭的问讯、培训书(coaching books)以及"契纸儿子"①的概念,这些都是《纸天使》重要的意象。

本剧以20世纪初为背景,这些移民成为《1882年排华法案》的受害者,法案允许美国移民局官员限制中国底层民众进入美国。他们不得不伪造身份证明书说明自己是来自富裕家庭或上层社会。伪造这样的身份证明并不容易,经常会让他们在天使岛艰苦的生活条件下漂泊好几年。

《纸天使》讲述的是来自中国农村的贫苦移民等待许可进入美国时被困旧金山湾天使岛的故事。《纸天使》以移民原型的经历为基础而创作。他们之中有人可能是数月甚至是数年后才被允许进入美国,但是最终一些人会被遣返回国,过着贫穷的生活。这种等待充满了愤怒、厌倦和哀叹。剧作家告诉读者那些想要改变自己生活的人们的梦想和艰难处境,他们愿意冒任何风险甚至是牺牲自我身份来实现自己的美国梦。他们大都是拿着伪造的文件和假的自传来到天使岛的。他们被无数遍地问到其伪造的经历,他们就靠死记硬背来回答。他们共同的梦想就是能到达这座金山。漂泊在天使岛的人认为这些移民当局的人不仅是压迫者更是恶魔。无论是身体的还是比喻的与世隔绝和被囚禁的主题贯穿始终。作者刻画了这些重新适应新生活人们渴望自由的主题。作家侧重的是历史事件而不是这些事件对人们的影响、人们所遭遇的文化记忆和精神创伤。

1989年林小琴创作的《苦甘蔗》在西雅图集团剧院(Seattle Group Theater)朗读,并作为亚裔戏剧公司(Asia American Theater)工作室的作品在第七街湾区剧作家节上演出。《苦甘蔗》描写的背景是19世纪80年代的夏威夷。1788—1789年历史性地记载了华人首次到达夏威夷的时间。从那时起,华人背井离乡来到夏威夷的甘蔗园,当劳工或是经商。

---

① 1906年,旧金山地震和大火毁坏了当地档案记录。从这次大火开始,许多中国人声称自己的出生地是旧金山。由于具有市民身份,父亲们给出生在中国的后代申请美国居民身份。随后,父亲们经常回中国,回到美国后就给自己的孩子,通常是儿子申报美国身份。有时,他们并没有儿子,他们就向那些在美国没有家族关系的人,出售这一儿子身份。这样在美国没有任何血缘关系的人,就可以合法入境。商人代理人通常作为中间商的身份处理此种交易。以此种方式入美的儿子们,就被称为契纸儿子。这一现象的存在完全是因为排华法案使然。所有的契纸儿子移民到美国的目的只有一个,那就是能过上更好的生活。

《苦甘蔗》描写了中国劳工应征到夏威夷的柯湖甘蔗种植园割甘蔗的经历。《苦甘蔗》发生在夏威夷的甘蔗种植园中，描写的就是这个背景下的华工们的生存境遇，从侧面剖析了中国劳工面对家族史、感情、荣誉、异国奋斗的过客心态，讲述了他们备受白人种植园主和受雇于白人种植园主的中国工头剥削和压迫的心酸经历。

　　再现历史创伤的《苦甘蔗》对历史和族裔问题进行了深刻的探讨。《苦甘蔗》不仅讲述了中国劳工在夏威夷甘蔗园里遭受压迫的历史，也讲述了中国混血民族所遭遇的种族歧视。该剧同时探讨了夏威夷基督教对人的控制，土著夏威夷人走向种族灭绝的历史以及他们文化的消失。这一现象体现在春永波利尼亚（Polynesian）血统的祖母身上以及春永家庭的历史。儿子传承了父亲的悲剧命运，继续着父辈的梦想和探险。最终这一命运的循环通过他们共同爱着的女人达到原点，儿子和父亲同时回到他们的中国起源，回到历史的进程。春永在历史中找到的答案极大地改变了他的生命，他清楚了自己的出身。他对父亲的理解和他的男子气概被赋予新的含义。春永的愤怒来自那些导致母亲悲剧生活的力量。春永下定决心，勇敢地面对自己的未来，并将全力以赴地去实现自己的目标。

　　该剧告知人们要审视华人被压迫的历史。中国劳工被引诱到夏威夷，从事甘蔗收割，和铁路建设者一样，他们是被虚假的承诺引诱到美国大陆从而书写了悲惨的历史。林小琴揭示了男人背井离乡，抛妻别子所承受的重负。他们无法再组建家庭，缺乏基本的生活条件和人身保证。他们同时又被种植园主提供的鸦片所引诱，钱财被掏空。这段历史已经被美国历史书有意地舍弃，但是我们要沉思将来不要重蹈历史的覆辙。

2. 饱受苦难的华裔妇女

　　作为一位亚裔美国女作家，林小琴感觉有责任让读者了解有关中国文化和女性境遇的真实状况。文化问题和性别问题相互依存，都是不可或缺的。林小琴相信性别问题和种族问题是时代最重要的两个问题，是"男性占统治地位的西方社会"[1]问题的核心所在。

---

[1] Velina HasuHouston, ed., *The Politics of Life: Four Plays by Asian American Women*, Philadelphia: Temple Univeristy Press, 1993, p.156.

《纸天使》是对妇女人物的偏见和刻板形象的挑战。林小琴多角度地描写了真实的华裔女性，驳斥了对华裔女性的歧视性丑化。剧中的三个主要女性角色李的妻子梅莱（Mei Lai）、赵刚的妻子赵枚（Chin Moo）和孤身一人移民美国的古玲（Ku Ling），分别代表了不同的华人女性，真实而生动地表现了排华时期华人女性的生存状况。赵枚代表一代华人移民的妻子。温柔耐心的梅莱是典型的传统华人妇女，虽然古玲对梅莱像对其他人一样不友好，但是梅莱还是耐心地关心并照顾古玲。古玲虽然内心脆弱，但是当基督教小姐格雷戈里（Gregory）为了救她而给她取了个英文名字时，她直言不讳地表达了拒绝，坚持用自己的中国名字。谷玲代表年轻一代华人移民女性，她们对中国价值观不会盲从，敢作敢为。她们有自己的思想，敢于表达。她们对家庭和婚姻的态度，与以赵枚为代表的老一代华人女性有很大不同。她们有自我意识，会为自己的权益去抗争、去奋斗。谷玲还表现出男人般的气概："我恨这里！恨警卫看我们的眼光。这就是金山啊！野蛮人的地方。我要是个男人，有把剑，我就把他们统统杀光。"[①] 相对于总是被虐待和抛弃的女性形象，谷玲的性格暗示了某种令人乐观的潜在因素，预示着华人女性在美国的移民历程中将变得强大，不再只是牺牲品或受害者。

作者富有文化敏感性地刻画了亚裔美国人尤其是亚裔妇女在变动中的世界里的生存状况。作者笔下的妇女并非伟大的英雄女性，而是那些平凡的女性。她们过着平凡的生活，在土地上劳作，怀着对未来美好的憧憬而结婚，艰苦独立地生活着。她们独立地决定自己的人生并获得某种成功感。

《纸天使》中的赵枚在20世纪之交来到大洋彼岸，而伊丽莎白·黄（Elizabeth Wong）的《致学生革命者》（*Letters to a Student Revolutionary*）中的比比（Bibi）跨越太平洋回到中国，由此文化的连接性就建立起来了。在这个过程中亚裔美国剧作家给美国戏剧注入了新的能量和视野。《致学生革命者》中的中国女人和华裔美国女人对社会给她们的束缚感到愤怒。中国女性为个人自由而抗争，而华裔美国女性寻求张扬个性来实现自我。

[①] Uno Roberta, ed., *Unbroken Thread: An Anthology of Plays by Asian American Women*, Amherst: The Univeristy Press of Massachusetts, 1993, p.29.

另一部刻画妇女苦难命运的剧本《苦甘蔗》的男主人公叫郭春永（Wing Chun Kuo），16岁来到夏威夷做劳工，目的是洗刷自己的父亲给自己和母亲带来的耻辱。春永的父亲郭兴六（Lau Hing Kuo）多年前也来到这片甘蔗园劳作，却因为吸食大量的鸦片后失足掉到河里淹死。春永的母亲并不了解华工在夏威夷受到的种种剥削，也不知道甘蔗种植园主为了麻痹华工的神经并以鸦片来控制他们的现实。母亲和春永都认为父亲连续两年不给家里寄钱，这就意味着父亲对他们撒谎，没有信守自己赚足钱后衣锦还乡的诺言，给他们带来了耻辱。

春永和自己的父亲一样，在甘蔗园干活是把好手。但是，独在异乡的他颇感孤独。于是，经工友苏甘（Kam Su）介绍，他结识了美丽的妓女泰丽（Li-Tai）。和父亲郭兴六一样，春永也爱上了泰丽。后来，春永得知自己所爱的泰丽竟然是父亲生前魂牵梦萦的女人，父亲就是为了这个女人才没有履行对母亲的诺言。春永感到既气愤又绝望，并且怨恨泰丽。泰丽劝春永逃跑，逃离甘蔗种植园这片土地，开始新的生活。她告诉春永，他其实是个混血儿，因为春永的祖父曾经把一个夏威夷女人带回了中国，那个女人生下了春永的父亲兴六后就死了。兴六长大后，一个远房亲戚为他安排了婚事，但是他和春永母亲之间根本就没有感情。因为兴六是混血儿，所以他无法分到家族的地产。春永为自己的种族身份而震惊并因此坚定了他逃跑的决心。

春永的父亲兴六也曾经提出要一起逃离种植园，但当时的泰丽表现出很大的恐惧，拒绝了兴六。绝望的兴六吸食大量鸦片后溺水而死。在兴六死后，泰丽也和兴六的游魂一样，寻求着解脱和被救赎。当泰丽遇到春永，在春永的身上又看到了兴六的影子，于是便爱上了春永。这一回，她终于有了和春永一起逃离的勇气。他们约定好在重阳节的夜晚逃走。就在泰丽收拾好行礼准备逃离的当晚，她看见了其实一直陪伴在她身边的兴六的鬼魂。当看到被分隔在阴阳两界、苦苦等待自己的至爱兴六时，泰丽的灵魂被感召着走向了天堂，同自己的真爱重逢。

《苦甘蔗》剧中一共有两个女性形象。一个是在全剧开始，以画外音形式出现的郭春永的母亲；另一个就是本剧的女主人公泰丽。郭春永的母亲这个人物，虽然在剧中连名字都没有提及，也没有具体的演员扮演，只是一段对儿子郭春永的嘱咐的画外音，但是也能从话语的内容体现中国传统女性的形象。母亲体现了中国女性的乐观精神。她嘱咐春永说："人生苦短，但是神灵们给了我们歌声和笑声来忘掉那些烦恼。"① 此外，母亲的话也让我们体会到中国女性的勤勉、自尊、崇敬神灵和祖先，代表着传统的中国价值观。她对春永说过："一定要记住，不要游手好闲，不要给神灵的脸上抹灰，不要给祖坟上抹黑……"② 相比之下，泰丽这个人物形象塑造得很饱满，是全剧的中心。

当时的美国华工是被边缘化的种族，而华裔女性更是被剥削和奴役的对象。在以往的文学作品中，华裔的形象一直是"被阉割的种族"的形象，华裔女性在作品表现中所占的地位更是卑微。以前很长一段时间，华裔女性在戏剧中的形象往往是道德沦丧、另类、妓女，或是性格暴戾乖张。但是，泰丽的形象同以往的戏剧中的华裔女性的刻板形象有很大的不同。这正是林小琴通过自己的创作真实地反映华裔的表现。林小琴的《苦甘蔗》中的泰丽，让我们看到了在那个时代和历史背景下，一个真实的美国华裔女性形象。

美丽聪明而纯真的泰丽对美好生活充满向往，心目中有自己的"美国梦"。她不喜欢在故乡的那一亩三分地的地方养鸡、干活，认为那样的生活没意思。等到泰丽听闻可以在美国夏威夷过上如天堂般的日子，不用干活就能整日吃到甜甜的甘蔗时，她就让讨厌自己的继母送自己去夏威夷。但是没想到却被继母卖到了夏威夷做了老富商的四姨太。老富商死后，在周围处境的逼迫之下，她跟了种植园的工头，被迫做了妓女。从此，她便开始了被奴役的生活。但是，无论怎样困苦，她都不会垮下，她对春永说人们应该尽量地忘掉过去，然后继续生存下去。

泰丽对传统的中国价值观不会盲从，有自己的思想，并且敢于表达。在夏威夷生活了十多年之后，生活的磨砺加上西方文化的熏染，泰丽变得更加坚强、自立。

    春永：一切都活在灵魂里。
    泰丽：一切都在心里死去了。
    春永：那不是中国人的想法。

---

① Uno Roberta, ed., *Unbroken Thread: An Anthology of Plays by Asian American Women*, Amherst: The Univeristy Press of Massachusetts, 1993, p.165.

② Ibid..

泰丽：也许我已经不是中国人了。

春永：你难道不相信缘分吗？

泰丽：不信。

春永：为什么不信呢？

泰丽：因为缘分就是宿命。我不相信宿命。是我们自己把自己拽到这里来的，不是哪位神灵让我们来的。我们是咎由自取。①

在那个年代，大多数的普通中国女性都是非常相信命运的。面对生活的艰辛和人生的不幸，中国女性往往会"认命"，认为一切都是"老天"的安排。但是泰丽却和她们不同，她相信命运是自己创造出来的。所以，在他们交谈的末尾，春永迷惑地对泰丽说："你真不像家乡的那些女人们。"②

泰丽具有自我意识，也会为自己的利益去抗争、去奋斗，表现出男人一般的气概。面对甘蔗园的各色男人，泰丽从来都没放弃过自己的原则。她可以为了自己的原则和男人们抗争，毫不畏惧，甚至可以为了自己的原则同男人们拼命。泰丽是个敢爱敢恨的女人。她对华工苏甘的不屑、对种植园工头的冷漠，以及对兴六和春永父子义无反顾的爱都充分体现了这一点。

当春永想带泰丽逃走时，他对泰丽说："如果我们无法改变过去的生活，那么，就让我们至少拥有自己的未来吧！"③春永想要和泰丽一起逃到檀香山去，改名换性，从头开始。泰丽不止一次地这样说："无论怎样，生活将会如你想要的那样继续下去……想到自由就像想到死亡一样令人害怕……"④所以华工苏甘对泰丽说："你的问题就是，你想的太多了。你要是生成个男人就对了。"⑤泰丽就是想和男人一样，勇敢地面对自己的人生，自己创造自己想要的生活。其实泰丽是一个生活在社会底层的妓女，她受到人们的歧视、压迫和虐待。但她的骨子里并没有自甘堕

---

① Uno Roberta, ed., *Unbroken Thread: An Anthology of Plays by Asian American Women*, Amherst: The Univeristy Press of Massachusetts, 1993, pp.184—85.

② Ibid., p.185.

③ Ibid., p.194.

④ Ibid., p.198.

⑤ Ibid..

落，她有憧憬，有勇气，有原则。从她的身上，我们看到了不一样的华裔女性形象。

泰丽也促使了春永的成长和自我认知。春永正努力摆脱历史的阴霾，当他知道了他不想知道的事实：他发现泰丽是他已故父亲兴六的情人。泰丽使春永感觉自己是真正的男人，并不仅仅因为她是他的第一个爱人，而且因为她迫使他面对他自己和他父亲的历史的事实。泰丽是这部戏剧灵魂和诗意风格的主线，连接着所有中国甘蔗劳工的关键人物。她使男人们想起他们留在故土的女人，满足他们的性需求，并使他们对未来充满梦想。只要他们和种植园主的合同一到期，他们就可以重获自由并和自己喜欢的女人建立家庭。从某些方面讲，泰丽已经变成了这些中国劳工的女人。林小琴并没有陈词老调地把她描写成一个道德高尚的妓女。相反，把她写成一个聪明、有灵魂、具有母爱但永葆童心的女人，她失去了自己的梦想，受到家庭和文化压迫，无奈而选择了做性奴隶而不是远走他乡获得自由，因为未知的自由的代价太大了。

林小琴把亚裔美国人经验的多样性和复杂性结合起来，形成自己的风格。同时剧作家保持着鲜明的艺术个性，用自己的才华和丰富的想象力，给我们描绘了色彩斑斓的华裔美国乃至美国文化景观。但是像其他亚裔作家一样，林小琴自觉或不自觉地与美国主流文化认同，参与具有美国特色的文学建构。

林小琴在旧金山多元文化背景下长大，书写多元化社会和历史问题，也促使其艺术风格的多样性。林小琴的家庭也促使其多元化的视野和爱好。生活在中国城让林小琴保有中国文化之根，尽管她的兄弟姐妹让她有机会接触叛逆诗歌（Beatnik）、乡村音乐和爵士乐。在 70 年代，剧作家开始关注美国华裔的历史和经历。林小琴采用现实主义风格进行创作，对华裔美国的历史和文化的重写具有独特意义。林小琴开始从事戏剧创作时就要用戏剧的形式真实地表现美国华裔。剧作家认为自己有责任反映本民族的文化和女性的真实情况。文化与性别是两个不可回避的问题，二者之间有着千丝万缕的关联。林小琴希望用自己的作品唤醒读者，促进读者的思考。她认为艺术应该反映人的心灵并让人们行动起来，在有必要发生社会变革的时候参与到社会活动中去。在林小琴看来社会变革对于有色人种妇女来说，仍然是一个备受争议和关注的问题。由此可见，林小琴的创作是为了能够带来社会的某些变化，向着进步的方向变化。作为华裔妇女剧作家的林小琴对华裔妇女命运的刻画发人深省。她的很多作品都真实地反映美国华裔女性的生活和内心世界,并对美国社会中对华裔女性存在的偏见和华裔女性的刻板形象提出挑战。

种族问题和族裔意识是当代美国妇女剧作家关注的重要问题。而妇女问题始终与种族、阶级和社会联系在一起。为了便于论述,本章把因种族问题造成的妇女问题包括到种族问题之中。而下文将要论述的妇女问题主要因女权主义运动而产生和发展,为了方便论述,对其给予了分章表述。

第三章

剧作家的政治意识

体现政治意识是妇女剧作家一贯的追求和目标。当代美国妇女剧作家关注并积极参入波澜壮阔的女权主义运动，并改变着自己和其他妇女的生命历程。社会、家庭、事业、母女关系、妇女关系和性别问题等都是她们关注和刻画的焦点。她们用独特的视角、深刻的思想和强烈的责任感及使命感书写妇女自己的故事和民族的历史。她们寻求女性身份和自我发展的道路。作者将妇女个人的成长深植于美国时代和文化的变迁历程之中，尤其是伴随着第二次女权主义运动的发生、发展和衰退，着重刻画了女性如何在外界力量左右下既保持独立自我又在与他人的关系中实现自我的艰难历程。

这一部分主要以温瑟斯坦的作品为例展开论述。因为温瑟斯坦的创作展示了妇女运动的历史进程。剧作家呈现了真实的历史，即妇女运动促使社会政治氛围的改变，并深刻地影响到妇女的命运。妇女运动使得女性重新对自己的人生做出选择。她们面临着共同的问题，需要直面母女关系、男女关系和女性之间的关系。剧作家更加深刻地刻画了妇女在"不可能拥有一切"的世界中进行"二选一"抉择的迷惘。戏剧展示了不同阶段妇女生命历程的显著变化。

温瑟斯坦的作品构成了一组现代美国女性，尤其是在妇女解放运动中长大、成熟起来的女性寻求自我、追问自我的历史画卷。通过刻画不同年龄阶段的现代美国妇女如何在关于妇女身份、自我话语发生不断变化和碰撞的背景下的艰难选择，温瑟斯坦的作品体现了一种关于妇女自我折中、多元的思考，其目的是表现妇女自我的历史性、复杂性、流动不居性和发展性等特征。剧作家强调这一代妇女为实现自我所必须经历的心理危机和内心困惑，更重视妇女在与各种相互冲突的关于女性自我话语对话过程中所表现的强烈的主体意识。在内心渴望与现实期望的对抗之间，女性的自我不断成长和发展。

第一节　表现妇女运动的影响

　　作为犹太裔杰出妇女作家代表的温瑟斯坦出生于纽约布鲁克林，1971年自曼荷莲学院（Mount Holyoke College）毕业，1976年毕业于耶鲁大学戏剧学院，并获得艺术硕士学位。温瑟斯坦承继了祖父西蒙·斯可立夫（Simon Schliefer）的衣钵成为著名的戏剧家。1998年，温瑟斯坦的女儿露西·简（Lucy Jane）出生。2005年，剧作家因白血病住院，2006年去世。温瑟斯坦自首部作品《不寻常女人及其他》（*Uncommon Women and Other*, 1977）开始就展示了其独具特色的写作风格，充满喜剧特色和幽默诙谐的创作特点。后期创作了《罗森斯威格姐妹》（*The Sisters Rosensweig*）、《美国女儿》（*An American Daughter*）和《老三》（*Third*, 2005）等作品。发表于1989年的作品《海蒂编年史》（*The Heidi Chronicles*）在百老汇首演即大获成功，先后赢得了托尼奖、纽约戏剧批评奖之最佳戏剧奖以及普利策奖等。该剧使温瑟斯坦成为美国历史上首位同时荣获这两项殊荣的女性剧作家。《海蒂编年史》讲述了一位女艺术史家在动荡的六七十年代试图建立一种确定的、可以实现身份的故事。在男女关系的社会规范打碎重组的时代，温瑟斯坦忠实于自己的信念，不愿为了赢得男性的注意而有所松动，从而与选择了更安逸生活道路的朋友们产生了矛盾。这部作品传达出的女性主义思想是温瑟斯坦的主要创作取向。尽管温瑟斯坦的剧本充满喜剧特色，剧作家探究的都是严肃问题，即美国独立妇女面临的复杂政治形式，探讨她们如何扮演并超越传统社会角色和身份的问题。

　　作为一位自始至终关注女性命运的剧作家，温瑟斯坦在美国当代戏剧舞台上的成就不同寻常。剧作家针砭美国时事与政治，并因其辛辣、大胆的风格在当年轰动一时。但是温瑟斯坦在主流商业戏剧舞台上的成功并没有赢来批评的繁荣，相反使其批评陷入一种尴尬境地。作品浓郁的女权主义色彩使男性评论家对其作品有些敬而远之。而在女权主义戏剧阵营内，评论家们对温瑟斯坦作品中女性人物的选择和刻画各执一词。不少坚持唯物主义或激进文化女权主义立场的戏剧评论家对其作品多持批评甚至否定的态度。在她们看来剧作家笔下的人物过于精英化、中心化，欠缺颠覆的力量。甚至有学者指责温瑟斯坦在所有的妇女剧作家中,比其他任何一位都更体现反女权主义的逆流。部分评论家肯定温瑟斯坦作品体现的女权主义的多元混合特征,既洋溢着自由女权主义的思想,也充满了文化女权主义、唯物主义女权主义的睿智。除此之外,对剧作家采用喜剧体裁讨论现代美国妇女的境遇问题评论家们也各执己见。有的认为喜剧性与严肃的女性话题背道而驰,削弱了作品的力量,而有的却认为这正是温瑟斯坦作品的独到之处和颠覆力量之所在。

主流戏剧评论界的冷落,女权主义戏剧阵营内分裂,甚至对立的批评,实际上暴露了妇女解放运动面临的一个最根本,但至今仍未完全解决的问题——妇女的自我和身份问题,而这恰恰是温瑟斯坦倾其一生通过作品探索并试图回答,却又被评论界所忽视的问题。在制作、创作甚至演出都由男性主导的百老汇,温瑟斯坦无疑是一个边缘者,而她在主流戏剧舞台上的成功又让她的边缘地位变得很微妙。虽然其作品以女性为中心,体现出明确的女性意识,温瑟斯坦却拥抱人文主义者的身份;而面对女权主义者的非难,她则坚持自己是一个完完全全的女权主义者。剧作家在多种身份之间的游离实际上反映了剧作家本人对女性自我认识的基本观点——女性自我不应该停留在单一、刻板、一成不变的层面,否则只会作茧自缚,画地为牢。

温瑟斯坦坚持人文主义者的身份,积极响应人文主义关于人的基本认识:人是理性、自主、独立和能够承担责任的个体,不仅拥有认识和选择的能力,也能够控制自己的行动和命运。通过集中表现妇女的主体地位和主体意识,温瑟斯坦的作品打破了传统的男性至上的人文主义思想传统,体现自由女权主义关于女性本质的认识。以女性为中心,在母女关系、姐妹情谊等女性文化语境内考察女性自我,同时关注女性年龄、生理变化以及两性关系对女性自我意识的影响。与此同时,温瑟斯坦紧扣时代脉搏,将女性自我和身份的构建深深根植于女性个人历史和美国20世纪后半叶经济、政治和文化的变迁,尤其是第二次女权主义运动浪潮的潮起潮落。温瑟斯坦关于女性自我的认识还充满现代主义和后现代主义对自我的怀疑、不确定性和文化建构色彩。

1. 年轻而不寻常妇女群体的追求

20世纪50年代出生的温瑟斯坦对自己的同代人,也就是美国战后生育高峰期出生的那代美国女性情有独钟，剧作家关于女性自我和身份的哲学思考很大程度上基于自己那代人独特的成长经历。她们的童年和少女时代在传统女性角色一统天下、弗洛伊德的"女性气质"大行其道的时代度过。上大学更多是为了提高自己嫁人的筹码而不是实现自我价值。有趣的是当她们刚刚在成为"快乐的郊区家庭主妇"的梦想中完成自己的性别角色定位时，第二次女权主义运动风起云涌，传统的女性性别身份受到前所未有的质疑，"快乐的郊区家庭主妇"的美梦原是一场梦魇。在这样的大背景下，毕业在即的女大学生们将做出怎样的决定，是选择解放还是不解放，如何获得解放。温瑟斯坦的第一部作品《不寻常女人及其他》以其生动细腻的手法，喜剧地表现了在女性身份定义发生翻天覆地改变的情况下，处在人生十字路口的五位曼荷莲学院（Mount Holyoke College）[①]大学四年级女生所面临的两难困境。

《不寻常女人及其他》的背景设置在温瑟斯坦的母校曼荷莲学院，故事发生的时间与她入学时大致相同，剧中人物霍莉·卡普兰（Holly Kaplan）与剧作家有许多相似之处。剧作家指出女权主义者为拥有强有力的地位付出了巨大的努力。女性重新审视自己的私人生活，尤其是涉及婚姻、生儿育女以及性别等从前不容置疑的问题。剧作家塑造的几乎所有人物都受到这些革命性变化的影响。她们不仅拥有主动的性生活，正如《不寻常女人及其他》中的丽塔·奥尔塔贝尔（Rita Altabel）所说，她们也可以坦率地谈论这些问题。她们获得的女性权利不仅使她们拥有了公共和私人空间，而且能够公开谈论先前被认为是禁忌的话题。尽管随着人们道德观念的转变，妇女可以拥有开放包容的性生活，但她们对忠贞感情生活的态度，却反映了现实社会的复杂情况。正是由于这些变化，温瑟斯坦剧中一些女性人物没有结婚，另一些也未生儿育女。妇女不愿意被家庭和养育子女捆绑起来。温瑟斯坦剧中女性在不断变化的社会责任中奋力找准自己的位置，为人妻母，拥有赚钱的职业，几乎无所不能，看起来如梅丽

[①] 曼荷莲女子文理学院由化学家、教育学家玛丽·劳茵（Mary Lyon）女士在1837年创建，当时名为曼荷莲女子学院（Mount Holyoke Female Seminary）。创始人玛丽·劳茵女士是一位培育英才的著名教育家，美国邮局曾经用她的遗像制成邮票，以示景仰。这所学院的宗旨是"走没人走过的路，做没人做过的事"。作为著名的东海岸女子文理学院联盟中的学院之一，它带领女性走向求学之路，因卓越的教学和出色的学术而享有盛誉。在1861年，它将三学期制扩大为四学期制，并且在1893年，学院不再教授神学课程并且将学院的名称改为曼荷莲学院。

尔·斯特里普（Meryl Streep）[①] 同样出色。尽管这些妇女受过良好教育并取得了成功，但是在她们不断地进行优势选择，审视限制她们发展的处境时，却感到迷惘、忧虑与消沉。

《不寻常女人及其他》中的女主人公在面对前所未有的选择时表现出的痛苦迷惘富有震撼力。该剧主人公受到女权主义运动的影响却表现出极大的人生困惑。对于剧作家而言，女权主义运动既给女性带来了困惑也造成了正面和负面的影响。事实上，当女性想努力拥有一切时，她们也在反复地审视自我选择的明智性。妇女在选择的过程中，不断地面临困境。而当妇女争取到自我提升的机会时，就会延迟或放弃婚姻，甚至包括生儿育女的任务。温瑟斯坦展现了妇女在这种文化潮流的困境，她们在决策自己的职业生涯时的优柔寡断。虽然她们在事业和个人生活的选择上占据优势，妇女遭遇的不确定性却造成她们的不幸和脆弱。中产和上层阶级妇女遭遇到晚婚甚至婚姻失败的境遇，单亲家庭也在不断地增长。她们不仅需要自我释放，同时也需要依赖其他不平凡女性的支持。

剧作家塑造的女性为了不让自己陷入困惑、不安与疑虑中，坚定地追求自我实现。即使她们无法解决冲突，她们的坚持和努力也是有价值的。在温瑟斯坦每部剧的最后，女性都经历了外在的转变，或实现了内心的顿悟。真正的解放是由内而外的发展。令人惊奇的是尽管女性一直存有焦虑，不在意最终结果，但仍然在取得重要进步。若考察温瑟斯坦创作的女性人物，我们会发现她们是众多女性（平凡与不平凡女性）的代表，这些妇女在关于性行为问题以及周期出现的脆弱与迷惘等方面具有共同性。然而温瑟斯坦塑造了复杂的女性形象，这些受过良好教育的中产阶级女性群体始终处在个人生活与事业追求的矛盾之中，她们始终处在与自我和他人的矛盾之中。

剧作家首次在《不寻常女人及其他》中展现了这场斗争的潜在原因

[①] 玛丽·路易斯·梅丽尔·斯特里普美国女演员，演过戏剧、电视剧和电影，被公认为最有才能的女演员之一。斯特里普获得17次奥斯卡金像奖提名，并且3次荣获该奖，获得26次金球奖提名并8次荣获该奖项，在颁奖史上比任何男演员的获奖提名都多。她还获得两次艾美奖，两次美国演员工会奖，一次戛纳电影节奖，五次纽约影评人协会奖，两次英国电影学院奖，一次澳洲电影学会奖，五次格莱美奖提名和一次托尼奖提名还有其他的奖项。2004年她被授予美国电影学会终身成就奖，2011年又被授予肯尼迪中心荣誉，以表彰她通过表演艺术对美国文化的贡献以及她在每一个奖项历史上都是最年轻的女性演员。

以及重要主题，即妇女运动对于女性个人生活的影响。经历了时代和社会历练的妇女选择了属于自己的生活，并且坚定地走下去。她们的经历与其他女性有相似之处，但是她们与其他女性的最大不同是她们敢于表达自己的想法、实践自己的理想并拥有自己的事业。"温瑟斯坦并不仅仅关注焦点问题，更是无时无刻不在关注焦点背后的无形力量，也发掘到针对妇女的双重标准。因此，她的喜剧具有阴暗的一面；像契诃夫的戏剧一样，忧郁与幽默并存。与契诃夫的姐妹一样，温瑟斯坦的人物追求一种无法实现的乌托邦。每一部戏剧都反映了社会正义理想与现实不平等之间的巨大差异。社会结构变化的可能性来自于这种冲突，这是戏剧的终极目标。"[1]

该剧中五位年轻女性聚首在纽约饭店，回忆六年前在曼荷莲学院毕业时的情景。她们在普拉姆夫人（Mrs. Plumm）也就是她们的女舍监的指导下，表演正式饮茶的仪式（Gracious Living）。通过倒叙的方式，剧本描述了曼荷莲学院的男校长宣告旨在培养出不平凡女性精英女子学院的诞生，从而烘托出讽刺效果。然而最终男性的声音被掩盖在女性声音之中，这表明女性在进入男性主导的工作领域所面临的真正障碍。作为学院的年轻女性，凯特（Kate）、莉拉（Leilah）、萨曼塔（Samantha）、霍莉（Holly）、丽塔（Rita）、苏西·弗伦德（Susie Friend）、马菲特（Muffet）和卡特（Carter）谈论了父权社会里她们的未来事业、男人、性和婚姻等问题。她们之中有人找到了自己的道路，而另一些人却没有。妇女的行为和面临的冲突体现出她们对自己生活的困惑。该剧正如一部文化史记录了妇女运动转折期的问题。这一历史时期的年轻人对一切事物产生怀疑，质疑性别歧视、种族主义甚至美国在越南的外交政策。然而无论这部戏剧中的女性如何不平凡，她们都是历史转折期的代表，这一时期的男性和女性一样身陷 50 年代女性的奥秘（feminine mystique）以及 60 年代和 70 年代的妇女运动之中。《不寻常女人及其他》试图捕捉到女性奥秘并探究受教育的女性能否超越父权社会樊篱的问题。剧中男性画外音与紧随的动作同时展现了这些女性的父亲仍然把受教育的女性看作性目标而非独立的个体。

温瑟斯坦作品最大的价值在于展现了妇女身份危机。《不寻常女人及其他》创作之时，好莱坞电影中的诱人神话在战后婴儿潮中出生的一代

---

[1] Jan Balakian. *Reading the Plays of Wendy Wasserstein*. New York：Applause Theatre and Cinema Books, 2010, p.11.

人心里煽动起了一种对浪漫和友谊的追求,温瑟斯坦此剧的动人之处就在于表现了女性怀着对思想独立和取得私人领域之外成就的需要,以及如何去努力安抚这种内心追求。温瑟斯坦有着深刻的自信和政治行动意识。其戏剧里的妇女会发现自己呈现为一种此前没有在舞台上展示过的形象。她们同时具备机智、聪慧和认真,"是把女权主义的价值观内化为自己行为准则的女性"[1]。

温瑟斯坦第一部作品主要刻画一群女大学毕业生在乌托邦似的校园起居室里探索、试验女性的各种身份和自我发展道路,那么戏剧地表现两位年方二十八拥有硕士学位的女主人公如何在残酷的现实世界中真刀真枪地与各种相互冲突的、关于女性身份话语直接对话构成第二部作品《难道不浪漫》(*Isn't It Romantic*,1981)的中心内容。该剧的创作视角发生了转变,即由之前安逸的校园生活(女权主义理念广泛讨论的地方)转向关注两位28岁女性身处充满挑战的世界。她们不仅继续自己的生活,同时因对各种问题充满期待而经历情感的起伏。通过展示她们与母亲、恋人和同性朋友之间,甚至与自己内心之间的对抗和冲突,温瑟斯坦将女性身份问题提到现实的高度,表现了现代美国妇女寻找自我并不浪漫的心路历程。《难道不浪漫》探讨了女性之间、母女之间、男性与女性之间的关系。当性别歧视依然存在的情况下,女性在社会中能否拥有一切是很严峻的问题。

该剧以纽约为背景记载了80年代早期女性经历的困难过渡。到1983年,对于很多女性来说单身是最好的选择,唯有如此她们才能够追求事业并获得更多自由。马蒂(Marty)和保罗(Paul)对女权主义的不认同大体反映了1980年罗纳德·里根当选时采取的国家保守主义政策。《难道不浪漫》的背景是保守主义盛行的时期。社会斥责妇女运动造成"贫穷女性化"。在华盛顿,这种力量的煽动者削减用来帮助成百万贫穷女性的预算,抗议报酬平等,破坏平等机会法。简言之,他们斥责女权主义运动为女性的"次要生活"而忽略了女权主义所要争取的关键利益,那就是要为妇女争取更为广泛的利益。女权主义者要求平等,而非在公共正义和个人快乐之间做出"选择"。它要求妇女自主定义自身,而不让男性社会定

---

[1] Carolyn Casey Craig, *Women Pulitzer Playwrights*, Jefferson: McFarlands & Company, Inc. Publishers, 2004, p.191.

义其身份。温瑟斯坦戏剧人物演绎了 80 年代的文化争斗并证实妇女要想实现的平等之路还很漫长。

《难道不浪漫》是对温瑟斯坦先前剧本提出的问题与主题的再探讨。在该剧中作者讨论了妇女运动对个体生活的影响。剧中关注的是两位老朋友珍妮·布隆伯格（Janie Blumberg）和哈里特·康沃尔（Harriet Cornwall），但该戏剧主要关注珍妮的情感成长。不像《不寻常女人及其他》剧中人物，珍妮并未谈及女性主义本身以及女性主义与其个人抉择之间的关系问题。然而温瑟斯坦继续采用一贯或微妙或刻意的戏剧手法，珍妮无论是在意识层面还是现实世界，都受到女权主义运动的深刻影响。珍妮拥有硕士学位和一套新的公寓，她传达出的信号就是现代而独立的"不平凡女性"。珍妮期待实现成为作家的职业抱负，但是她并不知道如何发挥自己的才华并做出有意义的事情。然而在尝试开始她的职业生涯时，珍妮与富有的年轻医生马蒂·斯特林（Marty Sterling）确立了恋爱关系，但是马蒂对婚姻以及母亲地位的看法与珍妮理想的女性主义理念相左。马蒂对珍妮不只是发自内心地爱恋，而更愿意控制她。他亲切地恩惠行为或直接对其下最后通牒的意图都让珍妮备受困扰。马蒂给予她极大的压力，因为马蒂从来都是依照自己的标准来行事，全然不考虑珍妮的切身利益和实际感受。然而当珍妮逐渐地克服不安全感后，她清楚地预见到与马蒂的婚姻生活将会是悲剧。珍妮看清马蒂最后通牒的本质，因为他不仅无视珍妮的思想，甚至想利用珍妮的不安全感来达到自己的目的。最终，珍妮拒绝在婚姻和家庭中将要面临的从属地位，毅然断绝两人的关系。

珍妮不断地向自己的女知己哈里特寻求帮助和建议，而哈里特却认为女人应该拥有一切。对于哈里特来说，"拥有一切意味着一个女人能够结婚或是与男人一起生活，与其相处愉快并且生儿育女，可以共同承担家庭责任，妇女拥有自己的事业，并且有时间阅读小说，弹钢琴，自己也有女性朋友，并且一星期能够去游泳两次（*Isn't It Romantic*, 33）"。温瑟斯坦指出这种优雅甚至神经质的生活是不切实际的，因为拥有一切的真正关键所在并不是婚姻或事业，而是雇用一个非常可靠的管家和可以为之埋单的兆亿富翁。拥有一切的整个想法都会令人啼笑皆非。

"家庭和事业兼得"显然并不代表着哈里特的幸福标准，然而让她做出决定的动因就是她从母亲身上得到认同，这或许是与母亲对抗的结果。哈里特想拥有一切，即家庭事业两不误。在她与母亲谈论之后的两幕场景中，出人意料的是哈里特决定与自己甚至也不太了解的男子成婚。尽管哈里特赞成女性自主，有自己名下的财产，但18岁的哈里特非常恐慌自己长期独居的生活。珍妮无法面对好友即将成婚的事实，非常愤怒和不解。其实珍妮和哈里特之间的对抗主要集中在哈里特的不安全感和她不惜任何代价来拥有一切。该剧也同样关注女性之间的友谊，具体而言当女性努力实现理想而遭遇挫折时，她们未能做到相互扶持共渡难关。

《难道不浪漫》剧中女性与剧作家早期塑造的妇女人物一样复杂。随着时间的流逝，女性面临更多的问题和选择，也产生了更大的困扰和不安。女性之间的感情也面临着挑战。该剧非线性的情节设计场景就像"显微镜下的系列幻灯片"，逐步展示了珍妮如何从没有安全感的女孩成长为自信的年轻女性。在最后三幕中，她分别拒绝了马蒂的求婚，与哈里特发生冲突，最终在与母亲塔莎的抗衡中做了人生的抉择。珍妮要做自己真正想做的事情，拒绝结婚和生儿育女。珍妮最终变得比哈里特更具自我肯定的能力，也更加成熟和自立。温瑟斯坦作为一名自由女权主义者不仅捍卫了珍妮的决定权，同时对她"独自优美的舞蹈"（*Isn't It Romantic*，60）进行了更加动人的描绘，由此看出珍妮也许做出了最为正确的决定。最终戏剧肯定了单身女性的力量，她们比家庭生活中的女性更能意识到发现和创造生命意义的责任。她们能够融入团体之中，尊重自己的智慧并实现自身价值。在某种意义上，珍妮的独立反映了那个时期妇女运动取得的一些进展。

需要指出的是母女冲突构成戏剧冲突的主要部分。作为较早一代居家母亲代表，塔莎·布隆贝格（Tasha Blumberg）不能理解女儿这一代所经历的紧张冲突。哈里特的母亲只根据婚姻、体重和家庭等来衡量女儿的成功，而对男性就没有这样的评价机制。该剧反映了美国社会不能容纳女强人的现实，因为社会不能为女性提供事业和家庭二者兼得所必备的条件。剧作家特别提到《难道不浪漫》是其"最具自传性的戏剧"。而其后的作品中的罗森斯维格（Rosensweig）三姐妹与温瑟斯坦和两位姐姐桑德拉·迈耶（Sandra Meyer）、乔吉·特里维斯（Georgette Levis）有非常相似之处。

2. 家庭和事业二者可否兼得的矛盾

《海蒂编年史》的成功是女性戏剧能够获得主流商业演出的一个认

证，该戏剧的成功表明妇女运动颇见成效。《海蒂编年史》两幕剧中的序幕就是海蒂·霍兰（Heidi Holland）二十四年的生活场景的闪回。该剧把海蒂的生活与妇女运动衔接在一起。在第一幕的序幕中，剧作家巧妙地设置了女性主义艺术史学家海蒂和被她长期忽视的女性艺术家之间的相似性。海蒂对其他女性说："我只是感觉无依无靠。从整个方面来说我认为我们不应该有这种感觉。关键问题是我们要团结一致。"剧作家在该剧的末尾呈现出乐观的心态，她展望未来的妇女积极参与社会生活，成为公认的领导者。在结尾，海蒂成为表达剧作家乐观思想的代表人物。当然该剧表明妇女运动任务远远没有结束。温瑟斯坦对该问题的关注成为该剧的出发点。但是另一个尤为重要的主题也同时显现发展，剧作家"呼吁建立自己的家庭"，这也是海蒂想要做的事情。

　　海蒂是新时代的先锋，与之前戏剧中的女主人公有极大不同。她是女性世界里第一位非常活跃的女主人公。海蒂在社会、文化、政治和职业诸多方面发出自己的声音，寻求自己的位置。海蒂因其具有令人惊叹的才能而进入一个规模宏大的公共领域。然而她与早期女性人物一样，缺乏敏锐的自我评价。她怀抱梦想信念，以期修正社会中的女性角色，这也就意味着重塑与男性、其他女性团体和家庭之间的关系。体现出剧作家所提倡的在工作和家庭生活中与男性平等的自由女性主义伦理。剧作家借海蒂之口强调了这一信念，即所有的女性都需要"发挥自己的潜能"，而非花费一生的时间"去为老公和孩子做金枪鱼三明治"。

　　生活选择决定了剧作家的戏剧创作。"于我而言，整场女权主义运动改变了我的人生。我认为自己有能力去写戏剧，尽管我不知道自己是否有所成就。玛莎·诺曼、贝思·亨利和我非常幸运，因为我们能够步入到这个时代，在此刻——妇女运动足以产生较大的社会影响力，人们能够在剧院听到我们的声音。"[①] 尽管剧作家相信所有的女性应该发挥她们的潜力，但是剧作家坚持认为拥有一切以及成功地平衡事业与家庭关系的状况是有难度的。妇女艰难地在家庭与事业"二者选其一"的夹缝之中生存。虽然剧作家并没有挑战主流思想，但是始终坚持自己的信仰，那就是妇女有权利追求自己的事业目标，不应该为了个人生活而

[①] Carolyn Casey Craig., *Women Pulitzer Playwrights*, Jefferson：McFarlands & Company, Inc. Publishers, 2004, p.206.

牺牲追求事业。

剧作家的创作具有女权主义政治色彩，其剧本起到唤醒人们女权意识的作用。正是由于温瑟斯坦对妇女运动带来的欢乐和痛苦的关注，从而创作出史诗般的剧作。对妇女运动的关切构成了《海蒂编年史》的主题。该剧审视了女性投身妇女运动的经历。当其他人，特别是那些意料之外的女性反对或不给她情感支持时，海蒂感到了"茫然失措"。

因为个人和政治的密切联系，该剧在结构上强调政治运动对海蒂成长的影响。剧中不断变化的场景记述了妇女的觉醒与失望，展示了海蒂从青春期到成年期的生活，并敏锐地审视了1965—1989年的历史进程，从而阐释了海蒂与时代的渊源，同时指出海蒂的成长与妇女运动的紧密关系。发轫于20世纪60年代的妇女运动经历了20世纪70年代的意识觉醒、80年代拥有一切的女强人传奇，一直到90年代单身女性收养孩子的现状。个人的、文化的和女权主义的历史构成错综复杂的背景，奠定了探索海蒂内心世界，尤其是在多重政治现实之下疏离感的基础。

《海蒂编年史》始于20世纪60年代中期的理想主义时期。斯库普·罗森鲍姆（Scoop Rosenbaum）是第一个审视海蒂理想主义本质的人，同时预测到引发她理想幻灭的原因。这种坚定的理想主义深刻地影响了海蒂的个人与社会政治理想，最终海蒂对女权主义者和一般意义上的女权主义原则十分失望。海蒂所处时代的社会政治环境甚至女权主义运动等因素阻碍了她理想的实现。海蒂从一开始就知道自己想要做什么，并且从未想过为婚姻而舍弃事业。海蒂因自己的女权主义者身份而陷入困境，她内心理想使她不仅成为坚定的女权主义者，同时也是温瑟斯坦作品中唯一在理论与实践中践行女权主义理念的女主人公。在这部作品中，为了更好地体会海蒂的经历，人们必须理解女权主义比人文主义对海蒂产生了更大的影响。

尽管早期准女权主义的言论和研究艺术史的职业生涯表明海蒂从一开始就具有女权主义者的品质，并且成为她性格发展的核心所在，但是这一切并未真正解释其后期危机形成的原因。若以为海蒂的危机是温瑟斯坦个人忧虑的展现，那就是忽略了海蒂致力于女权主义的复杂性所在。温瑟斯坦想要我们理解的重点不是该剧体现出作者模糊的自传性成分，而是海蒂在女权主义社会舞台上个人危机的演变。现实中海蒂的问题是她处在一个复杂而错落交织的状况之中。在一场并不持久的运动中，海蒂是无药可救的理想主义者和对女性问题具有学术兴趣的空谈的女权主义者。当妇女运动的氛围改变，妇女运动无法实现其期望并与她的理想主义和增强自我意识感的回应发生冲突时，她的危机感也就此显现。

尽管姐妹之谊成为海蒂在安·阿伯（Ann Arbor）经历中最为关键的部分，却不能低估男性在她生活中的影响力。她始终反对二者择其一的状况——或是选择艺术史学家的职业或是选择放弃职业回归家庭。改变海蒂最初行为的是如何处理自己与安·阿伯"女同性恋群体、职业女性和激进派"的关系。海蒂给其他女性讲述了自己的故事，从而实现了她的转变。对海蒂来说，这是一种情感宣泄。海蒂的个人生活融入妇女运动之中，并与女权主义同盟缔结了姐妹之情。海蒂彻头彻尾的女权主义理想使其成为真正的女权主义信徒。然而不幸的是，姐妹之谊并未如海蒂期待的那样。尽管对海蒂而言，苏珊不是足以信赖的姐妹和朋友，然而苏珊在二幕剧中展现了时代的变迁，特别是女权主义理念的变化。作为一名成功的好莱坞高管，苏珊成为80年代的女强人，富有而时尚，办事高效而忙碌，而这一切都是海蒂有意无意回避的东西。正因为如此，苏珊阐释了女权主义者从理想主义到物质主义的转变。

尽管海蒂对60年代理想主义的幻灭有了清晰的认识，但仍然致力于女权主义理想，而她的朋友受到80年代里根时代物质主义的影响，过着她们曾经谴责的空洞生活。剧中其他女性选择回归家庭，而海蒂仍旧单身。未婚且无子女的海蒂成为理想主义者，看淡物质享受，既不期待又感受不到与她人的姐妹之谊，因为无法融入任何群体，她感到茫然失措。海蒂的疏离感在她的长篇话语中达到了顶峰，也就是戏剧的核心问题之所在。海蒂在其长篇报告中质问妇女的出路何在。很多评论家认为最终和最具争论的论题是把海蒂的精神幻灭作为《海蒂编年史》的证明，证实该戏剧是"妇女运动失败的控告"。尽管在剧中海蒂和她有自由精神的姐妹充分运用了她们最新获得的、来之不易的自由。剧本同时阐释了海蒂愈来愈强烈的疏离感和悲伤，这种感受直接与"伴随妇女运动成果而来的理想主义和无私奉献的丧失"联系在一起。该戏剧同时大胆地探索了妇女运动与社会上流行的成功和消费主义模式的关系。温瑟斯坦质疑误导人们价值观的投机取巧的机会主义思想，这一理念给女权主义者提倡的改革和妇女群体之间的联系投下了阴影。

海蒂领养的女儿以及领养的原因并不是戏剧结论的焦点。换言之，海蒂希望把自己擦肩而过的东西变成现实，也就是把女权主义理想变为社会现实。海蒂希望她的女儿朱迪（Judy）无须承受社会的指责和误解就可发挥自己的潜力。该剧母女关系出现新的思路，剧作家认为女儿不必重复母亲走过的路。用海蒂的话来说朱迪是 21 世纪的女主人公。海蒂希望自己领养的女儿能够实现妇女运动的目标，那就是自信与自尊。领养是最为合适的结果，不仅足以证明海蒂作为妇女运动终身信徒的承诺，同时定位了海蒂在未来的女权主义环境中的个人与政治状况，同时证实了尽管妇女运动遭遇挫折，但仍然得以继续发展。

采用喜剧方式揭示了妇女艺术家被边缘化现实的《海蒂编年史》揭示了普遍存在的性别歧视、妇女身份的缺失、平淡的婚姻以及理想主义的丧失等诸类问题。温瑟斯坦认为当女权主义"充满物欲"时就开始步入歧途。海蒂 1986 年在库林女士学校东海岸校友会（Miss Crain's School East Coast Alumnae Association）发表演讲时，表达了想要拥有一切的不可能性。尽管海蒂无法弄清她挫败感背后的社会学原因，但是她拒绝相信她这一代妇女犯错误。妇女运动的失败是与严峻经济形式分不开的。尽管 80 年代的妇女运动处在保守主义的环境之中，剧本还是肯定了妇女运动的力量。海蒂和她的女儿是未来一代女性的代表，希望在更加平等的社会里拥有更强的自我意识。

3. 中年妇女的困境

从《不寻常女人及其他》到《罗森斯维格姐妹》温瑟斯坦的主要女性人物选择走妇女解放之路，坚持充分地实现自我的理念。尽管她们为此付出惨重代价，也并不确信"充分"的具体含义，但她们勇往直前。某种程度上，她们既是探索者，也是开路先锋。她们坚韧不拔的精神代表了女性个人寻求尊严、独立、平等和幸福的决心。在开辟自我发展的道路上，她们恐慌过、矛盾过，也体会过孤独、疲惫甚至绝望，但她们始终坚持书写自己的故事。诙谐幽默是她们嘲弄权威、摆脱压迫并实现自己主体地位的有力武器。

《罗森斯维格姐妹》与前面作品中年轻女主人公如何在"拥有一切"或"非此即彼"的选择中挣扎形成对比。进入中年的罗森斯维格姐妹对女性自我的认识日渐成熟，但追寻自我的过程并没有结束。犹太族裔身份与女性自我的对弈在《罗森斯维格姐妹》中直接展开。三代人两重母女关系的对话进一步强调了母女关系在女性自我形成和发展过程中所扮演的重要角色。具有血缘关系的姐妹之情代替了普遍意义上的姐妹情谊，成为温瑟斯坦考察女性自我的新语境。与传统西方戏剧文化中强调对抗、分裂的姐妹关系叙述模式不同，个性差异和自我发展道路的不同不但没有破坏姐妹之情，反而加深了姐妹彼此以及姐妹自身的了解。罗森斯维格姐妹不仅在姐妹伸出的双臂中找回了久违的温暖，强大的姐妹情谊中也鼓起了她们面对生活、重塑自我的信心。姐妹之情在剧中成为一道抵御传统习俗、价值观念中因为性别、种族和年龄等因素而对女性歧视的坚实高墙。

作为"她那代人的声音"，温瑟斯坦的目光继续停留在步入中年的女性人物上。作为生命周期的特殊阶段，中年充满矛盾和变数，很多时候既意味着机会的开始也意味着可能的结束，对深受生理局限的女性尤其如此。在许多层面上，《罗森斯维格姐妹》显示了温瑟斯坦创作风格的变化。该剧运用更加传统的统一结构，而不是作者惯用的插曲般的情节结构。尽管该剧继续阐释了妇女运动对于个人生活的深远影响，然而剧作家却微妙地处理了显著的政治意识和华丽措辞之间的关系。该剧与其他作品最大的不同就是人物的发展。此前塑造的不平凡的女性群体包括在校大学生、大学毕业生和三十多岁的女性，而该剧刻画了人到中年的女性。

在温瑟斯坦的戏剧中，罗森斯维格三姐妹被刻画成富有思想的中年女性，她们处在人生的十字路口上。戏剧中的每一位女性都面临着身份危机的问题，她们试图把人生中所做的选择合理化。戏剧针对性地提出了问题，即不平凡的女性如何在她们不寻常的生活中寻求爱的空间，以及如何寻求与男性保持稳定关系的空间。

《罗森斯维格姐妹》背景是苏联（Soviet Union）解体时期。社会制度的解体和分裂补充了戏剧的真正核心，个体身份的瓦解以及萨拉（Sara）、高泽思（Gorgeous）和芬妮（Pfeini）三姐妹的身份重建，成为女权主义必不可少的中心。三位不寻常的女性代表了当今成就舞台上具有挑战身份特征的标尺。然而，尽管她们的成功显而易见，但姐妹们看起来孤独痛苦，或如作者所言，充满向往和忧郁。虽然她们并不需要男性来感受自己生命的完整性，但是罗森斯维格姐妹喜欢男性，并且时刻准备坠入爱河。尽管每一个人都有自己的苦痛，但是她们承受共同的悲伤，那就是母亲丽塔·罗森斯维格（Rita Rosensweig）的去世。母亲对三姐妹产生了极大的影响，甚至主导了她们的思想。即使她们的谈话也围绕着母亲，母亲之死导致了她们情感的脆弱。温瑟斯坦重新回到母女主题，尤其展示了母亲如何困扰着萨拉的生活。

在剧作家看来，令人感到惋惜的是男性无法理解有智慧的职业女性，不愿意把男女关系看成一种互相支持的同伴关系。在《罗森斯维格姐妹》中，温瑟斯坦成功地展示了中年女性付出的代价，作者集中考量了姐妹们过去的职业生涯与目前的爱情生活问题。该剧没有探究造成姐妹们命运的原因，也没有为这一问题找到解决方案，只是从一个细微的方面审视了她们遭遇的痛苦和苦闷。而同样情况下，男性却在很大程度上可以忽视此类情况。剧终时三姐妹重获自我，开始自己的生活。她们的生活充满希望，尽管已经人到中年。

《罗森斯维格姐妹》代表了作者最为关注的主题。作为不平凡女性的姐妹们在20岁至30岁时深受妇女运动的影响。40岁的芬尼回忆起自己可以选择到大公司工作。高泽思想拥有一切。正如珍妮和母亲塔莎的争斗一样，萨拉和泰茜（Tessie）重现了母女对抗的话题。姐妹们发现曾经与海蒂·霍兰失之交臂的姐妹情谊充满问题，她们期待爱情、渴望与男性建立持久的愿望，但是这一切似乎都是不切实际的。

在强调妇女自塑的勇气和决心的同时，温瑟斯坦没有忽视妇女被塑的残酷现实。不可否认，与妇女解放运动一起走过来的现代美国妇女一定程度上获得了更多机会和自我发展空间。温瑟斯坦的舞台上有事业蒸蒸日上的律师，也有在大学讲坛上挥洒自如的教授；有崭露头角的自由撰稿人，也有才华横溢的新闻记者，甚至还有在商界叱咤风云的银行家。尽管如此，社会中男权文化至上的观念安如磐石，传统文化为女性指定的性别身份依然占主宰地位。这些所谓成功女性在情感和婚姻上付出的代价便是很好的佐证。很多时候女性只拥有名义上的机会，许多向男性敞开的大门仍紧紧向女性关闭。她们可以驰骋，但范围和疆界由男性霸权话语界定，因此丽莎·登特·休斯（Lyssa Dent Hughes）当卫生部长的政治梦想夭折。甚至女性自由选择做母亲的愿望也遭遇破灭，这说明很多时候女性无论在政治领域还是在私人领域都没有选择可言。斗争远没有取得胜利,用丽莎的话说"我们的任务是站起来继续反抗"。以佐伊·贝尔德（Zoe Baird）① "女佣事件"为蓝本,温瑟斯坦 20 世纪创作的最后一部作品《美国女儿》揭示了现代美国女性自我超越道路上所遭受的阻碍和限制。

《美国女儿》同样侧重于刻画不平凡的中年女性。该剧深刻的思想性与主题证明剧作家的创作达到了新的成熟高度。尽管该剧尝试实现很多目标,但是主要还是审视妇女被迫做出的不可能的选择。无论她们做出何种选择,社会仍然不能公正客观地对待她们。某种意义上,所有作品中最为典型的就是女性尝试对抗"二者择其一"的努力或对抗"家庭事业兼得"而带来的后果。该剧与其他剧本一样,妇女以个人的幸福为代价获得政治地位的成功。丽莎成为具有女权主义特质（feminist complexion）的人物,能够在职场和公众领域取得成功,但是却为个人生活付出了极大代价。

为了让读者审视丽莎的失败,即丽莎遭遇提名失败并遭遇到联合反对,剧作家以当下美国为背景,探讨了直接或间接地导致了丽莎悲剧的根源。这一时期新女权主义批评（neofeminist）的意识形态开始出现。这一宏大的社会背景使该剧成为最能体现出剧作家政治理念的作品。

在温瑟斯坦的剧本中,女性难以在家庭和事业方面双赢,并且事业和感情方面也难以协调。受过高等教育、处于职业巅峰的丽莎从妇女运动中受益匪浅,妇女运动使得她自主就业变为可能。丽莎拥有家庭和子女,但是随着事业的成功,她的婚姻却出现了问题。妻子的优秀让丈夫感到自己的渺小和缺乏成就感,进而导致外遇的发生,并使得他们的婚姻陷入僵局。丽莎的婚姻出现变故,雪上加霜的是竞选失败。丽莎事业上出现起伏,即从强势到顺从再回到强势的状态。但是剧本显示像丽莎这样强大和成功的女性,二元价值观依然存在。妇女运动影响其个人生活和职业生涯。

---

① 佐伊·贝尔德美国知名律师,也是马克尔基金会主席（Markle Foundation）,因 1993 年非法雇用保姆而知名。佐伊于 1993 年被克林顿总统提名为首位女司法部长,但是因保姆事件备受争议而被取消提名。佐伊领导的马克尔基金会旨在推进医疗卫生保健和社区安全方面的法律建设。佐伊同时还是多家董事会的董事。

该剧是温瑟斯坦对物质主义女性主义（materialist feminism）[①]最为细致的描绘。剧作家探讨了妇女地位的问题以及与之相关联的90年代女权主义的现状。温瑟斯坦一针见血地指出丽莎就是"替罪羊"，因为社会依然对女权主义者，特别是成功的女权主义者感到不满。这种轻视成功女性的观念在某种程度上展现了性别政治问题。这进一步表明自由女权主义所提倡的最重要的平等权利原则难以落到实处。

除了性别政治，丽莎同样是男性对女权主义强烈抵制的牺牲品。换言之，男性可能会给女权主义者贴标签，或是憎恨妇女进入他们的领域，特别是女权主义的意识危及他们的利益之时。但是，匪夷所思的是该剧中的部分妇女也站在男人的立场上，抵制女权主义运动。妇女对丽莎的强烈反对使得其再一次面临海蒂的命运，也就是说，姐妹情谊的恶化，更为具体来说妇女无法信奉女性主义理念，甚至不能相互接受。温瑟斯坦反复表达了令人不安的现象，即妇女强烈地抵制女权主义运动。而且还在更大范围内，彼此因选择各异而公开地抗衡。《美国女儿》代表了妇女运动的最新进展，丽莎就是妇女运动的必然产物。换言之，作为继承人的丽莎受益于妇女运动并能够开创自己的事业。然而，现实生活中，卫生局长（Surgeon General）提名的失败表明女权主义运动出现了分裂，因为那些敢于承认、支持并受益于女权主义运动的人们感受到内部持续不断的混乱。敢于坚持自己原则的丽莎成为温瑟斯坦剧作中另一名明确的不平凡女性。然而作为一部具有政治色彩的剧本，《美国女儿》本身比之前作品更具风险性。温瑟斯坦承认这是一个分水岭。该戏剧是对熟悉选题的再现，如妇女变化不定的互相支持，她们与男性的复杂关系等。但是与剧作家同类题材

[①] 唯物主义女权主义：在西方女权解放运动的鼎盛时期，出现了许多女权主义流派，其中影响比较大的有："自由主义女权主义"、"激进主义女权主义"、"社会主义女权主义"、"马克思主义女权主义"。而之后产生的"唯物主义女权主义"并不是一个单独的流派，它是西方一些女权主义者的独特话语。早期的唯物主义女权主义者克·德尔菲、丽·沃格尔、珍·威克基本上是把马克思主义作为其理论的出发点，尽管对马克思主义并不完全赞同，但她们都同意把妇女受压迫的问题放置在作为整体的资本主义生产方式的背景下进行研究，考察资本主义生产组织、意识形态、国家、法律制度等如何影响和再生产男人与女人之间在家庭内外领域的不平等关系。但后期的唯物主义女权主义者兰德里和麦克林是基于后结构主义对马克思主义的拒绝，把"妇女"解构为一个分析范畴，关注于"话语的"性别、团体以及妇女中的多样化区别，从而切断了女权主义理论与形成大多数妇女生活的现实条件之间的联系，对于解决影响妇女现实生活的物质条件显然无能为力。

其他作品相比，它缺少作者探讨这类话题时的幽默氛围。该剧不同于之前作品的特色就是剧作家没有刻画自己熟悉的话题，而是探讨了较陌生的领域，即华盛顿的政治，这不仅模糊了美国自由派和保守派的观点，同时把带有倾向性的说法、新闻媒体和其他不可预见的势力并置在一起来抗衡束手就缚的对手丽莎和沃尔特。

总体来看，温瑟斯坦的女权主义问题涉及较广泛，包括成功女性的困境、性别政治、对女权主义运动的抵制，姐妹情谊的破裂以及非法雇用保姆丑闻（Nannygate）[①]等。剧作家同时探讨了真实和想象的、商业气息浓重的新女性主义（neofeminism）[②]的哲学思潮。

在《美国女儿》中，剧作家进行了艺术创新，并把不常用的技巧整合到这一剧本之中。然而这是一部政治戏剧。剧中人物多是精明的政治人物，他们善于掩饰自己的行为举止。简言之，生活在这一语境下的人们相互吞噬，并被抽象化。作者对人物的刻画充分地体现了他们的性格特点。剧作家采用了简约的人物个性发展，这与其文化女性主义写作风格的倾向一致。尽管《美国女儿》的结构比较紧凑，时间更为紧凑，与《罗森斯维格姐妹》一样，该剧采用了线性结构。该剧通过把众多概念或离散因素纳入一个戏剧中心（有时脱离明确定义），从而形成了一种"抒情模式"（lyric mode）。在女权主义文学批评方面，"抒情模式"在历史上代

[①] 非法雇用保姆丑闻源于1993年的政治争议，之后超越美国国界变为世界流行词。1993年1月克林顿提名佐伊·贝尔德任司法部长，但由于被人揭发出雇用两名非法移民当保姆，而且没有缴纳两人应付的社会保险税和所得税中箭落马。随后1993年2月克林顿提名金巴·伍德（Kimba Wood）任司法部长，尽管伍德按照法律规定给她的保姆交了社会保险税，但雇用非法移民做保姆的行为同样没能让她坐上司法部长的位置。尽管有违反《1986年移民改革与控制法》的风险，政客们依旧禁不住雇用非法移民所带来的利益诱惑：非法移民工钱低、任劳任怨，也不要求福利待遇。即便遇到不合理的对待也因为身份问题，惯于忍气吞声，而且他们往往不需要雇主为他们报税。正是"廉价"的诱惑，促使政客们甘冒法律风险雇用非法移民。

[②] 新女性主义发轫于20世纪70年代，是在继承传统女性主义、吸纳后现代主义理论成果基础上发展起来的，包括后现代女性主义、第三世界和黑人女性主义、全球女性主义、生态女性主义等新生女性主义流派。从传统女性主义发展到新女性主义，一个主要的始终未变的目标就是努力消除社会现实生活中的性别歧视现象，使妇女获得充分自由和全面的发展。但对于平等的内涵、平等的路径以及平等的目标等方面的理解和探讨，新女性主义大大超越了传统女性主义的理论主张。新女性主义思潮提出了实现男女差异性平等、建构女性意识、关注各种被压迫人与事物解放的理论主张。这些新的理论主张不仅促进了女性主义发展的自我超越，而且对推动人类思维方式的转换、关注人类新的精神立场与价值观念等具有深远意义。

表了独特的妇女文学的手法。

温瑟斯坦的戏剧特色是（妇女再扮演）[fem-en（act）ment][1]，即遵循女性主义创作风格，创作主题和创作文体体现妇女的兴趣范畴，探讨女权主义思想带来的心理和社会影响等。温瑟斯坦戏剧的重要性在于剧作产生的集体影响。尽管作者并未复制个体生命的整个历程，但是把这些作品放在一起阅读，就是不同年龄阶段女性的生活轨迹。作者笔下的女主人公从大学毕业、追求职业，人到中年的历程构成彼此的续集。作品呈现出温瑟斯坦想要表达的深远意义，即妇女运动对个人生活的影响。

为探索这一影响，剧作家反复地审视了同一主题和思想：职业、母女关系、姐妹情谊、不平凡女性与她们所爱男性之间的关系，以及她们为此付出的代价。每一部戏剧中的人物最终都要面临抉择，从不平常的女性到丽莎·登特·休斯，每个选择都与女权主义交织在一起，她们选择的可能性与她们面临的重重困难，以及如何在职业与家庭之间做出选择，都与女权主义思想联系在一起。

剧作家指出导致成功妇女失败的强大的外在力量。若国家不承担养育孩子的责任，或丈夫不能平等分担家务，妇女无法在事业上与男性相抗衡。以丽莎为代表的一代看起来似乎取得了进步，但她们在情感方面却遭遇动荡。丽莎作为卫生局局长的提名落选，是温瑟斯坦戏剧中妇女不平等地位的隐喻。

《美国女儿》涉及深层次的政治问题，可称为温瑟斯坦职业生涯的里程碑。最为重要的是使温瑟斯坦的写作更具女性主义风格。该剧作为表达温瑟斯坦思想的工具，设计风格，主旨思想和意识形态保持完整性，不仅涵盖了剧作家对女权主义最为全面彻底的思考，同时也提出了女权主义的负面作用。珍妮失去了马蒂（Marty），海蒂失去了姐妹友情和斯库普，罗森斯维格姐妹失去了内心的安宁，丽莎失去了被提名的职位，最终没能成

---

[1] 妇女再扮演这一术语为温迪·温瑟斯坦所创。从文学审美来看，被从边缘地位来写的女性，一般都试图推翻占主导地位的认识形式。温瑟斯坦在创作中不愿屈从于那些属于男性审美理想的桎梏，常常打破传统的戏剧结构、人物形象和其他规则。温瑟斯坦一直把戏剧创作和对女性主义的探讨结合在一起，充分利用戏剧形式，展示现代知识女性的生活境遇，反映妇女运动的成败得失，强调了女性的自主地位与自主性以及女性的社会地位与社会价值，揭示了女性的欲望诉求，并使剧院成为表现妇女形象和呼吁妇女权利的场所之一，极大地推动了当代美国女性戏剧创作。

为卫生局局长。丽莎极有可能尽力去挽救婚姻，她看起来似乎没有气馁，也没被击败。但是我们深切地感觉到她的失败，毕竟与之前的女性不同，丽莎的失败暴露在众目睽睽之下。

温瑟斯坦为美国戏剧甚至是美国文学加入了一些前所未有的新元素，作品不仅讨论了不平凡女性，而且形成一种人物模式，即不平凡女性自身，最终可以与海明威作品中"硬汉"形象相抗衡。作品或许不能代表所有女性观众的经历，但是女性的确感受到她们是站在一起的。

随着岁月的流逝和年龄的增长，温瑟斯坦对女性自我关注的视角也发生相应变化。前两部作品中相对年轻的剧中人物在追问自我的过程中主要将目光停留在对未来的憧憬和展望上，后面两部作品《罗森斯维格姐妹》和《美国女儿》多了一份对自我发展道路的反思，而占据中间位置的《海蒂编年史》则是二者兼而有之。无论在形式还是内容上《海蒂编年史》起着承上启下的作用。年轻的旅程告一段落，中年的旅程即将开始。将海蒂个人的成长深植于美国时代和文化的变迁历程之中，尤其是伴随着第二次女权主义运动的发生、发展和衰退，温瑟斯坦第三部作品着重刻画了海蒂如何在外界力量左右下既保持独立自我又在与他人的关系中实现自我的艰难历程。通过展现海蒂如何从 60 年代中期初具女权意识的少女成长为 80 年代末单身领养母亲的整个过程，作品同时表现了在妇女解放运动发展初期中成人，又在运动成燎原之势中成熟的现代美国女性在寻求自我过程中所经历的惆怅和失落。

4. 女权主义思想的彰显

虽然评论家认为温瑟斯坦并未完全摒弃戏剧建构的传统形式，但是她所运用的文学实践恰好是评论家认为的妇女作家最为常用的方法。女权主义戏剧包含"非线性的技巧来传达人物的情感与心理发展"。因此，她们的戏剧往往以情节为框架，包括亲密的戏剧独白等。随着人物之间深入的交流，剧作家更加强调戏剧的情感而非故事情节。在温瑟斯坦剧作中所有的人物都经历了心理和情感的发展，这种由内部冲突引起的动态发展直接改变了妇女运动的生态环境。温瑟斯坦承认她一直在隐秘地沉思并在剧本中可以把自己分割成很多不同人物以隐藏于多个角落。

温瑟斯坦在《海蒂编年史》中唤起了一个消亡的集体意识，这种意识可能与 20 世纪 80 年代以来许多坚定女权主义者的情感相吻合。温瑟斯坦倾向于从自己的生活中选取创作素材，并尝试新的文体形式。剧作家声称其主要根据舞台喜剧的节奏创造戏剧作品。剧作家的创作与黑色喜剧（dark comedy）以及黑色幽默风格产生共鸣，尽管其戏剧反映并引发了人物的悲剧境遇，但也同时掩饰了她们的苦难。

温瑟斯坦客观并重新审视女性运动对个人的影响。其思想首先体现在剧本《不寻常女人及其他》，其次是对珍妮·布隆伯格、海蒂·霍兰、罗森斯维格姐妹和丽莎·登特·休斯更为微妙的刻画。循环手法（cyclic enterprise）是出现最多的手法，这一写作技巧不仅构成了女性主义戏剧结构，还把戏剧整合在一起，相互交织，共同探求女权主义运动对妇女生活的影响。其创作最为显著的方面是循环采用非线性的、片段式的戏剧风格，只有《罗森斯维格姐妹》和《美国女儿》两部剧本没有采用这一模式。在剧作家所有涉及所谓女性主义文本性的作品中，最为突出也最重要的主题反复再现，主题和再现的意象时而相似，时而不同。温瑟斯坦采用循环出现的主题，间或采用非线性、情节式的策略手法进行戏剧艺术创作。性别差异呈现了文化女性主义（cultural feminist theater）[①]戏剧的内容与形式。温瑟斯坦对文体方法的强调明确地体现了其审美倾向。

温瑟斯坦把女权主义运动对人类生活的循环影响作为其创作和思考的目标。剧作家通过重新规划当代妇女运动的历史来达到创作《海蒂编年史》的最初目的。在实践中，温瑟斯坦创作的发展进程取得了比政治运动更大的成效。温瑟斯坦戏剧地呈现了真实的历史，即妇女运动促使社会政治氛围的改变，并深刻地影响到妇女的命运。妇女运动使得女性重新对自己的人生做出选择。她们面临着共同的问题，需要直面母女关系、男女关系和女性之间的关系。剧作家更加深刻地刻画了妇女在"不可能拥有一切"的世界中进行"二选一"抉择的迷惘。戏剧展示了不同阶段妇女生命历程的显著变化。这些都是剧作家关注的重要问题。

作为一名剧作家，最为重要是必须保证人物的真实性。正是以此为创作标准，温瑟斯坦在她的作品中创造了一系列鲜明的个体。受到妇女运动

[①] 文化女性主义于20世纪70年代在美国女性主义中出现，它的主要目标是创造一种独立的女性文化，赞美女性气质，限定男性统治文化的价值。文化女性主义主张重新估价与女性有关的价值，开创女性的精神空间，弘扬女性的精神。文化女性主义主张重估女性的重要性，认定女性价值高于男性价值，如果将社会建立在女性价值之上，将使社会变得更加"富于生产力、和平和正义"。

的影响，剧作家笔下的女性人物都具有独特的风格，显示了妇女的精神成长历程。剧作家塑造的妇女形象情感饱满，真实有力。这一不平凡女性群体的生命历程和奋斗体验就是剧作家所倾心打造的。

温瑟斯坦剧中女性来自某一社会阶层，而非有放之四海而皆准的代表性意义。剧作家塑造的中产阶级女性受过良好教育，拥有令人羡慕的职业和社会地位，并具有良好的家庭背景。她们如何平衡家庭和事业的关系成为作者关注的问题。在温瑟斯坦作品中，通过对最为成功女性的细致描写，剧作家发掘出成功的事业型女性为了"拥有一切"而异于他人的复杂性。剧中女性人物的另一显著特点就是受到良好教育，拥有事业的女性微妙而又清晰地呈现出自我赋权的特点。温瑟斯坦不仅使剧中人物冲破了文化和性别的障碍而公然反抗历史，同时因其人物处在20世纪60年代末重新界定美国社会历史时期，即女权主义运动时期，剧作家的创作反映出女性集体为提升职场地位而进行的不懈斗争，撰写出一部女权主义影响下的美国戏剧史。

剧作家回归到同样的问题，展现了女权主义思想对不同阶段女性的影响。温瑟斯坦有效运用了受女权主义思想启发而形成的循环写作策略，这一策略构成其戏剧创作的理论基础。温瑟斯坦的每部戏剧都涉及做出抉择的过程及最终结果。剧作家逐渐形成了自由女权主义视角。剧作家特别强调女性，特别是不平凡女性同样具有追求与男性平等职业生涯的特权与能力。但是她们似乎并不能如男性一样平衡职业、恋爱与婚姻之间的关系。然而，这却构成了剧作家唯物女性主义思想的重要方面。尽管剧作家并未找到平衡这些关系的答案，但剧作家在每部戏剧中呈现出事情的前因后果、发展态势以及负面影响，这一切也是作者生活的写照。

我们可以看出温瑟斯坦自己对事业与婚姻的审视影响了其戏剧理论与主题创作。严格意义上，剧作家的作品并非真正意义上的自传，即使作品中记录了很多个人记忆和以家庭成员为蓝本的人物刻画，但是她的语气和观点可以清楚地看出是具有自传性质。如果说《罗森斯维格姐妹》代表了温瑟斯坦的主题变化，《海蒂编年史》则代表了她的理论发展。海蒂坚信所有人都应发挥自己潜力的理念是剧作家全部作品的核心。斯库普让海蒂"二者择其一"的最后通牒为温瑟斯坦唯物女权主义的探索提供了框架。剧中的自传性成分、宣传增强自我意识感的场景、姐妹情谊的主题、海蒂的抚养决定以及戏剧丰富的情节、开阔的个人和政治历史背景等因素使《海蒂编年史》成为一部真正地体现文化女性主义思想的佳作。

剧作家着力描绘女权主义思想对个人与创作主题的影响。温瑟斯坦的作品富有戏剧色彩、关注社会和历史问题。其探讨的主要问题包括美国20世纪50年代到2005年间的性别、阶级和种族问题。她的主要关注点是美国受教育女性的处境、社会阶级及犹太裔美国人身份问题等。尽管温瑟斯坦以历史的方式书写妇女运动,很多女权主义文学评论家认为她的戏剧与贝思·亨利与玛莎·诺曼的作品一样,无论在主题还是戏剧艺术风格都没有挑战父权文化。然而温瑟斯坦秉承了早期美国剧作家佐纳·盖尔、蕾切尔·克罗瑟斯和玛丽恩·温特沃斯的写作风格,用现实主义手法推进了20世纪早期积极的妇女社会变革。

温瑟斯坦对60年代舞台剧院(Living Theatre)和开放剧院(Open Theatre)的试验性戏剧形式和荒诞剧不感兴趣。她的戏剧更像社会调查和国家自我发现的纪实文学。剧作家认为生活与艺术相互联系,密不可分。温瑟斯坦的戏剧中自由越多,困惑也接踵而至。妇女更多的平等并不意味着彻底的平等。温瑟斯坦不愿意被叫做女权主义剧作家,因为她坚称优秀的剧作家创作经久的人物形象,不是靠政治意识取胜。但是温瑟斯坦属于妇女写作传统的剧作家,其笔下的妇女人物通过自己的观点、自我价值和女性身份以及女性经历来定义自我。美国戏剧的这一转变反映了妇女运动开始促使女性成为她们生活的主角。温瑟斯坦的戏剧展现了塑造女性身份的历史、社会和性别的力量。

温瑟斯坦的戏剧具有时代精神。同海尔曼和汉丝贝丽一样,温瑟斯坦的戏剧采用现实主义模式,因为与实验性戏剧相比,她更加关注主题。温瑟斯坦的喜剧表现了令人愤怒的一面,但是她的戏剧主题并不像当代女性剧作家一样沉重。作为一名社会观察者,她想为观众真实地书写现实世界。温瑟斯坦的戏剧探索了20世纪后半期至21世纪妇女的紧迫问题。温瑟斯坦的戏剧展示了各个阶段的历史和社会现实,从1968年尤金·麦卡锡的反战、1980年约翰·列侬(John Lennon)的暗杀、1991年苏联解体、1993年佐伊·贝尔德的故事和克林顿政府到尤金·塞斯格兰特(Ulysses S. Grant's Civil War)的内战、19世纪末的镀金时代,最终回到2003年的新英格兰小镇,刻画了在这一时代背景下,美国妇女寻求生活、自由幸福的情景。温瑟斯坦的每部戏剧都体现社会对妇女的过度要求。妇女面临家庭事业都兼顾的压力，而且承受着社会加在妇女身上的双重标准。

从一部关心女性自我危机的《不寻常女人及其他》到一部关于女性自我构建被拒绝的《美国女儿》，温瑟斯坦的作品构成了一组现代美国女性，尤其是在妇女解放运动中长大、成熟起来的女性寻求自我、追问自我的历史画卷。通过刻画不同年龄阶段的现代美国妇女如何在关于妇女身份、自我话语发生不断变化和碰撞的背景下，在"婚姻与职业，浪漫与政治，传统的女性角色与激进主义之间"的艰难选择，温瑟斯坦的系列作品体现了一种关于妇女自我折中、多元的思考，其目的是表现妇女自我的历史性、复杂性、流动不居性和发展性等特征。剧作家强调这一代妇女为实现自我所必须经历的心理危机和内心困惑，更重视妇女在与各种相互冲突的关于女性自我话语对话过程中所表现的强烈的主体意识。在内心渴望与现实期望的对抗之间，女性的自我不断成长和发展。每一轮追寻的结束意味着新一轮追寻的开始，女性的自我从而始终处于一个开放、可能的状态。这种动态、发展和多元的妇女自我观不仅丰富了女权主义关于女性自我的哲学思考，也使女权主义的戏剧舞台变得更加多姿多彩，同时为全面解读温瑟斯坦这样一位活跃在主流戏剧舞台上，始终关注女性、描写女性的剧作家提供一个新的视角。

与温瑟斯坦一样，许多妇女剧作家都以自己的生活经历为蓝本刻画了复杂的母女关系，她们共同承受着作为女性的压力，又彼此存在隔阂或者误解。母女关系的理解成为把握剧作家创作思想的重要途径。

第二节　母女关系和妇女关系

1. 母女关系的复杂性

作为妇女之间最为重要的关系之一母女关系成为妇女作家关注的中心问题之一，无论是传统型家庭还是非传统型家庭，母女关系呈现出的复杂性和问题性都引起了剧作家的高度关注和深切忧虑。作为妇女关系和家庭关系重要组成部分的母女关系对妇女的成长和女性的定位起到重要的促进作用。剧作家玛莎·诺曼最为擅长表现复杂的母女关系。作为二战后最为成功的美国妇女剧作家之一诺曼于1947年9月21日出生于肯塔基州基督教原教主义家庭。父母不允许孩提时的诺曼与小伙伴玩耍或者看电视。这种孤单的童年生活似乎在某种意义上给诺曼此后的创作带来灵感。父母鼓励诺曼大量阅读、弹钢琴和参观剧院等。诺曼从艾格尼丝·斯科特学院（Agnes Scott College）获得哲学学位后，成为《路易斯时报》撰稿人。在路易斯演员剧院导演的建议下，诺曼以其在肯塔基州中心医院为创伤青少年工作的经历为蓝本创作了《出狱》并一举成名。诺曼的成功也促使她迁入纽约市，并继续为路易斯演员剧院写作。《晚安，妈妈》奠定了诺曼在美国文学史上的地位。此后改编的《秘密花园》以及创作的音乐剧《红鞋子》（The Red Shoes）都获得好评。玛莎·诺曼已经荣获普利策奖、托尼奖、苏珊·史密斯·布莱克奖（Susan Smith Blackbum Prize）和剧评人奖（Drama Dest Awards）等多个戏剧奖项。诺曼创作的最有名的作品有《出狱》（Getting Out，1977）、《第三与橡树》（Third and Oak，1978）、《僵持》（The Holdup 1980）、《晚安，妈妈》和《夜间行者》（Travelers in the Dark，1984）。通过戏剧艺术创作，诺曼向观众展示了人们所熟知的现实生活世界以及生活在其中的妇女所面临的困境。

诺曼的剧本采用传统的戏剧形式，但是具有女性主义的价值观和创作特色。诺曼强调女性自我认可的重要性。诺曼独特的女性主义审美价值观包含多重女性主义视野。她的作品产生了积极而强烈的社会影响力，因此备受观众青睐。与其他女性主义作家一样，诺曼的创作关注母女关系、姐妹情谊、性问题以及女性自主等共同的话题。

诺曼和母亲关系不和，因此剧本很多都带有自传性，尤其是关于母女关系的剧本。诺曼剧本中的母女关系、父女关系等都是十分典型的。在揭示母女关系复杂性的同时，作者也在寻求造成妇女悲剧命运的社会根源。剧本把妇女所受到的压迫和不公正的待遇、受到的歧视、出现的身份危机和精神问题等淋漓尽致地刻画了出来。诺曼的两部剧作《晚安，妈妈》和《出狱》中这一思想得到突出的体现。

揭示母女关系复杂性剧本《出狱》探索的个体问题，实际上就是社会问题。该剧揭示在社会生活中，因宗教、医学、教育、矫正康复组织和家庭诸类最具"道德"机制的存在，从而导致对人性的侵犯，压迫也成为常态。对主人公阿琳·豪斯克劳（Arlene Holsclaw）以及年轻的阿丽（Arlie）的描写，体现了女性社会化心理的复杂过程以及为此所遭遇的创伤和苦痛。剧中的两个人物角色，实际上是同一个体心理过程的展现。阿丽和阿琳形成了一种连续性心理变化过程，揭示了有犯罪经历的阿琳为成功融入社会而付出的可怕代价。"舞台上关于阿丽和阿琳连续性心理的戏剧表演，首先展示了社会规范的内化过程，在这一过程中，阿琳与自我及他人的深层关系紧密联系在一起；同时，它也展示出家庭所应该承担的责任，正是由于家庭规则而导致阿琳的堕落和不幸。"[1]

《出狱》的受害者必然是女性，阿琳在24小时的假释过程中（甚至在整个剧本中），都是男性压迫和榨取的目标。阿琳的房东、皮条客、父亲、狱警等男性形成强大的力量，使她无法逃脱既定的命运，使得她的反抗形同虚设。阿琳有能力在重压下生存下去，体现了诺曼对女性力量的肯定。阿琳的压迫者不全是男性，让阿琳感受最痛切的是母亲对她的拒绝。母亲几乎是男权价值观在家庭的体现。阿琳不得不面对过去，忍受来自家庭的虐待和在男性社会中受到的歧视。阿琳因童年时的伤害和虐待而感到耻辱和痛心。为了重新回到家庭，她需要忘却孩提时的记忆、伤痛和耻辱。我们可以认为阿丽是阿琳下意识的一面。阿琳与本尼（Bennie）、母亲、卡尔（Carl）以及鲁比（Ruby）等人的关系让阿琳回忆起伤痕累累的过去。

阿琳和阿丽互为注脚，体现了阿琳复杂的情感和内心冲突世界。阿琳渴望回归，适应外界的生活，这体现了年轻的阿丽受压制的欲望和反叛性。过去的梦魇最终使阿琳的回归变得尤为艰难。在回归的过程中，阿琳让年轻的自我释然，并忘却遭遇的愤怒和悲哀。但是过去和现在总是交织在一起。舞台描述表明阿丽是不可预测的，不肯悔改也是不可救药的。阿琳疑心重重，并具有强烈的自我保护意识。阿琳代表着与自我的关系，这一自我已经被社会规范所局限和定义。阿琳代表着的自我始终在自我防卫，并且不断地否认自我，最终能够远离压力和内心矛盾。阿丽代表着与自我的关系受到局限，并且被家庭和社会所歧视和虐待的现状。这一自我充满矛盾和张力，始终充斥着欲望，并且带有防御的情绪。

性别歧视社会对其造成创伤导致年轻的阿琳试图自杀。阿琳落入红尘的过去体现了因父亲的虐待和母亲的忽视所造成的严重后果。父亲对其作出的不伦之举，无异于强暴。阿琳与卡尔的关系反映出其与父亲之间的关

---

[1] Linda GinterBrown, ed., *Marsha Norman: A Casebook*, New York and London: Garland Publishing, Inc., 1996, p.3.

系，卡尔对阿琳的行为名义上是保护她，实际上却是借机揩油。正是这一关系，使得阿琳难以释怀往事，不得不面对过去的伤痛。从妓的阿丽看似占有主导权，让男人甘拜下风，实质上男人们却在剥削和凌辱她。阿琳与卡尔的关系与她和父亲的关系是一致的。她被迫做个乖乖女，为了获得父爱，必须接受性骚扰。父权社会的规范压制和凌辱阿琳。阿琳的父亲、卡尔、本尼甚至牧师都在控制和凌辱她。从以管教所到教会为代表的社会规范和道德要求都在对阿琳进行控制和压迫。埃文斯（Evans）和本尼对待阿丽像对待动物一样粗鲁而野蛮。二人都企图控制她，迫使阿丽处在从属地位。埃文斯对女性的敌意和控制欲，以及他试图对阿丽实施强暴的念头，象征性地表明男性占主导地位和妇女的从属地位的社会秩序。医生通过给阿丽注射的方式来使她臣服，让她保持沉默。管教所的守卫使用言语侮辱和暴力侵犯来伤害阿丽。他们也使用药物让阿丽保持沉默。

诺曼批判了社会对女性的限制。妇女被局限在家庭之中，要么做家务，要么被强暴。妇女若试图改变自己的角色或者挣脱压迫，则被认为是异类。本尼对阿琳的态度体现的就是男性对女性的态度，对妇女的性别歧视和剥削被认为天经地义之事。本尼试图强暴阿琳，认为强暴失足女人没有犯罪感。同样，阿琳与医生会面的场景也揭示了社会的歧视和敌意。医生非但没有安慰她，而是像对待丧心病狂的罪犯一样对待阿琳。医生像监狱的看守一样，指责阿琳。

剧中每个人都在给阿琳设置身份，没有人肯给阿琳疗伤的空间。更不用说让她忘却从前的梦魇，回归正常的生活。社会规范只是加重了敌意和性别歧视，而不是给予阿琳生活的机会。阿琳试图从家庭和社会的羁绊中挣脱出来，忘记过去并开始新生活，但是现实却是残酷的。

过去和现在的重叠，显示了阿琳问题的多层面性以及复杂性，揭示了阿琳处在受压制和性骚扰状态下的抗争。阿琳的母亲离开她的公寓时，阿琳自言自语地诉说了对母亲的愤怒。此时在另一场景中，阿丽在驱赶试图骚扰自己的伙伴罗尼（Ronnie）。两个场景的重合，现在和过去的重复，具有特殊的意义。阿琳对母亲的愤怒与其对罗尼的愤慨是一样突出，因为罗尼和母亲都对她造成骚扰和伤害，而她对罗尼的愤怒就是对父亲愤怒的呈现。阿琳对母亲表达愤怒之时，年轻的阿丽却想到了罗尼试图进行性侵的举动。罗尼代表着阿琳与所有男性的关系。阿琳为了得到男人的爱，必须牺牲自己的身体，男人剥削和欺凌阿琳。她对母亲的愤怒源自父亲的虐待和母亲的缺席以及亲情的严重缺失。

阿琳的记忆之中母亲并没有尽到应尽的义务。母亲本来可以制止某些伤害，但却放任事态的发展。在阿琳记忆中，她经常被锁在母亲的衣柜。家人对阿琳不管不问，甚至漠视她的存在。这一意象也表明文化对妇女的局限，社会拒绝认可妇女的存在和价值。男权主导的社会非但没有给阿琳容身之处，反而在毁灭她的生活。男人试图把她放置在任人宰割的从属地位，这样阿琳就可以臣服，并以取悦于男人为能事。阿琳最后回到家庭，不是剔除了创伤，而是产生了分裂的人格，因而不得不采取妥协的态度。阿琳的经历暗示，人们必须接受社会、政治和家庭的规范，方能挣脱过去，过上妥协的生活。

同样在《晚安，妈妈》中杰西（Jessie）的母亲西尔玛（Thelma）持续支撑着一种依赖型的关系，但是该剧的特别之处是在剧本结局，杰西的自杀是出乎意料的结果，因为在整个剧本中母亲一直在和女儿做交流。和海达·盖博（Hedda Gabber[①]）一样，杰西用父亲的手枪来结束自己的生命，尤其是从新弗洛伊德的视角来解读这一事件，就更具有了特别的意义。两位女性都是用父亲的手枪来抹平她们的女性身份以及女儿身份，她们不再被动地等待命运的安排，代之以自主的行为，这是具有象征意义的。她们质疑现存秩序，挑战父权权威，因为父权的存在漠视和忽略女性的价值。这也就是具有阳具象征的枪让杰西殒命的原因。

《晚安，妈妈》探讨家庭问题和生命的真谛。由于女儿的自杀而导致母女分离。生物学意义上的家庭不能维持家庭成员之间的关系。家庭挫败了人们的期待，而不是给人们带来爱和温暖。"诺曼和其他剧作家如盖尔、格拉斯佩尔（Glaspell）和阿特金斯（Aktins）等塑造的女性人物的生活为一个缺乏同情心的家庭所困，但是诺曼的剧本从深层次突出了家庭成员为获得控制自己命运的能力所付出的艰辛的努力。"[②]

母亲和女儿，西尔玛和杰西·凯茨生活在与世隔绝的乡村小路旁不起眼的房子里。年近40岁，身材臃肿的杰西闷闷不乐，因为她正在承受着

[①] 《海达·盖博》是挪威剧作家易卜生·亨利克的一部颇具争议的现代剧，其中女主角海达·盖博给世人留下了深刻的印象。人们总是将海达与剧中的其他女性相比较，从而凸显海达的反叛。

[②] Carolyn CaseyCraig, *Women Pulitzer Playwrights*, Jefferson: McFarland & Company, Inc. Publishers, 2004, p.182.

癫痫病之苦。但是单单疾病不足以导致她起了自杀的念头，起到关键作用的是内心的苦痛。杰西努力去获得和谐的自我，并努力地去控制自己的命运，但是这一切都将要离她而去。因为她不愿意苟且偷生，而是渴望以死来获得解脱。该剧讲述了母女关系的复杂性，她们在心灵上的饥渴，悲剧的命运以及精神上的解脱。随着一声枪响，杰西得到了自我控制权，结束了自己的生活，而与母亲交流的整个过程，她都无法获得自主权。杰西与母亲分离，这是之前她无法完成的事情，母亲西尔玛最终也接受女儿离她而去的事实。

剧中"饥饿"以及安抚人们饥饿的需求，成为剧本主要的隐喻。母女二人都经历着精神上的饥渴，这是男权社会造成的妇女的无助感和软弱感所带来的结果。她们没有自主的生活。但是，杰西最终得到了对生活和命运的主导，通过死亡的方式，摆脱沉重乏味的生活。母亲最终也得到了启发，她终于可以有力量面对生活。有些母亲从来没有能够有机会和自己的子女进行深入的交流。

厨房成为母女短兵相接的地方，因此厨房也是具有隐喻意义的地点。从传统意义上来看，厨房是房子的中心点，代表着母亲、温暖和营养。但是这一剧本中，厨房成为母女斗争的地方。母女最终分离，杰西获得了自主权，杰西锁上卧室的门，这样母亲再也不能窥探女儿的生活和内心世界。西尔玛也竭力寻找自我实现。她喜爱糖果，认为糖果可以给她暂时的满足。因此她必须保证糖果的供应。西尔玛生活在几乎与世隔绝的房子里，患有癫痫症的女儿几乎不与她交流，她生活得非常拮据。糖果几乎成了她款待自己的东西，成为她赖以为生的寄托。糖果也让西尔玛得到情感上的满足，因为她无法从婚姻中得到快乐和满足。

西尔玛把女儿看做是自己生命的延伸。但是作为母亲，她面临着许多困境。西尔玛时常杞人忧天，而且还努力地给女儿准备美食，但是女儿拒绝西尔玛的行为。母女都竭力去摆脱精神上的包袱，但是杰西让母亲面对现实，抛弃幻想。剧本有90分钟的时间是母女之间的愤怒和指责，最终她们接受彼此并达成谅解。

事实上，杰西渴求理解，更为重要的是获取自我主导。杰西爱自己的母亲，但是最终却离她而去。杰西与母亲不同，无法从糖果之类的甜品中获得满足。杰西意识到她目前的状态将无法带给自己想要的生活，以及对自己命运的主导。杰西唯一的希望就是离开母亲，与过世的父亲团聚。在杰西自杀之前，她给母亲准备了甜品。同时也为即将来临的圣诞节准备好让母亲发放的礼物，也告知母亲自己死后尸体的安放，以及葬礼的流程。杰西希望母亲知道，餐桌无法满足她精神上的饥渴。母亲准备的所有食物对杰西都没有吸引力。家中食物匮乏时，杰西会有条不紊地把东西准备齐全，包括准备甜点。她做出的最后一次尝试也是想努力获得从未有过的安全感。母亲对杰西的最后请求也是食物，西尔玛用炒锅温她们仅有的食物，这一行为是具有高度象征意义的，因为在杰西自杀后，西尔玛像抓住救命稻草一样，紧紧地抱着炒锅。即使女儿即将自杀，西尔玛仍然不能把女儿作为独立的个体看待，从根本上看母亲想要显示自己的权威，借以否认女儿的主动权。

母亲想回到从前，她可以主导女儿的生活。而现在杰西获得了自主权。饥渴的杰西拒绝进食，而且杰西不喜欢喝奶，这表明她不喜欢没有掺杂东西、纯粹而健康的东西。同时也显示了她对母亲身份的不满，因为母亲身份和婚姻一样，都无法给她带来满足感和成就感。母亲不得不面对女儿的决定，因为女儿准备离她而去，事实上不是母亲，而是她生命中的男人抛弃了杰西。杰西生命中的男人，包括她挚爱的父亲都弃她而去。杰西对父亲的认同十分强烈，以至于愿意用父亲的手枪结束自己的生命。与父亲一样，杰西既是癫痫病患者，也是性格内向的人。杰西的丈夫塞西尔（Cecil）离她而去，因为丈夫要杰西要么选择他，要么选择吸烟。杰西可能会拒绝食物，但是她却喜爱抽烟带来的满足感。

杰西把吸烟与权力和自我意志联系在一起，吸烟可以让自己拥有对命运的自主权。杰西婚姻关系的解体，让母亲难以释怀。因为母亲促成了杰西的婚姻。母亲认为杰西很难找到理想的丈夫，因此西尔玛用自己房产的一部分作为交换，让塞西尔娶杰西，结果却是塞西尔弃杰西而去，投入其他女人的怀抱。而杰西未成年的儿子里基（Ricky）也离家出走。里基屡教不改，偷窃、吸毒，甚至参与谋杀。杰西对儿子失望透顶，正如对自己一样。杰西意识到自己是失败的母亲，即便如此，杰西仍然把手表留给儿子，希望能够尽到作为母亲的义务。

杰西生命中的另一男人，她的哥哥道森（Dawson）丝毫不能让杰西感受到家庭的温暖。除了家庭关系，杰西在社区也得不到任何温暖。杰西和母亲住在乡村小路的尽头，杰西的工作就是单调乏味地更换隔板上的纸张，清洗地板，协助配送食品杂货等。杰西没有稳定的工作，她唯一喜爱的工作是收拾父亲的书架，而随着父亲的离世，杰西也就没有了寄托。杰西也没有能力为社区服务或做一些志愿者活动，尤其是得知感染癫痫病之后，人们唯恐避之不及。

　　因此，杰西觉得自己最好的选择就是离开让人烦躁不堪的生活。杰西已经受够了受别人支配的生活以及别人的自以为是。杰西也反感人们对她健康状况的怜悯，尽管她已经一年没有发病。在这样特别的夜晚，杰西控制自己的生活。杰西说，"我想走的时候，就会走的。我已经受够了现在的生活，我想离开了（'night Mother，24）"。杰西想要内心和谐，但是失败了。杰西清楚地知道，她对任何人都没有期待，她所得到的都是虚伪的安慰。她留下的目的就是让母亲明白，她为何会做出如此极端的决定。同时，杰西希望母亲能够把自己当成独立的个体来看待，而不是曾经的孩子。杰西的言行表明她强烈地希望在自己离世前，母亲能够明白杰西是自己的，而不属于任何人。杰西表达了自己的独立性，并质问母亲说即使母亲是其生命的全部，她也觉得不够，她可以选择自杀，从而永远地摆脱母亲。杰西强烈地表达了作为女儿的感受。杰西愤怒地指责母亲未能尽到应尽的责任。杰西希望母亲能够给她温暖和爱意，但是这一切都是奢望。这就是杰西愤怒的根源。杰西之所以对母亲愤怒，是因为母亲不能满足她的愿望，同时杰西对自己绝望的处境，无能为力。母亲也不能给杰西带来新的期待和希望，母亲想要主宰杰西的生命，却不能让杰西的生活充满意义。

　　杰西精心策划的自杀最终使得母女阴阳两隔。杰西不会像母亲一样苟且偷生。杰西不想和母亲一样，仅仅依靠甜食来维生。杰西无法掌握自己的命运，但是可以结束自己的生命。杰西的举动是勇敢的背叛，彻底否定了虚幻的生活。杰西成为自己生命的主宰。杰西的行为也是对母女关系的诠释。在自杀前，母亲说"你是我的孩子（'night Mother，50）"，而杰西却说"这就是成为你孩子的后果（'night Mother，50）"。杰西不愿意像婴儿一样依附于母亲，因为这样她就无法获得完整的自我，也无法找到真实的自我。

　　随着剧情逐渐转向卧室，西尔玛不得不面对残酷的事实真相。极度绝望和恐惧的西尔玛想尽办法试图改变杰西的决定，但是无果。西尔玛意识到自己的失败。杰西把横隔在她们之间的镜子打碎了。西尔玛试图通过对女儿的窥视看到自己的愿望失败了。她看到的是另一独立的个体。最终西尔玛认识到她不能拥有杰西，无论她付出多少母爱。开始在厨房的剧情，最终是以西尔玛呼叫着捶打杰西关闭的卧室门而结束。西尔玛痛苦地坦白到"杰西，我的孩子，原谅我。我一直认为你是我的（'night Mother, 58）"。母亲要面对放弃控制女儿的事实。即使如此，她们之间的象征性的关系继续维持下去。穿过杰西大脑的子弹，也象征性地穿越了西尔玛的大脑。西尔玛对杰西之死做出的反应就是身体蜷缩在门口，这即是西尔玛之前所说的她们之间体验到共同的苦痛。

剧本谢幕时的西尔玛紧紧地抱着平底锅，给儿子打电话求救。杰西开始在厨房，结束在卧室的自杀之旅谢幕。但是，母女二人之间的交流是之前从未有过的。她们有共同的愤怒，内心深处积年的内疚和忏悔，这一切促使她们面对事实真相。母女之间相互谅解。杰西在自杀前两个小时所做的一切表达了其对母亲的爱。杰西让母亲面对事实真相，那就是她愿意付出生命的代价来换取对命运的自主权。西尔玛极度悲伤，但是学会让女儿做出自己的选择。她们之间的深度交流是许多母女之间不能经历的。

事实上，母亲和女儿都不应该成为谴责的目标。西尔玛像其他母亲一样，只能力所能及地给女儿帮助。在父权文化主导下，妇女注定失败和绝望，西尔玛几乎对现实无能为力。作为女儿的杰西，为了赢取独立的自我，付出了生命的代价。母女二人寻求她们认为最合适的方式来生存。剧中饥饿成为重要的比喻。诺曼在剧本中书写了强烈的情感宣泄。但是诺曼没有为妇女自相矛盾的生活提供出路，作为家庭责任和照顾子女的主要责任人，妇女的生活压力是极大的。诺曼也无法为深陷社会压力困境中的妇女提供出路。这些妇女没有权利，没有价值感，成为消费品和社会的牺牲品，在艰难的处境下求生。或者如杰西一样，最终控制了自己的生活，宁愿选择死亡，而不是苟且偷生，苦度余年。杰西的死亡之路让她在精神上获得重生。

《晚安，妈妈》中的母女关系是剧作家突出的主题。该戏剧的上演对诺曼来说有显著意义，该剧突出强调自然主义风格，故事发生在现实生活充满喧哗与慰藉的"乡村房屋"中，生活在其中的母女是剧本的主要人物。在这间房子的背后有一扇通往"绝对虚无"的门。作为剧本的中心意象，这扇门展现了女性关系的复杂性，以及死亡、重生、非存在、沉默、安宁、天堂、地狱及更多的复杂概念。这扇关键的门代表了母女间亲密的相互依存关系,以及两人之间严重的分歧。母女围绕着漏斗式的门厅这个中心,进行母女关系的旋转和重组。门本身代表着造成分离母女、无法跨越的鸿沟。

《晚安,妈妈》中,杰西(Jessie)和希尔玛(Thelma)所处的背景,一间富有自然主义色彩的房屋与故事的主题相契合。然而在这个特别的夜晚,所有的事情都围绕着这扇关键的卧室房门展开,房门的意义和重要性就衍生出来了。事件的发生迫使观众重新审视这个家庭表面的舒适与安定。事实上,戏剧开始不到十分钟,当杰西宣称她要"走进卧室锁上门"自杀的时候,这种表面舒适平和、温馨的氛围,就已经消失殆尽了。从这一刻起,家庭环境变得更为复杂,其日常外观与杰西在她"重大夜晚"努力去保持理性,进行自我控制的行为形成共鸣。

西尔玛和杰西身陷矛盾之中,这一矛盾排除与男性的争斗。这个最为重要的夜晚更说明了她们隔离于世的状况。这个房子成为她们的庇护所,远离外界和男性压力,同时也是一间母女一直争斗的私有、封闭的竞技场。由于受到男性价值观的影响,母女二人不得不回到这间房屋,直面彼此,但是她们都是生活的失败者。母女必须消除二人的相同点,才能够摆脱这种看似表面风平浪静,实则令人窒息、单调乏味的家庭生活。该剧交替变换使用光、影、声音及沉默等手法,来强化和突出母女矛盾的重复性。杰西在剧中的历程,始于厨房止于卧室。然而,正是这一历程,使得母女间紧密地联系在一起。她们消除了彼此的愤怒,跨越了层层内疚和自责,还原事实真相,彼此理解和宽恕了对方。杰西在生命的最后两小时,通过自己的行为抒发了对母亲的爱。杰西为西尔玛揭示了必由之路,女性必须不惜任何代价来获得自我和自主权利。西尔玛在经历了强烈悲痛之后,最终接受了女儿的自杀行为。她们在沟通上取得的成效是许多母女不曾经历与体会的。

正是由于社会的种种束缚,女性未能找到解决问题的途径。剧作家未能超越对女性的刻画,那就是"女性在社会中的普遍形象,她们生育子女,消耗生命和青春。她们没有任何权利和资本,对自己的命运无能为力,她们的生命毫无价值,且相互毁灭"[1]。

---

[1] Jenney S. Spencer, "*Norman's night, Mother*: Psycho-drama of Female Identity", *Modern Drama*, Volume XXX, Number 3, September 1987, p.370.

2. 母女关系的延伸

诺曼不仅刻画了在家庭关系和社会关系之中的母女关系，也在剧作《洗衣房》(*The Laundromat*)中设计了具有母女关系特征的妇女关系。她们是家庭关系的延伸和妇女关系的另一层面。这场独幕剧中一巧妙的场景是两位具有特定社会身份的女性在一个角落的洗衣店一边倾听彼此的故事，一边为各自的丈夫洗衣，这种方式使得两名女性在洗衣这种动态过程中，通过彼此的故事重回自我。没有外界的干涉，两位女性跨越了经济、社会，也许甚至还有精神差距的鸿沟，像母女般呵护着彼此。这部戏剧通过女性经历转换的方法讲述了彼此的故事。分属完全不同世界的艾伯塔（Alberta）和迪迪（Deedee）倾听和讲述各自的故事，彼此交流，无须评判各自的不同方式。毫无相似之处的两位女性得到了彼此的慰藉，她们其实都是彼此的"他者"。对于这两位女性来说，倾听与讲述各自的故事都不容易，因为她们之间存在着很大的分歧。剧中两位女性，虽然无法跨越社会既定的角色以及年龄的差距，但是两位女性都感受到了来自彼此的力量，仅仅通过短时间的交流和接触，她们彼此受益于下层阶级女性的坚韧不拔和中产阶级女性良好的教育经历，这为她们坚定地生活以及寻找情绪宣泄找到了途径。

私人场所的洗衣房，却成为女性社交的公共场所。洗衣房成为剧情发展的舞台，从而使得洗衣房变成一个内涵尤为丰富的地方，剧本通过这种方式，展示了两位来自不同社会阶层女性的对抗与差异，这是戏剧最为突出的主题。由此，洗衣房不仅是不同社会群体女性交流的场所，同时也被排斥在男性生活圈子之外的女性活动场所。所有的女性都可以自由地出入这个洗衣房，而出入洗衣房就体现了女性在社会中他者的地位和身份。富有意义的是，艾伯塔和迪迪带着个人情绪从私人空间走出。她们离家外出本身具有重要意义，她们复杂的感情需得到宣泄和倾听。艾伯塔为了掩盖自己的情绪，来到洗衣房，却发现作为公共空间的洗衣房，并无隐私可言。相反，迪迪来到洗衣房是为了向别人倾诉，寻找伙伴，她不愿意毫无意义地在家等待丈夫乔（Joe）归来。两位素不相识的女性来到公共空间，尽管处境殊异，但她们却具有相似的命运。

女性之间动态社交行为冲突贯穿了整部戏剧。作为个体的女性为了逃避个人悲伤和幸福的缺失，来到洗衣房清洗私人物品。但是正如在她们之前和此后来到洗衣房的女性为丈夫和家人洗衣服一样，她们是所有女性的代表，她们独自或默默地承担生活的重压。她们认识到自己的生活微不足道，没有价值。剧作家对故事背景的选择，不是出于简单地对早期女性主义者对个人政治化的认同，而是认为女性从事的洗衣活动必须暴露在公共视域之下，即便是短暂的时间，女性也应该远离男性的束缚，拥有属于自己的天地。

剧本开始时艾伯塔自我控制情绪，能够自如地清洗衣物，迪迪却显得狼狈不堪，跌跌撞撞地进了洗衣房，衣物散落满地。迪迪开始交谈，显得与环境和时间格格不入。迪迪错误地把绿色衬衣和白色衬衣放在一起洗涤，艾伯塔告知她这样洗衣会损坏衣物。迪迪的尴尬和落魄却为两位女性的交流打开缺口，正是由于艾伯塔的提醒，后来迪迪愿意向其倾诉自己的情感生活和内心世界。

两位妇女的差异是极大的，不仅仅是迪迪不擅长洗衣，艾伯塔富有洗衣经验的问题。艾伯塔明显地具有良好的教育背景，迪迪则没有。艾伯塔经济背景较雄厚，买得起带有花园的豪宅，而迪迪住在破败不堪的公寓。艾伯塔看似周游世界，年龄与迪迪的母亲相仿，艾伯塔的自信来自自我经验和良好的教育。但是，她仍然具有不安全感，这是她不愿意和迪迪分享却最终说出的故事。她们处于不同的处境，却有相似的命运。两位女性经受着失落之痛，这种痛楚已经构建了她们的人格，对艾伯塔来说，丈夫的去世造成的创伤是巨大的，而对迪迪来说，丈夫的不忠给她的伤害是痛楚的，尽管她们对配偶的态度不尽相同。

两位妇女的社会地位和现实处境与她们的经济状况密切地联系在一起。艾伯塔曾是中学教师，应该还会有积蓄和退休金，当然因为丈夫的经济状况好，她的处境就比较乐观。尽管迪迪年轻富有活力，但是若是离婚，则不得不回到母亲那里去，因为迪迪缺乏生活来源。迪迪敞开心扉，诉说自己的故事，也激发了艾伯塔埋在心底的故事，艾伯塔更愿意掩盖甚至无视自己的情感诉求。事实是迪迪有意为之，不愿意向艾伯塔诉说。迪迪理解自己的动机。迪迪害怕孤单，她只能左右自己的情感，除此便一无所有。迪迪怕失去丈夫，她其实没有什么可以失去的，既没有社会地位，也没有经济实力。但是艾伯塔不同，尽管她不是很快乐但还有比较舒适的生活。艾伯塔对待自己的生活就像衣服一样，干净整洁，不会有任何变色。艾伯塔已经适应了这种舒适的生活。

但是剧中男性在她们的生活中占有主导地位,她们没有自己的生活,以男人的生活为自己的中心。仔细审读剧本就能发现,两位妇女都在竭力避免讨论一些彼此都心知肚明的问题。她们的和音体现了妇女共同面对的问题,尽管她们在一再否认,她们却有相似的命运。迪迪的坚持最终让艾伯塔放弃掩盖,说出事实真相。艾伯塔对迪迪的谈话不再拒绝和漠视,而是倾听。艾伯塔的回应体现出她的矛盾心理,也激发了迪迪对艾伯塔私生活的追问。最终,艾伯塔把自己的生活讲述出来。下层社会妇女迪迪对中产阶级妇女艾伯塔的追问是给予对方的礼物,带给她的是审视自己的孤独和幻想,让艾伯塔摆脱悲伤和恐惧,还原真实的自我。艾伯塔对迪迪的启示也是丰富的,尽管她的方式具有强迫性,迪迪觉得艾伯塔比自己的母亲更能给予指导和启发。迪迪说出事实真相,她不愿意待在家里,是因为不想让丈夫乔回家发现自己在哭泣悲伤。艾伯塔说自己已经 40 年没有哭过了。这表明艾伯塔为了掩饰自己细腻的情感,而忙于日常琐事。两位女性互相交流,深入交谈。她们的交流非但没有加深她们之间的差异,而是让人们看到她们共同的悲伤和困境。她们都意识到自己孤独的处境,以及如何摆脱孤独。她们最后彼此交换联系方式。彼此给予对方关怀和支持,并找到心灵的平静和安宁。她们超越阶级和年龄的局限,彼此倾听,认识到存在的差异,但愿意以自己的能力来互相帮助,让对方获得自信,重拾自我,而不再被社会或环境所禁锢。这也是作者女权主义意识的体现,因为妇女之间的差异是始终存在的。

作者围绕洗衣房的女性展开了社会批判。因为这些人物在本质上遵循其所属文化并且与其生活中的男性有着千丝万缕的联系,她们因男性的缺失而感觉到了自身价值的贬损。并且,两位女性因长期沉浸在社会赋予的角色之中,并未意识到自身在文化领域中的价值。她们在进入洗衣房,进行交流和反思之前,并未意识到只有失去了生活中的男性,她们才能主导自己的命运,寻找适合自己的人生道路。两位女性都意识到自己的孤寂,她们向彼此倾诉自己的孤独感,以及在那种情绪下生活的艰难和郁闷。

剧中女性之间的交流给我们启发,那就是不同语境和社会背景下,女性之间的沟通和相互了解是非常重要的。女权主义者发现,这种沟通即使是在女权主义初期,也具有强大的生命力。如果女性可以超越彼此的差异,诉说自己的故事,这样能够加强对另一部分女性的了解和同情。在这部剧本中,这样一个暂时的公共空间,分属不同社会阶层、有年龄差异的女性，诉说各自的希望、恐惧与失望。她们跨越彼此的差异，讲述与倾听彼此的故事从而认识并认同了彼此的不同，在她们各自不同的需求中也拥有各自不同的能力，从而帮助对方在被文化沉寂与无视的状况下，拯救自身、重获自我。她们交谈的内容涉及社会问题和政治问题，因此她们倾诉自己故事时，具有内在的严肃性。迪迪和艾伯塔按照女权主义者既定的道德行为摆明了自己的立场和观点。"尽管该剧的历史背景是20世纪70年代女权主义时期，但是该剧所蕴含的思想，预言了后期女权主义的发展阶段，这是一个必然存在差异性的阶段。"①

母女关系是家庭关系中至关重要的一部分，也是妇女之间关系的重要组成部分。剧作家在阐释家庭关系的同时，也高度关注各种妇女关系。本部分所论述的妇女关系与之前因妇女运动而起的妇女关系具有连贯性，但也具有明显差异。此前的妇女关系依托的背景是妇女运动，重点谈论的是妇女运动对妇女政治意识形态的影响和作用。而本章所讨论的妇女问题更多的是关注在家庭和社会语境下的妇女关系，当然妇女运动的影响也是不可小觑的。

3. 复杂多变的妇女关系

正如前文所述，福尼斯视野开阔，关注不同层面的社会问题、族裔问题和妇女问题等。福尼斯以《正式舞会》（*Promenade*，1965）和《老三的成功生活》（*The Successful Life of* 3，1965）首获成功，这两部作品让福尼斯获得奥比奖。自此福尼斯数次获得创作奖和导演奖。福尼斯四部最知名的作品中有三部获得奥比奖，它们是《费芙和她的朋友》（*Fefu and Her Friends*，1977）、《行为艺术》（*Conduct of Life*，1985）和《阿宾登广场》（*Abingdon Square*，1987）。福尼斯近期作品《古巴来鸿》（*Letters from Cuba*，2000）获得奥比特别奖。福尼斯是高产作家，她还创作了剧本《眼望后宫》（*Eyes on the Harem*，1979）、《泥》（*Mud*，1983）、《萨里塔》（*Sarita*，1984）和《奥斯卡和伯莎》（*Oscar and Bertha*，1991）等。

女性是福尼斯多数作品的主角，揭示妇女境遇和命运是福尼斯一贯的追求。福尼斯本人曾说："我是女权主义者。当妇女受到不公正对待的时

---

① Linda GinterBrown, ed., *Marsha Norman*: *A Casebook*, New York and London: Garland Publishing, Inc., 1996, p.45.

候，我极为关注、十分痛苦，因为我也是女人。"福尼斯在早期作品中，就把许多社会问题同女人的价值观念联系起来。20世纪60年代，美国入侵越南，反战浪潮席卷美国。她的剧本《越南婚礼》(*A Vietnamese Wedding*, 1967) 通过彰显妇女的价值观念和群众性的模仿性参与表达自己对美国外交政策的抗议，唤起观众对越南人民的同情。这部作品具有叙事性、仪式性和模仿性。在福尼斯看来男人崇尚竞争、暴力、对立；而女人则强调协作、相互依存、团结互助。美国穷兵黩武的外交政策正是男人劣根性的体现；而女人则代表着和平、友好和亲密关系，是未来世界的希望。

福尼斯不仅关注女性的自我觉醒，而且将她深邃的目光投向在男人权威之下的女人之间的关系。福尼斯的代表作，并为她赢得"奥比奖"最佳剧作家奖和最佳导演奖的作品《费芙和她的朋友们》探讨了妇女的集体意识和相互关系。剧情背景是20世纪30年代的美国新英格兰地区，该剧展现一群几乎被社会淹没，过着一种"非本真"生活的中产阶级女性。她们挣扎着展示自我，经历着极度的焦虑，进而走向死亡。

这部女权主义剧作具有里程碑意义，标志着福尼斯的著作向更为深刻、更具社会意识和心里探索的戏剧创作的转变。《费芙和她的朋友们》展现了女性的心理变迁与社会生活。她们聚集在费芙新英格兰的家中为一个戏剧教育项目彩排。她们一边喝酒、阅读、劳动、唱歌，一边谈论生活、男人和内心的焦虑痛苦。《费芙和她的朋友们》被评论界认为是现代女权主义戏剧的奠基之作。但是，评论家往往只是通过对《费芙和她的朋友们》的主题研究得出该剧为女权主义戏剧的结论，或认为该剧反映女性是男权的牺牲品，或认为该剧表现女性反抗男权的努力，而忽略了该剧的情节编织和戏剧技巧构成了内容和形式的互补关系，正是这一特点形成了福尼斯独特的女权主义戏剧创作策略。该剧虽然遵循传统戏剧的"三一律"规则，但它从头到尾都展示着妇女声音的多样性和差异性。

《费芙和她的朋友们》中的妇女在费芙的家中聚会，为一个教育项目筹措基金。品尝各式美食、有朋友聊天和繁忙的日常生活似乎让每个人过得很充实，但实际上她们被淹没在男人所支配的社会。从表面来看，剧本旨在赞誉创建女性团体，但是这一表面现象是具有欺骗性的。男性并没有经常出现在舞台上，然而菲利普（Philip）连同费芙年轻的弟弟及一位园丁的出现却时常威胁并侵犯着脆弱的女性团体，女性仍被禁闭在家里。

"他们在一起相处得很愉快。"费芙如此评论男人。"但女人却不，看看男人们。他们正在检查新的割草机……在户外阳光下呼吸着新鲜的空气，而我们却在这儿坐在黑暗中（Fefu and her Friends, 15）"。

女人们在寻求自己本真存在的过程中，经历着各种焦虑。她们的焦虑源自她们与他人之间的异化，具体地说源自她们和男人之间、女人之间，以及她们每个人与自身之间的异化。

女人与男人之间的异化贯穿全剧。虽然剧中人物都是女人，男人被排除在舞台之外，但观众仍能强烈地感受到男人的存在和他们的支配力量，因为男人被谈论、被羡慕、被嫉妒并被敬畏。男人倡导的价值观念已根植于女人们的头脑，并决定着她们的思想和行动。女人们似乎不是为了自己而存在，而是为了男人而存在。两性关系的紧张是女人们无法回避的存在方式。

具有讽刺意味的是女人之间的异化甚至更加严重。她们处于第二性的位置，生活在男人的影子里，结果她们互相猜疑、互相仇恨。这也许是费芙举办此次聚会的原因之一。女性朋友之间存在许多误解。费芙以不同寻常的方式表现自我，结果朋友们都觉得她行为怪异、举止疯狂。在男权思想观念支配下，费芙的朋友们无法理解和接受任何个体的自我张扬。

被异化的女人们以各自的方式体验着焦虑。费芙对马桶的兴趣说明她试图通过对男性身份的认同来克服婚姻生活中的痛苦。反过来说，她的痛苦和焦虑来自她的女性身份。对抽水马桶的焦虑也许与对性生活的不满有关，也可能产生于她的更年期焦虑。自我异化促使费芙经历极度的焦虑，她接受了这样的观念：作为女人，她本人是令人生厌的。然而，她又渴望展露自己的个性，张扬本真的自我。她与以丈夫为代表的男性进行抗争，可她又渴望得到丈夫的爱，她急于得到男人的安慰，但又不愿意为此付出心灵的代价。于是，她过着一种自我间离的生活。费芙曾发表过颇有影响的女权主义研究，努力显示其作为女人的力量，但是她实际上却十分脆弱。

费芙不断地受到传统道德的威胁和困扰。她对由于性别所带来的局限感到烦恼。和她的丈夫一样，费芙讨厌女性身份。费芙用朝丈夫菲利普（Philip）开空枪的方式来转化对他的怒气："这种方式适合处理我们之间的关系，我是指这场婚姻游戏。如果不是空枪，我也许真会给他一枪。"虽然费芙能够去爱和呵护其他女性，但她的内心深处却充满了孤独和恐惧。"心里的疼从未停止过……平常就像有一种调和剂，不在身体里，而是一种精神上的……很难来形容它……但是没有它，生活就是一场噩梦，一切都是失真变形的（*Fefu and her Friends*, 29）。"

《费芙和她的朋友们》较充分地展现了妇女生活经历中的阴暗面。在选择如何生活时，每个女性都不同程度地遭遇过阻碍和限制，可能除了常在外面结交异性朋友、为人热情的艾玛（Emma）。由于不幸婚姻的困扰，费芙出现了初期忧郁症。工人阶层的保拉（Paula）因被情人塞西莉亚（Cecila）抛弃而苦闷。辛迪（Cindy）也刚刚和男友分手。茱莉亚是费芙的朋友，她在一次打猎中奇怪地受伤。剧本描述到附近有猎手在捕杀一只鹿，茱莉亚听到这样的枪声身体就抽搐起来。现在她只能坐在轮椅上了。茱莉亚的残疾是其他妇女精神瘫痪的外在表现。随着剧情的发展，这一现象被赋予了象征意义和丰富的内涵。茱莉亚出现了心理幻觉，总觉得有一个无形的审判官在不断地拷打甚至折磨自己，并以此来惩罚她拒绝接受的父权式祷告，也就是意味着拒绝接受男性主宰的命运。第二场中茱莉亚的幻觉独白是福尼斯女权主义最直接的展现："人们说当相信祷告者时，便会忘记最高审判者（上帝）。忘记上帝时，我就会相信祷告的力量。据说这两种情况是同时发生的，并且所有的女性都这样做。为什么我不能这样做？（*Fefu and her Friends*, 35）"

茱莉亚的幻觉进一步表现了女人们的焦虑。她看穿了男权社会中女人的异化，意识到一个女人，无论是墨守成规者还是女权主义者，其生活的日常性都是空洞无物的，毫无意义和价值。茱莉亚在幻觉中同自我搏斗，一方面她被淹没在男权社会，接受男人的观念，咒骂"本身就会产生邪恶"的女性；另一方面她不愿意屈服于男人们的意志，并鼓足勇气同他们抗争。茱莉亚对女人的存在有更敏锐的洞察力。她成功地克服了自己在性爱和感情方面的需求。茱莉亚平静而沉稳地面对其最后的归宿，而费芙却满怀惧怕。茱莉亚把自己当作兔子，生动地体现了她对女人在当今社会里的角色和命运的深刻认识。

第三场表演把这些受尽创伤的女性聚集到一起。艾玛从儿童教育先锋艾玛·谢立丹·弗莱伊（Emma Sheridan Fry）[①]创作的《戏剧教学科学》

[①] 艾玛·谢立丹·弗莱伊是20世纪前20年最为知名的艺术教育家之一，主要教授儿童戏剧艺术表演。

(*The Science of Educational Dramatists*)①中摘选了一段进行表演。这是一本创作于1917年的教科书，它的任务是通过艺术表达传统道德下那令人压抑的祷告并真正信奉精神自由。场景一转，费芙看见迎面过来的茱莉亚时决心证实一下茱莉亚是否身心俱损，于是就想把她从轮椅上拉起来。茱莉亚不愿意被拉起来，于是费芙伸手拿着枪出去了。"一声枪响，茱莉亚用手捂在额头上，继而慢慢滑下来，这时只见前额上溅满血，她的头向后仰去（*Fefu and her Friends*, 61）。"费芙再次入场，手里拿着一只死去的兔子，一脸的茫然。而其他几个女人则围绕着死去的茱莉亚。这时舞台灯光也随之暗下。茱莉亚的死对她的朋友，尤其是费芙产生了极大的影响。她们的焦虑在加剧。茱莉亚之死却给予她们真正的启迪，唤醒她们更深层次的焦虑，认识到她们真正的归宿之所在。

一些评论家把费芙杀死茱莉亚看作是一种必然的发泄行为。费芙是核心角色，采取行动意味着费芙自我拯救行为的成功。尽管这幕剧最终的意象比较模糊，但福尼斯的寓意清楚明了。猎人对一只无助小鹿的射杀使茱莉亚遭受精神上的惩罚，而费芙射杀无辜的小兔却造成了茱莉亚的死亡，费芙也会因此受到惩罚。虽然费芙声称自己不容易失去控制，也放弃了打猎，但强烈的自我挫败感最终迫使费芙寻找发泄目标，悲剧由此发生。福尼斯认为除非情绪得以有效的宣泄，压抑中的女性会对其他女性造成伤害。另外，福尼斯认为若妇女能从传统道德的教条中解放出来，她们就能成为彼此精神的守护者（就像艾玛守护费芙一样）。

《费芙和她的朋友》对于人的心理不断深化的探索是对福尼斯职业生涯第一阶段的最好总结。迄今为止《费芙和她的朋友们》最能体现福尼斯大胆创新的实验剧手法。福尼斯对舞台调度进行了大胆的创新，从而让观众融入演出过程之中。该剧第一部分发生在客厅，客厅在舞台幕前的后面，舞台用的是现实主义的"第四堵墙"（fourth wall）的模式。在戏剧的中间部分，观众被分为四组，每组移到剧院的不同空间来目睹四个适宜幽会的室内场景，它们分别设在草坪、书房、卧室和厨房。对剧中人物来说这些场景同时发生（一些人物从一个场景走到另一个场景），观众可以

---

① 《戏剧教学科学》发表于1913年，1917年再版。弗莱伊在该著中设定了艺术准则。弗莱伊认为戏剧教育家的使命不仅仅是教会人们如何为舞台创作剧本，而是通过激发艺术灵感，使人们身心得到充分发展。

按任何顺序观看。每个场景都演出四次,这种重复象征着"整个被套牢的生命历程",而观众的参与也对应了剧中既有游戏性又紧张的人物关系。观众重新聚在大礼堂观看最后一幕,观众的观点因剧作家特定地点的演剧手法而加深或受到干扰。这种舞台安排能够使观众更深刻地感悟女人们存在的空洞和虚无。

福尼斯后期作品中的妇女仿佛都在生活的泥潭里无望地挣扎。《泥沼》的剧情背景是20世纪30年代的小镇,女主角迈耶(Mae)极度贫困,从未受过教育,自幼被父亲托付给迟钝、肮脏、暴躁、不求上进的男人劳埃德(Lloyd)。尽管迈耶对劳埃德没有感情,但仍然整日伺候他,履行妻子的责任。后来迈耶爱上了老男人亨利(Henry),生活曾出现短暂转机,但是接踵而至的生活变故让迈耶极度失望,因此她决意永远地离开这两个男人。就在迈耶决定出走之际,绝望的劳埃德杀害了迈耶。在最后的场景,观众看到两个男人在迈耶的尸体旁边哭泣。福尼斯指出迈耶对知识和自我独立的追求搅乱了男人世界的同时,也毁灭了自己。对女人来说,生活就如同永远走不出去的一片沼泽。

迈耶与两位男性间的性关系比较复杂,这两个情敌分别是哥哥和父亲的形象。迈耶、劳埃德和亨利是贫穷的农村人,他们的生活异常艰难。《泥沼》发生的小木屋坐落在距地面5米高的海岬上,有着骨头一样的颜色和纹理的木屋因日照而干枯,正好和海岬松软、红色的土地形成对比。天空很蓝但是"没有绿色"。悲剧就发生在这样的阴冷背景,作为有思想的年轻女性迈耶"挣扎着逃离男性对她的情感和生存的依赖"[1]。

迈耶和劳埃德一起长大。等到迈耶20岁时,两人像夫妻一样生活在一起,靠迈耶微薄的收入维持生计。劳埃德身体有残疾,无法找到工作,只能依赖着贫瘠的农场。为了不让迈耶去学校读书,劳埃德利用威胁和愧疚使得迈耶留在身边。迈耶看不起劳埃德,但她谦卑的自尊心阻止她去寻找自己的生活。但是自迈耶把亨利带回家后,生活发生了变化。五十多岁的亨利很聪敏,尽管所受到的教育也不多。亨利喜爱迈耶的美貌,两人很快成了情人。得知此事的劳埃德无计可施,因为他需要从亨利那里拿钱支付药费。极具讽刺意味的是亨利后来中风瘫痪,需要别人喂养。亨利从迈耶那里偷了劳埃德欠他的钱,这激怒了迈耶。供养两个男人的责任压得迈

---

[1] *Plays*: *Maria Irene Fornes*, New York: PAJ publications, 2001, p.14.

耶筋疲力尽，于是她把亨利交给劳埃德照顾，决意离家出走。极度绝望的劳埃德枪杀了迈耶来阻止被抛弃的命运。迈耶临死之际想起了语法学校课本里对海星的描述，"就像海星，我住在黑暗中，双眼只能看到微弱的光芒。那么微弱，但仍然让我着迷。我渴望它。我将为它而死去。劳埃德，我要死了"①。该剧引人入胜，正如有关性别压迫的寓言。福尼斯把悲剧看成是社会经济环境的产物。剧中人物本质上并不是坏人，但他们都被社会所抛弃。福尼斯反对认为迈耶是男人的牺牲品或她比他们更无私的说法。也并没有谴责劳埃德射杀了迈耶，因为迈耶在情感和性问题上利用了劳埃德。作为女权主义作品的《泥沼》关键问题不是为了探讨男性是女性压迫者的问题，而是作为中心人物的女性渴望通过男性来获得自我救赎和自我发展的问题。福尼斯坚称这些人物被困在生活的泥沼之中，无法扮演传统的性别身份。该剧体现了福尼斯剧作的主题思想，即英勇的年轻女性在依赖和自我实现的冲突中被毁掉。

《泥沼》揭示的是令人窒息的生存困境，而《行为艺术》则探讨一个更加令人触目惊心的主题——性虐待。该剧既是对男人的强烈谴责，也是对以男人为主导的社会的严厉批判。该作品在揭露男性的凶残和贪婪的同时，呼唤妇女团结起来，共同反抗男人的压迫。该著是从女性角度书写的，可以解读为一部号召妇女联合起来，冒着危险抵制男性霸权的作品。这部作品取材于发生在拉美的真实故事。和福尼斯的许多作品一样，它采用一种支离破碎并带有超现实色彩的叙述模式。男主角奥兰多是一位军官，也是剧中的施暴者。奥兰多虐待妻子莱蒂西亚（Leticia），同时性侵了12岁少女尼娜（Nina）并把她作为性奴关押在地下室。莱蒂西亚渴望通过自己的努力改变命运，但对她来说生活就是无法冲破的牢笼。该剧体现了复杂的社会关系，丈夫和妻子、雇主和佣人、施暴者和受害者等，这些关系很大程度上都是相互交叉、相互重叠的。舞台布置展现5个场景：起居室、餐厅、门廊、地下室和储藏室，每一个场景都和舞台一样，从前到后依次递进。外层的几个场景如同社会的面具，实践着那些冠冕堂皇的行为，而隐藏在后面场景里的行为才是真实的社会关系。

作为拉美某国家的上尉奥兰多因代表国家实施酷刑而晋升为少校。这部戏剧通过奥兰多所控制的三个女性人物将国家暴力和家庭暴力联系起

---

① *Plays*: *Maria Irene Fornes*, New York: PAJ publications, 2001, p.40.

来，她们是奥兰多作为炫耀资本的年轻貌美的妻子莱蒂西亚、中年仆人奥林匹娅（Olympia）和12岁女孩尼娜。尼娜被奥兰多诱拐，并先后在仓库和奥兰多家的地下室遭受性折磨。这一行为使奥兰多割裂的灵魂得以具体化。四个渐渐隐去的水平面代表着客厅、餐厅、走廊、地下室和仓库（在地下室十米之上）。随着剧情的展开，奥兰多的秘密生活侵入了中上阶层家庭"文明"的社会互动空间。尼娜从仓库走到地下室，然后进入餐厅（尼娜和奥林匹娅在这儿挑拣豆子，这是这部剧中唯一能瞥见女性团结的场景），最后回到客厅。《行为艺术》审视了由性、经济和性别剥削构成的连锁系统。奥兰多无法将家庭和职业生活中的文雅和恐怖行为区分开来。他让尼娜作为佣人或性奴隶，并说服自己他对尼娜的行为是爱的表现形式。

剧中成年女性做出的反应取决于她们的社会地位。尽管妻子莱蒂西亚意识到奥兰多娶她只是为了提升自己的社会地位，但是她却处处维护丈夫。起初，她拒绝尼娜出现在家中，但出于自己中产阶级地位的考虑，随后又默许了此事。阶级差别使得莱蒂西亚和奥林匹娅不能形成基于性别的联盟。对于奥林匹娅来说，莱蒂西亚仅仅是个"雇主"。奥林匹娅安慰尼娜并最终冒着丢掉工作的风险猛烈抨击奥兰多。但是当奥兰多对莱蒂西亚进行肉体威胁时，出于自我保护的冲动，莱蒂西亚射杀了丈夫。"随后惊慌失措的莱蒂西亚把手枪放在了尼娜的手里。恐惧而麻木的尼娜接过了那支枪。"[1]

正如费芙射杀兔子导致茱莉亚死亡的行为一样，莱蒂西亚的怒火却撒向了一位更为脆弱的女性。奥兰多的施虐行为推动该剧往情节剧的方向发展。福尼斯认为没有出场的将军们是该剧中真正的压迫者，奥兰多只不过是政治体系中的一个奴仆。但是在剧中的女性看来，奥兰多的权威是强大的，他是邪恶的化身，女性是受害者。

福尼斯塑造的妇女形象挑战了普遍流行的和具有浪漫主义色彩关于男人的理解。剧作家拒绝使用线性的情节，这使其在语言、创作主体性和情感方面具有了更敏锐的感受和表达。剧作家使用带有身体语言的独白来定义和呈现剧本人物，突出她们的主体性。福尼斯的创作证明了女性长期以来被等级限制的保守思想所束缚和压制。福尼斯反对同时代的乐观主义倾

---

[1] *Plays*: *Maria Irene Fornes*, New York: PAJ publications, 2001, p.88.

向。如果说里根时代的"美国的早晨"是 80 年代的叙事主流,剧作家则讲述了一个与众不同、迥然相异的故事。福尼斯和诺曼一样,有胆识地挑战时代的主流,塑造了异化于繁荣时代的人物。她们的女性人物是来自经济衰退的美国中部地区(Rust Belt)[1],经历了经济上的异化地位,并承受着作为二等公民身份的处境。[2] "福尼斯对风云多变时代的紧张情绪进行刻画。女性缺乏自主性,妇女仅仅被看作是看管者。同时探讨了女性剧场中悲剧的地位等问题。福尼斯的剧本采用女权主义的视角来反抗传统规范。福尼斯重新阐释了传统悲剧的现代概念,认为悲剧给予人类历经磨难后的尊严和高贵,命运在摧毁人类生命的同时,赋予人类在舞台上的中心地位。"[3]

与福尼斯一样,沃格尔高度关注妇女问题,其创作的多部剧本都刻画了妇女所遭遇的悲剧命运。《黛斯德莫娜》(*Desdemona: A Play About a Handkerchief*, 1994)利用灯火管制、电影跳跃剪辑拆分和曲解莎士比亚《奥赛罗》的假设事实,转换为富有震撼力的女权主义戏剧版本。剧作家有意地把观众置于幕后——"宫殿后面的房间里"——以此从黛斯德莫娜、爱米莉亚(Emilia)和比安卡(Bianca)的角度来追溯悲剧的情节。剧作家塑造的女性角色十分饱满。她们有意地抵制男性强加于她们的身份角色。在剧中,焦躁不安的黛斯德莫娜大胆地幽会借以反抗其狭小的世界,从而为奥赛罗的嫉妒愤怒提供了正当的理由。对于她的仆人爱米莉亚,黛斯德莫娜悲叹说"女性的整个生命都是被束缚的,从生到死,要么被亚麻线捆着,要么用蕾丝来遮着"。在爱米莉亚因痛恨自己的丈夫,承认自己窃取了手帕之后,两位女性达成了共信,也树立了信心。但是一觉醒来,她们就要面临悲剧的命运,原定不顾一切一起逃离的计划来得太迟了。最后一幕,爱米莉亚拂拭黛斯德莫娜头发的场景,这一刻她们胆战心惊的生活行将结束。

从内容来看,沃格尔从女性角色的角度改写了莎士比亚的戏剧《奥赛罗》,这些女性包括黛斯德莫娜,当然还有爱米莉亚和妓女比安卡。这

---

[1] 经济衰退地带是指美国中西部诸州,东起俄罗亥俄州,西至艾荷华州,北至密歇根州。这些地区曾经是美国传统制造业中心,现在已经衰退,所以叫经济衰退的一带。

[2] Krasner, David, *American Drama 1945—2000: An Introduction*, Malden: Blackwell Publishing, 2006, p.118.

[3] Ibid., p.121.

展现了沃格尔的女权主义愿望，即主张全方位地塑造女性角色，这一点以往的男性剧作家中很少有人实现甚至尝试过。因此，男性作家留给妇女作家可供借鉴的东西很少。沃格尔超越妇女基本家庭功能来塑造她们的形象，而不是把妇女仅仅局限在家庭关系中的女儿、母亲和妻子的角色中。沃格尔富于想象的改写可以被看作既是对戏剧历史的回顾，也是为了拓宽未来剧作家和观众的视阈。

沃格尔对黛斯德莫娜富于想象力地改写给了我们一个莎士比亚不曾给我们的新的妇女形象。剧作家对三位女性进行了全方位的描写（仅有这三个角色），不仅书写她们充满勇气不甘心忍受男人的愚昧，甚至描写了大胆直白的性爱。通过简单精练的讽刺描写，沃格尔经常把女性描写成粗俗、坦率、世俗的人物形象，有时还会互相引诱。但是，妇女之间的关系被小气、嫉妒、背叛和竞争所破坏。

沃格尔告诉人们必须批判社会制度，正是社会制度迫使妇女否定彼此之间的友情，迫使她们不得不依靠男人，接受男人对她们生死大权控制。爱米莉亚不能做有意义的、有报酬的工作，而是忙于厨房，尽管她看不起丈夫，但是还是为了丈夫的事业而忙碌。比安卡为了生计，开了一家妓院。而黛斯德莫娜被迫做了妓女。女人们由于社会地位、经济状况和受教育程度的差异，彼此间缺乏信任。故事的最终结局是，黛斯德莫娜终于下定决心，准备第二天离开丈夫时却面临着死亡结局。

沃格尔剧作《最古老的职业》（*The Oldest Profession*，1981）探讨了老年妓女的命运。沃格尔把整个戏剧设置在一个场景中（纽约市中央公园的长椅）。五个老女人终生都在从事着妓女行业，也就是戏剧题目中所说的"最古老的职业"。故事讲述了里根总统（Ronald Reagan）就任不久，她们在纽约市百老汇72号大街的长椅上轮流讲述当代的政治，回忆逝去的美好时光。短暂的灯光熄灭（blackout）之后，第二幕开始了，就像第一幕一样，只不过剩下四个人。接下来的每一次灯光熄灭就减去一个人，直到最后一幕剩下维拉（Vera）一人。她没有说话，"只是带着伤心，安静地坐在那里"，就像一个观众静静地等待第六幕也是最后一次灯光熄灭。维拉在怀念姐妹间的情谊与争吵，品味她逝去姐妹的人生价值。剧情转化时，灯光熄灭，死亡接着就会出现。剧本的副标题突出了死亡主题：六次灯光熄灭的多幕剧（A Full-Length Play in Six Blackouts）。观众看到的结果就是缺失。结构上所采用的缺失以及重复的灯光熄灭和重复的场景，使得剧中每一位妇女的死亡都令人震撼。

《最古老的职业》主要反映了因"里根经济政策"（Reaganomics）[①]而导致妇女贫穷化的社会问题。但是沃格尔塑造的生命即将消逝的老年妇女形象，代表了那些从事日常琐碎工作，但是并未获取任何益处，无法实现社会价值的妇女群体。作家的创作不仅旨在揭示妇女如何被束缚和压迫，更主要地指出，妇女如何在社会中抗争既定的命运，颠覆并重新界定了她们被他者化的身份角色。

同样关注妇女问题的剧作《热辣而悸动》（Hot'n'Throbbing，1992）探讨了污秽的色情文学和没有危害的成人娱乐文学之间的关系以及这两类文学对人们想象力的影响。该剧采用表现主义技巧和现实主义风格相糅合的方法。剧作家创作《热辣而悸动》时，戏剧脚本表达了她对于两个主要问题的愤怒情绪：一方面，对在她生活的小城普罗维登斯流行的家庭暴力的愤怒；另一方面，尽管创作该作品时，沃格尔受惠于 NEA[②] 的资助，并且刚刚签署了一份承诺自己在艺术上不涉及猥亵言语的文件。在某种意义上，剧作家试图检测这一新的审查制度，因为该剧涉及的猥亵言语就开始在人们不得不面对的家庭生活之中。

剧中的女主人公莎琳（Charlene）努力地反抗虐待她的丈夫。为了自己和两个孩子的生计，她不得不为一家女性主义电影公司写色情作品。这份工作把她从医院夜班的换便盆的工作中解放出来。当莎琳的前夫克莱德（Clyde）破门而入且拒绝离开时，她对着前夫的臀部开了一枪。他进而抓住她的罪证，强迫前妻与他上床；继而把莎琳掐死。当这部戏剧因过于扰

[①] 里根经济学是里根政府综合供给学派、传统保守经济学派和现代货币主义等非凯恩斯主义的理论和主张，企图通过自由竞争复兴美国经济的一种经济理论和政策。20世纪70年代起，西方国家普遍出现了经济"滞胀"，而凯恩斯主义对此束手无策。于是，1985年里根就任美国总统后，毅然放弃了凯恩斯学派所推崇的政府干预经济的经济策略转而实施反映供给学派、传统保守经济学派和现代货币主义要求的经济政策。里根经济学的发展总体思路是以供给学派的减税政策来对付经济停滞，以货币学派的控制货币供应量来对付通货膨胀，以期待实现美国经济的振兴。

[②] NEA（National Education Association）指全国教育协会。NEA 的起源可追溯到1857年，当时美国因公立学校的数量、影响力的增加以及教师数量的增加，再加上受到一些如美国医师协会、美国药师协会等成立的影响，所以很多州成立了州教师协会（Teacher Association）为教师服务。随后全美教师协会在十个州教师协会领导者的号召和领导下在费城组建而成。1970年美国全国教育局长协会（National Superintendents Association）与全国师范学校协会（National Normal Schools）也陆续加入此阵营，全美教师协会因而改名为全国教育协会。

乱人心而拒绝上演时，沃格尔再次被激怒。

《火辣而悸动》告诉我们，性和暴力的结合构成了一个恶性循环。该剧反映了男权文化神化男性暴力和女性的阴柔之美。剧作家表达了对男权文化中性与暴力结合的担忧。在该剧中，离婚的母亲莎琳提及女儿莱斯利·安（Leslie Ann）时，谈到了女儿的身体所承受的凝视压力："学校大厅里的男孩子们跟她调情，说她古板，路上的已婚男人色眯眯地盯着她，向她抛媚眼。"莎琳在少女时代曾拥有与女儿相似的身形，她所谈到的女儿的困扰，实际是自己的经历。在《火辣而悸动》中真人色情表演亭中的女性身体、莎琳和莱斯利·安的身体都成为男性凝视的目标。女性身体被物化，被视为色情对象，女性的主体性也因此而受到压抑。

《火辣而悸动》记录了家庭暴力的残忍。莎琳与前夫之间的殊死搏斗，最终以莎琳之死收场。剧本结束时，女儿重复母亲的行为，继续从事色情写作。在这部悲剧中儿子和女儿看到了他们的父亲残害母亲的过程。剧本结局暗示家庭暴力会在下一代人身上滋生和重复。父权话语的影响力主要体现在暴力与性的联系上。在男权社会，女性从小受到的教育就是顺从。剧中的悲剧人物莎琳是位离异母亲，虽然具有一些独立意识，但因受"顺从男人意志"的传统观念的影响，在与前夫克莱德的周旋中不得不沦为家庭暴力的牺牲品。

在男性话语中，女性身体常常被神秘化。这种神秘化的倾向在文学传统中表现十分突出。在《火辣而悸动》中，沃格尔引用了英美文学史上的几位名家的段落，其中包括乔伊斯的《尤利西斯》和亨利·米勒的《情欲之网》（Plexus）①。前者将女性身体描写为受害者，后者分割女性身体以及将女性身体神秘化的倾向一直为女权主义批评家所诟病。通过把妇女身体神秘化，男权话语可以把女性身体描述为任何男性所需求或想象的形象，这对于男女两性的性别社会化具有深远影响。

剧作家指出母亲成为男权社会的殉道者和男权价值观念的执行者。母

---

① 《情欲之网》是亨利·米勒"殉色三部曲"的核心作品，被认为是自卢梭以来最优秀的忏悔作品之一。它最为全面地表现了亨利·米勒在"殉色"时期以及三部曲创作时期的根本价值观、信仰、观念及判断。它阐述了关于20世纪的人与社会的激情、思想、憧憬与噩梦，试图以原始的性爱方式，找回人在现代文明社会中失去的自由。当亨利·米勒作为讲述者独自叙述时，他是无与伦比的。他以粗俗的方式，尽其所能地嘲笑维多利亚时代，直至其无地自容。该书语言大胆、直白，同时不乏幽默，堪称亨利·米勒的杰作。

亲莎琳总是千方百计地教育女儿举止要符合父权社会规范。在该剧中，莎琳努力地劝说女儿不要夜不归宿。母亲所做的努力符合父权社会的规范，即女性的身体为她的丈夫所独有。莎琳的女儿重复着母亲的错误，成为一名情色剧作家。这有力地说明了母道作为一种制度渗透着父权的力量，成为规范女性身体的又一要素。

沃格尔戏剧中的妇女角色不会仅仅局限于作为妻子、母亲和女儿的身份。然而与此同时，沃格尔揭露了妇女履行自己既定的角色所带来的灾难性后果。《火辣而悸动》中的女权主义意识就是揭示女性毫不畏惧地参与性别对抗，尽管最终导致悲剧命运。该剧的目标就是展现生活在矛盾与对抗中活生生的人们。这部剧作真实地刻画了人与人之间的复杂关系。剧中的妻子莎琳对施虐于自己的丈夫充满复杂的感受，既有同情和愤怒，甚或还有渴望。这种矛盾的情绪就是戏剧，也就是生活。沃格尔的女权主义意识不只是展示妇女的正面形象。因为剧作家本身的女权主义意识远比这一问题复杂而多变。沃格尔在剧作中致力表现女性身体所承受的压迫，她并没有在作品中就女性走出压迫给出任何简单的答案，但是我们仍能看出新一代女性所表现出的觉醒的女性意识。

《火辣而悸动》与沃格尔的其他作品一样，不是自然主义风格作品。在该剧中剧作家创立一种文学传统。剧作家认为暴力的核心问题是性问题。正是这一问题造成妇女性自由的缺失，并限制了妇女探索色情问题的权力和限度。事实上性别意象基本是男性的专属，女性是被排斥在外的。沃格尔有意地性别化其作品本身，这也是其重要的创作特征。性问题成为一种语言和一个中心隐喻。性问题也成为人物塑造的重要砝码，甚至成为社会价值和政治价值的标尺。

作者认为历史会惊人地重复。作者把剧院作为不同历史问题再现的场所，过去和将来都会在这里展现。未来的变化和故事结局将会在作者语体转变中体现出来，也从母亲刻板的书写模式到女儿尚未完成剧本中体现出来。观众可以设想到女儿要写作的故事。剧本勇敢地展示了妇女参与性别战争最终却导致了被谋杀的命运。剧本没有谴责受害者，而是辩证地看待妇女遭受的问题。剧作家拒绝二元对立地看待妇女，此前许多作家的作品中，妇女要么被当作纯洁无辜清白的、暴力受害者，要么咎由自取。

剧作《米尼奥拉双胞胎》探究了美国文化身份的分裂和妇女的性别身份问题。作品探讨了掩藏在规范的异性恋家庭生活之下，人们不知不觉地强化关于性别、性问题和阶级等意识形态问题的假设和普遍认定。《米尼奥拉双胞胎》的演出表明作者进入更为直接的政治领域。随着剧情从20世纪50年代到90年代的推进,剧中两个主要人物交互成为保守派和极端派,这就为人们评价变动中的世界提供了政治素材。沃格尔对变动中的性别、社会和政治价值观念进行了讽刺性的评价。

《米尼奥拉双胞胎》中展现了扭曲的亲属关系。其中两个双胞胎姐妹,迈拉(Myra)和莫娜(Myrna)因政治而产生分歧,但她们的共同之处就是无法看见事情背后的真相。这部严肃性作品或许会成为时间炸弹(time bomb)并对美国20世纪后半叶社会和政治动乱产生致命的影响。剧本揭露了爆炸性政治事件,以及人们因偏听偏信而导致的灾难性后果。在访谈中,沃格尔说她写戏剧是为了反映导致人们分开的政治矛盾,这一矛盾把人们分成不同的群体和不同的战营,并使兄弟姐妹反目成仇。沃格尔寄希望通过这部戏剧使我们能够彼此对话,不再分离。《米尼奥拉双胞胎》提出结束这种强烈的社会分裂,但并不意味着使每个人相同或者搁置可能对私人领域产生危险的不同。要想民主得到繁荣就必须保留不同意见,允许人们在私人和公开场合有自由。这可能就是沃格尔戏剧中所体现的希望:某一晚上或下午一群陌生人坐在一起,在这个共享的时间谈论着所发生的事情,大家都有不同的意见甚至有时会对一件同样的事产生相矛盾的观点。在这个共同的地点所产生的不同正像两个双胞胎姐妹所产生的不同。《米尼奥拉双胞胎》告诉我们,双胞胎姐妹比她们曾承认的更具有相似性,但这并没有使她们变得一模一样。

沃格尔认为人们必须谴责社会制度,因为这样的制度否定妇女为了共同利益而形成的姐妹情谊,迫使女性依赖给她们带来灾难的男性。男性要主宰她们的生存和死亡。"沃格尔所有的作品不仅探讨了妇女如何陷入困境和受到剥削,而且探究了妇女异议、颠覆、重新定义妇女被固有的角色的可能性。"[①] 沃格尔的作品给人们留下强烈的印象,引发深刻的反思。在艺术创作和政治取向方面,包括国家政治和性别政治,沃格尔选择了较为艰难的道路。沃格尔怀着坚定的意志力和强大的幽默感把挡路石变成里程碑。

---

① Carolyn CaseyCraig, *Women Pulitzer Playwrights*, Jefferson: McFarlands & Company, Inc., 2004, p.218.

剧作家不仅"揭示了女性如何受到压迫,而且鼓励女性颠覆和重新定义自我身份"[①],并提出了处理复杂社会问题的独特视角。沃格尔的作品涉及的话题广泛,最具争议的话题包括性问题、同性恋、艾滋病、恋童癖和家庭暴力等。其关于恋童癖问题最为代表性的作品是下文将要探讨的《我如何学会驾车》。

第三节 关注性别身份问题

当代美国妇女剧作家对性别问题和性问题的高度关注既是社会发展的必然结果,也是妇女自我身份的诉求。同性恋群体从隐秘到公开的存在也是历史发展的必然产物,作为走到文化和社会前沿的妇女剧作家必然关注这一群体并发出自己的声音。同性恋问题是比较复杂的,经常与其他社会问题联系在一起。为了方便论述,恋童癖问题也被包括在该部分。

1. 同性恋妇女戏剧概观

20世纪中后期,一方面同性恋、艾滋病成为困扰美国的问题,同性恋者要求获得合法婚姻权利,艾滋病肆虐引起全社会恐慌。里根政府以同性恋导致艾滋病为由,在政治上排斥、迫害同性恋群体,导致同性恋与艾滋病群体被歧视。另一方面这段时期,妇女作为弱势群体仍然处于男权中心的边缘,由此而催生出20世纪末戏剧的重要主题:声讨性别歧视、呼吁全社会关注女性、性和艾滋病等问题。这一时期出现了很多围绕这些话题创作的剧作家:托尼·库什纳、霍利·休斯、保拉·沃格尔、福尼斯等成绩斐然,贡献很大。

美国著名戏剧家田纳西·威廉斯生前是一位同性恋。在艺术创作中,他极力表现自己深切体会的同性恋心态。但是美国文化中长期以来存在着对同性恋的禁忌,在麦卡锡主义期间更发展成为针对同性恋的清除运动。戏剧长期以来是公开表现同性恋题材的禁区。在20世纪四五十年代即便是隐蔽的表现也往往会招致媒体监督机关的惩罚与社会的谴责。为了避免自己的作品被封杀,威廉斯在借鉴前人或同时期其他同性恋艺术家做法的

---

① David, Savran, "Things My Uncle Taught Me", *Amercian Theatre*, October, 1998, p. xi.

同时，也创造了一些自己独特的逃避检查的技巧。虽然这些方法都比较成功，他在戏剧中既表现自己渴望表现的同性恋题材，同时也没有招致检察机关的惩罚，但是这种极其隐蔽的表现也为观众正确理解他的戏剧制造了障碍，甚至使得研究和批评界对他的作品长期存在误解。从同性恋角度出发对威廉斯戏剧的研究尽管起步较晚，但是毫无疑问威廉斯成为同性恋戏剧文学最有代表性的作家，并对后世作家产生了极大的影响。

托尼·库什纳（Tony Kushner）是一位公开的同性恋剧作家，从80年代中期开始进行戏剧创作，至今已有剧作20余部。90年代，他凭借《天使在美国：一部关于国家主题的同性恋幻想曲》（Angels in America: A Gay Fantasia on National Theme，1992）一剧轰动美国剧坛，囊括了包括普利策戏剧奖、托尼奖等在内的多个知名戏剧大奖，该剧也奠定了库什纳在百老汇以及当代美国戏剧界的地位。由于库什纳对同性恋权利和政治局势的特别关注，他的其他剧作无一例外地涉及了当代美国的社会政治问题。他将同性恋、艾滋病问题与政治结合起来思考，并以此来揭示这种现象背后的意识形态因素。

尽管早期的美国戏剧文学已经开始揭示一些特殊的性取向，石墙风暴之后，剧院开始演出具有同性恋题材的作品。20世纪60年代开始的同性恋解放运动和女权主义运动，允许剧评家以积极的方式来关注剧作家的性别身份问题。直到20世纪同性恋运动促进了关于性别身份的民权运动，并且人们可以较自由地谈论戏剧文学的同性恋问题，也可以公开地谈论剧作家的性别身份问题。在许多方面，性别身份和艺术性之间的关系比性别身份更为复杂，因为性行为本身不易被察觉，而性别身份相对而言比较清楚。

从20世纪80年代到90年代早期，更加难以控制的同性恋批评向着多元化的方向发展。对同性恋身份的认定，尤其是性别问题，人们的阐释相互矛盾。对这一问题辩论的必要性导致同性恋剧作及其作品的演出和接受受到影响。60年代早期至70年代与女权主义剧院和同性恋运动发生密切联系的剧作家间或创作反映女同性恋问题的戏剧作品。

同性恋妇女剧作家关注高度社会问题和性别问题。著名的同性恋妇女剧作家玛莎·伯辛（MarthaBoesing）的剧本《亚马孙恋歌》（Love Song for an Amazon，1976）旨在歌颂妇女之间的友谊。这出独幕剧由两位妇女演员用转换戏剧的手法进行表演，每位表演者扮演多重身份角色，这让妇女观众看到自己身份的多元性和正面价值。同性恋女权主义作家朱迪·格汗（Judy Grahn）的剧本（*The Queen of Swords*，1987）以20世纪70年代的女权主义运动为蓝本创作而成，旨在表现女权主义运动的思想和宗旨。进入美国主流剧坛、自我标榜为同性恋作家的简·张柏林（Jane Chambers）在其作品《迟降的雪花》（*A Late Snow*，1974）讲述了一位大学女教授与前情人、现在情人和未来情人之间错综复杂的纠葛。其剧本关注同性恋身份的复杂性以及与异性恋身份、社会和家庭的矛盾冲突。张柏林的剧作备受争议，也引起了出版界的极大兴趣。其最后一部作品《精华意象》（*Quintessentail Image*，1983）显示其创作向着更为复杂、多层面的戏剧创作形式发展，剧本旨在通过复杂的话语环境，包括异性恋、媒体和家庭关系来体现出同性恋身份的建构。许多同性恋妇女剧作家采用新的艺术形式和内容来表达对当代美国社会和性关系的诉求。

许多知名剧作家包括保拉·沃格尔、福尼斯等都是同性恋妇女剧作家。同性恋妇女作家组建的剧场也产生了重要影响。这些剧场为同性恋妇女作家和行为艺术家提供了展示自我的舞台。这些剧场也在挑战人们对性别身份的传统界定。尽管同性恋戏剧逐渐走向主流舞台，但是这些作品继续在亚文化层面发展。知名的同性恋群体培育和支持同性恋剧作家和行为艺术家的创作。20世纪90年代人们对同性恋写作的极大兴趣预示着同性恋创作的乐观前景。

尽管在90年代同性恋男性剧作家受到重视，但是同性恋妇女剧作家未能得到同样的礼遇。特伦斯·麦克纳利（Terrence McNally）和托尼·库什纳进入百老汇的主流剧场。性别政治限制同性恋妇女作家进入有影响力的主流剧场或者先锋剧场。但是，更多的同性恋剧作家和观众能够较自由地谈论自己的身份，社会对同性恋创作题材也更为关注。同性恋妇女剧作家值得人们的进一步关注和认可。

同性恋妇女剧作家的创作为人们理解现实社会问题和性别关系问题提供思路。她们认为性行为是社会和权力控制关系的体现，因而她们的创作并不强调同性恋经历或者行为。也正是由于性别政治的主导同性恋妇女戏剧只能在地方剧院或者先锋剧场演出而没有进入主流戏剧舞台。她们运用不同的艺术手法进行创作，实践非现实主义的手法和实验性的戏剧手法等，已经引起了强烈的反响。随着时间的推移，同性恋妇女作家和同性恋男性作家一起合作并演出，给戏剧舞台带来强大的冲击。同性恋妇女剧作家的艺术成就表明她们的创作值得人们的持久关注和期待。

妇女作家中具有同性恋倾向，并塑造同性恋文学作品的作家为数不多，但是都具有杰出的艺术成就。保拉·沃格尔就是典型的代表之一。沃格尔的生活经历和艺术创作都体现了其性别身份。沃格尔出生于华盛顿特区，但是在马里兰州郊区长大。沃格尔11岁时，父母离异，给她稚嫩的心灵造成极大的冲击。沃格尔和哥哥卡尔跟随了母亲，长兄马克（Mark）跟随了再婚的父亲。沃格尔的继母不喜欢她出现在自己家中，而沃格尔的母亲也不希望女儿与父亲有来往。于是沃格尔的哥哥卡尔就变成了她的守护者。只有13岁的哥哥充当起父亲的角色并鼓励沃格尔努力学习，争取进入大学。沃格尔把遥不可及的大学变为现实，并以此改变自己的命运。正是由于哥哥的支持和鼓励，沃格尔获得奖学金进入大学，后来转学到基督教大学，并于1974年获得学士学位。此后三年在康乃尔获得硕士学位。哥哥卡尔也读了大学和硕士，在读书期间，卡尔成为同性恋支持者，并为此付出沉重代价，处处受打击排挤。20世纪80年代末期，卡尔得了艾滋病，保拉的长兄马克心胸开阔地接受了弟弟和妹妹都是同性恋者的事实，但是父亲持否定态度，对母亲来说，这一事实也是很难接受的，但是最后父母也认可了孩子的性取向。1988年卡尔去世后，为了纪念卡尔，父亲出资在华盛顿特区设立了卡尔·沃格尔艾滋病防控中心。

为了纪念哥哥而创作的《巴尔的摩华尔兹》（*The Baltimore Waltz*）荣获奥比最新作品创作奖。1979年沃格尔获得国家艺术创作奖，1981年获得迈克道威尔组织（MacDowell Colony）的资助并创作了《最古老的职业》。1997年创作的《我如何学会驾驶》获得普利策奖。此后沃格尔创作了《米尼奥拉双胞胎》（*The Mineola Twins*）（该剧首先于1998年在阿拉斯加上演，接着于1999年在纽约上演）。沃格尔于2000年参与创作了一部反映同性恋题材的电影，讲述了不同时期人们对同性恋问题的不同认识。沃格尔创作的故事讲述了20世纪50年代，一位妇女的同性恋取向被海军发现并被开除的辛酸故事。故事充满幽默的笔触，富有激情而无畏的坦诚，同时也体现出强烈的政治意识。沃格尔指出人们对于艾滋病的恐惧意识所带来的危害甚于艾滋病毒本身。

沃格尔在创作的同时，也从事戏剧教学。沃格尔受惠于为期三年的皮慈善基金资助（Pew Charitable Trust），自1981年起成为阿拉斯加大学和朱诺（Juneau）剧院专职作家。1985年入职布朗大学后成为研究生戏剧创作项目的主任，并被誉为"阿黛勒·凯伦伯格·西弗（the Adele Kellenberg Seaver）杰出教授"。1990年起沃格尔成为位于罗德岛的埃莉诺·罗斯福剧院（Theatre Eleanor Roosevelt）的艺术总监，同时也是纽约签名戏剧公司（Signature Theater Company）驻地作家，该公司于2004年上演了沃格尔三部剧作。同年沃格尔与多年的女友安妮·福斯托·斯特林（Anne Fausto-Sterling）结婚。身为布朗大学生物学教授和性别研究专家的斯特林于2000年创作了《性别化身体：性别政治和性的建构》（*Sexing the Body: Gender Politics and the Construction of Sexuality*）。沃格尔于2004年接受了美国艺术与科学院颁发的文学奖。2003年美国肯尼迪中心全美大学戏剧节设立了年度"保拉·沃格尔戏剧创作奖"，该奖项旨在鼓励学生们创作形式多样、内容多元化、体现人们宽容胸怀的优秀作品，尤其是扶持那些非主流边缘化人群的戏剧艺术创作。

沃格尔的剧本既探讨异性恋范畴也讨论了同性恋问题。这两个领域的社会现象包括妓女、不忠诚的伴侣、色情、杂交、自慰、乱伦、恋童癖、同性恋父母等问题。她的戏剧作品更为接近表现主义和荒诞派戏剧。沃格尔的创作受到弗吉尼亚·沃尔夫意识流的影响。沃格尔的剧本超越了传统戏剧关于形式和内容的界限，更多地关注性问题以及由此衍生出的社会问题。有些人认为同性恋是不自然的或不符合社会规范的。沃格尔的剧本表明异性恋关系常常表现出有悖常理和社会规范的特征，甚至更甚。异性恋和同性恋关系旨在共同处理问题。这两种关系在符合社会规范或有悖规范方面是一致的。这一结论对于标榜自己是女权主义者和同性恋者的剧作家来说，是很稀松平常的。问题以及问题解决的途径非常复杂多变。沃格尔的剧作表明人生没有任何简单答案。剧作家的作品经常探讨性问题和身体，反对对人们身份肤浅地归类。

2. 探讨同性恋问题

1992年沃格尔因《巴尔的摩华尔兹》获得奥比奖并由此揭开了书写同性恋问题的序幕。该剧涉及了作者哥哥卡尔患有性恋恐惧症，1988年因艾滋病而死亡的情节。沃格尔作为同性恋者和女权主义剧作家的身份在其创作中也得到了显示。沃格尔的早期剧本《家庭第七位成员》（*And Baby Makes Seven*, 1984）探索了同性恋家庭，剧中的同性恋者需要抚养七个孩子。两位女性颠覆并重新定义了她们的角色。露丝和安娜是一对夫妻,和她们的同性恋朋友彼得住在一起。与此同时,露丝和安娜还为她们设计了想象中的家庭成员——三个淘气的小男孩与她们生活在一起。这三个孩子给予她们的慰藉比彼得带来的更为真实。由于彼得是真实存在的孩子的生物学父亲,对三个大人来说,在养育孩子方面有平等的话语权。所以,这三个想象中的男孩需经历一种微妙的死亡,从而迎接真正有血有肉的孩子的到来。这部戏剧同时也是对身份、母性和家庭无意识建构的窥探。

沃格尔没有给我们讲述一个温馨的同性恋家庭结构,正如普通的、理想化的家庭组合,包括母亲、父亲和儿子。相反,剧作家认为任何家庭结构都可能是非正常的。沃格尔否认同性恋组建的家庭与传统的异性恋家庭一样,这是对人们思维的挑战。人们的认同因差异而造成的结果必须被强化,而不是被同化或忽视。该剧超越了普通的政治意识,展示给我们的比戏剧表象更丰富更复杂:一种极其异常、与大家的期待相左的亲属关系。"非传统型"家庭不是这种宽容理念的唯一受益者。

沃格尔最新著作《漫漫圣诞回家路》(*The Long Christmas Ride Home*,2003)用儿童想象来扮演木偶(傀儡)并探讨人类的未来。剧本再次重复了沃格尔的主题,即有破坏性的同性恋恐惧症。这一恐惧症和艾滋病一样具有致命结果。历史的重负重重地压在《漫漫圣诞归家路》中的家庭成员身上。剧本起始和结局都讨论了很久以前发生在圣诞节的一场近乎致命的车祸和他们的记忆。这场车祸使得家庭中的三个孩子和他们的父母承受了许多痛苦和梦魇,他们想让时间停止,渴望回到从前,并以此来修补被车祸破坏的一切。他们的愿望阻碍了他们对过去的理解和接受。该剧揭露了人性的脆弱性以及人们渴望重建某种关系的愿望。

这部戏剧充分利用了传统日本戏剧的元素。巨大而逼真的木偶代表着剧中年轻的三兄妹,克莱尔(Claire)、斯蒂芬(Stephen)和丽贝卡(Rebecca)。这种技巧借鉴了前现代日本木偶剧(Japanese puppet theatre)的艺术形式。木偶悬在舞台上,但也离舞台不高。扮演孩子的成人演员拿着木偶线,象征着人们的过去对现在的精神控制。这些角色带有他们先前已经定格了的形象。在某种意义上,这些孩子已经变成自己的鬼魂;木偶就是萦绕于孩子们心中的戏剧幻想,代表着他们挥之不去的幽灵。这些幽灵的形象体现了剧本与中世纪的日本能剧(medieval Noh theatre)的联系。在这部戏剧中,问题不是这些角色出没于世俗世界,而是他们不知道如何与现实世界联系在一起。成年后的孩子们时时感受到过去的困扰,但无法理解过去对于他们的意义。他们渴望彼此联系,找回过去,找回失去部分。三个孩子都试图通过他们的爱人与过去联系在一起,但是他们的爱人却把他们拒之门外。当这三个角色要求他们的爱人(当然我们从来没具体看到过)打开门时,此时我们也会联想到过去发生的一个场景,那就是人与人沟通的失败,(他们的爸爸在圣诞驾车归家的路上狠狠打了他们的妈妈。)孩子们想找回记忆,找回真实的自我,但是未果。剧本结局时,剧场变成了时间和空间交会的地点,揭示了人们无法逃避的问题。成年的斯蒂芬即将死于艾滋病,也就是意味着家庭成员之间关系的破裂。人们的冲突汇集成一部交响曲。

沃格尔的戏剧带给我们的肯定不止"结束"那么简单。这些戏剧就像剪贴画那样呈现出时间留给我们的记忆:记忆碎片、有政治含义的短暂时光、代表着一段历史时间和地点的歌曲片段。剧作人物努力去黏合这些记忆,并使这些记忆的碎片具有完整的意义。剧作家认为人们只有冲出过去的记忆,彼此建立新的关系,人们才能有更好的办法面对当下并展望未来。

与沃格尔一样,霍利·休斯(Holly Hughes)是美国女同性恋剧作家和行为艺术家。她以身体为媒介来表述女性的欲望、痛苦及其不幸遭遇,希冀以此来唤醒人们对女性的关注。休斯在美国剧坛是个颇具争议的人物,但她以作品《雇用扮装》(*Dress Suits to Hire*,1989)和《阴蒂笔记》(*Clit Notes*,1996)赢得观众,并两次获得奥比奖。休斯本人认为创作本身的目的就是在于制造争议,把观众从洋洋自得中唤醒,并让他们思考和行动。

霍利·休斯出生于密歇根州的萨基诺市,1977年大学毕业后去纽约市发展并成为女权主义画家。休斯起初是一名抽象艺术画家,因此她能够把抽象艺术手法运用到她的剧作之中,从而直观地再现社会现实。后来休斯积极参与同性恋妇女的活动,开始戏剧创作。她的作品以同性恋为题材,融合了讽刺、幽默、滑稽等艺术技巧,用身体来探讨生活中的严肃话题,故事的结局往往兴高采烈,滑稽可笑,同时又发人深省。

休斯的处女作、讲述自孩提时代就渴望讲述的故事"我的生活不精彩"在同性恋妇女俱乐部(Wow Cafe)上演。此后,休斯创作、执导和演出了剧本《雇用扮装》,其艺术手法和创作主题得到好评。休斯经常在自己的作品中讲述自大学时代就感到迷茫的性问题和自慰问题等。其重要作品《雇用扮装》讲述了两位寄居在出租服装店铺女性的故事，她们利用服装来包装自我，并扮演不同身份。在这充斥着压抑的空间中，一位妇女扮演内心阴暗并时刻吞噬人们灵魂的掠夺性人物，另一位则扮演竭力摆脱自己的同性恋欲望以及自我无法控制、具有施虐倾向的人物。该剧赞美女同性恋欲望，并且用欢快优雅的语言展示浪漫的幻想。女性的表现富有智慧，愤世嫉俗，甚至有些酸涩，但是妇女能够远离男性的窥视和控制，拥有自己独立的空间。休斯另一重要作品《阴蒂笔记》讲述剧作家不同的身份、成长过程的人生思考以及情感历程。该剧也探讨剧作家母亲的身份。该剧是休斯自我反省、认识并逃避备受压抑世界的途径。

作为争议颇多的剧作家，休斯体现出强烈的叛逆性特征。休斯的创作是对自我成长历程的挑战，因为沉默是女性的第一语言。也正是由于这种叛逆性促使休斯成长为一位优秀的表演艺术家和剧作家，并成为美国文化战争的中心人物之一。其对同性恋问题的创作和演出成为人们始终关注的重要话题。休斯的创作引起了人们的关注和极大的争议。休斯因其成就而获得了洛克菲勒基金、福特基金以及国家艺术基金等资助。

3. 恋童癖问题

沃格尔不仅极其关注同性恋问题，同时也对恋童癖这一特殊的性别身份问题进行探讨。代表作品《我如何学会驾车》（*How I learned to Drive*）之所以能够收获包括戏剧评论奖、奥比奖、剧评人奖和普利策奖等诸多奖项，与其创作的严肃主题是分不开的。除了小不点比特和叔叔佩克的角色，戏剧的角色还包括希腊合唱团，小不点比特的三位家人，还有其他角色。多角色参演已经成为沃格尔戏剧的标志，当然这是出于实用性和艺术性的考虑。剧作家承认自己喜欢使用转换手法，认为这一手法不仅更加实用，而且转换表演也受到演员们喜爱。

《我如何学会驾驶》探讨了创伤与女性成长的问题。该剧描述了女孩子小不点莉莉·比特（L'il Bit）如何在姨夫佩克（Uncle Peck）的教导和骚扰的背景下成长的历程。富有个性的主人公小不点通过记忆闪回的方式，讲述了成长过程的困惑、压抑、所受到的伤害以及最终自我成长的故事。该剧的创作灵感来自纳博科夫的小说《洛丽塔》，但是在沃格尔戏剧创作中，故事的重心发生了根本的改变，因为剧中实施性骚扰的姨夫佩克变成了客体而非主体。性意识和身体方面的身份建构和成长构成了本剧的核心问题。

亲情的缺失、家人的漠视和误导,对小不点的成长造成了较大的负面影响。家庭中女性错误的人生观和婚姻观,尤其是母亲和祖母关于性问题的不正确和相互矛盾的态度,使得小不点对男性和两性问题充满误读和排斥。但同时,母辈们的误导促使小不点成熟,长大后的小不点寻求自我和独立的人格和生活,而不是婚姻或附属。

祖母谈论自己十几岁时结婚,成为丈夫泄欲的对象。因此祖母批评男人旺盛的情欲,认为男性随时想要的性满足是肮脏的、粗鲁的、原始的。对祖母来说,性生活是没有任何快乐可言的。而玛丽姨妈和小不点母亲却说自己经常体验到性高潮,而且性高潮对女性来说很普遍。母亲没有正确的性爱观,过早涉足性生活,怀孕后不得已而成婚,而婚后丈夫没有尽到责任,对家庭和女儿更是冷漠。母亲得知派克对小不点的特别关注,但没有采取有效措施来预防事态的发展,导致小不点最终受到伤害。

进入青春期的小不点渴望了解性问题。祖母很吃惊,认为15岁的孩子不能考虑这一类问题,因为过早的性行为会让女孩子很受伤害。而母亲却轻描淡写地说只是像针扎一样,疼痛很短暂,"事后会有美妙的感受(*How I learned to Drive*, 43)"。母亲认为相爱的人在一起是很正常的,不用担心。母亲认为自己在告诉孩子正确的性知识,但是祖母认为,如果这一行为发生过早,女孩子就会耽误学业。而且女孩子在发生某一行为以前,若用一下自己的大脑,就不会因此辍学而耽误自己前程。母亲和祖母无视小不点的感受,发生冲突,小不点的母亲埋怨祖母对自己没有正确的指导,否则自己不会稀里糊涂地和男人发生关系,而祖母说她的经验来自自己的母亲,女人若不想发生关系,完全可以避免,女人应该对自己的问题负责任。

母辈给小不点带来迷茫和误导,而祖父却深深地伤害了小不点。祖父把女性看作客体,女性的身份就在于她的性特征。小不点的名字来源就是她出生时小小的生殖器。家人在吃饭时讨论小不点的胸部。祖父说"如果小不点再长大一些,我们就要给她买个手推车让她盛着丰满的胸部(*How I learned to Drive*, 15)"。小不点获得全额奖学金,提出要读大学,祖父却说:"大学文凭有什么用,你可以靠身体解决一切问题。莎士比亚对女人做妻子没有任何帮助(*How I learned to Drive*, 17)"。祖父世俗化和色情化女性的观念,给小不点造成很大的冲击和伤害。让小不点以为男性把女性客体化,只关注女性的身体,而不关心女性的内在价值和灵魂。小不点非常反感祖父的观点,责骂祖父的偏见和评价,表达了自己憎恨这个家庭的情绪。家庭对其反叛意识的形成起到重要作用。

　　家庭中对小不点真正关心的人是派克,而父爱的缺失,也使得小不点对派克格外亲近。小不点把派克当成父亲,因为派克能够听小不点讲话,与小不点交谈,教给小不点许多未知的东西。派克对小不点成长的关注和支持弥补了小不点成长中的缺憾。"他是家庭中唯一关心理解比特的成员,培育了比特,帮助她成长。"[1] 派克让小不点获得自信,进入大学。13岁的小不点在圣诞节时和派克交流,表达了自己思念派克的心情。小不点愿意每周和姨夫交流,而派克承诺放弃酗酒。小不点对姨夫的关心,是出于对长辈的关爱之情。但是派克从对酒精的依赖逐渐转向对小不点的依赖。

　　小不点对派克的关心和自我牺牲证明她意识到问题所在。小不点告诉派克只要他可以戒掉酒瘾,她愿意牺牲自己的时间,和派克交谈,接受派克的爱抚,让派克得到满足和快乐。但是,正是在这一过程中,派克从酒瘾转移到对小不点的依赖,在小不点决定不再见面后,导致了悲剧的发生。

　　同龄孩子对小不点的成长也产生了重要影响。在成长过程中小不点试图和同龄男孩建立某种关系。但是小不点意识到男孩只关注她的胸部,从而阻碍了自己和同龄男性建立正常关系的可能。同龄孩子对小不点的关注,给她带来极大的压力和伤害。同龄男生杰罗姆(Jerome)故意晕倒,借着小不点扶起他的机会,触摸小不点的胸部。同龄女孩利用在浴室洗澡的机会,观察小不点的胸部。这给她造成了极大的压力,也促使了她性意识的觉醒和自我意识的成长。

　　小不点的创伤和成长与学习驾驶联系在一起。剧本写作以驾驶标题为起承转合的主线。小不点自11岁到16岁学习驾驶的历程,就是与姨夫派克形成复杂的感情关系、自我性意识的觉醒和自我成长的历程。随着派克对小不点的爱抚、窥视、欲望和依赖,她逐渐成长。在这一过程中,小不点构建了独立的人格,主宰了自己的生命,让自己的生活驶入正轨。

---

[1] David Savran, "Things My Uncle Taught Me", *Amercian Theatre*, October, 1998, p.18.

在驾驶之初，派克给小不点讲述驾驶注意事项、驾驶前的心理准备和驾驶姿势等。派克把自认为非常重要的驾驶技能教给小不点。他认为一个人在驾驶时，最能主宰自己的生活，这一切没有人能够剥夺。"派克想让小不点像男人一样驾驶（How I learned to Drive, 50）"。因为男人的驾驶富有自信和攻击性，事先预知问题，遇到问题能够沉着冷静地处理。小不点第一次学习驾驶时，因为身高不够，只能坐到派克的身体上，派克开始触摸小不点的身体，派克无视她的反抗继续自己的行为。派克的举动给小不点造成了极大的伤害，因为自此"小不点的身体不再属于自己，而是生活在愤怒之中（How I learned to Drive, 90）"。

小不点性意识的觉醒与派克的长期引诱分不开。派克给小不点拍照，体现了男性对女性的窥视和控制。派克让小不点愉快地欣赏音乐，身体做出自然的反应。在这一过程中，小不点被欣赏，被窥视。派克认为小不点的身体已经成为二十几岁成熟女性的身体，美丽而性感。派克想等到小不点18岁，把她的照片刊登在花花公子杂志，但是有思想、有独立意识的小不点说，这只是他们两个人之间的秘密，不想公诸于众，更不能让别人看到她的身体。她也不想给杂志拍照片，而是想读书。而派克表达了自己自小不点出生之日起，他就开始爱小不点的想法，这让小不点大吃一惊。但是，小不点开始解开上衣，接受派克的爱抚。伴随着剧情的驾驶规则就是"作为驾驶个体，驾驶者必须遵从的规则就是默许规则（How I learned to Drive, 66）"。此后小不点一直处在矛盾和煎熬之中。

与派克的关系让小不点备受折磨。小不点逐渐意识到自己童贞的失去，十分留恋纯真的过去。因为尽管她的家庭是问题家庭，直到16岁小不点才意识到恋童癖的真正含义。小不点拿到驾照后和派克去海边庆祝。受到母亲社交指导的影响，小不点没有要专门为女性定制的酒，而是买了马丁尼鸡尾酒（martini）。酩酊大醉的小不点以为派克会采取进一步行动，但是此时的派克，并没有乘人之危，而是护送小不点回家。派克告诉小不点，这一切都是自然而然发生的，自己没有强迫小不点做出让步和妥协。

在得知事实真相，回忆起派克对其所做的一切，小不点变得异常敏感、脆弱和玩世不恭。进入大学后，尽管小不点不理会对她充满思念、不停地给她寄礼物写信的派克。但她亦为情所扰，无法集中精力读书。因为派克送给她的书，明显的是想引诱小不点和他发生关系。见面后，派克竭力说服小不点，不要被祖母和母亲关于性问题的讨论所吓倒，因为性就像呼吸一样自然。派克向小不点求婚，表达自己因为想念小不点，而"无法集中注意力工作的情绪（How I learned to Drive, 84）"。但是小不点毅然决然地拒绝再次和派克见面。断绝关系后，小不点反思了自己的成长，感到痛苦，因为派克长期的性骚扰对其心灵造成难以修复的伤害。此后，小不点逐渐养成了酗酒的习惯，导致她被学校除名，无法找到体面的工作。

派克对小不点性意识发展的影响，以及他的吸引力持续存在。即使在小不点决意分手后，"她想要逃避，又迷恋派克的魅力（How I learned Drive, 81）"，她不愿意失去这种亲密关系。成年后的小不点和中学男生发生关系，就是派克影响的延续。在小不点和男生发生关系时，她回忆起派克，想念派克，承认了派克的诱惑力。派克作为她生命中的第一个男人，教会她很多东西，不仅促使其成长，而且帮助她建构了自我。

派克给她带来的创伤是巨大的，但是毫无疑问小不点却受益于派克。作者刻画的派克并不令人憎恨，而是复杂、立体的人物形象。派克充满男性魅力，乐于助人，能做家务，认为男人就该对女人好，对妻子比较细心，在节日会给妻子买礼物。在和小不点的关系中，他确信自己没有强迫小不点做任何事情，尽管他对小不点使用命令式的和引诱性的语言。

剧作家刻画的派克是值得同情的人物。派克常说自己"心中有团火（How I learned to Drive, 70）"。在派克童年时，母亲对他期望极高，希望他能够比父亲优秀，这给派克造成了极大的压力。剧作家暗示派克的母亲或许在派克年少时性侵过他，因为派克对小不点说，"我母亲希望我成为我父亲所不能成为的人（How I learned to Drive, 28）"。等到小不点说派克的母亲一定很爱他时，派克却"木立不动（How I learned to Drive, 29）"。这或许就是派克离开南卡罗来纳的家，再也没有回去过的原因。派克的战争经历进一步加剧了他的创伤，派克不愿意提起自己的战争经历，认为没有什么光荣可言。妻子玛丽看到了派克的忧郁，无法理解战争对派克产生了怎样的影响。忧郁沉闷的派克灵魂无所皈依，也没有人能走进他的心灵，逐渐养成了酗酒的习惯。

剧作家为派克表达自己的思想设置了一个场景。派克幻想着自己在教侄子鲍比（Bobby）钓鱼。鲍比钓到大鱼后感觉大鱼要死掉却大哭起来。派克安慰鲍比说，"男人哭泣不是丢人的事，因为男人一直在哭泣，只不过他们不让别人知道，也不让别人发现（How I learned to Drive, 35）"。

或许派克说出了自己的敏感、创伤和悲哀。只有独处、在远离人世的大自然中，派克的灵魂才能找到归宿。自然的风景或回忆成为派克逃避现实、重温美好生活的手段。现实生活中，孤独的派克把小不点当作情感依托和灵魂的依赖。

家庭责任和相互关爱的缺失，是造成小不点和派克悲剧的根源。他们无法在家庭中得到温暖和爱，灵魂无处可依。家人漠视派克和小不点的关系。作为妻子的玛丽意识到问题所在，但没有努力去理解和帮助派克，任由乱伦事件发展下去。

小不点对驾驶充斥着复杂的感情。小不点从派克那里获得了存活的技能，她能够经受生活的波折，坚定地生活下去。也就是在驾驶过程中，小不点获得了驾驶的力量。她回忆道："大部分的夜晚，我会在马里兰偏远的地段驱车兜风，穿越景色宜人的旧战场和农舍。只要有足够的汽油和威士忌，夜晚就可以度过……我从未被罚款。我从派克那里学到了娴熟的驾驶技能（*How I learned to Drive*, 21）"。驾驶还让小不点远离骚扰，获得身体的自由和独立的自我。因为性骚扰开始在驾驶，后续关系的发展大部分时间都是伴随着驾驶而进行的。但是，只要小不点在驾车，她就是安全的，因为派克承诺"驾驶过程绝对不会骚扰小不点"（*How I learned to Drive*, 49）。驾驶或许成为小不点逃避派克的有效途径。另外，因为小不点的创伤是与驾驶联系在一起，为了疗伤，小不点必须放弃心爱的驾驶，而这是她不愿意去做的事情。驾驶过程建构了小不点的自我。而"自我身份的建构，尤其是牵涉到性问题和身体的女性身份建构，构成了剧本的核心问题"[1]。

剧作家想要观众辩证地看到她创作的思想。失去和获得是辩证统一的。小不点失去了童贞，但是获得了驾驶的力量和技能，并促进了自我意识的觉醒和成长。"派克教会小不点驾驶，这一过程也教会小不点最后拒绝并毁掉派克。派克让小不点成为生活的幸存者，提前预知别人的行为。派克没有想到的是，小不点最终能够形成独立的自我，坚定地生活下去，而且能够毁灭派克所有的希望。"[2] 在很多时候小不点比派克有智慧，她

---

[1] Annette J. Saddik, *Contemporary American Drama*, Edinburgh: EdinburghUniversity Press, 2007, p.165.

[2] Carolyn CaseyCraig, *Women Pulitzer Playwrights*, Jefferson: McFarlands & Company, Inc. Publishers, 2004, p.231.

允许派克对自己的亲吻,但不能跨越底线。小不点清楚自己允许派克对自己的抚摸是有悖伦理的,而且对不起姨妈。因此时常提醒派克他所具有的道德和家庭责任,认识到"最终会有人受到伤害(How I learned to Drive,33)"。

小不点从迷茫、困惑到觉醒、反叛,走出生活的阴影,冲出过去的樊篱,直至自主地决定自己的人生之路,坚定地驶入正常的人生轨道。她最终能够独立地面对问题,得到自我和坚定的人生之路。成年后的小不点终于能够原谅、理解并祝福派克,希望派克能够被拯救,灵魂找到皈依。剧终时的道白表明一种和解、愉快的状态。"莉莉调整了后视镜,她看到了派克幽暗的灵魂,他坐在后排座位。莉莉可以从后视镜看到他。莉莉对派克微笑,派克对她点点头。他们将要很愉快地进行长途旅行了。莉莉把车换到一档位,车就驶出了(How I learned to Drive,92)"。过去的经历和创伤让小不点变得成熟和坚强,成长总是建立在失去的基础之上的。"小不点在驾驶过程形成的心中怒火和身体感知,跨越时间和生死界限,把自己和派克联系在一起。她无法逃避过去,过去既是她的梦魇,也是生活的馈赠。生活就是矛盾的统一体。"①

剧作家想表达的就是恋童癖者所受到的伤害与受害人的创伤一样致命。剧作家对派克和小不点都是同情的。剧作家认为他们之间是有感情的。该剧颠覆性地把女性突出为主体,男性成为客体。沃格尔没有把女性描述成为纯粹的恋童癖受害者,而恋童癖者派克也并不是一个纯粹的恶棍。沃格尔对于复杂的社会现实拒绝提供政治上的"正确"的观点,目的就是想把观众从二元对立的思维模式中解放出来。剧本辩证地指出人们应该感激那些伤害过我们的人,让我们艰难地成长,成熟起来,成为生活的幸存者,能够面对所有的磨难,并坚定地生活下去。

在一定意义上,该剧是一部情感剧。剧中人物彼此需求,却互相伤害,权力关系变更导致他们相互牺牲,以满足对方。他们之间的背叛却成为彼此超越的可能。为了避免孤独,他们形成了亲密关系,但是他们却为此付出了沉重代价。他们之间的关系由关注自我,到关注对方,尽管他们都感受到被对方排斥,感到孤单。他们生活在充斥着敌意的社会语境之

---

① Ann Pellegrini, "The Plays of Paula Vogel", *A Companion to Twentieth Century American Drama*. Ed., David Krasner. Malden: Blackwell Publishing, 2007, p.482.

下,最终两颗受伤的灵魂以分手而告终。沃格尔并没赦免派克的行为,但是对作者来说,这种关系不是表面所陈述得那么简单,人性之复杂可见一斑。人物身份的多元性成为沃格尔剧本的重要艺术特征。"沃格尔用评论、嘲讽的语气讨论家庭问题。家庭用餐的场景体现了人们混乱的情绪、厌恶女性,并充斥着色情暗示。这与传统的家庭截然不同。作者以此来显示人们的欲望和渴求所造成的严重后果。"[1]

剧作家在突出恋童癖的同时也探索了主要人物的性别身份问题。有证据表明两个主要人物都是同性恋者。派克对妻子的冷漠以及对侄子的感情体现出其同性恋倾向,而成年的小不点也因童年时受到的伤害而远离男性,亲近女性。这也表明性别身份的变动性和复杂性。

---

[1] David Krasner, *American Drama 1945—2000: An Introduction*, Malden: Blackwell Publishing, 2006, p.498.

第四章

超越现实主义的艺术风格

当代美国妇女剧作家以独特的视角、杰出的智慧和高度的社会责任感和历史使命感探讨包括种族问题、社会问题、妇女问题、家庭问题和性别身份问题在内的诸多问题，并为问题的解决提供思路，创作了大量优秀成果。她们的创作秉承了现实主义戏剧的衣钵，同时紧跟最新的戏剧创作思潮，大胆实践，勇于创新，形成了妇女作家的创作特点和风格。

当代美国妇女剧作家继承了现实主义开拓者奥尼尔的创作风格。事实上，尽管戏剧创作已经发生了极大的变化，美国戏剧一直保持着强劲的现实主义风格。自20世纪60年代以来的戏剧风格由象征主义到表现主义和荒诞派戏剧，再加上众多实验剧风格使20世纪和21世纪戏剧风格出现偏离现实主义创作的倾向。但是现实主义仍然保持着强劲的力量，主导着美国戏剧的创作。

当代美国妇女剧作家的创作呈现出多元共存的格局。她们承继了现实主义创作风格，但是非现实主义的表现手法也不断翻新，她们采用表现主义、超现实主义和荒诞派风格进行创作。实验性戏剧和表现主义等风格的运用以及与舞台和电影等的结合，使她们的创作充满活力和震撼力，创作主题也体现出多元性和多义性。

妇女剧作家奇尔德里斯、特里、福尼斯、肯尼迪、香格等认识到传统的现实主义风格不能很好地表达妇女的生活经历，因为现实主义创作风格始终要透过"男性注视"。为了把妇女放在主体地位，这些戏剧家创造了新的戏剧语言和形式。亨利和诺曼的剧作包含不同的创作风格和基调。从亨利的南方哥特式戏剧到忧郁的《晚安，妈妈》，从严格意义上模仿的风格到表现主义的《出狱》或荒诞剧风格，妇女作家使用抽象概念并结合她们独特的艺术形式对文化进行再现，并借此创作加强对社会现状的反映或揭示父权统治和妇女所遭受的压迫和歧视问题。

非裔妇女剧作家采用黑人女性主义美学风格从事写作。剧作家在认同传统文学的同时，挑战对黑人女性带有局限性和偏见的形象刻画。除了关注黑人女性外，她们同时还重新评价黑人文化、思想内涵和发展历史，特别是以男性为主导的语言表达与行为模式。这是当代妇女剧作家的重要贡献。

第一节 承继现实主义传统

1. 南方妇女作家的现实主义风格及影响

秉承现实主义创作风格并对后世妇女作家产生重要影响的妇女作家海尔曼的剧情设计、对社会问题的探讨以及现实主义特色的运用都是比较典型的。海尔曼现实主义风格体现在其对人物和地域的刻画具有强烈的南方特色。海尔曼对南方的热爱，不仅是因为其童年时代大部分时间是在新奥尔兰度过的，而是剧作家对自身经历、家庭关系和社区关系的下意识的流露。海尔曼的许多剧本以家庭为中心，家庭也是故事发展的场所。

海尔曼创作的另一重要特色就是使用南方语言。海尔曼创作风格严谨，并且使用了诗意的技巧如自由联想（free association）和省略时间（elliptical time）等手法。海尔曼剧本的南方背景引起人们对地域和时间的联想。海尔曼的戏剧创作不仅具有小说般的特征，而且叙事富有特色。海尔曼善于采用讽刺的手法表达主题，并且善于利用比较和对比的手法，使其产生的张力，最终引向剧情的高潮。

晚年的海尔曼放弃剧本写作转向回忆录的写作，让海尔曼有机会扩展创作技巧。除了其剧本中的现实主义对话和敏锐的洞察力，其回忆录增加了诗意的韵律、意象、自由联想和象征主义手法，同时运用流畅的句式，产生了梦幻般、超现实主义的效果。

海尔曼当之无愧是现实主义创作的领袖，塑造了大量关于南方家庭命运跌宕起伏、富有震撼力的剧本。海尔曼对美国戏剧的贡献不仅仅是因为她创作了大量优秀作品，还是因为她对田纳西·威廉斯和阿瑟·密勒都产生过重要影响。海尔曼是最大胆、最有创造性的剧作家之一。海尔曼的现实主义风格，她对社会问题和家庭问题的探讨，对妇女地位的关注等都极富感染力。由此海尔曼被誉为20世纪最有影响力的妇女剧作家。海尔曼对后世许多妇女剧作家都产生了积极影响。海尔曼对玛莎·诺曼的影响极大。受到海尔曼影响的作家还包括温迪·温瑟斯坦、琼·迪迪翁（Joan Didion）①、诺拉·艾夫隆（Nora Ephron）②、朱迪思·奥尔蒂斯·科弗（Judith Ortiz Cofer）③ 等。

作为现实主义作家诺曼的艺术创作最初被女权主义学者所忽略，而在对妇女剧作家的研究中也忽略了诺曼的重要性，诺曼却偶然在男性剧场获得成功。富有讽刺意味的是，只有在诺曼的代表性剧本《晚安，妈妈》创作以后的剧本《黑暗中的行者》（Travelers in the Dark），诺曼才开始在自己的创作中汇集传统的父权价值传奇故事，这一领域是密勒和奥尼尔的领域。这一部作品是对男权思想的再现，通过三代人不同个体极端的表现传达了男权主义的价值观。

---

① 琼·迪迪翁当代美国作家，出生于加利福尼亚州萨克里门蒂市，1956年毕业于加州大学伯克利分校。琼·迪迪翁于20世纪60年代走上文坛，她的作品带有浓烈的后现代社会的特色。与其他后现代作家相比，其作品别具一格。琼·迪迪翁善于运用后现代主义艺术手法，以女权主义的视角描绘美国妇女和她们的下一代遭受到的困境、苦恼和绝望，影响深远，风格独特，使她的文学创作具有非凡的社会影响。她的作品题材广泛，主题深刻，涉及政治、战争、宗教、毒品和妇女问题。

② 诺拉·艾夫隆是好莱坞著名女编剧、导演、制片人，她的浪漫文艺片通俗感人，且散发出男性导演作品中没有的温馨气息。诺拉出生于纽约的文艺家庭，双亲都是剧作家。她1975年出版随笔文集《疯狂沙拉》（Crazy Salad）一举成名，此后开始影视剧编写。1989年编剧并监制的爱情片《当哈瑞碰见莎莉》获得奥斯卡最佳原著剧本奖。1992年编导了处女作《这是我的一生》，翌年编导了《西雅图夜未眠》（Sleepless in Seattle）受到空前欢迎，成为好莱坞爱情片中的经典之作。她此后先后推出了《天使不设防》、《电子情书》、《家有仙妻》等一系列作品更是赋予了她"爱情片大师"的称号。2009年诺拉·艾夫隆推出了转型之作，梅丽尔·斯特里普和艾米·亚当斯主演的美食电影《朱莉与朱莉娅》。

③ 朱迪思·奥尔蒂斯·科弗是波多黎各作家，四岁时迁居至美国新泽西州帕特森，1967年又搬到佐治亚州的奥古斯塔，在那里她先后就读于巴特勒高中、奥古斯塔大学，并最终从佛罗里达州大西洋大学获得英语硕士学位。她的作品题材广泛包括诗歌、短篇小说、自传、散文和成长小说。科弗的作品可以在很大程度上被称为原创性纪实小说，她的小说叙述手法如同讲故事一般，这得益于祖母在她年幼时时常讲述的波多黎各故事对她的深刻影响，科弗从中得到灵感并应用于小说的叙述之中。科弗自传体作品的主题往往集中探索身处美国和波多黎各两种文化中的人的迷茫和挣扎。她的作品还探讨了移民在新环境中所面临的诸多问题如美国文化中的种族主义和性别歧视等。

诺曼和亨利的创作以现实主义为主要手法。南方色彩在诺曼的剧本中不像海尔曼或亨利那样体现典型，但是诺曼认为她所生活的美国南方擅长讲故事的传统深深地影响着她的创作。两位妇女作家在讲述故事方面具备特殊天分，她们运用家庭问题作为剧本框架，对人物和人物关系的刻画敏感而细腻。她们运用独特而多元的创作风格和语言使得平凡的生活充满着诗意般的气息。

2. 非裔作家现实主义特点

汉丝贝丽主要采用现实主义风格从事戏剧创作。由于受到自身背景及生活经历的影响，汉丝贝丽戏剧艺术创作广泛地涉及与非裔美国人相关的主题，但是剧作家并没有将她的焦点局限于这一主题。汉丝贝丽意识到更为广泛的人类共同面临的问题，同情全球经济不稳定局势和具有世界政治特色的国内冲突的暴动。汉丝贝丽拒绝将自己限制在任何主题或题材之中，这也构成了她戏剧艺术创作的一大特色。

在她的两部作品《阳光下的一粒葡萄干》和《莱斯·布兰克斯》中，非洲被作为直接的美学和社会政治符号，而在另一部剧本《酒葫芦》通过口头传统间接地体现出非洲。尽管非洲在剧本中得以再现，非洲仍然是被作为遥远的神话或是明确的与一系列相关内容密切关联的社会地理背景。这些内容包括汉丝贝丽对地域的本质和重要性的理解和刻画，地域与政治和文化的关联性，本土非洲人与非裔美国人的关系，以及非洲价值观在戏剧创作和文化传承方面所起到的重要作用。

汉丝贝丽致力于揭示和表达黑人甚至整个人类的幻灭感，长期致力于坚持寻求正义，这被证实是一项复杂的探索。她的剧本采用了不同的艺术技巧，其中对非洲象征意象的重新评价，成为她不屈不挠追求这一目标的一部分。在她的戏剧中，汉丝贝丽非常明确地阐述了自己的理论，那就是"从整个世界借鉴技巧并用自己的特色丰富它"。奥卡西（O'Casey）关于爱尔兰陋巷生活的描写，马克思主义观点以及他的文体风格对汉丝贝丽产生重要影响。汉丝贝丽同时也借鉴了易卜生反对浪漫主义哗众取宠（即煽情主义）的现实主义革命，以及他对社会问题和民族问题的关心。汉丝贝丽不仅受到欧洲艺术家的影响，她还忠诚于她的先辈，她一直在从事振兴非洲社会传统和民族艺术实践的事业，这一切成为她生命的部分。

妇女剧作家的创作风格以现实主义为主，但产生重要影响力的非裔作家为了发出自己的声音，彰显妇女的地位，独辟蹊径，大胆革新，秉承了黑人女性主义美学的传统，创作出了举世瞩目的作品。

第二节 黑人女性主义美学

1. 非裔文化的启迪和影响

汉丝贝丽在运用现实主义风格的同时，践行黑人女性主义美学创作原则。在汉丝贝丽的艺术实践中，舞蹈被充分运用。在《阳光下的一粒葡萄干》中所有的歌舞场景在某种程度上是模式化的。舞蹈引发了剧中人的种族自豪感和民族尊严而不是展示种族的野蛮。毕妮莎和沃尔特翩翩起舞，富有震撼力，因为他们从自己民族的传统看到了自己民族的辉煌和历史。正是由于获得了某种与非洲战士和民族英雄的身份认同感，他们的共舞有可能战胜来自家庭和社会的压力，共同面对冲突和矛盾。但是我们应该看到的是，"他们面临的仍然是一种强势的美国文化，剧中沃尔特和毕妮莎共舞的民族舞蹈约鲁巴（Yoruba）之舞更多的是体现他们对传统的眷恋和固守，他们的反应尽管真诚，但是模棱两可，并显示出美国黑人重温历史大都是从他们所生存的西方文化的立场这一事实真相出发的"[1]。

《莱斯·布兰克斯》中基于非洲的民间传说、念咒、击鼓声和舞蹈活跃了剧情的（发展）姿态和进度。这些艺术手法的运用加强了人物对话，有助于颂扬非洲本土文化的弥散性。这些音乐形式再次证实了在传统非洲生活中的音乐和舞蹈在日常生活中的推动作用。在实际工作、战争年代、仪式和庆典活动以及民间故事讲述等场合，这些艺术手法被交互使用。《莱斯·布兰克斯》一剧的音乐特质起到了补充文本信息，并为表现富有创造力的艺术作品提供了新的途径。

和剧本《阳光下的一粒葡萄干》一样，《莱斯·布兰克斯》中的主题模式和组织文本的方式都体现了现代主义的创作风格。但是剧作家偶尔也会采用表现主义的艺术手法来表现其创作思想。汉丝贝丽的剧本通

---

[1] Philips Uko Effiong, *In Search of a Model for African-American Drama*, Lanham and Oxford: University Press of America, 2000, p.39.

过塑造舞动着的非洲女性来表现其创作思想,这些舞动着的非洲妇女使主题视觉富有生命并具有轰动效应。剧作家通过非裔妇女把非洲社会美学的概念得以具体化和现实化。非洲妇女角色的运用具有某种悖论的特质,她们一方面开启并保存了非洲的主要原型,但是另一方面又使源自欧洲的文学传统得以存续,并持续影响到非裔美国文学的创作。表现主义手法在戏剧文学中的运用并不是主流,尽管表现主义手法的使用在剧本中起到明显的作用,但是不会脱离或影响到现实主义为主流的戏剧艺术创作模式。

民谣的审美作用与音乐的文化以及戏剧价值紧密结合在一起。音乐和民谣也是传统非洲戏剧不可或缺的构成要素。在"殖民"神话《莱斯·布兰克斯》中民谣是启蒙运动的基石,起到隐喻和文化传承的作用。庆祝仪式的使用强化了主题的表达和剧情的发展。

在《酒葫芦》中,汉丝贝丽没有直接涉及非洲,而是挖掘基于非洲的审美观以及本土的艺术表现形式进行戏剧艺术创作。在剧本《阳光下的一粒葡萄干》和《莱斯·布兰克斯》中的人物描写和故事背景为我们呈现了一个可触及的非洲。而《酒葫芦》的关键特点在于汉丝贝丽在其继承的口述经验中,重新捕捉非洲文化敏感点的能力。《酒葫芦》中奴隶世界的休闲娱乐活动是固定在被民间艺术因素强化的民间背景和团体意识中。民间习语体现在音乐和歌曲里。汉丝贝丽在激活奴隶制历史的同时也高度赞扬了源于这一历史的丰富的音乐传统。受口述传统因素的启发,汉斯贝丽实践着许多黑人剧作家已经实现的创作目标,那就是创作基于非洲的艺术作品(目标),不论是有意识地还是无意识地进行文学艺术创作。

《酒葫芦》是非裔美国戏剧的典范。剧作家的艺术创作灵感源于民间艺术。与许多早期民间戏剧艺术不同,它不仅颂扬了黑人的民间生活,同时展示了戏剧艺术创作传承了特定的社会和艺术语境,剧本中非洲民谣传统与历史语境紧密地联系在一起。动作、音乐、民谣、灵歌以及民间传说使《酒葫芦》中的戏剧艺术创作中的口音得以复苏。尽管非裔美国戏剧创作与本土非洲戏剧创作一样早已偏离了它最原始的来源,但是民间素材仍然是戏剧创新的重要资源。《酒葫芦》中这一事实非常明显,譬如在音乐传统的使用方面就是明显的例证。传统的歌曲、音乐和舞蹈成为加强人们参与和合作精神的工具,尤其是面对危机时,人们众志成城地共同直面问题。剧中的动作和节奏是舞蹈和音乐的直接表征，这不仅是民族戏剧的重要元素，还起到加强主题和统领戏剧整体性风格的作用。

正如先前所表明的，民间歌谣对于《酒葫芦》至关重要，支撑着剧中的民间传说结构和口述习俗。剧中从一首回忆奴隶乘坐午夜火车地下铁路（the Underground Railroad）[①] 逃亡的简单民谣中可以捕捉到受压迫奴隶对获得解放的追求。剧作家善于借用民间传说故事组织剧本。《酒葫芦》运用在黑人民间背景下的音乐传统来表现新世界民族审美观的养成。和少数黑人剧作家一样，汉丝贝丽揭露了民间艺术隐藏的审美观，并将其搬上西方的舞台，将欧洲戏剧模式与非洲影响下的艺术形式相结合，从而创作了富有独特色彩的非裔戏剧。

以歌谣、音乐和动作作为黑人民间艺术的标志，汉丝贝丽领会并献身于非裔美国戏剧艺术实践。音乐、歌谣、舞蹈、民谣以及民间视角丰富了戏剧的感染力和震撼力。这一创作倾向使戏剧成为一种复合的艺术，一部集画面与动作为一体、多层次的艺术作品。美国黑人民间戏剧不仅仅是颂扬和利用民谣、民间生活、歌曲、宗教、历史、音乐、舞蹈和风俗，他们也在本土非洲人和非裔美国人的文化和美学传统中重获身份认同，并激发他们的创造力和创新能力。《酒葫芦》是民间戏剧中抗议剧的典范。剧本旨在让人们愉快起来，重建人的尊严，改变自己的生活，剧本同时赞美民间音乐所特有的功能，那就是凝聚人心的力量。

汉斯贝丽独特的戏剧创作理念体现在她成功地通过本质上的西方模式重新唤醒历史并将其重演，展示非洲人和人类共同渴望的某些非洲文化和民谣技巧，并将历史仪式化和神话化，进而体现人们从被束缚到自我肯定的进程。其戏剧艺术创作把现实主义，间或采用的表现主义以及黑人美学

---

① 地下铁路是一个用来联系一些秘密路线和安全藏身处的网络。19世纪的美国黑奴就是用这个网络在废奴主义者和对他们有同情心的同盟者的帮助下逃到自由的国家和加拿大的。这个术语也用于帮助逃亡者的废奴主义者，不管他是黑人还是白人，是自由的还是被奴役的。其他的路线通向墨西哥或海外。虽然这个向南通向佛罗里达，接着通向西班牙领地的"地下铁路"，存在于17世纪末一直到美国独立战争不久后，但是现在这个众所周知的地下铁路网络形成于19世纪早期，并于1850—1860年达到鼎盛。据估计，到1850年，有十万个奴隶是通过这个"铁路"逃了出去。英属北美禁止奴隶制度，并且有很长的边境线提供很多的进入地点，使这里成为理想的目的地。在20年的尖峰期有超过30000人通过这个网络逃往此地，虽然美国的数据统计只有6000人。地下铁路逃亡者的故事被记录于地下铁路档案中。

仪式技巧，巧妙地融合在一起。剧作同时把民间文化传统和成熟的仪式风格融为一体。她实现了 20 世纪 60 年代黑人戏剧艺术运动（Black Arts Movement）[①]追求黑人美学（Black Aesthetic）的中心目标即"形成基于美国经验但却被赋予非洲民族感情的审美观"。

非洲是汉丝贝丽创作的源泉，也成为剧作家探索和运用独特主题和艺术风格的家园，这是西方传统戏剧所无法给予的。尽管受欧洲思想的影响，汉丝贝丽始终保持着作为黑人剧作家的审美观和身份认同观，"非洲传统将会成为非裔美国人获取灵感和重生的富饶资源"。汉丝贝丽并不认同那些关于古代贵族和遥远非洲过去等之类的主观理念。相反，她认为民族自决权的源泉来自更加具有现实主义特色的现代非洲。

汉丝贝丽戏剧的一个突出特点在于她对非洲主题现实主义的和非现实主义的处理，非洲大陆既是一个象征也是一个地理位置，既生机勃勃也平庸陈旧。最终汉丝贝丽把对黑人社会的关心发展成为对全人类的关注。主题的拓展与其戏剧艺术创作风格的转换相对应，她逐渐从现实主义的创作风格转向更具有实验性戏剧创作的风格。

2. 再现非裔文化的配舞诗剧

黑人女性主义美学实践者香格创作风格体现出的转变源自其对束缚艺术创作戏剧形式的挑战。香格同样面临着非裔美国戏剧家面对的问题，那就是如何挑战占主导地位的戏剧美学传统。传统的戏剧模式过于拘谨，在

[①] 从狭义上说，第三次黑人文艺复兴是指 60 年代后期至 70 年代初期一场与政治、社会运动平行发展并与不断发展中的黑人社会生活紧密联系的文化运动。它不仅宣扬黑人美丽，而且强调黑人比白人"更优越"。它以全新的姿态强调文化自豪感和文化自主，中心内容是标榜黑人权力的文化民族主义和鼓吹黑人美学的分离主义。它是一场与旧民权运动决裂的黑人革命，也是一次彻底消灭黑鬼意识的"新黑人运动"。60 年代黑人革命戏剧的主将是著名黑人诗人勒洛伊·琼斯（后改名阿米里·巴拉卡）和当过黑豹党文化部长的黑人戏剧家艾德·布林斯（Ed Bullins）。60 年代的黑人抗暴斗争激发了琼斯的民族主义情绪，从 60 年代中期开始把反对资产阶级的目标转移为反对白人种族，而且越来越把艺术看作是一种"武器"。1965 年春天，他与一些志同道合的黑人艺术家在纽约创办了黑人艺术剧院兼学校，在哈莱姆街头向黑人群众上演了一系列革命戏剧，也演出音乐会和带表演的诗歌朗诵。黑人艺术剧院兼学校虽然寿命不长，但影响很大。它不仅创风气之先，促使许多类似的黑人剧院相继在各大城市的黑人区建立，而且也促进了"黑人艺术运动"的发展。详见 http：//ias.cass.cn/show/show_ mgyj.asp？id = 851&table = mgyj，July 12，2012。

某种意义上压制了戏剧创作。香格认为黑人戏剧家必须拒绝束缚，即使他们自己已经习惯了这一束缚。香格促使黑人戏剧家摒弃欧洲戏剧模式转向非洲传统写作，包括故事讲述、有韵律的文字和舞蹈。香格认为长期采用传统模式创作的黑人戏剧家，若采用非传统的艺术形式，必将大放异彩。

正如前文所述香格采用的最有创新性的技巧就是配舞诗剧，其主题特征之一就是讲述故事。这种艺术模式把诗歌、歌曲、音乐、散文、舞蹈、哑剧等形成一种非线性叙事模式。配舞诗剧吸收了具有典型非裔美国传统特征的文化，并以此来引起观众的共鸣。香格为非裔演出者创作了富有原创性、独具特色的口语和视觉艺术载体，成功地引领了一种反叛潮流，突破佳构剧的控制，创作了原创性的叙事策略、反讽种族主义的表现形式。

香格在最初使用这个概念时，重新设计了一种非线性的戏剧模式，即改变了"压迫式"语言和对话传统，模糊剧情进展和人物性格发展。她对非线性戏剧模式的坚持植根于其理念中，那就是戏剧可以通过不同的声音和个体再现来传达相似而多元的主题。在音乐表演中，某种"遐想"通常会重新展示出来，因而香格在寻求新的戏剧形式时，期望她的配舞诗剧形式中的音乐元素会产生与音乐表演同等的效果。演出、音乐和舞蹈元素的完整结合，体现了非洲戏剧是涉及多种创造性艺术形式的戏剧艺术。舞蹈同音乐一样，起到保持与非洲本土紧密联系的纽带作用。在语言方面，香格重建标准英语语言的用法，以此来促进她的戏剧创新。她口语式、隐喻式和充满节奏感的戏剧风格与其诗意的风格相呼应。更为重要的是，她冲破传统的拼写和发音方式，从而达到故意曲解英语语言的效果。

《彩虹艳尽半边天》讲述了男性所设置的陷阱和种族压迫一样对女性的伤害是巨大的。香格的人物与种族的、性别的和经济的压迫做抗争。香格在剧本中把戏剧冲突同一系列的戏剧陈述表现出来，使用的手段包括诗歌、独白和小插曲。香格用一种编码的语言来代替传统文本和对话，这一方法能够更好地表达黑人和第三世界国家人们的生活经历。香格基于非裔美国传统塑造了一组富有审美色彩并挑战西方政治和社会秩序和传统的意象。

剧中每一位女性通过较长的独白，气汹汹地和反复无常地呈现了自己的故事。这些故事通过传统的口语叙述方式，并且利用非言语元素突出动作与主题。每位女性陈述故事时，或由自己表演，或由其他女性表演。各种程度的参与确保了女性间的团结。在传统意义上剧本没有对话，但在具有主题思想的故事叙述中，人物则会产生交流。每个故事的冲突涉及人物的生活、情绪变化，且冲突融合成充满悲伤和释放悲伤的戏剧形式之中。

香格在形式方面进行了革新，采用了非洲舞蹈的元素和非洲散居在外的人的音乐（爵士乐）和其次启应（call-and-response）[①]的形式体现出仪式风格。《彩虹艳尽半边天》中咒语式的腔调强化了戏剧中仪式的效果。吟诵式和诗意般的语言，包括其次启应、团体和个人的合唱重复等在各种土著社会中用来表达有关礼仪和仪式的习惯方法。配舞诗剧所产生的音乐效果是由诗歌、圣歌和有节奏的序列与音乐、歌曲和舞蹈交织在一起而成，这种编排模式同时与戏剧宏大的场景相契合。剧中使用的曲解拼写、缩写、无大写、用斜线隔行的方式标示出有节奏的节拍用来展现出人物的思维过程，并为戏剧中增添了非现实主义特色的音乐效果。《彩虹艳尽半边天》刻意在刺耳的音乐和昏暗的蓝色闪电下开场。灯光、哑剧、动作和舞蹈与音乐式的音调相融合，以此营造出冷静的、悲伤的、快乐的、性吸引的或充满暴力的氛围。同时在主题表达上，音乐和舞蹈与女性的社会精神的成长相契合。

在配舞诗剧的最后阶段，手势、舞蹈和歌曲占据了主要部分，这一阶段强调女性的原始渴望来自她们自己身上发现的女性神祇。她们的沉迷状态通过重复增添了气势，刺激了表演者和观众在体验重新发现神性时的兴奋状态。女性围成一个坚不可摧的圆——象征着女性反抗男性权威以保护自己。她们因相同的梦想聚集在一起，形成一个紧密的团体，从而让人联想到一个大家庭，在这个大家庭里，女性通过集体的力量获得自由和成长。最后当这些女性渴望、寻求和捍卫了彩虹的自由，也就是大自然的自由时，她们远离了男性的束缚，从而她们的人生变得完整而自由。香格的配舞诗剧捕捉到了黑人女性从童年进入成年、从种族隔离进入种族融合、从喜悦到伤痛最终回归喜悦过程的人生阅历。此剧中的黑人音乐、非洲舞蹈、哑剧表演、讲故事的非洲叙述风格蕴含着丰富的非洲文化和女性文化，使它处在非裔美国文学范畴之中。讲述的方式也不是传统的线性叙述，而是非洲式的一问一答的回声式或赞歌形式。宗教性仪式也是重要形式，象征着精神上的觉醒和真理。

[①] 其次启应（call-and-response）的演唱方式，在非洲极为重要，显现在爵士乐主奏的轮替。

在非裔剧场，任何一个非裔人物都可以代表整个非裔民族。为了颠覆白人自由者的假定，非裔美国人虚构的故事就足以促进人们对非裔民族的理解。香格剧本中的人物在每一个配舞诗剧中讲述的即使是不同的故事，但探讨的都是关于种族主义和性别主义的毁灭性后果。没有故事可以被一种霸权话语所概括，被单一地认定是非裔民族的代表。他们的故事都是个体和多元的。在剧本中香格叙述了不同的反抗历史，并在语言和形式上进行革新。香格独具特色的剧本表现了一种社会压迫和精神抗争以及超越的辩证的哲理。

香格的创作突出女性的主体性。其戏剧艺术实践关注种族问题和性别问题。剧作家富有独创性地在舞台上展示自己的艺术创作，在政治问题和美学新意上具有独到的见解。香格用实验戏剧的方法，探索了城市黑人女性的困境，这一手法比起传统的戏剧结构形式更有助于对舞台诗意的再现。香格的作品在某种意义上是有争议的，因为剧本没有正面地刻画黑人男性形象，而是以女性为中心。但是香格的创作与同时代的男性作家，如巴拉卡（Baraka）① 和布林斯（Bullins）② 一样，对性别问题进行了独特而准确的再现。香格对女性精神性实现问题的研究是富有独创性的。在香格剧本中，舞蹈起到精神愈合、自我肯定和自我接受的作用。舞蹈使得传统的戏剧表现形式模糊。香格改变了舞蹈和剧本相结合的轨迹，她的剧本完全用来为女性的意志、自我控制能力和团结协作服务。

---

① 艾马穆·阿米里·巴拉卡出生于新泽西州纽瓦克市，是目前黑人文艺界最有影响的诗人、剧作家、小说家和文艺评论家，是美国黑人革命戏剧和当代黑人文化艺术运动的主要倡导者和推动者之一。1964 年，外百老汇连续演出他的四个剧本：《盥洗室》（*The Toilet*）、《洗礼》（*The Baptism*）、《荷兰人》（*The Dutchman*）和《奴隶》（*The Slave*），一举奠定了他在美国黑人文学史（尤其是黑人戏剧史）上的地位。巴拉卡在他这四部剧本以及《贩奴船》（*The Slave Ship*, 1967）等其他剧中都反映了黑人受压迫的处境，激发了黑人为争取种族平等进行武装反抗白人的热情。巴拉卡的创作思想对其他黑人作家，尤其是左翼作家，产生了深刻的影响。在艺术技巧方面，他赞扬和鼓吹黑人文化，努力探索黑人文学的新形式和新技巧，用以排斥传统的白人文化。

② 埃德·布林斯美国剧作家，出生于费城黑人聚居区，后迁居旧金山，参加黑人群众运动。从 60 年代中期开始他专门从事戏剧创作，先后创作了四十多个剧本，是 60—70 年代黑人戏剧运动的代表人物。埃德·布林斯的代表作为《来访的绅士》（*The Gentleman Caller*）等。布林斯的戏剧大致可以分成两大类：一类是"革命的戏剧"，表达了作者对黑人革命的主张。另一类"现实的戏剧"，描写黑人的现实生活。在艺术上，布林斯较多地运用表现主义、象征主义等手法；常常在戏剧创作中采用下层黑人在街头巷尾讲的粗话，旨在宣扬黑人至上的思想；在后期的作品中，作者常常让人物直接与观众讲话，以此来代替人物间的对话。

在香格某些最具实验性和创新性的作品如《摇摆舞景》中讲述了黑人妇女的内心创伤，这一系列的讲述通过梦幻般的意识和下意识的记忆碎片展示了黑人妇女充满意象的独白。该剧在主题刻画上与《彩虹艳尽半边天》如出一辙，深入地探讨了黑人妇女生活经历的心理现实。现实的故事背景是莱亚（Layla）的卧室，重点关注莱亚的内心世界，摇摇摆摆的舞蹈和音乐与其梦境的节奏相呼应，并且贯穿在其梦境之中。香格采用了印象主义手法，使用了具有象征意义和梦幻色彩的意象，超现实主义特色，即席创作技巧以及有意曲解的风格，从而构成该剧的结构。配舞诗剧与梦境相似，因为它们都无序地、碎片化而且不完整地再现单一人物或受害者的内心世界。但是这一混乱的意境，彼此连贯而纠缠在一起，容易被观众解读。

与《彩虹艳尽半边天》一样，《摇摆舞景》以编年史的顺序讲述了莱拉自童年时代对现实社会的洞察，直至长大成熟的苦痛历程。香格认为黑人女性应该首先面对的问题是承认和接受种族问题，然后是承认性别角色和性别歧视问题。莱拉在梦境中坦白了自己的恐惧，观众也能够感受到她的抗争。莱拉的问题是具有共性的问题，也是具有政治性的问题，让人们联想到了现实世界。莱拉把自己定义为"灰色"，因为她是黑人，但是又要在白人的主导文化圈中生存。在这一意义上莱拉认为自己定义自己的身份有时也是具有风险的。在剧本中，莱拉克服了种族和性别双重牺牲品的地位，认为可以依赖自己获得拯救自我。

正像巴拉卡和汉丝贝丽，香格对黑人女性主义问题有着浓厚的兴趣，其戏剧艺术创作中采用的技巧比巴拉卡的革命性戏剧更加偏离传统的戏剧准则。她的配舞诗剧和舞台设计融合了口语传统和非语言因素，弱化了对话功能，给书面体裁一定的即兴特点和自发性，这样就保留了黑人美学特点。香格作品的共同之处是强烈地依靠音乐的、富有韵律的、重复的、魔咒的表达方式。这些特征通过话语、对话、肢体语言和音乐营造，使人想起非洲口语艺术家和西非民间艺人使用的相似手段。

香格后期的创作逐渐地偏离了创作中固有的配舞诗剧概念模式。因为拘泥于某一模式，给戏剧艺术创作和主题表达带来某种限制。其剧本《爸爸如是说》表达了作者对人们强加于妇女和女孩不公正待遇的持续焦虑。该剧同时也暗示了作者渴望超越那些支配其艺术创作的配舞诗剧的单一模式，以及与此相关的诗学的、音乐性的和模仿性的戏剧元素。

在剧本《第七号魔咒》中,香格使用了游吟秀(minstrel show)① 的形式。该剧的背景环境设置在圣路易斯酒吧,经常光顾这里的大部分是一些不成功、失意的音乐家和艺术家。在这个被放逐的空间里,剧作家所建构的黑人身份远离了主流文化的控制和刻板模式。与配舞诗剧一样,该剧是建立在非线性、非现实主义情节模式基础之上的。剧本采用了非传统的叙事模式、意识流以及戏中戏的手法。

尽管在《第七号魔咒》中人物角色参与对话、动作、歌唱、诗歌及音乐,但是这些艺术手法的使用为保持配舞诗剧的结构模式起到重要作用,使这部戏剧不受严苛的戏剧常规的限制。这些形式使演员时不时地向观众进行陈述或提出挑战,从而确保了与观众的紧密联系。音乐和舞蹈因此有助于营造一种令人恐慌的氛围,在这种氛围中共同性和团结性应运而生。这些统一的人物角色获取来自家庭的支持,并得到精神上的滋养。她们的友谊随着社会的发展而经受考验并得以巩固。上述戏剧元素突出了一系列围绕恐惧、身份、种族主义、性别歧视和美国黑人艺术家的地位而穿插进行的诗歌表演。因此在《第七号魔咒》中当人物在独白中通过恰当的音乐、舞蹈和哑剧来释放自己的灵魂、倾诉自己的梦想时,众多涉及种族、性别、哲学和心理治疗的主题被揭示出来。极具香格特色的正是因为这些主题在一系列相关情节中的展现,从而使不同类型的故事构成了完整的统一剧场。

《第七号魔咒》的艺术手法更加偏离配舞诗剧的艺术形式。这种转变使香格得以利用其他具有历史意义的戏剧工具,如吟游诗人的演艺。在《第七号魔咒》中,吟游诗人传统演变成主要的戏剧和主题资源。受到南方黑人歌曲、音乐和舞蹈风格的影响,吟游诗人的演艺源于奴隶时期的艺术天赋,也是说间接地源于非洲的音乐传统。非洲的音乐、歌曲和舞蹈传统在随后的戏剧吟游的主题中出现,并体现在剧本起始的情节中。

非裔美国吟游艺术风格以及由此传承下来的艺术形式成为香格舞台创作有力的支持。当观众进入剧院时就会看到背景幕上悬挂着一个巨大的黑人假面。在某种程度上说表演已经开始,在他们的预演部分,观众需融入

---

① 游吟秀、散拍等元素都融于其中,讲究对位与切分,提倡大量独奏、即兴装饰性演奏和旋律变奏,气氛热烈欢快。

这种怪诞的、超越生活的失实性描述之中。剧场中的灯光渐渐暗淡下去，但黑暗中的面具却愈加清晰。在第一场景中人物带着怪诞的游吟诗人的面具出场，当他们展现有关自己真实的生活时，就渐渐地摘下他们的面具。解说员、祭司、魔术师露（Lou），像游吟诗中的对话者一样，在连接他们的表演片段时起着辅助性的作用。在接下来的剧情中，剧作家寻求一种可以颠覆游吟传统影响的方法以此来展现性别和种族问题。游吟诗人回忆录、谜（enigma）和魔法等要素与超越人间主题的仪式进程相一致。

香格富有诗意的戏剧创作风格在于其坚持黑人作家复兴的艺术标准，那就是"非言语的活动最能体现生命中最拨动心弦的时刻"。正是因为通过非言语活动（音乐、歌曲、舞蹈、动作、仪式），"黑人战胜了自身的生存环境，或至少克服了他们自身的痛苦"。为了保持这种仪式和理想的艺术创作准则，香格冲破了对话和现实主义艺术风格的限制，创造了一个自由舞台用于探索戏剧风格及主题表达。在其戏剧创作风格上，剧作家以本土民间传说为依托，开发并利用仪式和音乐，不仅把它们作为其戏剧创作的源泉，同时也成为人们赞誉的一种艺术风格。

其实，在最初关注黑人女性问题时，香格就发现音乐同黑人女性的生活一样，充满感情和感性因素，同时还带有政治因素。于是剧作家把音乐加入其戏剧创作之中。香格认为音乐和舞台除了具有戏剧和政治功能外，同时也成为强有力的宗教力量，并能阐明并保留黑人甚至整个美国人民的精神风貌和根本特质。

香格通过采用舞蹈、歌曲、音乐、诗歌和仪式等艺术形式来显示其对非洲传统的信仰。同汉丝贝丽一样，她把非洲想象成联系非洲人和非裔美国人亲缘系统的体现。在进行戏剧创作时，香格认为非洲和非裔美国文化之间具有传承性，并把非洲作为虽遥远但仍可"接近"的故乡与出生地（identify source）。她不仅使配舞诗剧的艺术形式受到人们的广泛欢迎，同时带给美国戏院一种接受非洲元素的艺术，包括歌曲、鼓、舞蹈、仪式、面具、圣歌、音乐以及其次启应等。

香格政治理想的核心是其作为一名女权主义者，并具有非洲意识的剧作家。这种理想体现在她反对种族主义、帝国主义和西方文化霸权，致力于总体上恢复被边缘化的新世界非洲人和妇女的民间传统。配舞诗剧模式使剧作家所遵循的充满活力的戏剧形式得以完善，而且开创了一个历史性阶段，并为探索非裔美国剧院作出杰出贡献。

3. 践行黑人女性主义诗学

香格关注在不同压迫系统下黑人女性的生存境遇。随着香格更多地考虑黑人妇女的特殊状况，她更加赞成女性主义的部分流派提倡的观点，那就是为非白人女性的根本利益而战。从表面上看，黑人女性主义凸显黑人女主人公，认为黑人女艺术家在认同传统文学的同时，挑战对黑人女性带有局限性和偏见的形象刻画。但黑人女性主义者除了关注黑人女性外，同时还重新评价黑人文化、他们的思想内涵和发展历史，特别是以男性为主导的语言表达与行为模式。

不同于汉丝贝丽在《阳光下的一粒葡萄干》中对性别歧视的隐晦描述，香格大胆披露并严厉指责了蔑视女性的行为。与肯尼迪一样，香格极富热情地表达了其在女权主义理论方面的思考。在香格的戏剧中，她运用抽象的和具有象征意义的背景环境，而不是以家庭中的厨房和餐厅等为故事的背景。在具体的创作中，香格呈现出具体的环境，通过不断转换主题和时间使背景变得具有永恒意义和普遍性。她塑造的戏剧形象既吸引了女性，又使女性感到恐慌。她的戏剧艺术创作使妇女的痛苦显山露水，也激励妇女去努力摆脱压迫。

从歌舞诗剧到戏剧文体转换使香格意识到严苛的一成不变的戏剧方法已经限制了剧作家创造性的发挥。她与其他非裔美国剧作家一样面临具有讽刺意味的困境，那就是反对主流的美学传统。他们需求的约定成俗的创作方法反而变得具有局限性，从而阻碍了他们的艺术创作。最终正如香格所阐述的那样，黑人艺术家不得不反对施加在自己身上的某种限制，以利于自己的艺术创作和思想表达。

香格为黑人审美艺术作出了突出的贡献，同时致力于打破传统的壁垒，进行戏剧艺术创新。香格用满腹激情与富有爆发力的笔触来批评和揭露社会现实。香格的审美观采用和保留了非洲世界观的传统哲学。在其世界观中，宇宙因能量领域和力量的相互作用而充满生机。正如前文所述，她的戏剧力量不仅在于其台词和表演者，而且还在于其舞台布景、服装、道具和灯光。而音乐、舞蹈动作和歌曲因能产生增强、重述或对抗言语领域的效果。而作为一种精神的力量，能够有更为深远的影响。这种非言语的工具使香格的戏剧衍变为一种仪式，并且为该仪式的参与者、表演者和观察者——提供了一个新视野。20世纪60年代倡导的黑人戏剧仪式方法的概念，在新的社会语境下具有新发展。非洲传统表演艺术中有关圣灵、精神和群体的元素被剧作家借鉴并创新应用到其戏剧艺术创作之中。香格在其情节设置上摒弃了时间和空间概念的固定模式，表述了随意、零散但尚可控制和连贯的主题思想。"香格戏剧中的主题、语言、视觉和声效占据了观众的意识，震撼了他们的灵魂，实现了艺术的完满形式。在剧作家饱含激情、充满魔力的配舞诗剧题材中，仪式的整体效果得以发挥。总体来说，香格的结构模式和文本再现表明其戏剧艺术创作阐释关键问题之所在，就是探究根本的社会问题。与此同时，剧作家哀悼本土文化的丧失，这一文化的活力在节律形式和宗教先例中得以展示。香格正是为了本土文化的复苏和繁荣而进行戏剧艺术创作的。"[1]

香格的成就在于她的作品能够使女性的苦难跨越民族和种族的界限，同时向白人种族主义者和父权体系下的社会结构提出了挑战。作为非裔剧作家的突出代表，汉丝贝丽和香格风格各异，她们富有智慧，表述大胆直白，值得关注，因为这些剧作家代表了非裔美国戏剧史的一个发展阶段。汉丝贝丽受到20世纪50年代末60年代初民权运动的启发，其创作中的主要模式之一就是在很大程度上吸收现实主义的戏剧创作传统，其后采用了民间叙事方式，并且进行了实验性戏剧的创作，创作了具有普遍性问题的主题。汉丝贝丽宣称自己从不严格遵守任何方法。而香格的创作集中在20世纪60年代之后，这是一个情绪高涨、人们勇敢探索的时期，这一时期的突出问题如性别问题和性歧视的问题逐渐成为人们关注的焦点。香格重新采用了一个具有挑战性的方法，强调视觉效果，诗、舞蹈、音乐、哑剧和仪式等方法被用来作为抵制西方戏剧传统理论的工具，西方戏剧理论传统的影响渗透到戏剧文体、语言表述和对话结构之中。虽然香格借鉴了汉丝贝丽和其他作家的部分写作技巧，但是她的戏剧结构，即"配舞诗剧"，是她自己的独创。

非裔美国戏剧艺术史研究明确地关注具体问题，这些问题恰恰就是黑人剧作家们在艺术创作中所反映的问题。这些问题包括拒绝虚假的白人意象；有意地迎合黑人观众的喜好；黑人戏剧是否具有普遍性的特征；重塑非洲大陆的问题；否认或抛弃民族的、种族的或激进的艺术准则或戏剧经

---

[1] Philips Uko Effiong, *In Search of a Model for African-American Drama*, Lanham and Oxford: University Press of America, 2000, p.168.

验准则。尽管汉丝贝丽和香格生活体验不同，但她们无不被这些因素左右。她们的艺术创作再现了戏剧艺术的发展并赋予其高贵的戏剧传统，体现了非裔美国戏剧对民族自觉的追求。他们的戏剧也证实了这一时期的主要冲突。这种冲突超越了对意识形态和戏剧艺术创作本身的关注。

汉丝贝丽和香格是20世纪50年代末到70年代非裔美国戏剧艺术风格和戏剧实验创作的代表。70年代的说唱团体（Rap Groups）[①]对非裔作家的创作产生了强力的影响。这一时期的黑人戏剧是激进的黑人民族自觉运动的一部分。黑人剧本和剧场演出表达人们的心声并探究各种社会和艺术问题，更为激进也更加自觉地再现非裔群体的需求和愿望。

非裔妇女剧作家传承了非裔美国戏剧传统，充分地挖掘了本土艺术特色，把包括舞蹈、歌曲、音乐、历史、神话、仪式、讲故事和布道传统在内的艺术手法创作于其戏剧文本之中，这就为戏剧艺术创作注入了新的生命力和能量，从而为非裔美国戏剧作出了极大的贡献。与此同时，观众也给予了各种不同的、有力的反响。这样的土著因素突出特殊的文化属性，与非洲主义、社区和团结、黑人英雄主义以及性别和种族压迫等相关主题密切相关。最终，每位剧作家都参与了黑人戏剧的仪式化的过程，强调一种隐藏而具有普遍性的民族精神，这种精神挑战从主流美国传统继承的陈词滥调。非裔妇女作家戏剧艺术创作的核心是一些共同的主题，并包含着美国黑人创作主题。忧郁的歌曲、爵士乐、福音音乐、灵歌、劳动时的歌曲以及教堂布道的韵律和诗学特点部分地源于觉醒（disenchantment）和丧失（deprivation），这使得美国黑人的历史区别于美国境内其他种族的历史。虽然这一传统来源于草根民众，但这些体裁具有非凡魅力、独特的艺术价值，体现了她们杰出的创造力。

香格对后继美国戏剧家产生了重要的影响。这些戏剧家远离了传统美国主流戏剧舞台，转向刻画黑人经历，尤其是黑人妇女生活经历艺术性地

---

① 说唱团体是美国黑人音乐中的重要组成部分，是街头文化的主要基调，是世界流行音乐中的一块"黑色巧克力"。20世纪70年代说唱乐正式确立了自己的风格，其中最主要的功劳要归根于当时流行的迪斯科舞厅中的DJ们，他们将黑人当时正在风行的FUNK节奏混入流行的迪斯科节奏中，随后说唱开始被街头黑人文化所流传，并且衍生出相当丰富的分支。尽管早在90年代初期就有人认为这种絮絮叨叨，满是脏话粗口叛逆词语的音乐会很快消失，而事实上，在90年代末，随着一批新进的说唱乐手和以白人为主的说唱摇滚的风行，曾经被黑人抛弃的音乐又重新回到了流行音乐的前端。

呈现。香格通过多样化和打上个人烙印的戏剧书写，尤其是其配舞诗剧技巧，向世人展示了作为新一代黑人妇女作家和黑人艺术家的艺术成就。作为有独特艺术感知的作家，香格重述了非裔美国前辈们和姐妹们的历史、她们的起源、她们的身份和她们作为成熟女性的感知，最为重要的是作为妇女和艺术家的出路。

与香格一样，帕克斯的创作也逐步地阐释了黑人女性主义美学特征。这些风格体现在从《最后的黑人之死》中的抽象"人物"到《世代相传》中较为现实的人物角色。帕克斯创作了具有寓言意义的人物角色。这些人物展示了黑人问题妇女问题的复杂性。《最后的黑人之死》和《维纳斯》中所使用的非线性的、合唱形式与其他戏剧形式（如古典希腊戏剧）都保留了非裔美国文化和非洲经验的特殊性。黑人教堂中的合唱形式对帕克斯黑人女性主义美学的发展起到重要作用。因为早期的黑人女性主义戏剧注重运用抽象和寓言式的创作形式。帕克斯的戏剧起到承前启后的作用。

《最后的黑人之死》讨论在历史语境下，身份的复杂性问题以及非裔美国人主体性的消除。剧本用方言写作，富有高度的象征性。奴隶制的历史和民权运动（美国内战）通过原型和对话的形式呈现出来。剧中的黑人女性和黑人男性再三坚持自己必须被历史铭记。《最后的黑人之死》验证了作者对现实主义戏剧美学原则的质疑。剧本很大程度上高度地依赖各种技巧的融合，包括爵士乐特征、重复的音乐技巧、荒诞派的抽象概念、基督教重生（regeneration）[①]的象征意义等技巧的杂糅。这种艺术风格与非裔美国人的他者身份造成的痛苦挣扎以及窘境主题相呼应。帕克斯哥特式风格的运用具有后殖民反抗压迫的暗示。这一风格的运用间接地表达了被压抑的性问题以及对社会的反抗等问题。

帕克斯形式上的结构消解了传统叙事技巧的缺失。帕克斯的创作大胆创新，颠覆了传统的戏剧创作范式，剧情发展被语言的转变所替代。在香格和肯尼迪早期艺术实践的基础之上，帕克斯进一步创作了富有诗意的剧场。语言的独特力量，语言作为主题和主体的地位所具有的潜在力量得到进一步确认。帕克斯剧本中语言就是主题，假设省略掉一个字母，剧本的

[①] 在基督教中，重生是指人类"属灵的再生"，与每个人都经历的身体的第一次出生相对。"重生"一词来源于约翰福音第3章第3节："耶稣回答说，我实实在在的告诉你，人若不重生，就不能见神的国。"这是一个在基督教中与拯救有关的术语。在基督教的大部分历史中"重生"被理解为通过洗礼圣礼达到的精神再生。

发展趋势和人们的生活方向就会发生改变。

毋庸置疑,帕克斯承继了黑人妇女前辈的精神,拥有坚强的意志力并公然挑衅权威。作为一位受到高度赞誉的黑人妇女剧作家,帕克斯受到诸如比奇·理查德(Beah Richards)、奇尔德里斯和香格等的影响,继承了她们的创作才能和勤勉精神。帕克斯受到布莱希特·贝托尔特(Bertolt Brecht)[①]、詹姆斯·乔伊斯等作家以及希腊悲剧和说唱音乐等诸多因素的影响。帕克斯在纽约及其他地方的舞台上使用了大量比喻意义上的污淬言语。这一言语表现形式是帕克斯挖掘历史,特别是非洲历史的关键手段,目的是让人们"重新—记忆"(re-membering)它。帕克斯的戏剧创作正像一个孵化器,用来创造"新的"历史事件。

帕克斯独特的语言成为一种震慑演员和观众的力量。剧作家赋予黑人语言特殊的政治力量,无论是书面语还是口语。但是帕克斯一再否认她有意地呈现方言或土语传统。通过她标新立异的语言以及创作技巧,帕克斯反对占据主导力量的语言模式和戏剧形式,并以此来反对主流文化的浸染和同化。帕克斯使用发自肺腑的语言,就像关于呼吸和韵律的语言。人们可以感受到在口腔中的音律,或者耳中听到的声音。帕克斯喜欢词源学,并认真钻研辞典,以获取创作灵感和乐趣。她的剧本充满双关语。帕克斯用散文体和诗体写作,使用的语言通常是非裔美国底层人们常用的语言。她塑造的人物通常超越最具权威的美国历史的局限。

爵士乐(Jazz)、蓝调(blues)、说唱音乐、哈嘻(hip-hop)[②] 对帕克斯来说是至关重要的。帕克斯认为音乐可以成为构建剧本结构的重要成分。帕克斯创作不同的作品时就要聆听不同的音乐,比如创作《最后一个黑人之死》时倾听爵士乐,《维纳斯》时聆听歌剧(opera)。帕克斯有

---

① 布莱希特·贝尔托尔特德意志民主共和国电影剧作家,出生于德国奥格斯堡。1919年布莱希特开始创作舞台剧本,1923年任慕尼黑话剧院导演兼艺术顾问。他多年探索"宣传、鼓动和艺术"相结合的问题,提出"史诗戏剧"理论和"陌生化效果"的表演方法:主张演员有意识地在角色、演员和观众之间制造一种感情上的距离,使演员既是角色的表演者,又是角色的"裁判";使观众成为"旁观者",用探讨批判的态度对待舞台上表演的事件。布莱希特对世界戏剧发生着很大影响,1951年因对戏剧的贡献而获国家奖金,1955年获列宁和平奖金。

② 哈嘻是20多年前始于美国街头的一种黑人文化,也泛指说唱音乐。哈嘻文化的四种表现方式包括rap(有节奏、押韵地说话)、b-boying(街舞)、dj-ing(玩唱片及唱盘技巧)、raffiti writing(涂鸦艺术)。因此说唱乐只是哈嘻文化中的一种元素,要加上其他舞蹈、服饰、生活态度等才构成完整的哈嘻文化。

时会借用音乐的结构来设计非传统的情节架构。帕克斯创作的剧本与音乐具有共性,她的剧本包含着声音和沉默,音乐节拍(tempi)和充满活力的声音。帕克斯会即兴创作,采用押韵或排列词根的手法。词语中间的韵律会形成音乐切分的效果(节拍强弱倒置)。在《胜利者/失败者》中布斯算计和梦想他与林肯的关系,描述了自己的纸牌赌博技能时运用了富有韵律的词汇,模拟了打牌的声音。帕克斯会和着跳舞的步伐进行创作。帕克斯善于从陈旧的事物中汲取灵感,并获得新生的力量。

帕克斯采用的现实主义风格与其他非裔女性作家如肯尼迪和香格等具有明显的一致性。抽象概念、元戏剧和文本互文性等的运用使她的剧本具有了极简抽象派艺术家贝克特式(Beckettian)的含义和风格。帕克斯的早期剧本在很大层面上代表了其最独特的实验戏剧风格。具体表现在舞台背景不连贯、戏剧人物多以合唱团形式出现。不仅人物是历史的合成品,人物的心理特点也是历史的产物。

帕克斯承继了奥尼尔的衣钵。帕克斯的创作体现出奥尼尔艺术创作的轨迹。帕克斯早期作品采用自然主义风格,形成了高度异质性的特征,中期创作采用表现主义风格和其他形式的实验剧风格,后期又回到现实主义风格,这种回归不是简单回归,而是艺术和形式的提升。尽管帕克斯关于家庭危机的创作与汉丝贝丽的创作具有相似性,她对这一问题的刻画与奥尼尔更为一致。与奥尼尔一样,帕克斯探讨了家庭和种族群体的破裂等问题。

《胜利者/失败者》采用了细致入微的元戏剧框架结构。通过讽刺性地使用基督教象征、文本互文性和歌谣,进一步显示了其独特的艺术风格。《胜利者/失败者》综合地展示了帕克斯的人物塑造技巧。剧本在艺术复杂性方面达到了前所未有的高度。剧作家细致入微、富有诗意的现实主义风格,掺杂吟游歌唱和嵌入式的表演,因此该剧被认为是"忠实的现实主义作品"。

帕克斯把非裔美国戏剧当作证实黑人身份的手段而不仅仅看作是非白人的状态。帕克斯拒绝认为"黑人"戏剧被无一例外当作"表现黑人作为被压迫种族"的产物。帕克斯的戏剧创作避开了现实主义艺术线性简单的准则,演变成碎片化的、多向度的舞台演出。这就是帕克斯对舞台现实主义戏剧的理解。帕克斯拒绝受到线性叙事模式的限制。她认为自己的艺术创作远离诗意的自然主义风格的原因是文化氛围造成的,其早期的戏剧艺术实践弥漫着现实主义的美学特征。帕克斯杂糅的现实主义风格为美国戏剧作出了重要贡献。

第三节 多种艺术形式的创新

当代妇女剧作家的创作手法异彩纷呈，推陈出新。尽管现实主义手法是妇女作家热衷的手法，但是非现实主义的手法也备受推崇。这既是创作的需求也是妇女剧作家的自身诉求。为了更充分地再现不同性别、种族和阶级背景下的妇女问题和社会问题，妇女剧作家不断实践，发掘出最适合自己的艺术手法，创作出富有震撼力的作品。

1. 反现实主义创作风格

重要的黑人妇女作家肯尼迪受20世纪60年代艺术和政治变革的影响，其创作风格很大程度上体现出荒诞剧特征。作为原创性作家，肯尼迪拒绝使用现实主义手法，而是采用仪式主义的、表现主义的、超现实主义的技巧来创作富有想象力的艺术作品。她的创作对年轻一代剧作家包括苏珊·萝莉·帕克斯在内都产生了重要影响。肯尼迪的剧作展示了她的思想活动，即将内心世界暴露在观众面前。肯尼迪运用表现主义手法展现内心活动，并通过不同人物类型外化进行主题刻画。同时她也利用超现实主义戏剧手段中的梦幻展示出鲜明的直观形象。简单地说，剧作家将表现主义手法跟超现实主义手法巧妙地糅合这一起，形成了自己独特的戏剧风格。

肯尼迪独具匠心的艺术创作使得其作品既不同于黑人艺术运动派（Black Arts Movements）[①] 也不同于女权主义戏剧，尽管其作品涉及了这

[①] 黑人艺术运动派兴盛于20世纪60年代，它的直接起因是美国黑人民权运动领袖马尔科姆（Malcolm X）遇刺，在黑人阶层引起强烈的反响。标志是黑人精神领袖伊玛姆·埃米尔·巴拉卡（Imamu Ameer Baraka）搬出下东区（Lower East Side），搬入哈莱姆（Harlem），以示与白人文化决裂。黑人艺术运动实际上是黑人把对民权运动的社会认识和社会责任纳入美学艺术框架的表现。黑人艺术运动的社会思想是通过与白人、西方文化决裂的方式激进地追求民族解放，美学原则是把政治性融入艺术之中，彻底放弃白人文化理念，创造黑人文化理念，在艺术作品中体现黑人性（blackness）。

两方面的问题。在肯尼迪剧本中，种族、性别和阶级混杂在一起。肯尼迪剧本中的妇女寻找途径来表达和体现自我的实践可以被解读为20世纪50年代和60年代的政治运动的结果。肯尼迪或许没有直接卷入女权主义戏剧团体的运动，后来也没有可能参与其中，但是其戏剧创作却为女权主义戏剧的发展作出了重要的贡献。

肯尼迪塑造了饱受折磨的灵魂，并艺术地再现了加在个体身上的社会政治力量。剧作家塑造的悲剧个体抗拒文化渗透，并体现出剧作家对种族问题的历史观。《黑人的开心屋》（*Funnyhouse of a Negro*，1962）标志着剧作家赞誉黑人身份的开始。该剧讲述了妇女个人的历史，即经历了种族通婚、遭遇强暴而导致其疯狂的行为。个人的历史铭刻着白人社会中黑人经历的历史空间。这一历史在当代美国"种族关系"的标题下被净化了，也被掩盖在民主的遮羞布之下。《黑人的开心屋》通常被认为是肯尼迪最优秀的作品，代表着她的主要写作风格。人们对梦想的紧密依赖具有强烈的视觉意象，这使得作品呈现出超现实主义风格特征。某些特殊意象富有原创性，咒语般地重复使得主观性特征延伸到具有了神话虚构的特征。

肯尼迪的剧本《黑人的开心屋》讲述了黑人妇女受尽折磨的自我身份定位以及因身份危机而导致的自杀行为，描述了非裔美国人为争取身份认同和民族特性而付出的艰苦努力和抗争。该剧体现了肯尼迪创作的主要特征，即大量地借用20世纪欧洲先锋派的风格，包括象征主义手法、超现实主义、荒诞派风格，剧情的叙事逻辑从属于情绪、意象和梦呓的叙事逻辑。主人公萨拉（Negro-Sarah）是位非裔美国女孩，被分裂成为四种身份，分别是哈布斯堡王朝的女爵（The Duchess of Hapsburg）、维多利亚女王（Queen Victoria Regina）、耶稣（Jesus）和帕特里克拉马坝（Patrice Lumumba）。剧本的标题表现社会现实，即萨拉的"开心屋"既反映出人物的身份，同时也扭曲了人物的身份。《黑人的开心屋》是一部视觉盛宴，剧本的颜色主调是白色、黑色和红色（看起来像血色），毛发体现强烈的种族印记并表达人们的忧虑情绪，经常被从人物的头部成块地撕扯掉。毫无疑问他们都不是现实意义的人物，而是令人毛骨悚然的象征意象。它们混杂着被压缩、错位和扭曲的种族身份时刻困扰着萨拉。萨拉的自我身份如此复杂，处在分离的状态。萨拉始终认为白人意象是正面的，而黑人意象是邪恶的。这种身份分离和错位导致萨拉的自我毁灭，并最终造成萨拉的自杀行为。萨拉有梦想也有欲望,但是由于美国社会对黑人在社会、精神和情感上的排斥和否认,有完整自我意识的萨拉最终因不能决定自我身份而导致悲剧命运。

《动物故事》(*A Beast Story*, 1969)延续了肯尼迪的动物意象和表现主义风格的融合。该剧指出动物意象包括母亲、父亲和女儿,他们是黑人牧师家庭成员但是彼此疏远和隔离,正如动物园被隔离的笼子里的动物。在《一位影星的黑白角色转换》(*A Movie Star Has to Star in Black and White*, 1976)中肯尼迪同样使用高度诗意和象征性的语言和意象来探讨身份的复杂性以及身份的不确定性。肯尼迪的剧本集中体现了人们面临的无法企及的梦想以及由此产生的深刻悲剧。

"肯尼迪的作品探讨了偏见社会中的种族问题、文化身份和个体的自我价值等问题。肯尼迪打破传统的叙事模式和梦魇般碎片化的结构,以此来表现内心世界的混乱状态。与爱德华·阿尔比一样,肯尼迪深受欧洲荒诞性戏剧的影响,因此在创作中,把超现实主义手法与非洲文化中的仪式、律动结合起来,形成独特的艺术风格。"[1] 肯尼迪的创作来自家族历史的自传性元素、种族矛盾以及文化符号,这一系列元素结合在一起构成了肯尼迪的美学视野。因此肯尼迪的创作呈现出高度的个人化和超现实主义风格。肯尼迪集中刻画了身份的碎裂以及异文化对身份所产生的极大影响。肯尼迪的创作对后来的黑人作家产生了极大的影响。

肯尼迪和恩托扎克·香格的艺术创作为非裔美国戏剧超越限定,挑战传统戏剧形式作出了贡献。她们高度象征性的语言以及碎片化的结构反映了黑人妇女的文化体验。这一艺术形式后被帕克斯所继承,此后帕克斯采用碎片化、重复性的语言来评述既定的历史叙事。

2. 陌生化技巧的采用

沃格尔的重要特点就是采用诙谐的幽默,对熟悉要素的灵巧拆分产生令人惊奇的效果。《黛斯德莫娜:关于手帕的故事》这部带有女权主义印记的剧作传达了沃格尔敏锐的政治意识,标志其形成了自己特定的戏剧风

---

[1] Annette J. Saddik, *Contemporary American Drama*, Edinburgh: EdinburghUniversity Press, 2007, p.83.

格。为吸引观众眼球，沃格尔利用画外音（voiceovers）、灯火管制（black-outs）、幻灯片（slides）、场景标题（scene titles）和多重角色（multiple-role casting）塑造进行推陈出新。该剧体现出沃格尔受布莱希特戏剧手法的影响。

值得一提的是《我如何学会驾驶》所采用的艺术技巧。戏剧的主人公小不点比特在 20 幕的剧情中用倒叙的方式讲述了自己的成长故事。剧本把她从 40 多岁带回到 11 岁那年的情景。除了小不点比特和佩克，人物角色还包括两名女子和一位男子，他们组成了希腊合唱团，同时扮演家庭成员和其他人物角色。场景通过口述或展示标题的方式进行转换。场景布置包括椅子、桌子、一两只酒杯等。作品中的标题与驾驶技能紧密联系在一起，推进了剧情发展、突出了人物刻画，并强化了主题表达。沃格尔戏剧的显著特点之一就是人物主宰着剧情的演变以及观众与舞台情节的关联。把小不点作为显而易见的主体，佩克和其他男性作为客体，是剧作家戏剧创作特色的重要组成部分。

沃格尔受到俄罗斯形式主义者维克托·什克洛夫斯基（Viktor Shklovsky）[1] 和布莱希特风格的重要影响，虽然剧作家承认与什克洛夫斯基的艺术手法更接近。剧作家受到"俄罗斯形式主义思维"的影响，偏好循环和重复而不是线性结构，同时把对话融入音乐和视觉因素。沃格尔的写作手法不受西方戏剧规范的束缚。她热衷打破惯例，这也是受到什克洛夫斯基的俄国形式主义影响的结果。剧作家认可什克洛夫斯基的思想，即人们长期的认知习惯可能会造成惰性和机械思维。什克洛夫斯基对沃格尔来说意义非凡。因为什克洛夫斯基关于艺术如何影响观众和文学语言如何使普通场景显得不一般的观点影响了沃格尔。什克洛夫斯基最知名的观点就是陌生化（defamiliarization），即提倡找到新的办法把明显的、常规的事件刻画成不同寻常的、离奇的和令人吃惊的事件。因此，"陌生化"有助于激活人们的感知，这样人们就可以感受甚或重新认识世界。这种创作技巧对沃格尔产生了重要影响。

与沃格尔一样，在最近 30 年，旨在建构妇女身份、反映社会问题的

---

[1] 什克洛夫斯基是苏联文艺学家，俄国形式主义学派的创始人和领袖之一。俄国形式主义是 20 世纪第一个重要的文学理论流派。它对整个 20 世纪的文学理论和文学批评的发展和走向具有奠基性的作用。

剧作家，还有福尼斯和丽莎·卢默（Lisa Loomer）[①]，她们采用不同的戏剧艺术传统来表达呈现自己的视野。她们共同之处就是使用反现实主义的手法。这一手法扭曲和改变了过去浮在表面的问题，进而触及日常经验不能被人所知的事实真相，同时突出事物的关联性，尤其是妇女之间无法呈现在表面的密切联系。

3. 实验性戏剧风格

福尼斯在形式上进行了实验和创新。福尼斯立足于孤立而遥远的外部环境。在这样的语境下，女性必须迎合他人。福尼斯探索了妇女的不满和愤怒，作品体现出强烈的女性主义思想。正如妇女戏剧的先驱剧作家索菲特·雷德维尔、苏珊·格莱斯佩尔、莉莲·海尔曼和格特鲁·德斯坦（Gertrude Stein）一样，福尼斯对20世纪书写妇女主体的文学作出了重要贡献。

福尼斯在40多年的戏剧创作生涯中不断地进行戏剧实验，尝试以不同的风格、从不同的角度、用不同的手法来展示自己对人生和戏剧的感悟。贯穿这些作品的永恒主题是福尼斯对人生的关注。她的许多作品具有荒诞性、梦幻般的超现实色彩，但其内容总是与严峻的社会现实联系在一起，从越南战争到核战争，从艾滋病到拉美的社会问题。由于福尼斯本人兼有三种身份，即少数族裔、女性和同性恋者，她深切地感受到了来自社会生活和文化精神的压迫，因而福尼斯对主流文化有一种独特的审视和批判态度。同时福尼斯对正统戏剧观念进行大胆的颠覆，并成功地将人生与戏剧结合起来，从而使得她的作品在内容和形式上有一种与众不同的特质，在美国剧坛占据着重要的地位。福尼斯的深奥不仅在于风格多变，更在于其多重主题的融合、立体交叉式的创新以及不同常规的逻辑思辨。

福尼斯的作品从一开始就表现出与传统戏剧背道而驰的风格。她的创作没有明确的戏剧冲突，而常常是把情节分解的支离破碎。剧作家以独特的方式处理人物之间的关系、语言和动作，阐释戏剧和现实生活的关系。福尼斯关注戏剧作品本身存在的意义，并将具体的社会主张融入作品之

[①] 丽莎·卢默1956年出生于纽约，剧作家兼演员，其最知名作品为《候诊室》（*The Waiting Room*），剧本讲述了三位不同时代妇女在现代医生候诊室相遇的故事，她们因社会规范和价值取向而遭遇不同的身体扭曲的病症（缠足、紧身衣和丰胸）。卢默许多剧本都探讨了拉美裔美国人的经历以及现代人的家庭生活。

中。福尼斯表达了其独特的加勒比海出身以及实验戏剧的美学特征。福尼斯所在的剧院，在形式和语言方面具有现代主义的实验性，同时又不可避免地和政治问题以及哲学问题纠缠在一起。

福尼斯的剧本使用高度碎片化甚至超现实的戏剧结构形式。由于其戏剧形式的实验性，福尼斯的剧本并不为大多数观众所接受和理解。福尼斯的剧本在外百老汇和女性观众中很有影响力，因为福尼斯对跨文化领域妇女所遭受的不公正对待和面临的暴力行为，以及感情关系和权利角色等进行刻画，并探讨了妇女为了生存和获得自我认可所采取的谋生策略。

福尼斯的戏剧创作借用了戏剧以外的传统和规范，并把这两者结合在一起。福尼斯运用戏剧形式进行艺术创作，并对当代社会进行强劲而有力、多侧面的反映。剧作家早期作为画家的生活经历对其戏剧创作产生影响。她对时间和空间概念的理解影射了其立体派艺术家和超现实主义的艺术传统。现代派的手法源自法国立体派画家布拉克（Braque）和毕加索（Picasso）以及此后的艺术家，这一手法决定着福尼斯的艺术发展方向。福尼斯对断裂的叙事以及对移位的人物的理解都受到这一手法的影响。福尼斯大部分剧作的场景都是扭曲的、乖戾的，如梦魇状态，充满活灵活现而神秘的意象。

福尼斯的创作天分使她能够逐层剥掉浮在表面的特殊性，直到发掘构成人类个体生命的基本的矛盾结构。福尼斯使这些带有普遍性的东西具有了戏剧性。尽管性别、种族和社会阶层造成人们的差异，福尼斯的人物形象却是典型的。这些人物的行为几乎是原始而独特的。福尼斯的人物几乎和古希腊戏剧中人物所遭受的命运一样。他们对爱的表达方式，彼此狂风暴雨般地争吵和争斗，对生存环境的强烈反应，以及生命逝去后出乎意料的沉默，代表着一种生存的仪式和抗争，正如古希腊戏剧中某种神秘力量对人们的严峻考验。

福尼斯被称为60年代最成功的作者中最后的、真正的波西米亚风格的作家之一。福尼斯体现了外外百老汇的艺术特色，致力于直接的、亲近的，有时是内心深处的与观众之间的交流和戏剧创作。福尼斯60年代创作的作品受到荒诞派戏剧和开放剧院演出风格的影响，剧中有许多语言和逻辑游戏，有滑稽古怪的即兴表演，也出现了莫名其妙的不协调和不连贯的现象。70年代是福尼斯创作发展不平衡的时期，她在寻觅创作更富有个人特色剧作的途径，其骄人成就来自剧本《费芙和她的朋友们》

(1977)。80年代的戏剧创作开始趋于平衡发展，博采众长，福尼斯80年代的创作，是其最富有持久影响力的作品，剧作家把抒情性、感情主义和形式主义的风格协调起来，在戏剧艺术手法的运用上日臻成熟，并使其创作成为有感染力的艺术形式。

自1968年后，福尼斯执导了自己的每一部新剧本的演出，这让剧本和舞台演出完美地结合在一起，保持着统一性。福尼斯的剧本在外百老汇以及全国各地都有演出，在地方剧院、大学校园、小型剧场、法定场所，甚至在一些非常规场所，如开阔的空地、布满灰尘的顶楼或者是空货物仓库都可以看到福尼斯的演出。福尼斯在剧院工作了40余年，关于福尼斯的专著、随笔和论文逐年增加。这些批评人士经常通过类比一些戏剧艺术运动来描述福尼斯的戏剧，比如荒诞主义、元戏剧主义、高度写实主义、超现实主义和拉丁美洲超现实主义等。福尼斯强调剥离现实的手法（包括连贯叙事、情节发展和心理动机）来传达戏剧人物的主体性。

福尼斯作品中的拉美裔身份和女同性恋问题已引起广泛关注。福尼斯曾说自己受益于契诃夫、贝克特、布莱希特和约内斯科等先行者。尽管福尼斯否定身份政治，但是她承认1981年建立的拉美裔剧作家实验室是受到"努力寻找拉美裔身份"的启发。福尼斯竭力培育下一代拉美裔剧作家是她留给美国剧院最宝贵的馈赠。她的作品在地方剧院从未停下脚步，她应该有更广泛的观众和读者。福尼斯的剧院是动态的也是发展的。

结　论

妇女剧作家的创作起源于古希腊，至今已经颇有成就。妇女之前曾被拒之于剧场之外，后来主要参与演出。而当代妇女已经成为制片人、导演、设计师，当然包括剧作家。自70年代女权运动以来，妇女在戏剧创作领域开始取得骄人成就。在此后的30年里，她们创造了历史，并教育、启迪和提携后世剧作家。但是这并不意味着她们可以和男性剧作家相提并论。她们面临着更大的挑战。20世纪90年代的妇女剧作家创作了多元文化的剧场，旨在表现多元文化背景下的美国社会和根植于其中的复杂矛盾。

21世纪初的十年多时间，美国妇女剧作家的创作继续沿着多元、实验性和创新性的方向发展。剧作家反思自我，继续探索种族、身份、同性恋、艾滋病等仍然是困扰美国社会的问题，家庭、爱情、死亡、忠诚与背叛等人类永恒的话题继续成为21世纪美国戏剧的热点。

本书着力探讨妇女剧作家的政治思想、创作风格、艺术特色以及对文学史的贡献。妇女剧作家代表了当代美国妇女戏剧文学的发展趋势和创新特征，体现了当代美国妇女戏剧文学的特色和魅力，再现了美国社会、历史、文化、政治、性别和种族等方面的问题。当代美国妇女剧作家戏剧观的新变化为从诉诸感情向诉诸理性的转化，从重情节向重情绪的转化，从规则的艺术向不规则艺术的转化。

附　录

Appendix 1

Chronology of Women Playwrights　妇女剧作家创作大事记

This chronology lists general events in American theatre history as well as the biographical information on American women playwrights and the production and/or publication information of plays by American playwrights.

1665　Record of the first production in English in the colonies, *Ye Bare and Ye Cubb* (non-extant) produced in Accomac County, Virginia.

1687　Increase Mather begins Puritan attack on the theatre

1698　Harvard College's President indicates an interest in student dramatists

1705　Pennsylvania Assembly passes legislation against theatrical events

1715　New York Governor Robert Hunter's *Androboros*, the first play written and published by an American

1724　First North American acting company established in Philadelphia

1728　Mercy Otis Warren born (d. 1814); Warren will become the first American-born woman to be known as a dramatic comedy writer

1730　Amateur New York production of *Romeo and Juliet* marks the debut of Shakespeare on the American stage

1750　General Court of Massachusetts passes legislation to prevent stage plays

1751　Judith Sargent Murray born (d. 1820); Murray will become the first American-born dramatists to have her plays produced professionally

1760 *The Maryland Gazette* prints the earliest known theatrical review

1762 Rhode Island passes legislation against stage plays Susanna Haswell Rowson born (d. 1828); although born in England, Rowson grows up in Massachusetts; the Rowson family will be depored during

American revolution, but Rowson and her husband Williams will eventually return to Massachusetts where they will have stage careers with the New

American company; Rowson will find playwriting success with her comedies and comic operas

1766 Major Robert Rogers' *Ponteach*; *or the Savages of America*, the first play about American published by an American

1767 New York's first permanent playhouse, the John Street Theatre, opens

1771-2 George Washinton attends at least nineteen theatrical productions

1772 Mercy Otis Warren's first, though unproduced play, *The Adulateur*

1774 The Continental Congress discourages stage shows, though no official resolutions are passed

1775 Mercy Otis Warren's *The Group*; published initially in installments in periodicals

1778 Several Congressional resolutions passed against plays and other diversions

1779 All theatrical entertainment in Pennsylvania is prohibited

1787 With the end of the American Revolution, prohibitions and resolutions against theatrical activity begin to lift; Pennsylvania offcially repeals its antitheater legislation in 1789, Massachussets and Rhode Island repeal their legislation in 1793; theatres throughout the nation begin to reopen and/or expand; women dramatist of this period include Judith Sargent Murray and Susanna Haswell Rowson

1793 A Charleston production of *The Tempest* sparks interest in the better use and design of stage effects; Susanna Haswell Rowson begins her Amercian stage career when she returns from her deportation to Britain

1794	Susanna Haswell Rowson's comic opera *Slaves in Algiers* performed at the Chestnut Street Theatre in Philadelphia
1795	Judith Sargent Murray's *Virtur Triumphant*; this and other Murray plays are produced by Boston's Federal Street Theatre, which Murray herself helped established
1796	Judith Sargent Murray's *The Traveller Returned*
1797	Susanna Haswell Rowson's *American in England* staged at Boston's Federal Street Theatre; this same year Rowson quits the stage and opens a girl's school in Boston
179?	Mary Carr Clarke born (d. 183?); Clarke is one of the first American dramatists of the nineteenth century, has a great impact on the American theatre
1800	The first play to be called a melodrama is produced in France; the melodramatic form, especially as rendered by women dramatists of the nineteenth century, has a great impact on the American theatre
1813	Louisa Medina born (d. 1838); Medina will specialize in spectacular melodramas, especially adaptations of her own novels; Medina will also receive a feat rare for her era by becoming a successful playwright, the most professionally produced female dramatists of her play who was not also an actress or manager
1815	The emergence of a professional theatre company in Frankfort, Kentucky marks the westward movement of American theatre; Mary Carr Clarke's only comedy *The Return from Camp* (later published as *The Fair Americans*)
1816	Gas lighting installed in the Chestnut Street Theatre
1818	Sarah Pogson's *The Young Carolinians*
1819	Anna Cora Ogden Mowatt born (d. 1870); although her upper-middle-class family has religious objections to the theatre, Mowatt will be an avid drama reader and will become a successful actress with a profitable playwriting career
1823	Mary Carr Clarke's *The Benevolent Lawyers*; or *Villainy Detected*
1826	Gas Lighting installed in New York theatres

1827	James Kirke Paulding makes a plea for a definitively "American" drama
1830s-40s	American women dramatists turn from comedy to melodrama and tragedy; however, in 1845 Anna Cora Mowatt's comedy *Fashion* breaks on the theatre scene and is a stunning success; *Fashion* continues today to receive critical attention and is often still produced
1835	Louisa Media's *Last Days of Pompeii* has a twenty-nine-performance run, setting the record for the longest running production at the Bowery Theatre; Medina is the Bowery Theatre's house playwright
1840	First use of the term "vaudeville" in the United States
1843	First recorded matinee performance in New York
1845	Anna Cora Mowatt's *Fashion*; is reviewed twice by Edgar Allan Poe for the *Broadway Journal*; also in this year Mowatt debuts as an actress
1847	Anna Cora Mowatt's *Armand, the Child of the People*
1848	First California theatre opens
1849	Frances Hodgen Burnett born (d. 1924); Burnett born in England, but her family moves to Knoxville in 1865; Burnett will become a highly successful novelists and deft melodramatic dramatist
1850	As many as fifty theatre companies are operating mationwide
1853	Catherine Sinclair opens the Metropolitan Theatre in San Francisco
1854	Actor John Wilkes Booth's debut; Anna Cora Mowatt's final performance
1855	Actress-manager Laura Keene opens the Laura Keen Varieties Theatre, New York
1856	First American copywright law; Mrs. Sidney Bateman's satire *Self*
1863	Charles W. Witham, the century's most prominent scenic artist/designer, begins his career in Boston
1866	Extensive use of limelight
1870	Olive Logan's *Before the Footlights and Behind the Scenes* Rachel Crothers born (birth date sometimes given as 1978,

d. 1958); Crothers will become the most prolific and successful female playwright in the early part of the twentieth century; during her four-decade playwriting career, Corthers will bring twenty-fours full-length productions to the New York stage

1874　The Lambs theatrical club established Zona Gale born (d. 1938); Gale will become a successful writer of American domestic comedy and the first female winner of the Pulitzer Prize for Drama Gertrude Stein born (d. 1946); although her fame will not come from her playwriting, Stein will write more than sevent-seven theatrical works; Stein's plays, often considered the dramatic equivalent of modernist painting, typically have no plot and beat little resemblance to traditional plays, making them extremely difficult to stage

1875　The emergence of complex sets, stagecraft machinery, and the modern concept of the director

1876　Nearly 100 theatre companies go on tour for the 1876—1877 season; Susan Glaspell born (d. 1948); always on the cutting edge of American theatre, Glaspell will help found the Provincetown Players, a company that will prodce her many and many-faceted plays

1878　Frances Hodgson Burnett's stage adaptation of her novel *That Lass o'Lowries*; Mrs. B. E. Woolf copywrights her melodrama *Hobbies; or The Angel of the Household*

1879　*Forget Me Not*, presented by Genevieve Ward

1880　Pauline Elizabeth Hopkins, African American playwright, writes, produces and stars in her melodrama *Slaves's Escape; or the Underground Railroad*.

Georgia Douglas Johnson born (d. 1966); Johnson will become highly involved in the artistic community as a published poet, a skilled composer, and a socially aware dramatist honored for her work in several dramatic genres. Angelina

Grimke born (d. 1958); Grimke will become the foremother of African

American women dramatists with her groundbreaking *Rachel* (1916)

1881 The 14th Street Theatre, credited birthplace of the true vaudeville, tries to attract women to its performance by giving away sewing knits and dress patterns. Martha Johnson's *Carrots; or The Waif of the Woods*

1882 Aged and needy actors now assisted by the Actors Fund of America

1885 Annie Oakley joins "Buffalo Bill" Cody's Wild West exhibition. Sophie Treadwell born (d. 1970); although she will also write realistically, Treadwell will become known as one of America's pioneers of expressionism

1889 Western theatres begin offering martinees for women and children. Frances Hodgson Burnett's melodrama *Phyllis*; *Nixie* follows in 1890

1890 With the star system in place, actors begin hiring agents. Minstrel shows are common

1891 Zora Neale Hurston born (d. 1960); prolific novelist, folklorist, playwright, Hurston becomes the most accomplished African American woman writer of the early twentieth century

1894 *Billboard* begins publication. Eulalie Spence born (d. 1981); unlike many of her contemporaries, Spence will not focus on protest drama but will earn her fame through dramas depicting everyday Harlem life

1896 Kliegl Brothers lighting company founded

1897 Strauss Signs creates gas-lit marquees. Frances Hodgson Burnett's *A Lady of Quality*

1899 Mary Miller born (d. 1995). Miller will becomes the most widely published African American woman playwright to date

1900 Starting this year and continuing over the next eight years, more than eighty theatres will be built in the Broadway district (39th Street to 54th Street)

1901 Jane Addams and Laura Dainty Pelham found the Hull-House Players in Chicago for the purpose of community education and edification

1904 Frances Hodgson Burnett's stage adaptation *That Man and I*

1905 Harvard begins offering English 47, a playwriting course

1906 Lillian Hellman born (d. 1984); Hellman's plays of social consciousness with her honor of election to the American Academy of Arts and Sciences (1960), the American Academy of Arts and Letters (1963), and the Theatre Hall of Fame (1974). Sophie Treadwell begins a short-lived vaudeville career as a character artist

1907 Playwright Martha Morton organizes the Society of Dramatic Authors because the American Dramatists Club will not accept female members

1909 Rachel Crothers's *A Man's World* (published 1915)

1910 There are twenty-six showboat theatres in operation. Florenz Ziegfeld discovers Fanny Brice

1911 An estimated 16 percent of new Yorkers attend a vaudeville show each week. Mary Austin's *The Arrow Maker*; Rachel Crothers' *He and She*

1912 Organization of Authors' Leagu of America (now the Dramatists Guild) offers legal protection to (male) playwrights. Burlesque performances begin to strip for better revenues. Marion Craig Wentworth's *The Flower Shop*

1913 The Actors' Equity Association is founded; Rachel Crothers' *Ourselves*

1914 Rachel Crothers' *Young Wisdom*; Playwright and theatre critic Florence Kiper writes reviews "from the feminist viewpoint" in the journal *Forum*

1915 Susan Glaspell founds the Provincetown Players with George Cram Cook and others. Angelina Grimke's *Rachel* (published 1916) is produced at the Myrtill Minor School in Washington; *Rachel* challenges the stereotypical and racist visions of African Americans promoted by the film *Birth of a Nation*

1916　Susan Glaspell's *Trifles*; Clare Kummer's Good Gracious, *Annabelle*

1917　Susan Glaspell's *The Outside and The People*

1918　Alice Dunbar-Nelson's *Mine Eyes Have Seen*; Susan Glaspell's *Woman's Honor*

1919　Mary Burrill's *They That Sitin Darkness* appears in *The Birth Control Review*

Mary Burrill's *Aftermath*

Susan Glaspell's *Bernice*

1920s—1930s　Era of the Harlem Renaissance or the New Negro Movement, an explosion and celebration of African American letters and art; African American women playwrights such as Marita Bonner, Mary Burrill, Ottie Graham, Angelina Grimke, Dorothy C. Guinn, Frances Gunner, Maud Cuney Hare, Myrtle Livingston Smith, and Eulalie Spence did not get all the recognition deserved or expected during this period, but they were a crucial part of the nationwide Little Theatre Movement occurring at the same time as the Harlem Renaissance; the Little Theatre Movement was intended to create amateur, community-based theatres that would be able to produce plays, especially one-acts, inexpensively

1920　A patent granted for a counterweighted curtain opening mechanism; Alice Childress born (d. 1994); Childress will become a celebrated playwright, director, actress, screenplay writer, and novelist; her art will be known for its poignant depiction of the common man and especially for its constant, dignified attack on racism. Zona Gale's realistic drama *Miss Lulu Bett* wins the 1921 Pulitzer Prize; Edna St. Vincent Millay's *Aria da Capo*

1921　Susan Glaspell's *Inheritors and The Verge*; Rachel Crothers' *Nice People*

1922　Sophie Treadwell's first Broadway production, *Gringo*

1923　　Rachel Crother's *Expressing Willie*; Dorothy C. Guinn's pageant "Out of the Dark"

1925　　Frances Gunner's pageant "Light of the Women"; Zora Neale Hurston's *Color-Struck*; Georgia Douglas Johnson's *A Sunday Morning in the South*; May Miller's *Riding the Goat*; Sophie Treadwell's *O Nightingale*; becoming very dissatisfied with commercial theatre, Treadwell beigns producing and directing her own work, especially as she moves into more non-realistic drama; also in this year Treadwell gives three lectures to the American Laboratory Theatre in New York; Treadwell's notes from these lectures have been invaluable in the study of her work and the American drama scene of her day

1926　　Georgia Douglas Johnson's *Blue Blood*; May Miller's *The Cuss' d Thing*; Myrtle Livingston Smith's *For Unborn Children*; Eulalie Spence's *Foreign Mail*

1927　　Marita's Bonner's *The Plot Maker*; Zora Neale Hurston's *The First One*; Georgia Douglas Johnson's *Plumes*; Anne Nichols' *Abie's Irish Rose*, which eventually runs for 2327 performances; Eulalie Spence's *The Starter*, *Her*, *Hot Stuff*, and *Fool's Errand*

1928　　Marita's Bonner's expressionistic *The Purple Flower* appears in the magazine *The Crisis*; Johnson's *Plumes* wins first prize in *Opportunity's* 1927 playwrighting contest; Eulalie Spence's *Episode*; Sophie Treadwell's expressionistic *Machinal* runs for ninety-one performance at the Plymouth Theatre in New York, reviving the popularity of expressionism on the commercial stage

1929　　Marita's Bonner's *Exit: An Illusion*; Rachel Crother's *Let Us Be Gay*; Georgia Douglas Johnson's *Safe* pioneers innovative uses of various dramatic techniques in its depiction of the horros of lynching. May Miller's *Graven Images*; May Miller publishes *Scratches* in University of North Carolina's *Carolina Magazine*; Eulalie Spence's *Undertow*; Spence's only full-length play, *The Whipping*, does not open as scheduled in Bridgeport, Conneticut; a subsequent movie deal with Paramount Sudios also does not come to fruition

1930 After Broadway's commercial theatres experience their period of greatest success in the late twenties, the National Theatre Conference is established to assist and encourage non-commercial theatre. Just fourteen years after

Grimke's *Rachel*, an estimated forty-nine African American women playwrights are at work; Avant-garde theatre artist Maria Irene Fornes born; Fornes'a acclaimed work will earn her several Obies including one for

Sustained Achievement. Susan Glaspell's final play, the Pulitzer Prize-winning *Alison's House*; Lorraine Hansberry born (d. 1965);

Hansberry will achieve commercial and popular success and along with playwrights such as Alice Childress, earn critical, national acclaim for African American women playwrights. Georgia Douglas Johnson's *Blue-Eyed Black Boy*; May Miller's *Stragglers in the Dust* and *Plays and PageantsFrom the Life of the Negro*; *Plays and Pageants* earns Miller acclaim as one of the most promisingcontemporary playwrights

1931 Rachel Crother's *As Husbands Go*; Zora Neale Hurston and Langston Hughes collaborate on *Mule Bone*, an authentic, yet unfinished, black folk comedy; *Mule Bone* is eventually staged on Broadway in 1991. Adrienne Kennedy born; this future Obie-winning playwright will share her theatre knowledge with young dramatists as a lecturer in playwriting at Yale, Princeton, and Brown Universities

1932 Rachel Crothers' *When Ladies Meet*; Shirley Graham's three-act opera *Tom Tom* produced at the Cleveland Stadium marks the first professional production of a black opera. Zora Neale Hurston creates and performs *The Great Day*, the first of three musical programs of Negro folklore; *From Sun to Sun* and *Singing Steel* follow in 1933 and 1934 respectively. Megan Terry born; future writer in residence for the Yale University School of Drama (1966—1967), founding member of the Women's Theatre Council (1972), and Obie award winner, Terry will earn an international reputation as the "mother" of American feminist drama

1933   May Miller's lynching drama *Nails and Thorns*; Sophie Treadwell's most experimental work, *For Saxophone*, and her most realistic, psychological drama, *Lone Valley*

1934   Lillian Hellman's *The Children's Hour*; this play introduces Hellman to the American theatre scene and enjoys the longest run (691 performances) of any production in Hellman's thirty-year playwriting career; Hellman will revive *The Children's Hour* on Broadway under her own direction in 1952.

Gertrude Stein's *Fours Saints in Three Acts*: *An Opera to Be Sung*, directed by John Housemen

1935   The Federal Theatre Project is organized and directed by Hallie Flanagan. Zoe Akins wins the Pulitzer Prize for *The Old Maid*, adapted from Edith

Wharton's novel. Georgia Douglas Johnson's historical plays *Frederick*

Douglas and *William and Ellen Craft*; May Miller helps edit *Negro History in Thirteen Plays*, a volume which contains Miller's own four history plays:

Harriet Tubman, *Sojourner Truth*, *Christophe's Daughters*, and *Samory*

1936   Lillian Hellman's *Days to Come*

1937   Rachel Crother's last play, *Susan and God*, runs for 288 performances. Tina Howe born; Howe will be known for her perceptive view of contemporary mores; her plays will often feature women artists as protagonists

1939   Lillian Hellman's *The Little Foxes*; Shirly Graham's *I Gotta Home*

1940   Shirley Graham's one-act *It's Morning*; and radio drama *Track Thirteen*

1941   Lillian Hellman's most overtly political drama, *Watch on the Rhine*, wins the New York Drama Critics Circle Award for best American Play

1944   Lillian Hellman's last political play, *The Searching Wind*

1945   Mary Chase's *Harvey* wins the Pulitzer Prize, running for 1775 performances

1946   The first Tony Awards dinner is held. Marsha Norman born; Norman will win acclaim for her intense dramas which often subvert traditional narrative strategies

1948   Poet and playwright Ntozake Shange born; Shange will become known for her artistic innovations, especially the "choreopoem"

1949   Alice Childress' *Florence*; Lillian Hellman's adaptation of Emmanuel Robles' *Montserrat*

1950   Wendy Wassertein born (d. 2006), Wasserstein will become a playwright known for creating strong women's roles and will be the first woman playwright to win a Tony Award

1951   Lillian Hellman's *The Autumn Garden*; Paula Vogel born; Vogel's plays will focus on the non-traditional family, and social issues such as AIDS, domestic violence, sexual abuse, and the feminization of poverty

1952   Alice Childress's *Gold Through the Trees*; Lillian Hellman is called to testify before the House Un-American Activities Committee. Beth Henley born;

Henley will be known for creating women characters who define themselves apart from men; her first New York production will earn her a Pulitzer Prize. Emily Mann born; Mann will become known for her documentary dramas, her foucs on gender roles and sexual politics, and her several tours of duty as artistic director for theatres from Minneapolis to New Jersey and New York

1955   Alice Childress's *Trouble in Mind* wins an Obie.

1956   Performance artist and writer Karen Finley born; Finley will earn an MFA in Performance Art at the San Francisco Art Institute; her work will foucs on victimization, the dysfunctional family, and the eroticization of the body Performance artist, director, actress Anna Deavere Smith born

1958　Ketti Frings' *Look Homeward, Angel* wins the Pulitzer Prize

1959　Lorrain Hansberry's *A Raisin in the Sun* opens at the Ethel Barrymore Theatre and runs for 530 performances, winning a New York revivals in 1979 and 1983 will earn critical acclaim as will a musical version, *Raisin*, produced in 1973

1960　Association of Producing Artists founded

1961　Jean Kerr's *Mary Mary*

　　　Megan Terry's *New York Comedy*

1963　Susan-Lori Parks born; carrying on the legacy of earlier African American women playwrights.

1964　Andrienne Kennedy's *Funnyhouse of a Negro* wins an Obie

1965　National Endowment for the Arts established; Megan Terry's *Calm Down Mother*

1966　Alice Childress' *Wedding Band*; Megan Terry receives international acclaim for writing and direction

1967　Babara Garson's assassination satire *Macbird*! Rochelle Owens' *Futz* wins an Obie

1970　Political/feminist theatre groups emerge: Anselma DelliOllio's New Feminist Repertory, the New Feminist Theatre, the Spiderwomen Theatre, At the Foot of the Mountain; such alternative groups begin forming in urban centers, employing radical techniques to challenge mainstream, middle-class, commercial, linear, realistic theatre; these new groups are committed to collaborative theatre and multicultural awareness. The emergence and proliferation of feminist theatee inspires the formation of lesbian ensembles: the Lavender Cellar in Minneapolis, the Red Dyle Theatre in Atlanta, the Lesbian-Feminist Theatre Collecitve in Pittsburg

1970　Megan Terry's *Approaching Simone* wins an Obie

1971　Megan Terry begins her long career as the resident playwright and literary manager of the Omaha Magic Theatre, where she remains committed to community problem plays and social action dramas

1972　The Women's Theatre Council is formed. Adrienne Kennedy and Megan Terry earn grants from the National Endowment for the Arts; Terry will earn a National Endowment fellowship in 1989

1974　The emergence of dinner theatre fad

1977　Obie to Maria Irene Fornes' direction of *Fefu and Her Friends*; Marsha Norman's first play, *Getting Out*, wins the John Gassner Playwriting
Medallion, the Newsday Oppenheim Award, and a special citation from the New York Drama Critics Circle

1978　Approximately 40 feminist theatres can be counted; just three years later, some 112 exist. Susan Eisenberg founds Word of Mouth Productions, a theatre collective exclusively for women hoping to reach working-class female audiences; Women's Project and Productions also founded in New York

1979　Tina Howe's *The Art of Dining* which wins an Obie in 1983

1981　Split Britches, a feminist/ lesbian theatre company, is founded by Lois Weaver, Peggy Shaw, and Deborah Margolin; an off-shoot of the
Spiderwomen Theatre performing in New York's East Village at the WOW Café, the company employs Brechtian techniques to critique rigid gender roles and compulsory heterosexuality. Beth Henley's first play *Crimes of the Heart* earns her a Pulitzer Prize and a New York Drama Critics Circle Award. Emily Mann wins an Obie for *Still Life*. Ntozake Shange's adaptation of Brecht's *Mother Courage* wins an Obie

1982　Maria Irene Fornes earns an Obie for Sustained Achievement

1983　Maria Irene Fornes garners Obies for *Mud*, *The Danube*, and *Sarita*; Tina Howe's *Painting Churches* wins an Obie, an Outer Critics Circle Award, and a Rosamond Gilder Award. Marsha Norman's' *night*, *Mother*, a Pulitzer Prize and Susan Smith Blackburn

Prize-winner

1985 Maria Irene Fornes' *The Conduct of Life* wins an Obie

1986 Tina Howe's *Painting Churches* is televised on PBS's American Playhouse; Jane Wagner's *The Search for Signs of Intelligent Life in the Universe*

1987 Alice Childress wins the Harlem School of the Arts Humanitarian Award; Karen Finley's *The Constant State of Desire*; Holly Hughes' *Dress Suite to Hire*

1988 Karen Finley's *The Theory of Total Blame*; Tina Howe's *Approaching Zanzibar*; Wendy Wasserstein's Pulitzer Prize-winning play and first play by a woman to win a Tony *The Heidi Chronicles*

1989 First International Women Playwrights' Conference, Buffalo, NY

1991 The Broadway production of Marsha Norman's adaptation of Frances Hodgson Burnett's *The Secret Garden* is noted for its creative team of women: Norman, book; Lucy Simon, music; Susan H. Schulman, director; Jeanine Levenson, dance arrangements and associate conductor; Heidi Landesman, scenery and production team; Elizabeth Williams, producer

1993 Director Anne Bogart stages a Brechtian and feminist production of Clare Boothe Luce's *The Women*

1994 Martha Boesing's *Hard Times Come Again No More*; Lisa Loomer's *The Waiting Room*, a Best Play of 1994—1995; Anne Meara's *After-Play*; Meara, of the comedy team Stiller and Meara, is noted for both performance and writing for the stage, screen, and radio. Wendy Wasserteiin speaks at a rally trying to save the endangered National Endowment for the Arts; a National Endowment for the Arts grant made Wasserstein's smash hit *The Heidi Chronicles* possible

1995 Emily Mann's *Having Our Say*

1996 Rita Dove's *The Darker Face of the Earth*; this is the first length play by Dove, Poet Laureate of the United States 1993—1995. Emily Mann's

Greenboro: *A Requiem* chronicles the shooting of anti-Klan protesters. Anna Deavere Smith begins working on her "Press and the Presidency" project which will lead to a theatre piece and several *Newsweek* articles in 1997.

Wendy Wassertein's *An American Daughter*, the first of Wassertein's plays to be produced directly on Broadway without an Off-Broadway run

1997 ARTNOW, a grassroots celebration of and demonstration for the arts and arts funding is held April 19; Tina Howe's *Pride's Crossing*

2002 Suzan-Lori Parks' *Topdog/Underdog* wins the Pulitzer Prize

2009 Lynn Nottage's *Ruined* wins the Pulitzer Prize

2010 Annie Baker's *Circle Mirror Transformation* and *The Aliens* wins Best New American Play

2012 Amy Herzog's *4000 Miles* wins Best New American Play

2013 Lisa D'Amour's *Detroit* and Julia Jarcho's *Grimly Handsome* are awarded Best New American Play

Appendix 2

Winners of major drama prizes（主流美国戏剧奖获奖名单）

Pulitzer Prize winners（普利策获奖名单）

What follows is a list of plays that have been awarded the Pulitzer Prize in drama. Years when no award was given are indicated.

1917 No Award

1918 *Why Marry?* Jesse Lynch Williams

1919 No Award

1920 *Beyond the Horizon*, Eugene O'Neill

1921 *Miss Lulu Bett*, Zona Gale

1922 *Anna Christie*, Eugene O'Neill

1923　*Icebound*, Owen Davis
1924　*Hell-Bent fer Heaven*, Hatcher Hughes
1925　*They Knew What They Wanted*, Sidney Howard
1926　*Craig's Wife*, George Kelly
1927　*In Abraham's Bosom*, Paul Green
1928　*Strange Interlude*, Eugene O'Neill
1929　*Street Scene*, Elmer Rice
1930　*The Green Pastures*, Marc Connelly
1931　*Alison's House*, Susan Glaspell
1932　*Of Thee I Sing* [musical], George S. Kaufman, Morrie Ryskind, and Ira Gershwin
1933　*Both Your Houses*, Maxwell Anderson
1934　*Men in White*, Sidney Kingsley
1935　*The Old Maid*, Zoe Akins
1936　*Idiot's Delight*, Robert E. Sherwood
1937　*You Can't Take It with You*, Moss Hart and George S. Kaufman
1938　*Our Town*, Thornton Wilder
1939　*Abe Lincoln in Illinois*, Robert E. Sherwood
1940　*The Time of Your Life*, Williams Saroyan
1941　*There Shall Be No Night*, Robert E. Sherwood
1942　No Award
1943　*The Skin of Our Teeth*, Thornton Wilder
1944　No Award
1945　*Harvey*, Mary Chase
1946　*State of the Union*, Russel Crouse and Howard Lindsay
1947　No Award
1948　*A Streetcar Names Desire*, Tennessee Williams
1949　*Death of a Salesman*, Arthur Miller
1950　*South Pacific* [musical], Richard Rodgers, Oscar Hammerstein, and Joshua Logan
1951　No Award
1952　*The Shrike*, Joseph Kramm

1953 *Picnic*, William Inge
1954 *The Teahouse of the August Moon*, John Patrick
1955 *Cat on a Hot Tin Roof*, Tennessee Williams
1956 *The Diary of Anne Frank*, Albert Hackett and Frances Goodrich
1957 *Long Day's Journey into Night*, Eugene O'Neill
1958 *Look Homeward, Angel*, Ketti Frings
1959 *J. B.*, Archibald MacLeish
1960 *Fiorello* [musical], Jerome Weidman, George Abbott, Jerry Bock, and Sheldon Harnick
1961 *All the Way Home*, Tad Mosel
1962 *How to Succeed in Business without Really Trying* [musical], Frank Loesser and Abe Burrows
1963 No Award
1964 No Award
1965 *The Subject Was Roses*, Frank D. Gilroy
1966 No Award
1967 *A Delicate Balance*, Edward Albee
1968 No Award
1969 *The Great White Hope*, Howard Sackler
1970 *No Place to Be Somebody*, Charles Gordone
1971 *The Effect of Gamma Rays on Man-in-the-Moon Marigolds*, Paul Zindel
1972 No Award
1973 *That Championship Season*, Jason Miller
1974 No Award
1975 *Seascape*, Edward Albee
1976 *A Chorus Line* [musical], Michael Bennett, James Kirkwood, Nicholas Dante, Marvin Hamlisch, and Edward Kleban
1977 *The Shadow Box*, Michael Cristofer
1978 *The Gin Game*, Donald L. Coburn
1979 *Buried Child*, Sam Shepard
1980 *Talley's Folly*, Lanford Wilson

1981	*Crimes of the Heart*,	Beth Henley
1982	*A Soldier's Play*,	Charles Fuller
1983	*night, Mother*,	Marsha Norman
1984	*Glengarry Glen Ross*,	David Mamet
1985	*Sunday in the Park with George* [musical],	Stephen Sondheim and James Lapine
1986	No Award	
1987	*Fences*,	August Wilson
1988	*Driving Miss Daisy*,	Wendy Wasserstein
1989	*The Heidi Chronicles*,	August Wilson
1990	*The Piano Lesson*,	August Wilson
1991	*Lost in Yonkers*,	Neil Simon
1992	*The Kentucky Cycle*,	Robert Schenkkan
1993	*Angels in America: Millennium Approaches*,	Tony Kushner
1994	*Three Tall Women*,	Edward Albee
1995	*The Young Man from Atlanta*,	Horton Foote
1996	*Rent* [musical],	Jonathan Larson
1997	No Award	
1998	*How I Learned to Drive*,	Paula Vogel
1999	*Wit*,	Margaret Edson
2000	*Dinner with Friends*,	Donald Margulies
2001	*Proof*,	David Auburn
2002	*Topdog/Underdog*,	Suzan-Lori Parks
2003	*Anna in the Tropics*,	Nilo Cruz
2004	*I Am My Own Wife*,	Doug Wright
2005	*Doubt, a parable*,	John Patrick Shanley
2006	No Award	
2007	Rabbit Hole,	David Lindsay-Abaire
2008	"August: Osage County",	Tracy Letts
2009	Ruined,	Lynn Nottage
2010	*Next to Normal*,	music by Tom Kitt, book and lyrics by Brian Yorkey

2011 Clybourne Park, Bruce Norris
2012 Water by the Spoonful, Quiara Alegria Hudes
2013 Disgraced, Ayd Akhtar

New York Drama Critics' Circle Award Winners（纽约剧评奖获奖名单）

What follows is the list of American plays that have been recipients of the New York Drama Critics' Circle Award. The NYDCCA is usually given to one foreign and one American play each year; years when no award was given to an American play are indicated. (There is a category for best musical as well, but those winners are not included)

1936 *Winterset*, Maxwell Anderson
1937 *High Tor*, Maxwell Anderson
1938 *Of Mice and Men*, John Steinbeck
1939 No award given to an American play
1940 *The Time of Your Life*, Williams Saroyan
1941 *Watch on the Rhine*, Lillian Hellman
1942 No award given to an American play
1943 *The Patriots*, Sidney Kingsley
1944 No award given to an American play
1945 *The Glass Menagerie*, Tennessee Williams
1946 No award given to an American play
1947 *All My Sons*, Arthur Miller
1948 *A Streetcar Named Desire*, Tennessee Williams
1949 *Death of a Salesman*, Arthur Miller
1950 *The Member of the Wedding*, Carson McCullers
1951 *Darkness at Noon*, Sidney Kingsley
1952 *I Am a Camera*, John van Druten
1953 *Picnic*, William Inge
1954 *The Teahouse of the August Moon*, John Patrick
1955 *Cat on a Hot Tin Roof*, Tennessee Williams
1956 *The Diary of Anne Frank*, Frances Goodrich and Albert Hackett
1957 *Long Day's Journey into Night*, Eugene O'Neill
1958 *Look Homeward, Angel*, Ketti Frings

1959　*A Raisin in the Sun*, Lorraine Hansberry
1960　*Toys in the Attic*, Lillian Hellman
1961　*All the Way Home*, Tad Mosel
1962　*The Night of the Iguana*, Tennessee Williams
1963　*Who's Afraid of Virginia Woolf?*, Edward Albee
1964　No award given to an American play
1965　*The Subject Was Roses*, Frank D. Gilroy
1966　No award given to an American play
1967　No award given to an American play
1968　No award given to an American play
1969　*The Great White Hope*, Howard Sackler
1970　*The Effect of Gamma Rays on Man-in-the-Moon Marigolds*, Paul Zindel
1971　*The House of Blue Leaves*, John Guare
1972　*That Championship Season*, Jason Miller
1973　*The Hot l Baltimore*, Lanford Wilson
1974　*Short Eyes*, Miguel Pinero
1975　*The Takings of Miss Janie*, Ed Bullins
1976　*Streamers*, David Rabe
1977　*American Buffalo*, David Mamet
1978　No award given to an American play
1979　*The Elephant Man*, Bernard Pomerance
1980　*Talley's Folly*, Lanford Wilson
1981　*Crimes of the Heart*, Beth Henley
1982　*A Soldier's Play*, Charles Fuller
1983　*Brighton Beach Memoirs*, Neil Simon
1984　*Glengarry Glen Ross*, David Mamet
1985　*Ma Rainey's Black Bottom*, August Wilson
1986　*A Lie of the Mind*, Sam Shepard
1987　*Fences*, August Wilson
1988　*Joe Turner's Come and Gone*, August Wilson
1989　*The Heidi Chronicles*, Wendy Wasserstein

1990　*The Piano Lesson*, August Wilson
1991　*Six Degrees of Separation*, John Guare
1992　*Two Trains Running*, August Wilson
1993　*Angels in America: Millennium Approaches*, Tony Kushner
1994　*Three Tall Women*, Edward Albee (*Twilight: Los Angels*, 1992, Anna Deavere Smith, received an award "for unique contribution to theatrical form.")
1995　*Love! Valour! Compassion!*, Terrence McNally
1996　*Seven Guitars*, August Wilson
1997　*How I Learned to Drive*, Paula Vogel
1998　*Pride's Crossing*, Tina Howe
1999　*Wit*, Margaret Edson
2000　*Jitney*, August Wilson
2001　*Proof*, David Auburn
2002　*The Goat, or Who Is Sylvia?*, Edward Albee
2003　*Take Me Out*, Richard Greenberg
2004　*Intimate Apparel*, Lynn Nottage
2005　*Doubt, a Parable*, John Patrick Shanley
2006　*The History Boys*, Alan Bennett
2007　*Radio Golf*, August Wilson
2008　*August: Osage County*, Tracy Letts
2009　*Ruined*, Lynn Nottage
2010　*The Orphans' Home Cycle*, Horton Foote
2011　*Good People*, David Lindsay-Abaire
2012　*Sons of the Prophet*, Stephen Karam
2013　*Vanya and Sonia and Masha and Spike*, Christopher Durang

The American Theatre Wing's Antoinette Perry "Tony" Award Winners（托尼奖获奖名单）

What follows is the list of those years when the Best Play Award was given to an American play.

1947　Author (Dramatic) Arthur Miller (*All My Sons*)
1948　*Mister Roberts*, Thomas Heggen and Joshua Logan

1949　*Death of a Salesman*, Arthur Miller

1951　*The Rose Tattoo*, Tennessee Williams

1953　*The Crucible*, Arthur Miller

1954　*The Teahouse of the August Moon*, John Patrick

1955　*The Desperate Hours*, Joseph Hayes

1956　*The Diary of Anne Frank*, Frances Goodrich and Albert Hackett

1957　*Long Day's Journey into Night*, Eugene O'Neill

1958　*Sunrise at Campobello*, Dore Schary

1959　*J. B.*, Archibald MacLeish

1960　*The Miracle Worker*, Williams Gibson

1963　*Who's Afraid of Virginia Woolf?*, Edward Albee

1965　*The Subject Was Rose*, Frank Gilroy Author (Dramatic) Neil Simon (*The Old Couple*)

1969　*The Great White Hope*, Howard Sackler

1972　*That Championship Season*, Jason Miller

1974　*The River Niger*, Joseph A. Walker

1977　*The Shadow Box*, Michael Cristofer

1979　*The Elephant Man*, Bernard Pomerance

1980　*Children of a Lesser God*, Mark Medoff

1983　*Torch Song Trilogy*, Harvey Fierstein

1985　*Biloxi Blues*, Neil Simon

1986　*I'm Not Rappaport*, Herb Gardner

1987　*Fences*, August Wilson

1988　*M. Butterfly*, David Henry Hwang

1989　*The Heidi Chronicles*, Wendy Wasserstein

1990　*The Grapes of Wrath*, Frank Galati

1991　*Lost in Yonkers*, Neil Simon

1993　*Angels in America: Millennium Approaches*, Tony Kushner

1994　*Angels in America: Perestroika*, Tony Kushner

1995　*Love! Valour! Compassion!*, Terrence McNally

1996　*Master Class*, Terrence McNally

1997　*The Last Night of Ballyhoo*, Alfred Uhry

1999	*Side Man*, Warren Leight
2001	*Proof*, David Auburn
2002	*The Goat, or Who Is Sylvia?*, Edward Albee
2003	*Take Me Out*, Richard Greenberg
2004	*I Am My Own Wife*, Doug Wright
2005	*Doubt*, John Patrick Shanley
2006	*The History Boys*, Alan Bennett
2007	*The Coast of Utopia*, Tom Stoppard
2008	*August: Osage County*, Tracy Letts
2009	*The God of Carnage*, Yasmina Reza
2010	*Red* (Oberon Modern Plays), John Logan
2011	*War Horse*, Nick Stafford
2012	*Clybourne Park*, Bruce Norris
2013	*Vanya and Sonia and Masha and Spike*, Christopher Durang

www.tonys.org/archive/pastwinners/

The Village Voice Off-Broadway "OBIE" Award Winners（奥比奖获奖名单）

The Obie Award categories are not constant, and as many plays or playwrights as are worthy of recognition are awarded. Listed below are American plays and playwrights.

1956 Best New Play

　　Absolom, Lionel Abel

1957 Best New Play

　　A House Remembered, Louis Lippa

1960 Best New Play

　　The Connection, Jack Gelber

　　Distinguished Play

　　The Zoo Story, Edward Albee

　　The Prodigal, Jack Richardson

1962 Best New Play

　　Who'll Save the Plowboy, Frank D. Gilroy

　　Best American Play

Dutchman, LeRoi Jones (Amiri Baraka)

Distinguished Play

Home Movies, Rosalyn Drexler

Funnyhouse of the Negro, Adrienne Kennedy

1965 Best American Play

The Old Glory, Robert Lowell

Distinguished Play

Promenade and The Successful Life of Three, Maria Irene Fornes

1966 Best American Play

The Journey of the Fifth Horse, Ronald Ribman

Distinguished Play

Chicago, Icarus's Mother, and Red Cross, Sam Shepard

1967 Distinguished Play

Futz, Rochelle Owens

La Turista, Sam Shepard

1968 Distinguished Play

Muzeeka, John Guare

The India Wants the Bronx, Israel Horovitz

Forensic and the Navigator and Melodrama Play, Sam Shepard

1969 Best American Play

Little Murders, Jules Feiffer

1970 Best American Play (tie)

Approaching Simone, Megan Terry

The Effect of Gamma Rays on Man-in-the-Moon Marigolds, Paul Zindel

Distinguished Play

The Deer Kill, Murray Mednick

1971 Best American Play

The House of Blue Leaves, John Guare

Distinguished Play

The Fabulous Miss Marie and In New England Winter, Ed Bullins

The Basic Training of Pavlo Hummel, David Rabe

1973 Best American Play (tie)
　　　The Hot l Baltimore, Lanford Wilson
　　　The River Niger, Joseph A. Walker
　　　Distinguished Play
　　　What If It Had Turned Up Heads? J. E. Gaines
　　　The Tooth of Crime, Sam Shepard
　　　Bigfoot, Ronald Tavel
1974 Best American Play
　　　Short Eyes, Miguel Pinero
　　　Distinguished Play
　　　The Great MacDaddy, Paul Carter Harrison
　　　Bad Habits, Terrence McNally
　　　When You Comin' Back, Red Ryder?, Mark Medoff
1975 Best American Play
　　　The First Breeze of Summer, Leslie Lee
　　　Playwriting
　　　Ed Bullins, *The Taking of Miss Janie*
　　　Wallace Shawn, *Our Late Night*
　　　Sam Shepard, *Action*
　　　Lanford Wilson, *The Mound Builders*
1976 Best New American Play
　　　American Buffalo and Sexual Perversity in Chicago, David Mamet
1977 Best New American Play
　　　Curse of the Starving Class, Sam Shepard
　　　Playwriting
　　　David Berry, *G. R. Point*
　　　Maria Irene Fornes, *Fefu and Her Friends*
　　　Williams Hauptmann, *Domino Courts*
　　　Albert Innaurato, *Gemini and The Transfiguration of Benno Blimpie*
1978 Best New American Play
　　　Shaggy Dog Animation, Lee Breuer
1979 Best New American Play

Josephine, Michael McClure

Playwriting

Rosalyn Drexler, *The Writer's Opera*

Susan Miller, *Nasty Rumors and Final Remarks*

Richard Nelson, *Vienna Notes*

Bernard Pomerance, *The Elephant Man*

Sam Shepard, *Buried Child*

1980　Playwriting

Lee Breuer, *A Prelude to Death in Venice*

Christopher Durang, *Sister Mary Ignatius Explains It All for You*

Romulus Linney, *Tennessee*

Jeff Weiss, *That's How the Rent Gets Paid* (Part Three)

Sustained Achievement

Sam Shepard

1981　Best New American Play

FOB, David Henry Hwang

Playwriting

Charles Fuller, *Zooman and the Sign*

Amlin Gray, *How I Got That Story*

Len Jenkin, *Limbo Tales*

1982　Best New American Play (tie)

Metamorphosis in Miniature, Noa Ain

Mr. Deadand Mrs. Free, Squat Theatre

Playwriting

Robert Auletta, *Stops and Virgins*

Sustained Achievement

Maria Irene Fornes

1983　Playwriting

David Mamet, *Edmond*

Distinguished Playwriting

Tina Howe, *Painting Churches*

Most Promising Young Playwright

Harry Kondoleon

1984   Best New American Play

Fool for love, Sam Shepard

Playwriting

Maria Irene Fornes, *The Danube*, *Sarita*, *and Mud*

Len Jenkin, *Five of Us*

Ted Tally, *Terra Nova*

1985   Best New American Play

The Conduct of Life, Maria Irene Fornes

Playwriting

Rosalyn Drexler, *Transients Welcome*

Christopher Durang, *The Marriage of Bette and Boo*

Williams M. Hoffman, *As Is*

1986   Playwriting

Eric Bogosian, *Drinking in America*

Martha Clarke, Charles L. Mee, Richard Peaslee, *Vienna: Lusthaus*

John Jesurun, *Deep Sleep*

Lee Nagrin, *Bird/Bear*

1987   Best New American Play

The Cure and Film Is Evil, *Radio Is Good*, Richard Foreman

1988   Best New American Play

Abingdon Square, Maria Irene Fornes

Sustained Achievement

Richard Foreman

1990   Best New American Play (tie)

Prelude to a Kiss, Craig Lucas

Bad Penny, *Crowbar*, *and Terminal Hip*, Mac Wellman

Imperceptible Mutabilities in the Third Kingdom, Suzan-Lori Parks

1991   Best New American Play

The Fever, Wallace Shawn

Playwriting

John Guare, *Six Degrees of Separation*

Mac Wellman, *Sincerity Forever*

1992 Best New American Play (tie)

Sight Unseen, Donald Margulies

Sally's Rape, Robbie MaCauley

The Baltimore Waltz, Paula Vogel

Sustained Excellence in Playwriting

Neal Bell

Romulus Linney

1993 Playwriting

Harry Kondoleon, *The Houseguests*

Larry Kramer, *The Destiny of Me*

Jose Rivera, *Marisol*

Paul Rudnick, *Jeffrey*

1994 Best Play

Twilight: Los Angels, 1992, Anna Deavere Smith

Playwriting

Eric Bogosian, *Pounding Nails in the Floor with My Forehead*

Howard Korder, *The Lights*

SustainedAchievement

Edward Albee

1995 Best Play

Cryptogram, David Mamet

Playwriting

David Hancock, *The Convention of Cartography*

Tony Kushner, *Slavs!*

Terrence McNally, *Love! Valor! Compassion!*

Susan Miller, *My Left Breast*

1996 Best New American Play

June and Jean in Concert, Adrienne Kennedy

Sleep Deprivation Chamber, Adam P. Kennedy

Playwriting

Ain Gordon, *Wally's Ghost*
Donald Margulies, *The Model Apartment*
Suzan-Lori Parks, *Venus*
Doug Wright, *Quills*

1997 Best Play
One Flea Spare, Naomi Wallace
Playwriting
Eve Ensler, *The Vagina Monologues*
David Henry Hwang, *Gold Child*
Paula Vogel, *How I Learned to Drive*
Lanford Wilson, *Sympathetic Magic*

1998 Best Play
Pearls for Pigs and Benita Canova, Richard Foreman

1999 Playwriting
Christopher Durang, *Betty's Summer Vocation*
David Hancock, *The Race of the Ark Tattoo*

2001 Playwriting
Jose Rivera, *References to Salvador Dali Make Me Hot*

2002 Playwriting
Tony Kushner, *Homebody/Kabul*

2003 Lifetime Achievement
Mac Wellman

2004 Best New American Play
Craig Lucas, *Small Tragedy*
Lifetime Achievement
Mark Russell

2005 Playwriting
Lynn Nottage, *Fabulation*
John Patrick Shanley, *Doubt*
Christopher Shinn, *Where Do We Live*
Caryl Churchill, *A Number*

2006 Playwriting

Rolin Jones, *Intelligent Design of Jenney Chow*

Marin MacDonagh, *The Lieutenant of Inishmore*

Lifetime Achievement

Eric Bentley

2007 Lifetime Achievement

Alvin Epstein

Playwriting

Adam Bock, *The Thugs*

2008 Playwriting

Horton Foote, *Dividing The Estate*

David Henry Hwang, *Yellow Face*

Lifetime Achievement

Adrienne Kennedy

2009 Best New American Play

Lynn Nottage, *Ruined*

Lifetime Achievement

Earle Hyman

2010 Playwriting

Enda Walsh, *The New Electric Ballroom*

Best New American Play

Annie Baker, *Circle Mirror Transformation and The Aliens*

2011 *Playwriting*

Samuel D. Hunter, A Bright New Boise

Best New American play

Kristoffer Diaz, The Elaborate Entrance of Chad Deity

2012 *Playwriting*

Kristen Greenidge, *Milk Like Sugar*

Lifetime Achievement

Caridad Svich

Best New American Play

Amy Herzog, *4000 Miles*

2013 Playwriting

Ayad Akhtar, *Disgraced*
Annie Baker, *The Flick*
Best New American Play (tie)
Lisa D'Amour, *Detroit*
Julia Jarcho, *Grimly Handsome*
Lifetime Achievement
Lois Smith
Frances Sternhagen
www.villagevoice.com/obies/

参考文献

Alexander, Doris. *Eugene O'Neill's Creative Struggle: The Decisive Decade, 1924—1933.* University Park: Pennsylvania State University Press, 1992.

Allen, Carol Dawn. *Peculiar Passages: Black Women Playwrights, 1873 to 2000.* New York: Peter Lang Publishing, Inc., 2005.

Anderson, Lisa M. *Black Feminism in Contemporary Drama.* Urbana and Chicago: University of Illinois Press, 2008.

Andreach, Robert J. *Understanding Beth Henley.* Columbia: University of South Carolina Press, 2006.

Balakian, Jan. *Reading the Plays of Wendy Wasserstein.* New York: Applause Theatre and Cinema Books, 2010.

Berkvist, Robert. "Act I-The Pulitzer, Act II-Broadway", *The New York Times*, October 25, 1981.

Betsko, K. and Koenig, R. "Beth Henley." *Interviews with Contemporary Women Playwrights.* New York: Beech Tree, 1987: 211—222.

Bigsby, C. W. E. *Contemporary American Playwrights.* Cambridge: Cambridge University Press, 1999.

Bigsby, C. W. E. *Modern American Drama, 1945—2000.* Cambridge: Cambridge University Press, 2000.

Bigsby, C. W. E. *Arthur Miller 1915—1962.* Cambridge & Massachusetts: Harvard University Press, 2009.

Black, Stephen A. *Eugene O'Neill: Beyond Mourning and Tragedy.* New Haven & London: Yale University Press, 1999.

Bloom, Harold, ed. *Modern American Drama.* Philadelphia: Chelsea

House Publishers, 2005.

Bock, Hedwig and Albert Weitheim, eds. *Essays on Contemporary American Drama*. Munchen: Max Hueber Verlag, 1981.

Bogard, Travis. *Contour in Time: The Plays of Eugene O'Neill*. Oxford: Oxford University Press, 1988.

Booker, Margaret. *Lillian Hellman and August Wilson: Dramatizing a New American Identity*. New York: Peter Lang, 2003.

Bottoms, Stephen J. *The Theatre of Sam Shepard*. New York: Cambridge University Press, 1998.

Bottoms, Stephen, ed. *The Cambridge Companion to Edward Albee*. Cambridge: Cambridge University Press, 2005.

Brenda, Murphy and Laurie J. C. Cella, eds. *Twentieth Century American Drama*. Volume III and IV. London and New York: Routledge, 2006.

Brewer, Mary F. *Race, Sex, and Gender in Contemporary Women's Theatre: The Construction of "Woman"*. Brighton and Portland: Sussex Academic Press, 1999.

Brown, Linda Ginter, ed. *Marsha Norman: A Casebook*. New Yorkand London: Garland Publishing, Inc., 1996.

Brinkmeyer, Robert. *The Fourth Ghost: White Southern Writers and European Fascism, 1930—1950*. Baton Rouge: Louisiana State University Press, 2009.

Bryer, Jackson R. and Mary C., Hartig, eds. *The Facts on File Companion to American Drama*. New York: Facts on File, Inc., 2004.

Brietzke, Zander. *The Aesthetics of Failure: Dynamic Structure in the Plays of Eugene O'Neill*. Jefferson, North Carolina and London: McFarland & Company, Inc., Publishers, 2001.

Cheney, Anne. *Lorraine Hansberry*. Boston: G. K. Hall & Company, 1984.

Ciociola, Gail. *Wendy Wasserstein: Dramatizing Women, Their Choices andTheir Boundaries*. Jefferson & London: McFarlan & Company, Inc., Publishers, 1998.

Clark, Barrett H. *Eugene O'Neill: The Man and His Plays*. New York:

Dover Publications, 1947.

Cohn, Ruby. *New American Dramatists*: 1960—1980. London: The Macmillan Ltd., 1982.

—. *New American Dramatists* 1960—1990. Hampshire & London: Macmillan, 1991.

Cohn, Ruby. *New American Dramatists*: 1960—1990. London: The Macmillan Press Ltd., 1991.

Craig, Carolyn Casey. *Women Pulitzer Playwrights*. Jefferson: McFarlands & Company, Inc. Publishers, 2004.

Crandell, George W., ed. *The Critical Response to Tennessee Williams*. Westport & London: Greenwood Press, 1996.

Demastes, William W. *Beyond Naturalism: A New Realism in American Theatre*. New York: Greenwood Press, 1988.

Demastes, William W., ed. *Realism and the American Dramatic Tradition*. The Tuscaloosa: Univeristy of Alanama Press, 1996.

Dowling, Robert M. *Critical Companion to Eugene O'Neill: A Literary Reference to His Life and Work*. Volume I. New York: Facts on File, Inc., 2009.

Effiong, Philips Uko. *In Search of a Model for African-American Drama*. Lanham & Oxford: University Press of America, 2000.

Engle, Sherry D. *New Women Dramatists in Amerca*, 1890—1920. Macmillan: Palgrave, 2007.

Falk, Doris V. *Eugene O'Neill and the Tragic Tension: An Interpretive Study of the Plays*. New Brunswick: Rutgers University Press, 1958.

Falk, Richards A. "Scoundrel Time: Mobilizing the American Intelligentsia for the Cold War". In *Critical Essays on Lillian Hellman*. Ed, Mark W. Estrin. Boston: G. K. Hall, 1989: 165—170.

Fesmire, Julia A. ed. *Beth Henley: A Casebook*. New York & London: Routledge, 2002.

Firestone, Paul A. *The Pulitzer Prize Plays: The First Fifty Years* 1917—1967: *A Dramatic Reflection of American Life*. New York: Hal Leonard Corporation, 2008.

Fisher, James. *Historical Dictionary of Contemporary American Theater*:

1930—2010. Lanham, Toronto & Plymouth: The Scarecrow Press, Inc., 2011.

Floyd, Virginia. *The Plays of Eugene O'Neill: A New Assessment*. New York: Frederick Ungar, 1984.

Ford, Boris, ed. *The New Pelican Guide to English Literature: American Literature*. London: Penguin Books, 1991.

Fornes, Maria Irene. *Fefu and her Friends*, New York: PAJ Publications, 1990.

—. *Plays: Maria Irene Fornes*. New York: PAJ Publications, 2001.

Gelb, Arthur, and Barbara Gelb. *O'Neill: Life with Monte Cristo*. New York: Applause Books, 2000.

Greene, Alexis, ed. *Women Writing Plays: Three Decades of Susan Smith Blackburn Prize*. Austin: University of Texas Press, 2006.

Griffin, Alice and Geraldine Thorsten. *Understanding Lillian Hellman*. Columbia: University of South Carolina Press, 1999.

Goodman, Charlotte. "The 'Fox's Cubs: Lillian Hellman, Arthur Miller, and Tennessee Williams." In *Modern American Drama: The Female Canon*. Ed, June Schlueter. Rutherford: Fairleigh Dickinson, 1990: 130—142.

Gottfried, Martin. *Arthur Miller: His Life and Work*. Cambridge: Da Capo Press, 2003.

Greene, Alexis, ed. *Women Who Write Plays: Interviews with American Dramatists*. Hanover: Smith and Kraus, Inc., 2001.

Greene, Alexis, ed. *Women Writing Plays: Three Decades of the Susan Smith Blackburn Prize*. Austin: University of Texas Press, 2006.

Griffin, Alice and Geraldine Thorsten. *Understanding Lillian Hellman*. South Carolina: University of South Carolina Press, 1999.

Gross, Robert F., ed. *Tennessee Williams: A Casebook*. New York & London: Routledge, 2002.

Gussow, Mel. *Conversations with Miller*. New York: Applause Theatre & Cinema Books, 2002.

Hall, Ann C. *"A Kind of Alaska" —Women in the Plays of O'Neill, Pinter, and Shepard*. Carbondale and Edwardsville: Southern Illinois University

Press, 1993.

Harris, Alice Kessler. *A Difficult Woman: The Challenging Life and Times of Lillian Hellman*. New York: Bloomsbury Press, 2012.

Harris, Trudier, & Jennifer Larson, eds. *Reading Contemporary African American Drama: Fragments of History, Fragments of Self*. New York: Peter Lang Publishing, Inc., 2007.

Henley, Beth. *Collected Plays Volume I: 1980—1989*. Hanover: Smith and Kraus Pub Inc., 2000.

Herman, William. *Understanding Contemporary Drama*. University of South Carolina Press, 1987.

Hermann, Spring. *A Student's Guide to Eugene O'Neill*. Berkeley Heights: Enslow Publishers, Inc., 2009.

Heintzelman, Greta and Alycia Smith-Howard. *Critical Companion to Tennessee Williams*. New York: Facts On Files, Inc., 2004.

Holditch, W. Kenneth. "Tennessee Williams in New Orlands." In *Magical Muse: Millennial Essays on Tennessee Williams*. Ed, Ralph F. Voss. Tuscaloosa & London: The University of Alabama Press, 2002.

Holditch, Kenneth and Richard Freeman Leavitt. *Tennessee Williams and the South*. Jackson: University Press of Mississippi, 2002.

Houston, Velina Hasu, ed. *The Politics of Life: Four Plays by Asian American Women*. Philadelphia: Temple Univeristy Press, 1993.

Inge, M. Thomas. "The South, Tragedy, and Comedy in Tennessee Williams's *Cat on a Hot Tin Roof*." In *The United South: Regionalismand Identity*. Ed, Valeria Gennaro Lerda and Tjebbe Westendorp. Rome: Bulzoni, 1991.

Isenberg, Barbara. "Theatre: She's Rather Do It Herself", *Los Angels Times*, July 11, 1993.

Kimbel, Ellen. "Eugene O'Neill as Social Historian: Manners and Morals in *Ah, Wilderness!*" In *Critical Essays on Eugene O'Neill*. Ed, James J. Martine. Boston: G. K. Hall & Co., 1984: 137—144.

Kolin, Philip C. ed. *Contemporary African American Women Playwrights: A Casebook*. London and New York: Routledge, 2007.

Kolin, Philip C. *American Drama Since 1945*. New York: Greenwood Press, 1989.

—. *The Undiscovered Country*: *The Late Plays of Tennessee Williams*. New York: Peter Lang Publishing, Inc., 2002.

—. *The Influence of Tennessee Williams*: *Essays on Fifteen American Playwrights*. Jefferson: McFarland & Company, Inc., 2008.

—, ed. *Contemporary African American Women Playwrights*. London & New York: Routledge, 2007.

Krasner, David. *American Drama 1945—2000*: *An Introduction*. Malden: Blackwell Publishing, 2006.

Kushner, T. "Afterword." In *Angels in America*, *Part Two*: *Perestroika*. New York: Theatre Communication Group, 1996.

Lai, Him Mark, Ginny Lim and Judy Yong, eds. *Island*: *Poetry and History of Chinese Immigrants on Angel Island*. 1910—1940. Seattle & London: University of Washington Press, 1991.

Larson, Jennifer. "Folding and Unfolding History: Identity Fabrication in Susan-Lori Parks's *Topdog/Underdog*". In *Reading Contemporary African American Drama*: *Fragments of History*, *Fragments of Self*. Eds, Harris Trudier & Jennifer Larson. New York: Peter Lang Publishing, Inc., 2007: 183—202.

Lippman, Amy. "Rhythm and Truths: An Interview with Sam Shepard," *American Theatre*, I.I (April 1984): 10.

Liu, Miles Xian, ed. *Asian American Playwrights*: *A Biologicla Critical Sourcebook*. Westport: Greenwood Press, 2002.

May, Theresa J. *Earth Matters*: *Ecology and American Theatre*. Ph.D. Diss. University of Washington, 2000.

McDonald, Robert and Linda Rohrer Paige, eds. *South Women Playwrights*: *New Essays in Literary History and Criticism*. Tuscaloosa & London: The University of Alabama Press, 2002.

Marino, Stephen A., *A Language Study of Arthur Miller's Plays*: *The Poetic in the Colloquial*. Lewiston, Queenston & Lampeter: The Edwin Mellen Press, 2002.

Martinson, Deborah. *Lillian Hellman*: *A Life with Foxes and Scoundrels*.

New York: Counterpoint, 2005.

Maufort, Mac. *Labyrinth of Hybridities: Avatars of O'Neillian Realism in Multi-ethnic American Drama*. Brussels: P. I. E. Peter Lang, 2010.

Moschovakis, Nicholas and David Roessel, eds. *Mister Paradise and Other One-Act Plays by Tennessee Williams*. Sewanee: The University of South, 2005.

Murphy, Brenda. *The Companion to American Women Playwrights*. Cambridge: Cambridge University Press, 1999.

Norman, Marsha. *Night, Mother*. Cambridge: Dramatists Play Service Inc., 1983.

Norman, Marsha. *Collected Works*. Lyme: Smith and Kraus, Inc., 1998.

Otten, Terry. *The Temptation of Innocence in the Dramas of Arthur Miller*. Columbia & London: University of Missouri Press, 2002.

Paller, Michael. *Gentleman Caller: Tennessee Williams, Homosexuality, and Mid-Twentieth-Century Broadway Drama*. New York: Palgrave Macmillan, 2005.

Parks, Suzan-Lori. *Topdog/Underdog*. New York: Theatre Communication Group, Inc., 2001.

Patraka, Vivian M. "Lillian Hellman's *Watch on the Rhine*: Realism, Gender and Historical Crisis." *Modern Drama* 32, 1 (March 1989): 128—145.

Pellegrini, Ann. "The Plays of Paula Vogel". *A Companion to Twentieth Century American Drama*. Ed, David Krasner. Malden: Blackwell Publishing, 2007.

Peterson, Jane T. and Suzanne Bennett. *Women Playwrights of Diversity*. Westport: Greenwood Press, 1997.

Plunka, Gene A. *The Plays of Beth Henley: A Critical Study*. Jefferson: McFarland & Company, Inc., 2005.

Porter, Lauren. "Contemporary Playwrights/ Traditional Forms." In *The Cambridge Companion to American Women Playwright*. Ed, Brenda Murphy. Shanghai: Shanghai Foreign Language Education Press, 2001: 197—198.

Robinson, Mac. *The American Play* 1787—2000. New Haven & London: Yale Univeristy Press, 2009.

Rollyson, Carl. *Lillian Hellman: Her Legend and Her Legacy*. New York: St. Martin's Press, 1988.

Roudane, Matthew C. *American Drama since 1960: A Critical History*. New York: Twayne Publishers, 1996.

Saddik, Annette J. *Contemporary American Drama*. Edinburgh: Edinburgh University Press, 2007.

Salamon, Julie. *Wendy and the Lost Boys: The Uncommon life of Wendy Wasserstein*. New York: The Penguin Press, 2011.

Savran, David. "Things My Uncle Taught Me." *Amercian Theatre*, October, 1998.

Schlueter, June, ed. *Modern American Drama: The Female Canon*. London & Toronto: Associated University Press, 1990.

Shafer, Yvonne. *American Women Playwrights: 1900—1950*. New York: Peter Lang Publishing, Inc., 1995.

Shange, Ntozake. *for colored girls who have considered suicide when the rainbow is enuf*. New York: Scribbers Poetry, 1975.

Shaughnessy, Edward L. *Down the Nights and Down the Days: Eugene O'Neill's Catholic Sensibility*. Notre Dame: University of Notre Dame Press, 1996.

Spencer, Jenney S. "Norman's ' night, Mother: Psycho-drama of Female Identity". *Modern Drama*, Volume XXX, Number 3, September 1987, pp. 364—375.

Staggs, Sam. *When Blanche Met Brando: The Scandalous Story of "A Streetcar Named Desire."* New York: St. Martin's Press, 2005.

Sternlicht, Sanford. *A Reader's Guide to Modern American Drama*. Syracuse, New York: Syracuse University Press, 2002.

Thornton, Margaret Bradham, ed. *Tennessee Williams Notebooks*. New Haven & London: Yale University Press, 2006.

Turner, F. J. *The Frontier in American History*. New York: Henry Holt, 1920.

Uno, Roberta, ed. *Unbroken Thread: An Anthology of Plays by Asian American Women*. Amherst: The Univeristy Press of Massachusetts, 1993.

Voss, Ralph F. , ed. *Magical Muse*: *Millennial Essays on Tennessee Williams.* Tuscaloosa & London: The University of Alabama Press, 2002.

Wasserstein, Wendy. *The Sisters Rosensweig.* New York: Harcourt Brace, 1993.

—. *Isn't It Romantic.* New York: Dramatists Play Services Inc. , 1983.

—. *The Heidi Chronicles.* New York: Dramatists Play Services Inc. , 1988.

Wetmore Jr. Kevin & Alycia Smith-Howard. *Suzan-Lori Parks*: *A Casebook.* London & New York: Routledge, 2007.

Wilmer, S. E. *Theatre*, *Society and the Nation*: *Staging American Identities.* Cambridge: Cambridge Univeristy Press, 2002.

Wilmeth, Don B & Miller, Tice L. , eds. *Cambridge Guide to American Theatre.* Cambridge: Cambridge University Press, 1993.

郭继德:《当代美国戏剧发展趋势》,山东大学出版社2009年版。

郭继德:《20世纪美国文学:梦想与现实》,外语教学与研究出版社2004年版。

郭继德编:《奥尼尔文集》(六卷本),人民文学出版社2006年版。

金莉等:《20世纪美国女性小说研究》,北京大学出版社2010年版。

金莉:《她们自己的文学:从勃朗特到莱辛的英国女性小说家》(导读),外语教学与研究出版社2004年版。

金莉:《文学女性与女性文学:19世纪美国女性小说家及作品》,外语教学与研究出版社2004年版。

[英]雷蒙·威廉斯:《现代悲剧》,丁尔苏译,译林出版社2007年版。

刘海平、王守仁主编:《新编美国文学史》,上海外语教育出版社2002年版。

任生名:《西方现代悲剧论稿》,上海外语教育出版社2000年版。

徐颖果:《重塑华裔女性形象:美国华裔女剧作家林小琴戏剧〈纸天使〉》,载《戏剧文学》2010年第8期。

汪义群:《当代美国戏剧》,上海外语教育出版社2000年版。

杨金才:《新编美国文学史》第三卷,上海外语教育出版社2002年版。

周维培:《当代美国戏剧史》,南京大学出版社 1999 年版。

张生珍: *Bioregionalism, Scholarship and Activism: An Interview with Professor Michael P. Branch*,载《外国文学研究》2010 年第 6 期。

张生珍、金莉:《当代美国戏剧中的家庭伦理关系研究》,载《外国文学》2011 年第 5 期。

张生珍:《论美国当代南方剧作家贝思·亨利的地域意识》,载《戏剧文学》2011 年第 11 期。

张生珍:《论田纳西·威廉斯创作中的地域意识》,载《外国文学研究》2011 年第 5 期。

张生珍:《当代美国女权批评家桑德拉·吉尔贝特和苏珊·古芭研究》,载《外国文学研究》2013 年第 3 期。

张生珍:《创伤与成长——保拉·沃格尔的〈我如何学会驾驶〉研究》,载《戏剧文学》2012 年第 12 期。

周宁:《西方戏剧理论史》(下),厦门大学出版社 2008 年版。

邹慧玲:《论吉奥加玛在戏剧创作中对印第安传统文化的回归》,载《外国文学研究》2005 年第 1 期。

冉东平:《20 世纪欧美戏剧》,中国戏剧出版社 2005 年版。

朱狄:《当代西方艺术哲学》,武汉大学出版社 2007 年版。

后　记

经历三年多的努力，我终于战战兢兢地把拙著呈现给读者。与美国戏剧结缘始于我在山东大学外国语学院攻读硕士学位期间，在导师郭继德教授的引导和鼓励之下，我逐渐认识并热爱美国戏剧，其后又在先生指导下攻读博士学位。与美国妇女剧作家结缘始于北京外国语大学博士后流动站的工作。在北外做博士后期间，合作导师金莉教授的精心指导和严格要求对我的学术成长起到至关重要的作用。

需要感谢的不止我的两位恩师。多年来我得到了众多师长、学长和同事们的关心和爱护。我学习和工作单位的慷慨支持和无私帮助为我的进步提供了重要保障，我对他们充满敬意和感激之情。我也想借此机会感谢参加我博士学位论文答辩的专家程朝翔教授、乔国强教授、申富英教授、王勇教授和曾梅教授。他们的指导和鼓励为我日后的学习注入了鲜活的动力。我也同样感激参加我出站报告开题和答辩的专家郭栖庆教授、陈永国教授、陈世丹教授和马海良教授。他们提出的修改方案和倾注的学术智慧为拙著得以最终成形奠定了基础。此外，我在美期间的合作导师 Scott Slovic 教授和 Patrick Murphy 教授曾就我的研究进行指导。

最后，我也想借此机会表达对家人的感激。父母始终如一的支持是我前进的动力。爱人和女儿的陪伴让我的生活充满快乐的期待。

本项目得到国家社科基金"美国当代戏剧艺术哲学研究（11CB087）"和中国博士后基金第 52 批面上资助（2012M520199）的经费支持，特此致谢。